붉은 물빛의 레이디

붉은 물빛의 레이디 2

초판 1쇄 펴낸 날 │ 2016년 6월 23일

지은이 │ 서이나
펴낸이 │ 서경석

편집책임 │ 조윤희 편집 │ 이은주, 주은영 디자인 │ 신현아
마케팅 │ 서기원 경영지원│ 서지혜, 이문영

임프린트 │ (MUSE)
주소 │ 경기도 부천시 원미구 부일로 483번길 40 서경B/D 3F (우) 14640
전화 │ 032-656-4452 팩스 │ 032-656-4453
이메일 │ roramce@naver.com 블로그 │ bolg.naver.com/roramce
홈페이지 │ http://www.chungeoram.com

발 행 처 │ 도서출판 청어람
출판등록 │ 1999년 5월 31일 제387-1999-000006호
어람번호 │ 제11-0034호

ISBN 979-11-04-90831-6   04810
ISBN 979-11-04-90829-3   (SET)

도서출판 청어람은 언제나 여러분의 소중한 작품 투고와 도서 출간 기획 등 다양한 제안을 기다리고 있습니다. chungeorambook@daum.net

붉은 물빛의 레이디

2

서이나 장편소설

MUSE

Contents

제 7 화 과거의 파편 속에서 _7

제 8 화 시로벨, 아니 그녀의 선택 _107

제 9 화 폭풍처럼 밀려오다 _193

제 10 화 아르반으로 돌아오다 _291

제 11 화 그 남자의 낙원 _351

제 12 화 운명이라고 하죠 _397

에필로그 - 하얗게 빛나는 맹세의 세레나데 _433

외전 - 새로운 빛이 이어지고 _475

작가 후기

제 7 화
과거의 파편 속에서

체스판 위로 체스 말을 움직이며 미소를 머금던 카산드라는 이내 고개를 들고선 제 옆에 서 있던 고양이가면을 향해 말했다.

"이제 다 모였지?"

"예, 곧 도착할 것입니다."

"그래, 이제야 체스판이 완성되었다 이거지."

그녀는 까만 말을 순서대로 내려놓고선 완성된 판을 향해 회심의 미소를 지었다. 그러곤 하얀 원숭이를 어깨 위로 올려놓고 자리에서 일어나 붉은 가면을 집어 들었다.

"하지만 게임은 이제 시작이지. 과연 어떻게 체크메이트가 될까?"

가면 위로 고혹적인 미소가 그려지고, 붉은 눈동자는 어느새 서늘함과 호기심을 동시에 머금고서 빛나고 있었다.

예상치 못한 곳에서 카인 황자와 조우하여 당황한 것도 잠시, 시로벨은 그에게 잡힌 팔을 빼내고선 그와 거리를 유지하기 위해 걸음을 뒤로 물렸다. 도대체 여기서 왜 저 남자를 만나는 거야. 왜 하필이면!

　　"어째서 카인 황자 전하께서 이곳에 계신 것입니까?"

　　"그건 제가 물어야 하는 거 아닌가요? 카헤시온의 보호 아래 로제궁에 얌전히 계셔야 할 비전하가, 어째서 여기 계시는 걸까요?"

　　시로벨은 입술을 깨물었다. 카인은 겉으론 웃고 있지만, 눈은 묘한 빛으로 번뜩이고 있어 기분이 나빴다. 하여튼 속을 알 수가 없었다. 이럴 줄 알았으면 범죄심리학 같은 걸 배워두는 건데. 바빠서 미뤄둔 것이 이렇게 후회될 줄이야. 카인에게서 시선을 돌리던 시로벨은 그의 뒤에 서 있던 이를 발견하곤 잠시 고개를 갸웃했다. 이상하게 어디서 본 것 같은 느낌이 드는 자였다. 그가 입은 검은 로브를 세세히 훑던 시로벨의 눈이 순간 커졌다.

　　"……당신! 지난번의 그!"

　　엔비는 시로벨이 저를 알아보자 피식 웃으며 로브를 더 깊숙이 눌러썼다. 시로벨은 부정하지 않는 모습에 저도 모르게 냉소가 스쳤다.

　　그래, 확실하다. 저 검은 로브의 남자. 예전에 반지를 잃어버렸을 때 고양이가면과 자신을 공격했던, 그리고 카헤시온과 혈투를 벌였던 그 망할 자식이 분명했다. 그런데 왜 저자가 카인 황자랑

같이 다니는 거지?

"어째서 저 자식이 카인 전하와 함께 있는 것입니까?"

아무리 그래도 제 동생을 해하려고 한 자와 한패는 아닐 거라고 믿고 싶었지만, 카인은 그녀의 일말의 희망을 무참히 박살 내 버렸다.

"제 수하가 비전하께 무슨 실례라도 저지른 건가요?"

카인의 대답에 시로벨은 정말로 기가 막혔다. 수하? 수하라고? 정말로 한패란 말이야?

"저 자식이 날 죽이려고 했어요. 심지어 카헬에게도 검을 겨눴죠. 그런데 정말로 전하의 수하란 말이에요? 정말로?"

잠자코 있던 엔비가 모르는 척을 하며 오리발을 내밀었다.

"난 전혀 모르겠는데? 그리고 한낱 마법사가 어찌 비전하를 죽이려고 했겠습니까? 잘못 봤겠지요. 게다가 여기 계신 카인 전하께서 카헤시온 황자 전하의 형님이신데, 더더욱 그럴 리가 없지요. 착각이십니다, 비전하."

뻔뻔하기 그지없는 태도에 시로벨은 기가 막혀 말이 나오질 않았다. 다른 건 몰라도 사람 얼굴 기억하는 건 탁월하다고 자부하는 시로벨은 분통이 터질 지경이었다. 분명 저 자식이다. 하지만 문제는 이쪽에서도 내밀 증거가 없다는 거다.

"비전하께서 착각하신 모양입니다. 그보단 왜 여기 계신지가 더 중요한 게 아닙니까?"

좋다. 일단은 넘어가자. 하지만 무슨 일이 있어도 증거를 찾아내서 내가 밝히고 만다!

"그럼 전하야말로 여기 왜 계시는지 대답해 주시죠? 제가 먼저 물어본 거 아닌가요?"

최대한 화를 눌렀지만, 처음처럼 공손하게 말이 나가진 않았다. 그리고 카인 황자와 저 자식이 한패라는데 이 이상 얼마나 더 공손해져야 한단 말인가? 욕이나 안 하는 게 용하지.

"전 블랙캣의 마스터를 찾고 있습니다. 비밀리에 제가 이 임무를 맡았거든요."

정말로 이 자가 그런 임무를 맡았다고?

시로벨은 영 미심쩍은 눈빛으로 그를 쳐다보았지만, 달리 더 캐볼 방법이 없었다.

"자, 이제 비전하 차례."

"저는 이곳에 납치된 것이랍니다."

"납치당한 것치곤 굉장히 생생하시군요."

"납치당했다고 풀 죽어 있을 필요는 없지요."

"그럼 탈출하는 도중?"

"그렇지요. 하지만 알다시피 집 꼴이 뭣 같아서……."

시로벨이 어떤 고생을 했는지 뻔히 알 것 같은 카인은 피식 웃으며 한 발 앞으로 다가갔다. 어쩐지 그에게서 진한 쇠 냄새가 나는 것 같아 시로벨은 다시 한 발 뒤로 물러났다.

"점점 후회되네요. 당신을 내가 가지지 못한 거."

"뭐라고요?"

앤 또 무슨 미친 소리야.

시로벨은 뒷걸음질 쳤지만 카인이 더 빨랐다. 그는 덥석 그녀의 손목을 붙잡았다. 시로벨은 그를 뿌리치려고 했지만 이 여자의 비실비실한 손목으로 어떻게 할 수가 없었다.

"비켜주세요. 아니면 그때처럼 험한 말을 들으실 건가요? 그보다 더 격하게 해드릴 자신 있는데."

카인은 아무런 말 없이 그저 그녀를 빤히 쳐다보았다. 카헤시온과 닮은 눈동자였으나 더 불안정해 보였다. 그의 손길이 그녀의 머리카락에 닿았다. 하지만 시로벨은 그를 밀어낼 수가 없었다. 곧이어 들려온 한마디 때문에.

"비전하께선 알지 못하시겠지만, 원래 당신은 제 약혼녀가 될 예정이었답니다."

시로벨의 눈이 커다래졌다. 이 몸이, 원래 카인 황자의 약혼녀였다고?

"내가, 당신의 약혼녀였다고요?"

"그래, 원래라면 당신은 카헤시온이 아니라 내 품에 있었을 거야."

머릿속이 혼란스러워졌다. 이 몸의 과거를 알지 못하기에 저 말을 어디까지 믿어야 하나 알 수 없었다. 이상하게 이 여자는 다른 건 잘 기억하면서 자신에 대한 과거는 떠오르는 게 없었다. 마치 지워진 것처럼. 제르린도 그런 말을 했었지. 그럼 정말로 과거에 대한 기억을 잃은 건가?

그때, '쾅!' 하는 소리가 나더니 바닥이 흔들리기 시작했다. 순식간에 주변의 풍경이 변했다. 바로 처음 그녀가 정신을 차렸던 새장이 있던 그 방이었다.

뭐야. 그럼 이제까지 헛고생하면서 돌아다닌 거야? 그 여자가 진짜 죽으려고!

"이것도 블랙캣의 마스터의 짓인가?"

"보면 모르십니까! 내 이 여자를 그냥!"

저도 모르게 쌍욕이 튀어나오려는 순간, 다시 한 번 '쾅!' 하는 소리가 들리더니 뭔가 부서지는 소리가 났다. 카인이 그녀를 끌어안고 몸을 날렸다.

콰쾅!

"하……."

주변은 순식간에 아수라장으로 변했다. 천장이 무너지고 바닥에 균열이 일어났다. 이런 상황에도 엔비는 여유롭게 입을 열었다.

"누군지는 몰라도 한꺼번에 너무 큰 이동 마법을 써버려서 마법이 일그러졌군."

"괜찮습니까?"

카인은 시로벨을 품에 안고서 물었고, 그녀는 고개를 끄덕이면서 얼른 그를 밀어내려고 했다.

"괜찮으니까 이제 그만 놓아주시죠? 상황 판단이 안 돼요? 지금 장난칠 때냐고요!"

"목숨을 구해줬는데 이 정도도 못 해주는 건가요? 우린 꽤 특별한 운명으로 묶여 있는 것 같은데."

"아무리 목숨을 구해줬다고 해도 이미 결혼한 여자에게 이러시면 안 되죠! 그것도 동생 부인에게!"

"난 그런 동생에게 부인을 뺏겼잖아."

"그래서 이제 와서 뭘 어쩌자고! 지나간 건 지나간 거지! 그런다고 내가 당신 아내가 될 것 같아?"

"안 될 것도 없지. 그렇지 않아, 카헤시온?"

시로벨은 카인의 말에 놀라서 고개를 들었다. 비에 흠뻑 젖어 더욱 서늘한 냉기를 머금고서 서 있는, 정말로 이곳에 서 있는.

"카헬……."

그가 있었다.

카인은 한쪽 손으로 시로벨의 허리를 감고서 여유로운 미소를 그리며 카헤시온을 바라보았다. 시로벨은 갑작스러운 그의 등장에 지금 자신이 어떤 상태인지도 잊고서 그저 멍하니 그를 바라보았다. 믿을 수가 없었다. 그가 여기 어떻게. 대체 왜. 설마 나 때문에?

'진짜로?'

"이렇게 왔으니 한번 물어보지, 카헤시온. 이제라도 내게 돌려주는 것이 어때?"

시로벨은 너무나도 뻔뻔한 카인을 노려보았다. 그리고 그제야 자신이 그에게 안겨 있다는 사실에 치를 떨며 외쳤다. 아니, 무슨 물건이야? 돌려주긴 뭘 돌려줘!

"한 번만 더 제 몸에 손대면 어찌한다고 했습니까? 죽고 싶습니까?"

"그렇게 원한다면 가지십시오."

"그래요, 날 가져……. 뭐? 뭐라고요?"

냉랭하게 울리는 카헤시온의 한마디에 시로벨은 움찔하고서 그를 바라보았다. 하지만 이 거리에서 그의 눈동자가 읽힐 리가 없을 터. 그저 카인만 바라보는 그의 모습에 시로벨은 저도 모르게 울컥했다. 묘한 불쾌감이 피어올랐다. 그리고 동시에 가슴이…….

'젠장! 아프잖아.'

카헤시온의 대구에 카인은 저도 모르게 피식 웃다가 이내 크게 웃음을 터뜨렸다.

"하하하하! 역시 카헤시온. 재미있군, 재미있어."

망할 자식아! 넌 이게 재미있냐? 재미있어? 진짜 황자만 아니었으면 바로 죽빵을 날려 버리는 건데.

시로벨은 부들부들 떨리는 손을 억지로 붙잡고서 카헤시온을 바라보았다. 그녀의 두 눈 가득 원망이 차올랐다. 서운하고 배신감도 들었다. 하지만 도저히 저 속을 알 수 없으니. 저 말이 정말로 진심으로 하는 건지 알 수가 없다. 하지만 정말 진심이라면. 이곳까지 온 것이 단순히 자신이 아닌 그 고양이가면, 그 계집을 잡기 위해서라던가, 아니면 이 미친 황자 때문에 온 것이라면.

'그래도, 좀 친해졌다고 생각했는데.'

처음보다는 그래도 가까워졌다고 생각했는데 모두 착각이었던 모양이다. 시로벨은 그렇게 중얼거렸다. 어차피 떠나야 하는 몸이니 애초 깊게 정을 나누지 않는 게 더 나을 거다. 그렇게 생각했으면서도 서운한 감정은 점점 더 크게 솟구치고 있었다. 머리로는 아는데 가슴이 그걸 받아들이지 못한다. 자꾸만 쓸쓸한 시선이 그에게 떨어진다.

그러다 문득, 그의 머리카락에서 뚝뚝 떨어지는 물방울이 눈에 들어왔다. 완전히 흠뻑 젖은 게 비가 엄청 내리는 모양인데 춥진 않은가 싶었다. 아무리 제 몸 상태에 대해서 무딘 사람이라고 해도, 저렇게 비를 홀딱 맞으면 감기 걸릴지도 모르는데…….

'하, 한소휘. 이 상황에서 별 걱정을 다하는구나. 딴 놈한테 너 준다는 놈을 걱정하긴 왜 걱정하냐!'

시로벨은 애써 고개를 돌려 버렸다. 그러는 바람에 그녀는 카헤시온의 미간이 좁혀지고 경직된 턱 위에서 입술이 파르르 떨리는 것을 보지 못했다.

카인이 다시 시로벨의 허리를 붙잡으며 그를 자극했다.

"카헤시온도 저렇게 허락했는데 정말 나에게 오는 건 어떨까?"

"지금 대체 무슨 소릴!"

"아니면 일단 저번에 우리가 못 했던 것부터 마저 끝내볼까요?"

"대체 뭘 말하시는 건지 모르겠군요."

"입맞춤."

시로벨은 입을 떡 벌렸다. 진짜 이 미친놈이 제대로 돌았구나 싶었다. 뭐? 입맞춤? 얻다 대고, 뭘 해?

시로벨은 부들부들 떨었다. 이젠 정말 더는 못 참는다. 여기서 황자의 몸에 제대로 흠집이 나더라도 이만큼 성희롱을 봐준 것만 해도 감지덕지야! 시로벨이 당장에라도 그를 물어뜯을 준비를 하던 그때, 익숙한 체취와 온기가 다가왔다.

"하지만 카인 황자 전하."

어느새 다가온 카헤시온이 시로벨의 손목을 단번에 붙잡고서 자신의 품으로 끌어당겼다. 순간, 시로벨은 이상한 기분이 들었다. 몹시도 그리웠던 무언가를 되찾은 듯한 느낌이었다. 묘하게 안심이 되는 느낌에 시로벨은 저도 모르게 그의 옷자락을 살짝 움켜쥐었다.

'아주, 아닌 건 아니구나.'

이 상황에서도 그런 생각이 들었다.

카헤시온은 제 품에 시로벨이, 제 손에 그녀가 있다는 사실 하나만으로도 안심이 되어선 저를 향해 웃고 있는 카인을 노려보며 억누르고 있던 말을 짧게 내뱉었다.

"전하께서는 비를 감당할 수 없으실 겁니다."

"뭐?"

그러곤 마치 자신의 것이라고 제대로 말하는 듯, 너무나도 자연스럽게 그녀의 어깨를 붙잡고서 더욱 제 품 안으로 바짝 끌어당겼다.

"그녀를 감당할 수 있는 유일한 사람은."

"……."

"그녀가 카헬이라고 부르는, 단 한 사람뿐입니다."

아릿하게 스며들었던 통증이 어느새 저릿해지면서 뜨거운 온기를 머금고서 미친 듯이 떨려왔다. 시로벨은 제대로 생각을 할 수가 없었다. 너무 엄청난 무언가를 들어버린 것처럼. 하지만 본능적으로 제 어깨에 와 닿은 그의 손을 살며시 붙잡았다. 너무나도 당연한 듯. 자연스럽게. 그녀는 카헬이라고 부르는 그의 손을 찾고 있었다.

두 사람을 바라보는 카인의 표정에서 미소가 사라졌다. 카헤시온은 시로벨을 제 뒤로 물러서게 했다.

"무사해서, 다행이다."

"카헬……."

"모든 건, 나중에. 나중에 다 말해주겠다, 벨."

카헤시온은 일부러 그녀의 이름을 강하게 불렀다. 그의 뒤에 숨은 시로벨에게 카인은 보이지 않았다. 하지만 분위기가 살벌한 것만은 느낄 수 있었다. 공기가 숨이 막힐 듯 팽팽하기만 했다.

"오랜만에 서로 검이나 부딪쳐 볼까? 널 이길 순 없겠지만."

그 말에 이 상황을 재미있게 구경하던 엔비는 어깨를 으쓱이며 카인의 앞으로 검을 떨어뜨렸다. 그러자 카헤시온 역시 자신의 검을 뽑았다. 그리고 그 누구 하나 시작이라는 말도 없이 '챙!' 하는 소리와 함께 두 개의 검이 서로를 향해 날카로운 울음을 터뜨리기 시작했다. 가볍게 부딪치는 정도가 아니라 서로가 서로를 죽이기 위해 온 힘을 쏟는 그런 공격이었다.

지독히도 얽혀 있던 악연의 고리 속에서 그만큼 쌓여 있던 감정의 응어리가 터져 나오기 시작했다. 그렇기에 시로벨은 둘을 말릴 수가 없었다. 머리는 계속 말려야 한다고 소리를 지르는데 차마 입을 열 수 없었다.

"그러고 보니 너와 검을 섞는 것도 오랜만이군."

카인의 검이 빠르게 옆으로 파고들었다. 카헤시온이 재빠르게 피하며 그의 반대쪽으로 검을 휘둘렀다. 팽팽하던 공기가 더더욱 날 선 숨을 뿜어내기 시작했다.

"언제는 있었습니까?"

"오래전이지. 기억이 나지 않아?"

카인이 카헤시온의 공격을 막았고, 카헤시온은 다시 그의 틈을 찾으려 집중하며 매섭게 안쪽으로 파고들었다.

"황자 전하와의 기억 중 좋은 기억은 별로 없으니 말입니다."

카인은 특유의 미소를 지으며 속삭였다.

"하긴 그것도 그렇지. 넌 내가 미치도록 싫고, 증오스러울 거야. 네 어머니를, 내가 빼앗아 갔으니까."

그의 도발에 카헤시온은 말려들지 않기 위해 마음을 다잡았다. 하지만 순간 칼자루를 쥔 손에 힘이 들어가는 것까지는 어쩌지를 못했다.

한편, 칼부림이 시작된 후로 시로벨과 마찬가지로 뒤로 물러나 있던 엔비는 어느새 균열이 멈춘 공간을 살피다가 조금 손을 쓸 생각에 힘을 모았다. 그러던 중 그의 표정이 순식간에 굳어지면서 미세하게 몸이 떨려왔다.

'뭐지? 이 힘은…….'

뭔가 이쪽을 향해 빠르게 다가오고 있었다. 엔비는 마족인 자신이 두려워질 정도로 엄청난 힘의 접근에 당황했다.

또다시 쾅! 폭발음이 울렸고, 카인과 카헤시온은 동시에 움직임을 멈추었다. 뒤로 물러선 카헤시온은 재빨리 시로벨의 손을 붙잡았다. 잠시 후, 누군가의 웃음소리를 들은 시로벨의 미간 위로 힘줄이 돋아났다.

"어머, 어머, 남의 집을 완전 풍비박산 내고 있네."

그리고 마침내 뿌연 연기 속에서 카산드라와 고양이 가면이 유유히 모습을 드러냈다.

엔비는 본능적으로 주먹을 꽉 움켜쥐었다. 겉으론 평범해 보였지만 분명 한 명은 인간이 아니다.

카인은 붉은가면의 등장에 회심의 미소를 지었다.

"이제야 집주인을 만나는 건가."

두 사람의 등장에 자신이 겪었던 고생이 파노라마처럼 스쳐 지나간 시로벨의 주먹이 파르르 떨리기 시작했다. 하지만 카산드라는 그러한 그녀의 상태를 모른 채, 가면 속에서 싱긋 미소를 지으며 상큼한 한마디를 내뱉었다.

"어머, 비전하. 못 본 사이에 몰라보게 꼬질해지셨습니다."

"죽고 싶어서 작정했지?"

"세상에. 입도 거칠어지셨네요. 아니, 그건 원래 그랬나?"

"원래 그러셨습니다."

"그래?"

주거니 받거니 하는 카산드라와 고양이가면의 대화에 시로벨은 그야말로 혈압 올라 죽을 것만 같았다. 아오, 저 망할 씨베리아 같은!

금방이라도 튀어나갈 듯한 시로벨을 카헤시온은 꽉 붙잡았고, 카산드라는 그제야 그쪽으로 시선을 한번 던지곤 피식 웃었다. 이미 우아하고 단아한 황자비란 이미지는 저 멀리 집어던진 듯 보였다.

카헤시온은 흥분한 시로벨을 붙잡고서 카산드라를 바라보았다. 역시나 저쪽이 고양이 가면을 쓰고 춤추던 여인이었다.

카산드라는 그의 시선을 느끼고선 요염한 눈빛을 띠며 입을 열었다.

"이렇게 제대로 얼굴 보는 건 처음이군요. 귀하신 두 황자 전하, 전 블랙캣을 이끄는 마스터 붉은가면입니다. 다들 아시겠지만 그래도 제 입으로 소개하고 싶었어요. 훗! 그런데 이렇게 어린애 같이 쌈박질하는 모습을 보여주시다니. 보기 흉해요~."

카헤시온은 그녀를 향해 검을 휘두르며 차가운 음성을 토해냈다.

"비를 납치한 이유가 무엇이냐."

"당신을 끌어들이기 위해서? 목적은 달성했으니 비전하는 놔드

릴게요."

카산드라의 시선이 다시 카인에게 향했다. 카인은 무표정한 얼굴로 입을 열었다.

"엔비님."

그의 부름에 결국 몸을 드러낸 엔비는 검은 로브 속에서 붉은 가면을 불안한 시선으로 바라보았다. 저 여자의 정체를 알 수가 없어서 불안해졌다. 그때, 섬뜩한 목소리가 그의 머릿속을 움켜쥐기 시작했다.

"감히 두 눈을 똑바로 뜨고 어딜 쳐다보는 거지, 엔비?"

지독한 살기가 엔비의 어깨를 짓눌렀다. 그제야 이 불안한 기운이 무엇인지를 깨달은 엔비는 경악에 찬 눈동자로 카산드라를 바라보았다. 그러자 그녀는 영 못 마땅한 듯 입술을 비틀며 붉은 가면을 벗어 던졌다. 숨 막힐 듯한 붉은 눈동자가 곧장 시선을 파고들었다. 요염하게 움직이는 걸음마다 우아하게 흔들리는 머리카락. 눈을 뗄 수 없는 미색이었지만, 여기 남자들 중 그 누구 하나 그녀의 미색에 관심을 두지 않았다. 그저 경계 어린 시선. 특히나 엔비는 공포에 질린 표정으로 어렵사리 입을 열었다.

"카, 카, 카산드라님……."

"이제야 날 알아보는 건가? 어린 마족 주제에 네까짓 게 감히 내 일을 엉망으로 건드려?"

시로벨은 순식간에 엔비라는 자의 기를 누른 카산드라를 보며 헛웃음을 지을 수밖에 없었다. 역시 평범한 인간이 아니었다.

'나를 이렇게 만든 드래곤에 대해 알고 있는데 보통 사람일 리가 없지. 그런데 마족은 뭐지? 저 녀석도 인간이 아닌 건가?'

시로벨의 시선이 카인에게로 향했다. 그는 모처럼 당혹스러워하고 있었다.

"엔비님, 어째서……."

엔비는 고르지 못한 숨을 억지로 토해내며 입을 열었다.

"저분은 모든 마나의 지배자. 인간, 특히 마법사들에겐 신과도 같은 존재, 드래곤이시다."

드래곤이라는 말에 카헤시온과 카인은 흠칫했고, 시로벨은 역시나 하는 생각을 하며 카산드라를 바라보았다. 이곳의 드래곤은 자신이 생각하던 모습과는 다른 모양이었다. 불 뿜으면서 날아다니는 파충류를 생각했던 시로벨은 인간과 다를 게 하나 없는 카산드라를 새삼스러운 눈으로 보았다. 그러고 보니 저를 이곳으로 데려온 그도 겉모습은 사람과 똑같았다. 그러니 저승사자로 착각을 했지.

"드, 드래곤이라니. 어째서?"

"그냥 드래곤이 아니야. 저분은 '페이트'라고 불리는 미래를 예언하는 언사의 드래곤. 불멸의 존재다."

카산드라는 싱긋 눈웃음을 지으며 우아하게 손을 뻗었다.

"내 이름은 카산드라. 너희들의 운명을 예언한 것도 나였지. 정확히는 이사벨라 황후였지만. 아무튼! 꼭꼭 감추고 있던 그 일을 감히 저 하찮은 애송이 마족이 건드릴 줄이야."

엔비는 그녀의 말에 흠칫하며 고개를 숙였다.

카헤시온은 이사벨라 황후라는 말에 시선을 돌렸고, 카인은 뭔가를 결심한 듯 앞으로 나와서는 카산드라의 붉은 눈동자와 정식으로 마주했다.

"그래서 제게서 메모리얼을 가져간 것입니까?"

카산드라는 실소를 흘리며 한 손을 올렸다. 그러자 기다렸다는 듯 하얀 원숭이가 달려와 그녀의 손 위로 자신이 걸고 있던 목걸이를 내려놓았다.

"네가 저 애송이 마족과 계약하면서까지 과거의 진실이 담긴 메모리얼을 만들 줄은 몰랐다. 게다가 이걸 빼앗았는데도 새로 만들 생각을 하다니. 한번 만들어진 메모리얼은 원래 만들어진 것이 없어지지 않는 한 다시 만들 수 없거늘."

"그 정도로 저는 절박했으니까요."

카헤시온과 시로벨의 시선이 목걸이 쪽으로 향했다.

메모리얼? 그럼 카인 황자가 블랙캣의 마스터이자 카산드라에게 빼앗긴 게 저것이라는 건가? 그래서 그토록 찾아 돌아다닌 거야? 행방불명이 되면서까지?

"그게 뭐지?"

카헤시온이 떨리는 목소리로 물었다. 하지만 카인은 주먹을 움켜쥔 채 카산드라를 노려보기만 했다. 그녀는 목걸이를 앞뒤로 흔들며 여유로운 어조로 답했다.

"기억을 담아 응축시킨 보석, 메모리얼. 너희들이 모르는 과거의 모든 것이 담겨 있지. 아직은 때가 아니기에 그만두라는 경고의 의미로 목걸이를 빼앗았더니 아주 곳곳을 들쑤시고 다니더구나."

엔비는 입술을 깨물며 주먹을 움켜쥐었다. 처음엔 그저 과거

하나를 메모리얼로 만들어주면 끝나는 일이라 생각했다. 그래서 과거에 관련된 이들을 찾아 무의식의 기억들을 모조리 꺼내 메모리얼로 만들었다. 그런데 그것을 도둑맞았고, 그걸 다시 만들기 위해 여기저기 특이한 마나가 흐르는 곳곳에 다크문을 새겨 마나를 모으고 마물을 출현시켜, 사람들이 접근하지 못하게 만들었다. 충분히 마나를 모아 새로운 메모리얼을 만들기 위해선 조금이라도 방해가 있어선 안 되니까. 하지만 한번 만들어졌던 메모리얼을 또 만드는 건 쉽지 않았다. 이미 한 번 담긴 기억이기에 다시 만들려면 원래의 메모리얼이 완전히 사라져야 가능했던 것이다. 그래도 혹시나 어쩌면, 용의 마나가 흐르는 크리스털 마운틴의 고대 던전이라면 가능할지도 몰라서 최후의 장소로 사용했지만 역시나 실패했었다. 그런데 그게 모두 드래곤의 일을 방해한 탓이었다니!

"저 건방진 녀석이 메모리얼을 만든 것은 무척이나 불쾌하지만."

엔비는 흠칫하며 점점 더 고개를 아래로 숙였다.

"그토록 알고 싶다면 보여주도록 하지. 사실 밝혀질 때도 되었어. 그래서 너희들을 이 자리에 부른 거야."

카산드라의 시선이 시로벨과 카헤시온을 스쳐 지나갔다. 카헤시온은 그것조차 느낄 수 없을 만큼 혼란스러운 표정이었다. 시로벨도 잠자코 있었다. 이 일만큼은 저 두 사람의 일이기에 나설 수가 없었다.

그때, 카인의 목소리가 단호하게 그를 깨웠다.

"난 이걸 위해서 여기까지 왔다. 이걸 위해서 마족과 계약을 하고 내 모든 것을 걸었어. 너 역시 나와 다를 것이 없을 텐데?"

"……."

"이제 그만 우리 사이의 족쇄를 끊어낼 때도 되었어."

카헤시온은 주먹을 움켜쥐었다. 시로벨을 바라보니 그녀는 그저 그를 보며 살며시 웃어주었다. 그 미소에 그는 대답하듯 고개를 끄덕였다.

두 사람의 대답에 카산드라는 만족스러운 눈빛을 띠며 목걸이를 들어 올렸다.

"자, 그럼."

카산드라는 목걸이를 손에서 놓았다. 바닥에 떨어진 목걸이가 깨지고 그 안에 들어 있던 액체가 공중으로 떠올랐다. 카산드라의 눈앞으로 카드가 펼쳐졌다. 그녀는 그중 한 장을 꺼내 들었다.

선택받은 카드는 그녀의 손가락 위에서 빙그르르 돌았다. 이내 각자의 머릿속에서 하나의 영상이 펼쳐지기 시작했다.

다급한 표정의 한 여인과 두려운 표정의 또 다른 여인. 바로 아멜리아 황후와 이사벨라 황후의 모습이었다.

⚜　　　⚜　　　⚜

마티디안 제국의 황도를 마차 한 대가 빠르게 달려갔다. 그 안에는 스와델라 제국을 대표하여 마티디안 제국의 연회에 참석하기 위해 두 황녀가 타고 있었다.

아멜리아와 이사벨라, 두 황녀는 자매이면서도 사뭇 다른 모습을 보였다. 짙은 흑발에 은빛 테가 둘러진 안경을 쓰고서 책에 집중하고 있는 이사벨라의 시선엔 그저 서늘한 무심함이 흘렀고, 반대편에는 이사벨라의 언니 아멜리아가 창밖을 바라보며 흥분을 감추지 못하고 있었다.

"이사벨라, 이사벨라! 저기 좀 봐. 마티디안 제국의 상징인 빛의 황궁이야. 거의 다 도착했다고!"

"네, 언니. 그러네요."

흥분한 아멜리아와는 달리 이사벨라의 대답은 너무나도 무미건조했다. 아멜리아는 뚱한 표정으로 동생의 책을 빼앗아 버렸다.

"언니!"

"책은 그만 보고 거울이나 좀 봐. 고리타분하게 뭐 하는 거야!"

"전 이런 연회 같은 게 더 고리타분해요."

이사벨라는 참았던 불만을 터뜨리며 책을 다시 빼앗아 들었다. 마티디안 황태자의 생일 연회 따위에 오고 싶어 온 게 아니었다. 아바마마의 명만 아니었더라면 이런 곳에 올 생각조차 하지 않았을 것이다. 게다가 그 속내가 보이지 않는가. 어떻게든 부자 나라의 황족들과 만나게 해 혼인을 시켜 그 덕을 보려고 하는. 왜냐면 스와델라 제국은 말이 제국이지, 다른 제국에 비해 가장 작고, 척박했으며 또한 가난했으니까.

'이런 자리에 오기 위해 치장하는 돈만 아껴도 백성들이 한 끼는 더 먹을 수 있을 텐데.'

이사벨라와 달리 이런 연회를 무척이나 좋아하는 아멜리아는 동생을 이해할 수 없단 눈으로 보고는 거울을 꺼내 몸단장에 집중했다. 어깨까지 풍성하게 내려오는 흑빛 머리카락을 장식한 진주가 반짝거렸으며, 어깨를 그대로 드러낸 드레스에 새하얀 목덜미 사이로 역시나 진주 목걸이가 아름답게 반짝거리고 있었다. 아멜리아 황녀는 그냥 보아도 사랑스러운 여인이었다.

그에 비해 이사벨라 황녀는 사랑스럽다기보다는 다소 차가운 인상을 지니고 있었다. 하지만 치켜 올라간 눈꼬리와 오만하고 도도한 분위기가 잘 어울려 아멜리아 황녀와는 다른 매력으로 사내들의 마음을 들썩이게 하곤 했다. 물론 당사자는 전혀 관심이 없었지만.

금세 황궁 문을 넘은 마차는 달리고 또 달려 연회가 열리는 화려한 궁 앞에 도착했다. 마차 문이 열리고 두 황녀는 옷매무새를 정리한 후 마차에서 내렸다. 아멜리아는 화려한 공작 깃의 부채를 펼쳐 들고서 살포시 미소를 지었고 이사벨라는 여전히 한 손에 책을 든 채 속으로 한숨만 내쉬었다.

"이것 봐, 이사벨라. 정말 대단하지 않니?"

아멜리아는 흥분된 어조로 이사벨라에게 속삭였다. 그만큼 마티디안 제국의 황궁은 어마어마했다. 같은 제국이지만 스와델라와는 비교도 되지 않을 정도로 엄청난 재력을 자랑하는 마티디안은 화려하고, 웅장하고, 모든 것이 지나치게 컸다.

이사벨라도 겉으로는 태연한 척했지만 속으로는 많이 놀랄 정도였다.

'세상에. 이 정도 재력이면 백성들이 배고파서 죽진 않겠다.'

시종의 안내에 따라 연회장 입구에 선 이사벨라는 그제야 조금 긴장을 하고선 책을 꽉 움켜쥐며 아멜리아의 뒤에 섰다.

"스와델라 제국의 아멜리아 황녀마마와 이사벨라 황녀마마께서 당도하셨습니다!"

시종의 커다란 목소리와 함께 거대한 문이 열렸다. 눈부신 샹들리에의 빛이 쏟아졌다. 어마어마하게 큰 연회장에 수많은 사람들이 모여 음악에 맞춰 춤을 추거나 이야기를 나누고 있었다. 황태자의 탄신 연회치고는 지나치게 과분하다는 생각이 들었다.

"정말 이렇게 대단한 연회는 처음이야."

"황제 폐하도 아니고 황태자의 탄신 연회인데, 과하게 사치스럽네요."

이사벨라는 어쩐지 조금 부러운 마음에 저도 모르게 말이 퉁명스럽게 튀어나오고 말았다.

"부끄러운 소리 그만해, 이사벨라. 그리고 이 자리에 어울리지 않는 책은 좀 치우고!"

아멜리아는 이사벨라의 모습이 영 마음에 들지 않는지 미간을 찡그렸다. 그도 그럴 것이, 이사벨라는 너무나도 평범한 갈색 드레스를 입었고 머리카락도 그저 길게 늘어뜨렸을 뿐 그 흔한 장신구도 하나 달지 않았다. 게다가 화장기 없는 말간 얼굴조차 너무 평범했다. 안 그래도 이런 자리에 오면 은근히 가난한 자신들을 깔보는 것 같아 속상한데!

"스와델라 제국을 우습게 여기면 어쩔 거야. 이런 사교파티는 그야말로 꽃들의 전쟁이라고!"

"언니나 실컷 전쟁하세요. 전 구석에 박혀 있을 테니까."

"정말 걱정이다, 이사벨라."

이사벨라와 아멜리아는 연회의 주인공인 마티디안 제국의 황태자를 만나 인사를 하려 했지만, 그는 급한 일로 아직 연회장에 오지 않았다는 말을 들었다. 아멜리아는 연회를 즐기기 위해 사람들 틈으로 사라졌고 이사벨라는 그 틈에 슬쩍 몸을 뒤로 돌렸다. 황태자에게 얼굴만 비치고 연회장을 빠져나가려고 한 계획이 어긋나 버렸다.

이사벨라는 슬쩍 연회장을 빠져나왔다. 거대한 문이 닫히자 음악 소리가 순식간에 사라졌다. 바깥은 짙은 어둠 사이로 흘러드는 셀레룬과 아테미스룬의 빛을 제외하곤 아무것도 없어서 무척이나 고요했다. 이 거대한 황궁의 모든 눈과 귀가 지금 연회장에 몰려 있기 때문이었다.

"하아, 이제 좀 살겠네."

이사벨라는 긴 한숨을 내쉬고서 조심스럽게 걸음을 옮겼다. 다시 봐도 꽝장히 거대한 황궁이다. 게다가 무척이나 정교하고 아름다운 것들 뿐이었다. 하루하루 먹고 살기가 힘든 스와델라와는 달리 이곳은 모든 것이 풍족하고 평화로워보였다.

"조각이 참 섬세하네. 하나하나 다 장인의 솜씨잖아. 이런 황궁을 짓기 위해서는 얼마만큼의 돈을 써야 하지? 정말 돈이 남아도나 보네. 하긴 어련하겠어. 아주 흥청망청 쓰는 거겠지. 이걸 만든 사람은 그만큼의 돈을 받았나? 받긴 뭘 받았겠어. 어쩌면 죽어라 일만 하고 대가는 쥐꼬리만큼 받았을지도 몰라."

이사벨라는 조각상을 슬쩍 쓰다듬다가 고개를 돌렸다. 그러다 맞은편에서 저를 빤히 쳐다보고 있는 한 남자의 모습에 흠칫 놀라고 말았다.

"누, 누구냐!"

남자는 잠시 고개를 갸웃하더니 이내 한 걸음 앞으로 다가왔다. 그러자 그림자에 가렸던 얼굴 위로 달빛이 스미면서 얼굴이 뚜렷하게 보였다. 반듯한 이목구비와 차분히 내려온 머리카락 사이로 날카롭고 단단한 눈동자가 보였다. 겉으론 단순한 복장이었지만 굉장히 비싸 보이는 옷감과 장신구를 보아하니 아마도 연회에 참석한 귀공자인 듯싶었다.

"어찌 그리 빤히 보고 계셨습니까? 참으로 무례하십니다."

이사벨라는 잔뜩 경계하며 그를 노려보았고, 그는 그런 그녀를 빤히 바라보더니 이내 피식 웃으며 입을 열었다. 굉장히 낮고 깊이 있는 목소리였다.

"미안합니다. 절 알아보지 못할 거라 예상치도 못했기에."

"예?"

"그래도 제법 잘 알려진 얼굴인데. 모르려고 해도 모를 수가 없는데 말이지."

"하?"

이사벨라는 남자의 말에 경멸을 느끼고서 고개를 돌렸다. 정말이지 자신이 딱 싫어하는 부류였다. 잘난 척 심하고 허세가 가득한 데다 머리는 텅텅 빈 남자들!

"그나저나 마티디안 제국의 연회에 왔으면서 마티디안 제국에 대해서 이리 뒷담화해도 되는 겁니까? 그러다가 누가 들으면 어쩌려고."

"뒷담화라니요! 그저 사실을 말했을 뿐이죠!"

"사실이라니? 돈을 흥청망청 썼다는 거? 장인들에게 돈을 쥐꼬리만큼 줬을 거라는 거?"

이거 뭐야. 완전히 다 엿들었잖아!

"정말 무례하시군요. 도둑도 아니고, 남의 말을 어찌 이리 다

엿들었습니까?"

"엿듣다니. 그저 들렸습니다. 들으라고 그리 크게 말한 것이 아닙니까?"

"설령 그렇다고 하더라도 듣고 있을 게 아니라 그냥 지나쳐야 하는 거 아닙니까?"

"나랑 관련된 일이라서 신기해서 들었습니다."

"관련되었다니. 마티디안 제국 소속입니까?"

만약 그렇다면 조금 곤란한데. 욕보인 건 아니지만 그래도 들었을 때 썩 기분 좋은 소리는 아니니까.

어쩐지 카랑카랑하게 대들던 여자가 조금 수그러들자, 남자는 재미있다는 듯 웃으며 조금 전 이사벨라가 만졌던 조각상을 쓰다듬었다.

"이 제국 소속이긴 합니다. 그리고 아무리 부유해도 황궁에 돈을 그리 흥청망청 쓰겠습니까? 있는 것들이 더하다고, 아마 들으면 깜짝 놀랄 정도로 돈을 안 썼을 겁니다. 그렇다고 장인들을 돈도 안 주고 부려먹은 것은 아니니 그런 표정 짓지 마십시오."

이사벨라는 속내를 들킨 것 같아 찔리는 표정으로 대뜸 외쳤다.

"제가 무슨 생각을 했다고 그러십니까!"

"이 황궁은 초대 황제 폐하의 은덕으로 세워졌습니다. 영토 전쟁 때, 드워프들의 땅을 지켜준 은혜를 갚고자 드워프들이 드래곤의 힘까지 보태 만든 것이지요."

그녀는 드워프라는 말에 놀라움을 감추지 못했다. 최고의 장인인 드워프들은 결코 인간들을 돕지 않는다. 아니, 자신들 외엔 그 누구도 믿지 않는 종족으로 유명했다. 그 옛날 제국들이 영토 분쟁을 하기 전에는 그래도 드워프들이 자주 모습을 보이곤 했지만, 지금은 그들을 보는 것이 무척이나 어려웠다. 하지만 가끔씩 그들이 만든 물건이 세상으로 나오곤 했는데, 그 어느 것 하나 허투루 만든 것 없이 엄청난 품질과 몸값을 자랑했다.

마티디안 제국의 초대 황제가 얼마나 대단한 사람인지 알고는 있었다. 영토 분쟁 시절, 끝없는 전쟁으로 발카 대륙에는 피바람이 몰아쳤다. 어떻게든 영토를 넓히기 위해 타 종족의 목숨도 스스럼없이 앗아가 그 땅을 갈취했다. 하지만 마티디안 초대 황제는 드워프들을 존중하고, 그들의 영토를 숨겨주었다. 물론 지금 드워프들은 그 땅에 살지 않지만 그때의 은혜를 이렇게 황궁으로 보답했다는 것인가.

"……실언을 했습니다. 죄송합니다."

이사벨라는 그를 향해 정중히 고개를 숙여 사죄했다. 이토록 대단한 인연이 모여 만든 곳을 그런 식으로 말한 것은 분명 잘못한 것이다.

이사벨라가 쉽게 제 잘못을 시인하고 용서를 청하자 남자는 잠시 미묘한 표정을 지었다. 그러다가 그녀의 손에 들려 있는 책을 발견하였다.

"고대 발로키아 암호서로군요. 해독하기 어렵고 난해한 내용인데, 그 책을 읽는 겁니까?"

이사벨라는 자신의 책을 단번에 알아차린 남자의 말에 고개를 번쩍 들었다. 이 책은 고대 발로키아인들이 그들만의 암호로 만든 책으로 암호 문장 하나하나가 해독하기 어려운 구절로 되어 있는 고서라 읽는 사람도, 아는 사람도 드물었다. 하지만 이사벨라는 어려운 문장을 이해하고 해독하는 재미 때문에 이 책을 놓지 못했다.

"이 책을 아십니까?"

"외전을 가지고 있습니다."

"정말요? 진짜로? 외전이 있단 말입니까?"

그녀는 저도 모르게 흥분하여 그를 향해 성큼 다가섰다.

남자는 갑자기 돌변한 이사벨라의 태도에 잠시 당황스러워했다. 고작 책 한 권에 표정이 다채롭게 바뀌는 게 신기하기도 했다.

"그, 그렇습니다."

"세상에! 외전이 있다는 얘기는 들었습니다. 하나 본편도 어렵게 구한 터라 그것까진 엄두도 못 내고 있었는데……."

이사벨라는 마치 보석이라도 발견한 것처럼 반짝이는 눈을 한 채 사내의 손을 꽉 붙잡고 간절하게 속삭였다.

"제게 그것을 보여주실 수 있나요?"

사내는 그런 이사벨라의 모습을 빤히 바라보았다. 매혹적인 까만 눈망울이 저를 향해 엷은 눈웃음을 지으며 휘늘어져 있었다. 가까이에서 보니 상당한 미인이었다. 게다가 굉장히 특이한 취향을 가진.

"풉!"

그는 저도 모르게 웃음을 내지었고, 이사벨라는 그제야 제 꼴이 얼마나 망측한지 알고서는 흠칫 놀랐다. 그의 손을 놓고 뒤로 물러나려는데 이번에는 남자가 그녀의 손을 놓아주지 않았다. 그는 싱긋 웃으면서 말했다.

"그렇게 보고 싶으시면, 보여 드리겠습니다."

"정말이신가요? 그렇다면 지금……!"

"그러고 싶지만, 지금은 좀 바빠서."

"그러면 언제……?"

어쩐지 실망한 듯한 어조에 사내는 웃음을 꾹 누르고서 말했다.

"그건 잠시 후에 말씀드리겠습니다."

"예?"

"곧 다시 만나게 될 테니까. 너무 놀라서 기절하진 말고."

"하?"

"그러니 얼른 연회장으로 돌아가시죠. 이사벨라 황녀."

어떻게 제 이름을 알았느냐고 물어볼 새도 없이 남자가 먼저 자리를 뜨고 남겨진 이사벨라는 그 자리에 멍하니 서서 아직 온 기가 남아 있는 제 손을 바라보았다. 뭔가 기분이 묘했다. 대체 저 남자의 정체가 뭐야? 마티디안 제국 공작가의 자제인가?

한편, 아멜리아는 사교파티에 익숙한 모습으로 연회장을 누볐다. 그녀는 어떻게 해야 자신의 외모가 더욱 사랑스워 보이는지, 어떤 식으로 말을 하고 행동해야 남들에게 호감을 얻을 수 있는지 잘 알고 있었다.

'그나저나 황태자는 대체 언제 만날 수 있는 거야?'

오늘 아멜리아의 목표는 하나였다. 바로 마티디안 제국의 황태자를 만나는 것. 제1황자를 실력으로 누르고 황태자 자리에 오른 데다 외모 또한 근사하다고 했다. 게다가 아직 혼약자도 없는 상황. 그렇다면 기회가 있는 것이다. 부유하기로 소문난 마티디안 제국의 황태자비가 된다면 그 누구도 더 이상 가난한 제국의 황녀라고 자신을 업신여기지 않을 것이다. 그런데 어째 자기 탄신 연회면서 얼굴 한 번 보기가 이리도 어려운 것인지.

"하아……."

"어찌 그리 한숨을 쉬고 계신가요?"

아멜리아는 낯선 목소리에 흠칫 놀라 고개를 돌렸다. 그녀는 살포시 눈웃음을 짓고 있는 남자의 얼굴에 그만 시선을 빼앗겼다.

"아……."

굉장한 미남이었다. 오묘한 회색빛 머리카락 사이로 서늘하게 그어진 눈매가 살포시 미소를 머금고 있었고, 균형 있게 잡힌 몸집에 어울리는 검붉은 연미복과 함께 자극적인 붉은 입술 너머로 울리는 그윽한 목소리가 아멜리아의 심장을 건드렸다.

"아멜리아 황녀마마?"

"어, 어떻게 제 이름을?"

"아, 제 소개가 늦었군요. 테일러 에더 카일라라고 합니다."

"……카일라라면, 카일라 공작?"

"알아주시다니 영광입니다."

아멜리아는 놀란 표정을 숨기지 못했다. 그는 이번에 2황자가 황태자로 책봉된 후 공작 위를 받은, 마티디안 제국의 제1황자였다. 동생에게 황위를 빼앗길 정도면 얼마나 얼빠진 녀석인가 싶었는데 겉으로 보기엔 멀쩡했다. 아니, 오히려 너무나도 근사하고 완벽했다.

"연회가 지루하신가요?"

테일러는 아멜리아와 눈을 맞추며 부드러운 목소리로 속삭였다. 아멜리아는 그 목소리에 저도 모르게 얼굴이 새빨개져서는 고개를 저었다.

"아니요. 정말 대단한 연회예요. 단지, 아직 황태자 전하를 뵙지 못해서……."

"황태자 전하께선 항상 바쁘시죠. 이번 연회도 전하께서 원하신 것이 아니라서 아마 더 늦으실지도 모른답니다."

"그렇군요."

아멜리아는 아쉬운 듯 고개를 끄덕였다. 그때, 음악이 바뀌면서 부드러운 춤곡이 흘러나왔고, 테일러는 아멜리아를 향해 손을 내밀었다.

"아름다운 손님을 지루하게 할 수는 없으니, 제가 춤 상대를 할 수 있도록 허락해 주시겠습니까?"

"춤이요?"

"거절하실 건가요?"

테일러의 입꼬리가 슬쩍 올라갔다. 그 미소에 홀려 아멜리아는 그의 손을 잡고서 연회장 가운데로 걸어갔다. 마치 구름을 걷는 듯 발에 감각이 없었다. 심장이 미치도록 빠르게 뛰고 그와 맞잡은 손끝에선 열꽃이 피어오르는 듯했다.

그가 그녀의 허리를 당겨 안았다. 야릇하게 움직이는 그의 손가락과 빤히 바라보는 시선에 갇혀 아멜리아는 아무것도 할 수 없었다. 음악에 맞춰 움직이기 시작하면서 서로의 몸과 몸이 얼핏얼핏 스치며 미묘하던 열기가 더더욱 파르르 달아올랐다.

"춤을 잘 추시는군요."

"리드를 잘 해주시는 덕분이죠."

"스와델라 제국의 황녀께서 빼어난 미인이라는 소문은 들었는데, 사실이었군요."

"과찬에 부끄럽습니다."

그의 목소리가 점점 더 은밀해지고 숨결이 점점 더 가깝게 느껴졌다. 아멜리아는 더 이상 고개를 들어 그를 마주할 수가 없다. 그의 깊은 눈동자에 홀려 버릴 것 같았다. 그에게 모든 것을 빼앗겨 버릴 것 같았다.

그렇게 영원과도 같은 시간이 흘렀다. 이대로 쭉 계속되었으면 싶었던 순간은 황태자의 등장을 알리는 시종의 커다란 목소리에 끝나 버렸다.

테일러는 그녀의 손을 놓아주었다. 아멜리아는 무척이나 아쉬운 얼굴로 살짝 고개를 숙여 보였다.

"정말 감사했어요, 테일러 공."

"그럼 남은 시간 즐겁게 보내시길 바랍니다, 아멜리아 황녀마마."

아멜리아는 그의 뒤를 좇으며 여전히 가쁘게 뛰고 있는 심장을 꾹 눌렀다. 너무 매력적인 사람이다. 지금껏 저런 남자는 보지 못했는데. 가슴이, 가슴이 너무나도 벅차오른다.

"언니!"

이사벨라의 목소리에 아멜리아는 애써 정신을 차리고서 그녀를 돌아보았다.

"대체 어딜 다녀온 거야? 또 그 책 읽고 있었어? 너 정말!"

"얼른 황태자 전하를 뵙고 이제 그만 들어가자. 나 너무 피곤해."

이사벨라는 바깥에서 있었던 일을 떠올리며 한숨을 내쉬었다. 아멜리아는 동생을 어떻게 타일러야 할지 모르겠어서 혀를 찼다.

오늘의 주인공인 황태자를 맞기 위해 연회장 안에 있던 사람들 모두가 그 자리에 서서 문이 열리기만을 기다렸다. 이사벨라와 아멜리아도 다른 사람들과 마찬가지로 그를 기다리고 있었지만 서로 다른 생각에 빠져 있었다. 아멜리아는 저도 모르게 테일러를 찾아 두리번거렸고, 이사벨라도 아까 보았던 그 의문의 사내를 떠올리고 있었다.

"황태자 전하께서 도착하셨습니다!"

연회장 안의 사람들이 고개를 숙이거나 무릎을 굽히는 등 저마다의 방법으로 황태자를 맞았다. 연회장 안으로 들어서는 황태자의 발걸음 소리가 또닥또닥 들렸다. 제1황자를 누르고 황태자 자리를 차지한, 앞으로 제국을 이끌어 갈 차기 황제 보바톤 벨베스트 마티디안의 등장이었다.

"모두 고개를 드시오."

황태자의 목소리가 연회장 가득 울려 퍼졌다. 모두들 미소를 머금은 표정으로 황태자를 바라보았지만, 단 한 사람만큼은 낯익은 목소리에 하얗게 질린 얼굴이 되어 제 눈앞에 서 있는 황태자를 바라보았다.

"어, 어떻게……."

이사벨라는 너무 놀라 말도 잘 나오질 않았다. 황태자, 보바톤은 이사벨라를 향해 웃고 있었다.

"미안합니다. 절 알아보지 못할 거라 예상치도 못했기에."

"그래도 제법 잘 알려진 얼굴인데. 모르려고 해도 모를 수가 없는데 말이지."

그래서 그런 말을 했던 거야?

"이 제국 소속이긴 합니다. 곧 다시 만나게 될 테니까. 너무 놀라서 기절하진 말고."

그래서 그런 말도 했던 거고!

이제야 그가 어떻게 제 이름을 알고 있었는지 이해가 되었다. 동시에 그는 저를 알고 있는데 저는 그의 얼굴조차 몰랐다는 사실에 자책했다. 그러다가 스스로 정체를 밝히지 않은 그에게 화가 나기까지 했다.

이사벨라는 순식간에 싸늘해진 눈초리로 보바톤 황태자를 노려보았다. 하지만 그의 태연한 얼굴에 저만 놀림을 당한 것 같아 결국 먼저 그의 시선을 피해 버렸다.

황태자의 등장으로 파티가 다시 시작되었다. 이사벨라는 피곤한 기색이 역력한 어조로 아멜리아에게 말했다.

"언니, 나 먼저 갈게. 머리가 너무 아파."

"그래? 그럼 그렇게 하도록 해. 난 찾을 사람이 좀 있어서."

아멜리아는 이사벨라는 보지도 않고 고개를 끄덕였다. 이사벨라는 책을 꼭 붙잡고서 연회장을 빠져나가기 위해 사람들 사이의 틈을 보았다. 그때 시종 하나가 그녀에게 다가왔다.

"이사벨라 황녀마마."

이사벨라는 왠지 불길한 느낌에 움찔하며 그를 보았다.

"무슨 일이지?"

시종은 품 안에서 쪽지 한 장을 꺼내 그녀에게 건네주었다.

"황태자 전하께서 전하라 하셨습니다."

황태자라는 말에 이사벨라는 시종의 손을 노려보기만 했다. 저 손에 들린 쪽지를 눈빛으로 태워 버릴 듯한 기세였다. 이사벨라가 쪽지를 받지 않자 시종은 억지로 그녀의 손에 그것을 쥐어 주고선 고개를 숙이며 사라졌다.

이사벨라는 어쩌다가 일이 이 지경으로 꼬였을까 한탄하면서 쪽지를 펼쳐 보았다. 걱정한 것과 달리 쪽지에 적힌 내용은 생각보다 간단했다.

정말 곧 다시 만났죠? 조금 놀라긴 했습니까? 내일 시종을 보내도록 하겠습니다. 약속은 지켜야 하니까.

아마도 아까 말한 책에 대한 것인가 싶었다.

이사벨라는 고민했다. 다시 그를 보고 싶지 않았지만 이번이 아니면 그 책은 영영 보지 못할 수도 있었다. 이사벨라는 구하기 힘든 책과 자신에게 이런 창피를 준 남자의 얼굴을 동시에 떠올렸다. 이상하게 얼굴에 열이 오르는 것 같기도 했다.

"그, 그래. 책은 봐야겠어! 창피함은 한순간이지만 책은……!"

이사벨라는 그의 쪽지를 책에 꽂아 넣고서 서둘러 연회장을 빠져나갔다.

어느새 셀레룬과 아테미스룬이 한가득 빛을 쏟아내고 있었고, 무언가 알 수 없는 바람과 더불어 감정들이 넘실거리고 있었다.

이른 아침. 이사벨라는 대충 몸을 씻고, 머리도 빗고, 자신이 가져온 것 중 가장 깨끗한 푸른 드레스로 갈아입고서 초조한 기색으로 문 쪽을 힐끔거렸다. 아직 누군가 방문할 기색은 없어 보였다.

"너무 빠른가?"

이사벨라는 자신이 너무 일찍 준비한 건 아닌가 싶었다. 확실히 창밖만 보더라도 이제 막 해가 떠올라 새벽의 푸른 기운이 막 가시고 있었다. 왠지 모를 초조함에 괜히 방 안만 서성이던 그때, 노크 소리가 들렸다.

"이사벨라 황녀마마, 일어나셨습니까?"

이사벨라는 반가운 마음에 황급히 문을 열었다. 그러자 어제 보았던 시종이 깊이 고개를 숙이며 예를 갖추고 있었다.

"황녀마마, 황태자 전하께서 마마를 모셔오라고 하셨습니다."

"이토록 이른 시각에 사람을 오라 가라 하다니, 좀 그러네요."

"네?"

"가자고요."

그녀는 괜히 살짝 튕기고는 시종의 뒤를 따랐다. 시종이 안내한 곳은 아이리스궁이었다. 은은한 보랏빛으로 반짝이는 아름다운 이곳이 바로 황태자가 거처하는 곳인가 싶었다.

"이곳이 황태자궁인가요?"

"황태자 전하께서 계시는 궁은 펠리아궁입니다. 하나 그곳은 마음대로 드나들 수가 없는 곳. 이곳은 아이리스궁으로 2황자 시절에 사용하셨던 궁입니다."

"아……."

어느 문 앞에 선 시종이 걸음을 멈추고는 이사벨라를 향해 몸을 비켜주었다.

"이곳에 황태자 전하께서 기다리고 계십니다. 하면 전 이만."

시종이 물러났고, 이사벨라는 조금 긴장된 표정으로 주먹을 꼭 쥐었다가 폈다. 이내 그녀는 특유의 오만하고 무심한 표정으로 문을 두드렸다. 안에서 들어오라는 소리가 들렸다.

문을 열자, 그곳에 그가 있었다. 어제보단 덜 화려한 옷을 입은 그는 높디높은 천장까지 닿아 있는 책장 사이에 서 있었다.

"너무 이른 시각이 아닌가 걱정했었는데."

"좀 이르긴 했죠."

대꾸를 하는 이사벨라의 시선은 보바톤이 아닌 책장으로 쏠려 있었다. 보바톤은 피식 웃으며 읽고 있던 책을 들고 그녀에게 다가섰다.

"자. 그토록 찾던 외전."

그녀가 원하던 책을 넘겨주었는데도 이사벨라는 그저 그를 빤히 쳐다만 보았다.

"왜. 이것 때문에 온 거 아니야?"

"이게 목적이긴 하지만, 물을 건 물어야죠. 일단, 왜 속였어요?"

이사벨라가 단도직입적으로 물어오자 보바톤은 어깨를 으쓱이며 짧게 답했다.

"속인 적 없어."

"그럼 왜 말을 안 했어요?"

"굳이 말할 필요가 없었으니까."

"하아? 지금 저랑 장난하시는 겁니까?"

"내가 왜? 내가 굳이 황태자라고 밝혀야 하는 자리였나? 게다가 마티디안 제국을 방문하면서 황태자의 얼굴조차 모르고 왔을 거라고는 생각하지 못했고."

보바톤의 지긋한 눈빛이 이사벨라에게 향했다. 그녀는 저 역시 자책하던 부분이었기에 괜히 뜨끔하여 손가락을 꽉 붙잡았다.

"난 단숨에 알아봤는데 말이야. 스와델라 제국의 제2황녀."

"……."

"물론 복도에서 마티디안 황궁에 대해 이러쿵저러쿵 하고 있으리라고는 상상도 못 했지만."

"그, 그건! 그런데 왜 은근슬쩍 반말이신가요?"

이사벨라는 얼굴이 붉어져서는 애써 말을 돌렸고, 보바톤은 그런 그녀가 귀엽다는 생각을 하며 입을 열었다.

"나보다 어리지 않나? 그리고 난 장차 이 제국을 이을 황태자이고 그대는 고작 황녀지. 내가 그대에게 말을 높여야 하나?"

그렇게 대꾸한 보바톤은 책장 사이로 들어가 버렸다. 이사벨라는 분했지만 딱히 반박할 말이 없어 그냥 입을 다물었다. 그리고 그의 뒤를 따랐다.

책장 사이를 지나는 이사벨라의 눈이 반짝반짝해졌다. 온 대륙의 책이 이곳에 다 모여 있다고 해도 과언이 아닐 정도로 정말 어마어마한 양이었다. 이사벨라는 탐구의 눈빛으로 혹여 책이 상할까 봐, 조심스럽게 더듬으며 입술을 달싹여 제목을 읽었다. 보바톤은 그런 이사벨라의 모습을 빤히 바라보며 저도 모르게 엷은 미소를 지었다.

"처음이네."

"뭐가요?"

이사벨라는 여전히 책에 집중하고 있었다.

"여인이 이 방에 와서 이토록 생기발랄한 모습을 보인 건. 다들 질색을 하면서 나가던데."

"그래요?"

"솔직히 책이란 게 어렵고 고리타분하잖아. 여인들은 좀 더 반짝거리는 걸 좋아하지 않나?"

"반짝반짝한 거 좋아하죠. 저도 좋아하는걸요."

이사벨라는 책장에서 책 한 권을 꺼내며 그제야 보바톤에게 시선을 돌렸다.

"그 어느 것보다 더 눈부시게 반짝거리는 지식으로 가득한 책을 좋아하지요. 그러니까 이 책도 좀 빌려주세요. 알았죠?"

그러고는 다른 책장으로 건너가는 이사벨라의 뒤통수를 보며 보바톤은 소리 내어 웃음을 터뜨렸다. 보면 볼수록 의외인 여자였다.

이사벨라와 마찬가지로 아멜리아 역시 이른 아침부터 분주하게 움직이고 있었다. 정성스럽게 목욕을 한 뒤, 연회를 위해 아바마마를 졸라 비싸게 구한 향료를 몸에 발라 달콤한 향기가 배도록 했고 풍성한 머리카락을 더욱더 부풀려 보석으로 장식을 했다. 그리고 가지고 온 옷 중에서 가장 화려한 드레스를 곱게 차려입었다. 바로 어제 저녁, 테일러가 은밀하게 전해준 쪽지 때문이었다.

내일 아침, 로제궁 정원을 구경시켜 드리고 싶은데, 괜찮을까요?

분명 그도 자신에게 호감이 있다는 뜻일 것이다. 아멜리아는 들뜨고 설렌 마음을 숨길 수가 없었다. 물론 처음엔 황태자 전하를 노렸지만, 어느새 황태자의 존재는 그녀의 안중에도 없었다. 그보단 카일라 공작과 함께할 수 있다면 얼마나 좋을까 싶었다.

"난 세상에서 가장 행복한 여자가 될 거야!"

아멜리아는 치장을 마치고 공작 깃 부채를 들고 궁을 빠져나갔다.

로제궁을 찾는 건 쉬웠다. 마티디안 황궁에서 가장 아름다운 정원으로 손꼽히는 만큼 멀리서부터 진한 장미향이 흘러들고 있었다.

로제궁으로 들어선 아멜리아는 너무나도 아름다운 절경에 저도 모르게 탄성을 내질렀다.

"어머, 너무 아름답다!"

"황녀마마께서도 오늘 무척 아름다우시군요."

바로 뒤에서 들려온 목소리에 아멜리아는 움찔하며 고개를 돌렸다. 어제보다 훨씬 더 근사한 모습으로 서 있는 테일러가 거기에 있었다. 샹들리에 아래에서 보았을 때도 그랬지만, 이렇게 아침 햇살 아래 선 그의 모습은 그야말로 완벽했다.

"테일러 공."

"안쪽이 더 아름답습니다. 좀 더 가보실까요?"

그는 아멜리아의 곁으로 다가와 손을 내밀었다. 아멜리아는 어쩔 줄 몰라 하면서도 그의 손을 살포시 잡았다. 장미 정원 안으로 들어갈수록 점점 더 진해지는 장미향에 정신이 몽롱해질 것만 같았다. 게다가 그의 온기가 손끝으로 파고들면서 아멜리아는 점점 구름 위를 걷는 듯, 기분이 이상했다.

"정말 정성껏 키웠나 봐요. 장미들이 하나같이 생기가 넘쳐요."

"꽃을 좋아하시나 보군요."

"네, 제일 좋아해요. 꽃은 그 어떤 순간에도 반짝이고 아름다우니까요."

아멜리아는 잠시 걸음을 멈추고서 탐스럽게 피어난 붉은 장미를 바라보았다. 테일러는 아멜리아의 귓가에 살며시 속삭였다.

"지금 제 눈앞에도 그 장미보다 반짝이고 아름다운 이가 있는데요."

"네?"

테일러는 진지한 눈으로 아멜리아에게 성큼성큼 다가섰다. 아멜리아는 놀란 얼굴로 그를 바라보았다. 코앞까지 다가온 테일러가 손을 뻗어 아멜리아의 새하얀 얼굴을 쓰다듬었다.

"테, 테일러 공?"

"내 눈엔 그대가 제일 반짝이고 아름답습니다."

테일러의 입술이 아멜리아의 숨결을 거칠게 빨아 당기기 시작했다. 격하게 퍼지는 열기와 미친 듯이 흔들리는 공기. 아멜리아는 난생처음 해보는 키스에 온몸이 파르르 떨렸지만 그를 밀어내지 않았다. 싫지 않았다. 아니, 오히려 너무나도 황홀했다.

어느새 그의 손이 그녀의 허리를 끌어당기며 점점 더 깊숙이 그녀의 입술을 취했고, 지독하게 번지는 야릇한 향기에 아멜리아는 저도 모르게 신음을 내뱉으며 테일러의 옷깃을 꽉 붙잡고 그에게 매달렸다. 바람결에 진한 장미향이 풍겼다. 그리고 그 속에서 테일러와 아멜리아는 더더욱 진한 향기에 취해가고 있었다.

길다고만 생각했던 마티디안에서의 일정은 드디어 오늘이 마지막이었다.

이사벨라는 애초 가져온 것도 별로 없어 더 챙길 것도 없는 짐을 정리했다. 그러다 문득 드는 생각에 손을 멈췄다. 지난 일주일간, 이사벨라는 매일 그의 서재로 책을 읽으러 갔었다. 그리고 종종 그와 마주쳤다. 두 사람 사이에 별다른 대화는 없었고, 그녀는 그저 책만 읽을 뿐이었다. 하지만 같이 있으면서 서로 조용히 책을 읽는 그 순간이 그 어떤 순간보다 따뜻했다. 그 순간순간이 떠오르면서 이사벨라는 가슴께가 뭉클하면서도 뜨거워지는 것 같았다.

이렇게 떠나면 언제 다시 볼 수 있을지 모른다. 제가 다시 마티디안 제국을 방문하거나 그가 스와델라 제국을 찾지 않는 한은 볼 수 없을 수도 있었다. 그는 황태자이니 훗날 국혼을 한다면 그때에 다시 와볼 수 있을지도 모른다.

거기까지 생각이 미치자 가슴에 찌릿한 통증이 번져 갔다. 이사벨라는 저도 모르게 가슴 위에 손을 올렸다.

똑똑.

노크 소리가 낮게 울렸다. 이사벨라는 애써 생각을 털어내고 누군지 묻지도 않고 문을 열었다.

"누군 줄 알고 이렇게 문을 막 열어주지?"

"황태자 전하?"

문밖에 서 있는 사람은 보바톤 황태자였다. 이사벨라는 놀란 표정을 지었다.

"무슨 일 있으신가요?"

그에 그는 조금 당황한 듯한 표정을 짓더니, 이내 주춤거리며 품속에 챙겨온 걸 그녀에게 내밀었다.

"발로키아 암호서 외전. 그 짧은 시간 동안 다 읽었을 리가 없으니까."

"저한테 주시는 건가요? 이 귀한 걸?"

"아니, 이렇게 귀한 걸 그냥 줄 수는 없지. 빌려주는 거야."

책을 움켜쥔 이사벨라의 심장이 두근거리기 시작했다.

"그러니까 언젠 꼭 다시 돌려줘."

낮고 힘 있게 울리는 목소리. 마치, 다시 만나자고 약속하는 것 같았다. 이사벨라는 두근두근 뛰는 심장 소리가 들릴까 싶어 책을 품에 안고 작게 고개를 끄덕였다. 그러자 보바톤은 잔뜩 긴장했던 표정을 스르르 풀고선 어쩐지 발그레해진 그녀의 모습에 익살스럽게 속삭였다.

"그런 표정도 지을 줄 아는 거야?"

"제, 제 표정이 뭐가 어때서요!"

"훨씬 예쁘다고."

이사벨라는 그만 말문이 막혔다. 이건 반칙이다. 이렇게 갑자기 훅 들어오는 경우가 어디 있어!

"꼭, 돌려줄 거예요."

"그래, 꼭 돌려줘."

그렇게 이사벨라와 보바톤은 인사를 대신한 약속을 남긴 채 등을 돌렸다. 그 약속은 반드시 이루어질 것이라고 믿었다. 그렇게 어리석기 짝이 없이 순수하게, 그들은 그 약조를 믿고 말았다.

이사벨라가 보바톤의 서재에서 행복한 시간을 보내는 동안 아멜리아는 테일러의 저택에서 남들의 시선을 피한 채 은밀한 시간을 보내고 있었다. 하지만 달콤하디달콤한 시간은 그 끝을 보였고, 아멜리아는 울상을 지은 채 테일러의 품 안으로 파고들며 안타까운 어조로 속삭였다.

"당신과 헤어지고 싶지 않아요. 정말, 너무너무 싫어요."

아멜리아의 울먹임에 테일러는 그녀의 탐스러운 머리카락에 입을 맞추고선 새하얗게 드러난 어깨를 더듬으며 속삭였다.

"서로에 대한 마음이 이리 굳건하니 다시 만나게 될 겁니다."

"하지만!"

"이번엔 이만 돌아가요. 그리고 조만간 그대에게 내가 정식으로 청혼할 테니까."

청혼이라는 말에 아멜리아는 한껏 들뜬 표정으로 그의 뺨을 어루만졌다.

"정말이죠? 기다릴 거예요. 나를 너무 애태우지 말아요. 알았죠?"

"물론이죠. 하지만 내가 황위 계승에서 밀려난 공작이라서 폐하께서 허락하실지 모르겠군요. 아멜리아, 당신은 황후의 자리에 어울리는 여인이니까."

테일러의 눈빛에 슬픔이 감돌자 아멜리아는 고개를 가로저으며 그의 입술 위로 자잘한 숨결을 내쉬며 속삭였다.

"걱정 말아요. 난 반드시 당신의 아내가 될 테니까. 그러니까 테일러, 절대로 날 잊지 말아요, 절대로."

"어찌 그대를 잊을까, 나만의 아멜리아."

테일러는 그녀의 잘록한 허리를 바짝 끌어당겨 달콤하게 흘러드는 숨결을 앗아갔다. 탐스런 머리카락을 한껏 움켜쥐고 새하얀 목덜미에 자신의 흔적을 짙게 새겼다. 아멜리아는 그가 주는 열기와 속삭임에 취해 상기된 표정으로 그의 모든 것을 온몸으로 새겨 넣었다.

아멜리아가 저택을 떠나고, 테일러는 언제 달콤한 미소를 지었냐는 양 싸늘한 얼굴로 어둠 속을 향해 짧게 속삭였다.

"분명 보바톤과 아멜리아와의 국혼이 이뤄진다고 했지?"

어둠 속에서 형태만이 드리워진 그림자가 나타나 대답했다.

"예."

그 대답에 테일러는 만족스러운 얼굴을 했다. 위태롭게 어깨에 걸친 옷을 제대로 입고 그는 나릇한 눈동자 속에 열기에 취해 흔들리던 아멜리아를 떠올리며 입가에 진한 미소를 머금었다.

"홋, 그 여자는 이미 내 것이나 다름없어. 내 말이라면 뭐든지 하겠지. 보바톤의 황태자비가 되는 순간, 제대로 이용해 주지. 내가 황제가 되기 위한 체스 말로 말이야."

아멜리아와 이사벨라는 마티디안 제국을 떠났다. 달리는 마차 안에서 아멜리아는 멍하니 창밖만 바라보았다. 이사벨라는 보바톤에게 받은 책을 펼쳤다. 그러자 책장 사이에 뭔가 꽂혀 있었다. 바로 책갈피였다. 그것을 바라보는 이사벨라의 눈동자가 잔잔하게 흔들렸다.

"하……."

책갈피엔 그림이 그려져 있었다. 바로 이사벨라, 그녀의 모습이었다. 한없이 다정한 시선으로 그녀를 바라보았던 그의 시선이 느껴지는 듯했다. 그림 바로 아래에는 그의 필체로 짧은 메시지가 적혀 있었다.

그 무엇보다 아름답고 반짝거렸던 모습.

이사벨라는 미치도록 뜨겁게 두근거리는 심장 아래 그 책갈피를 소중히 품으며 아주 간절히, 간절히 기원했다. 꼭 그와 다시 만날 수 있기를. 꼭 다시 만나서…….

'나도 당신에게 꼭 하고 싶은 말이 있어요.'

많이 고맙고, 또 많이…… 좋아한다고.

마티디안 황궁, 샤이아궁의 정원에 두 여인의 실루엣이 비쳤다. 시간이 흘러도 여전한 모습의 이사벨라와 갈색 로브로 온몸을 가린 아멜리아였다. 아멜리아는 냉담한 이사벨라에게 간절한 어조로 속삭였다.

"부탁해, 이사벨라."

"하지만 황후 폐하."

"날 그렇게 부르지 말라고 했지! 난 황제의 여자가 아니야. 단한 번도 그 자릴 원한 적 없었다고!"

아멜리아의 절규에 이사벨라는 그저 안타까운 시선으로 그녀를 바라보았다. 어쩌다가 운명이 이리도 꼬여 버렸을까. 어쩌다가 이리도 지독하게 꼬여 버린 걸까.

1년 전, 마티디안 제국에 다녀온 이후 모든 것이 변하고 말았다. 아멜리아 황녀와 보바톤 황태자의 국혼 이야기가 오간 것이다. 광물 자원이 풍부하지만 그걸 채집할 재력과 능력이 없는 스와델라에게 마티디안이 손을 내밀면서 제안한, 서로의 화합과 동맹을 위한 국혼. 스와델라로서는 받아들이지 않을 이유가 없었다. 마티디안 제국의 황제가 급작스럽게 승하하면서 아멜리아 황녀와 보바톤 황태자의 국혼은 빠르게 진행되었다. 결국 그는 황제가 되었고 그녀는 황후가 되었다. 그 모든 것이 1년 사이에 이루어졌다. 서로의 아픔을 추스를 틈도 없이. 그 상처가 채 아물기도 전에.

이사벨라는 지킬 수 없었던 그와의 약조를 애써 잊으려 노력하며 마티디안 제국을 멀리하고자 했다. 이렇게 아멜리아가 갑자기 자신을 이곳으로 부르지만 않았어도 평생 마티디안 제국은 쳐다보지도 않으려 했었다.

"제발 부탁해, 이사벨라. 오늘은 꼭 그 사람을 만나야 해. 오늘이 아니면 다시는 만날 수 없을지도 몰라."

"하지만 황후 폐하, 폐하께서는 이미 황제 폐하의 반려이자 마티디안 제국의 황후이십니다. 그런데 외간 남자를 만나 들키기라도 한다면, 황후 폐하의 목숨뿐만 아니라 스와델라 제국도 끝이에요."

원치 않는 혼인에도 잘 참고 버티던 아멜리아는 무너지고 말았다. 그래서 이사벨라에게 빌었다. 마음속에 품고 있는 그 남자를 한 번만 만나고 싶다고. 이번에 기회가 왔다고. 딱 한 번만 만날 수 있게 도와달라고. 아멜리아가 입을 꾹 다물었기에 이사벨라도 대체 그 남자가 누구인지는 몰랐다.

"한 번만 도와줘! 하룻밤만 내 처소에서 나인 척 있어줘. 어차피 밤이라서 샤이아궁엔 아무도 오지 않을 거야. 폐하께서는 절대로 날 찾지 않으실 거니까."

이사벨라는 폐하께서 그녀를 찾지 않는다는 말에 저도 모르게 움찔했다.

"……폐하께서 찾지 않으시다니요? 그게 대체 무슨 말씀이세요?"

아멜리아는 망설이다 이내 모든 사실을 털어놓았다.

"첫날밤 이후로 한 번도, 밤을 보낸 적이 없다고. 서로 원하지 않으니까!"

"하지만!"

이사벨라는 그 뒷말을 이을 수가 없었다. 가슴이 너무나도 아팠다. 남편에게 외면당하는 언니가 가여우면서도 사랑하는 그가 언니를 찾아갈 거라고 생각하면 너무나도 괴로웠다.

더는 시간이 없음을 느낀 아멜리아는 단호한 눈동자로 이사벨라를 향해 말했다. 그녀의 목소리엔 비장함이 서려 있었다.

"네가 도와주지 않는다 해도 난 지금 그에게 갈 거야. 들킨다면 아마 난 죽고, 우리 제국도 무사하진 못하겠지. 그러니 네 손에 달렸어."

이사벨라의 눈동자가 떨리기 시작했다. 아멜리아는 이사벨라에게 마티디안 제국의 황후인 척 하룻밤을 지내달라고 부탁했다. 이사벨라는 결국 그 부탁을 들어주고야 말았다. 오늘 밤만은 그와 가장 가까운 그곳에, 그녀가 가장 바라던 그곳에 있을 수 있게 될 테니 말이다. 비록 그가 찾아오지 않는다 하더라도…….

"꼭, 오늘 안으로 돌아오셔야 해요. 날이 밝으면 감당할 수 없어요."

"고마워! 고마워, 이사벨라."

아멜리아는 이사벨라를 꼭 끌어안고선 서로 옷을 바꿔 입고 어둠 속으로 뛰어갔다. 홀로 남은 이사벨라는 떨리는 숨을 내쉬었다. 혹시 몰라 가지고 온 책을 넣은 품이 왠지 너무나 무겁게 느껴졌다.

"……이걸 돌려주고 끝내는 거야. 전부 다 정리하는 거야."

이사벨라는 로브로 얼굴을 숨기고 샤이아궁 안으로 천천히 걸음을 옮겼다.

떠나기 전에 아멜리아가 일을 잘 처리한 모양인지 샤이아궁 앞엔 시녀들도, 하다못해 보초 기사들 역시 보이지 않았다. 덕분에 이사벨라는 그 누구의 눈에도 띄지 않고 방으로 들어갈 수 있었다. 그제야 긴장이 풀린 이사벨라는 천천히 로브를 벗었다.

어마어마하게 화려한 방이 눈에 들어왔다. 펄럭이는 하얀 커튼 너머로 어둠이 스민다. 달빛이 구름에 가려 적막한 어둠이 감돌고 있었다.

이사벨라는 맨발로 대리석 위를 걸으며 그 서늘한 기운을 느꼈다. 하루, 하룻밤만 버티면 된다. 아멜리아에 대한 걱정으로 가슴이 답답했지만 이사벨라는 애써 내색하지 않았다.

이사벨라는 품에서 책을 꺼냈다. 꼭 다시 돌려주겠다고 했던 책. 그걸 핑계 삼아 한 번 더 만나고 싶었고, 그때 차마 하지 못한 말을 전하고 싶었다. 이젠 더 이상 해서는 안 될 말이 되었으니 이사벨라는 모든 마음을 책에 담기로 했다. 이 책은 여기에 두면 아멜리아가 제대로 전해줄 터였다. 그렇게 되면 이제 전부 끝나는 거다. 미련처럼 남아 있던 응어리도 이제는 지워날 때였다.

이사벨라는 천천히 눈을 감았다. 구름 사이로 가려졌던 아테미스룬과 셀레룬의 빛이 다시 방 안으로 스미고, 그녀는 다시 눈을 떴다. 그 순간, 그녀의 시선이 딱딱하게 굳어지면서 내쉬던 숨도 멎어버리는 듯했다. 믿을 수가 없었다. 환한 달빛 아래 그가 서 있었다. 마티디안 제국의 황제. 예전의 모습 그대로 서 있는 보바톤 황제의 모습.

달빛이 이사벨라와 보바톤의 얼굴을 환하게 비추었다. 그는 미동조차 없이 서서 그녀를 빤히 바라보았다. 이사벨라는 멍하니 그를 바라보다 이내 흠칫하고선 얼른 무릎을 꿇고 고개를 조아렸다.

"폐, 폐하, 이것은……."

"그대가 올 걸 알고 있었다. 해서, 일부러 온 거야, 이사벨라."

생각지도 못하게 그의 목소리가 그녀의 이름을 불렀다. 이사벨라는 심장이 쿵 하고 내려앉으면서 입술이 파르르 떨려왔다.

'기억하고 있는 건가? 나를, 기억하고 있는 거야?'

보바톤은 이사벨라에게 다가가 한 손으로 그녀의 얼굴을 들어 올렸다. 서로의 시선이 한곳에서 뒤엉켰다. 오랜 시간 동안 눌러왔던 복잡한 감정들이 터지려 하고 있었다.

"황후도 나도 참으로 안타깝고 불쌍하지. 서로 원하지 않는 혼인을 하였고, 서로 다른 이를 마음에 품었으니까."

"……."

"해서, 황후가 이곳을 몰래 떠나려고 한다는 사실을 알고도 난 모른 척했다. 네가 올 거라 생각했다. 나는 널, 보고 싶었으니까."

보바톤의 눈빛과 목소리에 이사벨라는 그대로 온몸이 묶이면서 미세한 열기가 피어올랐다. 그는 이사벨라의 한쪽 뺨을 감싼 채로 그녀의 이름을 애틋하게 불렀다.

"이사벨라."

이사벨라는 대답하지 않았다. 그는 조금 서글프게 휘늘어진 눈빛으로 속삭였다.

"넌 내가 보고 싶지 않았어? 정말 그때 그날 이후로 끝이었던 거야?"

아니, 그렇지 않아요. 한 번도 잊어본 적이 없어요. 당신을 다시 만나고 싶었고, 만나면 하고 싶은 말이 있었어요. 책을 돌려주겠다고 한 것도 그저 핑계. 하지만 내가 그 모든 것을 내뱉게 되면 모든 것이 무너지고 말아요.

이사벨라는 눈을 질끈 감고서 고개를 돌려 버렸다. 보바톤은 그녀의 손에 있는 책을 보고선 속삭였다.

"넌 정말로 그 책을 돌려주기 위해 온 것이구나."

"……."

"그럼 돌려줘, 이제."

그는 이사벨라를 향해 손을 내밀었다. 이사벨라는 그 손을 잠시 바라보았다. 책을 돌려주면 이젠 정말 끝이다. 아무것도 남지 않는다. 그를 다시 만날 명분도, 핑계도, 처음 이곳에 온 목적대로 모든 연이 끊어지는 것이다.

'이사벨라, 이러려고 온 거잖아. 그런데 뭘 망설이는 거야.'

그녀는 떨리는 손으로 책을 그에게 건넸다. 그 순간, 그가 그녀의 손을 붙잡고선 그대로 끌어당겨 붉은 입술을 머금었다. 놀란 이사벨라가 그를 밀어내려고 했지만, 보바톤은 이사벨라의 허리를 끌어안은 팔에 힘을 풀지 않았다. 맞닿은 입술에서 피어나는 열기와 그의 거친 숨결이 그녀의 심장을 움켜쥐며 모든 것을 무기력하게 만들었다. 아래에서부터 열락이 잠식하면서, 애써 억누르던 감정이 흘러넘치며 그를 원하는 욕망이 꿈틀거리기 시작했다.

"하읏!"

그녀의 입술을 연신 두드리던 그의 움직임에 이사벨라는 저도 모르게 탄성을 내질렀고, 그 사이로 그가 거침없이 들어와 그녀를 더욱더 안쪽으로 몰아붙였다. 입안 가득 그의 향이 차올랐다. 가쁜 숨결이 뒤섞이며 그토록 간절히 기다리던 두 사람의 심장 소리가 하나로 울리는 듯했다.

보바톤은 그녀를 대리석 바닥으로 밀어뜨리며 새하얀 바닥 위로 까맣게 쏟아지는 그녀의 머리카락을 한껏 움켜쥐었다. 마침내 그는 그녀의 위에서 이사벨라를 내려다보았다. 달빛이 그의 뒤를 비추며 더더욱 거대한 모습으로 다가왔다.

"난 널 단 한 순간도 잊어본 적이 없어. 그날 처음 만났을 때, 그리고 그 책을 너에게 주었을 때 다시 만나자고 약조를 한 것도."

"……"

"다시 만나게 되면, 내게 와달라고 말하려고 했어. 널 원한다고. 온전히 내 옆에 널 세우고 싶었어. 내 황후가 되어달라고. 그렇게 말하려고 했어."

그의 절절한 고백이 와 닿았다. 차마 전하지 못했던 그의 마음이 그녀에게 전해지고 있었다. 보바톤은 그녀의 탐스러운 머리카락을 쓸어내리며 그녀의 하얀 손가락을 붙잡고서 입을 맞추었다.

"넌 그렇게 생각하지 않았을지도 모르지만, 난 그랬어."

"……나도 그랬어요."

그리고 이사벨라는 저도 모르게 제 속내를 말해 버리고 말았다. 도저히 참을 수가 없었다. 이 답답함을, 이 미치도록 타오르는 마음을 말하지 못하면.

'모르겠어. 내가 잘못하는 건지도 몰라. 절대로 해선 안 되는 걸지도 모르지만. 그래도, 그래도 지금 하지 않으면……'

이사벨라는 천천히 몸을 일으켜 그와 손을 마주 잡았다.

"나도 당신을 잊어본 적이 없어요. 이 책을 돌려주는 그날이 오면, 꼭 말하고 싶었어요. 많이 고맙다고. 그리고 아주 많이……"

"……"

"좋아한다고."

보바톤은 그녀를 끌어안고서 떨리는 목소리로 속삭였다.

"고마워, 말해줘서. 용기 내줘서."

달빛의 마법인지 아니면 어둠에 미혹이라도 된 건지, 보바톤과 이사벨라는 오직 서로를 바라보았다. 황제니 황후니 하는 것들을 모두 내려놓고선 그저 서로를 끌어안고 보듬고, 매만지며 지금 이 순간을 기억하려고 애를 썼다.

출렁이는 달빛과 타오르는 갈망 속에 취해 서로의 이름을 부르며 이사벨라는 그의 품에서 달뜬 숨을 삼키며 눈을 감았고, 보바톤 역시 그녀의 여린 살결과 뜨거운 체온을 가득 끌어안으며 달콤하게 속삭였다. 사랑하고, 사랑하고, 또 사랑한다고……

그 시각, 아멜리아는 테일러와 뜨거운 밤을 보내고 있었다. 보바톤 황제의 아내가 되었지만 그녀는 단 한 번도 테일러를 잊어본 적이 없었다. 그가 간절히 보고 싶었고, 그리웠으며, 그의 뜨거운 숨결과 체온, 손길을 바라왔었다.

"흐으윽, 테일러!"

"사랑해, 아멜리아."

그리고 테일러는 아멜리아를 뜨겁게 끌어안으며 그녀의 머릿속을 오직 자신으로 가득 채워 나갔다. 사랑한다고, 사랑한다고, 세뇌를 시키듯 속삭였다. 그녀가 제 발밑에 엎드려 울부짖을 수 있도록. 제 말이라면 죽는 시늉도 할 수 있을 만큼. 그렇게 강렬하게. 그런 테일러 앞에서 아멜리아는 도저히 정신을 차릴 수가 없었다.

"좀 더, 좀 더 나를 안아줘요, 테일러. 난 당신밖에 없어요. 난 당신이 아니면 안 돼요. 황후 따위 싫다고요! 날 데리고 가줘요. 날 데리고 달아나 줘요, 테일러!"

아멜리아는 지나가고 있는 이 짧은 밤이 야속하기만 했다. 그와 헤어지고 싶지 않았다. 다시금 그 끔찍한 곳으로 돌아가고 싶지 않았다. 이 남자와 영원히 함께하고 싶은 마음에 자신이 돌아가지 않으면 마티디안 제국과 스와델라 제국과의 동맹이 무너지게 될 거란 것도 눈에 들어오지 않았다.

테일러는 아멜리아의 눈물을 닦아주면서 입술로 그녀의 얼굴 위를 부드럽게 다독이며 속삭였다.

"나도 그대와 헤어지고 싶지 않아. 나 역시 아멜리아 널 원해. 다른 사내에게 보내야 하다니, 너무나도 끔찍하지."

"테일러……."

"하지만 그대를 보내지 않으면 황제에게 우리 모두 죽게 될 거야. 난 그대가 위험해지는 걸 보고 싶지 않아. 그대 역시 내가 죽는 모습을 보고 싶진 않겠지?"

"하지만, 하지만!"

아멜리아는 테일러를 꼭 끌어안았다. 그는 그녀를 다독이며 나른한 목소리로 속삭였다.

"그대와 내가 영원히 함께할 수 있는 방법이 있기는 하지."

"그게 뭐죠? 말만 해요, 테일러. 당신과 함께할 수 있다면 뭐든지 하겠어요!"

"하지만 쉽지 않아. 그대가 모든 것을 걸어야 해."

"난 내 목숨도 걸 수 있어요."

아멜리아는 테일러의 두 뺨을 쓸어내리며 애원했다. 그러자 테일러의 눈빛이 한순간 번뜩였다.

"그대는 황후지. 하지만 난 한낱 공작에 불과해. 해서 그대와 함께할 수가 없는 거야. 하지만 내가 황제가 된다면."

"……."

"내가 마티디안 제국의 황제가 된다면, 그대와 영원히 함께할 수 있어, 아멜리아."

아멜리아는 너무나도 엄청난 말에 순간 머릿속이 하얘지고 말았다. 황제라니. 테일러가 황제가 되다니. 그렇다면 지금의 황제를 죽이기라도 하겠다는 소리인가?

"하, 하지만 그건 반역이에요."

"물론 반역이지. 하지만 그 자리는 원래 내 자리이기도 해. 그걸 빼앗아간 것은 보바톤이야."

"그렇지만 성공하지 못하면 당신은 죽을 거예요."

"그대와 함께하지 못한다면 살아도 산목숨이 아니야, 아멜리아."

테일러는 아멜리아의 뒷목을 부드럽게 끌어당기고선 다시금 입술을 거칠게 빨아 당겼다. 달뜬 숨을 헐떡거리면서도 테일러는 그녀를 놓아주지 않았다. 더욱더 그녀를 몰아붙이며 아무것도 생각하지 못하도록 그녀를 열망과 쾌락 속으로 이끌어갔다.

"나는 죽음도 두렵지 않아, 그대와 함께할 수 있다면."

"하아, 하아. 나도, 나도 마찬가지예요."

"하지만 나 혼자만으론 보바톤 황제를 몰아내지 못해."

"내가 도와줄 것이 있나요?"

"스와델라 제국이 내 뒤에 서준다면. 스와델라 제국의 군사력과 재력만 내 손에 들어오게 된다면. 나는 보바톤을 몰아내고 마티디안 제국의 새로운 황제가 될 수 있어."

국혼 이후, 스와델라 제국의 광물 채집이 왕성해지면서 그만큼 재력도 증가하게 되었다. 테일러는 그것을 노리고 있었다.

아멜리아는 침묵했다. 아무리 사랑에 눈이 멀었다지만 해서 될 일과 안 될 일을 구분할 수 있을 정도의 정신은 있었다.

"그건 내가 어떻게 할 수가……."

"아니, 그댄 할 수 있어."

테일러는 손끝으로 그녀의 가슴을 부드럽게 쓸다가 점점 아래로 내려가며 탐욕스럽게 속삭였다.

"황제의 인장. 스와델라 황제의 인장을 그대가 손에 넣기만 하면 그 모든 걸 가질 수 있어."

너무나도 엄청난 말에 아멜리아는 도저히 정신을 차릴 수가 없었다.

"그리고 나와 함께 보바톤 황제를 몰아내고 영원히 함께하는 거야. 나의 황후가 되어, 평생을 행복하게."

"테일러……."

"나를 위해 해줄 수 있는 거지? 사랑해, 아멜리아. 함께 행복해지자."

테일러는 아멜리아를 짓누르며 거칠게 허리를 움직였다. 그의 시커먼 욕망이 꿈틀거리며 아멜리아의 여린 몸을 삼키기 시작했다. 하지만 그녀는 테일러를 밀어낼 수 없었다. 이미 그를 너무 사랑하게 되어버렸고, 그 역시 자신을 사랑한다고 믿었다. 정말로 테일러의 말처럼 그가 황제가 된다면 그의 아내로, 여인으로 영원히 함께할 수 있었다. 스와델라 제국과 마티디안 제국도 계속 동맹의 관계를 유지할 수 있다.

'그래, 테일러의 말이 맞아. 보바톤 황제만 사라지면 돼. 그만 사라지면 모두 다 행복해질 수 있어.'

짧고도 긴 밤이 지나가고 있었다. 새벽녘, 이사벨라는 눈을 떴다. 제 옆은 이미 텅 비어 있었다. 어젯밤의 일이 그저 꿈만 같았다. 하지만 그녀의 몸은 기억하고 있었다. 그의 흔적이 진하게 그녀를 끌어안고 있었다. 아마 다시는 그를 볼 수 없을 것이다. 하지만 어젯밤만으로 그녀는 행복할 수 있었다.

"그래, 그거면 된 거야."

이사벨라는 다시금 로브를 쓰고서 얼굴을 감추었다. 그러다 로브 주머니에서 뭔가가 손에 잡혔다. 그것을 꺼내본 이사벨라의 눈가에 눈물이 맺혔다. 그녀의 잠든 모습이 그림으로 그려져 있었다. 예전에 그 책갈피처럼. 그리고 짧게 적힌 그의 목소리.

시간이 흘렀어도 넌 그때처럼 반짝거렸어. 조금만 기다려, 내가 꼭 널 데리러 갈 테니까.

설사 결코 지켜질 수 없는 말이라고 해도, 그냥 해보는 소리라고 해도, 그래도 그녀는 지금 너무나도 행복했다.

샤이아궁을 빠져나오자 아멜리아가 약속 시각에 맞춰 그녀를 기다리고 있었다.

"고마워, 이사벨라."

아멜리아는 이사벨라를 끌어안았다. 이사벨라는 언니를 다독였다.

"다시는 이런 부탁 해서는 안 돼요."

"알아. 다시는 하지 않아. 조만간 내가 스와델라 제국으로 갈게. 그때 보자."

"오신다고요?"

"응, 한 번은 가봐야지."

아멜리아는 마지막으로 이사벨라를 안아주고서 샤이아궁으로 돌아갔다.

이사벨라는 그런 그녀의 뒷모습을 하염없이 바라보다 이내 무겁게 걸음을 옮겼다. 그리고 그 모습을 멀리서 보바톤이 지켜보고 있었다. 금방이라도 달려가 그녀를 잡고 싶었지만 아직은 그럴 수가 없었다.

"폐하."

보바톤의 옆으로 기사 한 명이 다가와 무릎을 꿇었다.

"폐하의 명으로 어젯밤, 카일라 공작의 뒤를 밟았습니다."

테일러 에더 카일라. 유일한 친 혈육인 그는 황제인 자신에게 가장 위협이 되는 존재였다. 지금껏 계속 그 움직임을 주시하고 있었지만 이렇다 할 것을 찾지 못했다. 그는 보바톤 황제의 즉위식이 있던 날에도 웃으면서 축하를 해주었다. 그런데 요 며칠 사이 그의 움직임이 이상했다. 공작가의 사병이 조금씩이지만 늘어나고 있었던 것이다. 하지만 그보다 더 큰 문제가 있었다.

"폐하의 예상대로."

"……"

"카일라 공작과 황후 폐하께서 어젯밤 은밀히 만나신 것 같습니다."

하지만 항상 일은 생각지도 못한 방향으로 흘러간다. 운명 역시 마찬가지로 말이다.

아멜리아는 보바톤 황제를 찾아갔다. 그녀가 직접 그를 찾는 일은 아주 드문 일이었다. 보바톤은 별다른 표정 변화 없이 그녀를 바라보았다.

"해서, 스와델라에 가겠다는 것이오?"

"예. 국혼 이후로 한 번도 간 적이 없었습니다. 다녀올 수 있도록 허락하여 주십시오."

"……정말 그뿐이오?"

"예?"

아멜리아는 떨리는 눈으로 보바톤을 바라보았다. 그의 눈빛은 무척이나 차가웠다. 아멜리아는 그의 눈빛이 치가 떨리도록 싫었다. 그 역시 자신을 원하지 않는다. 이사벨라에겐 첫날밤 이후 밤을 보낸 적이 없다고 말했지만 사실은 달랐다. 두 사람은 혼인 이후 단 한 번도 잠자리를 한 적이 없었다. 그녀는 그에게 사랑받지 못했다. 매일 밤 홀로 버려진 아멜리아는 소리 없는 울음을 삼켰었다.

'테일러였다면 다정하게, 따뜻하게 날 안아줬을 거야. 날 행복하게 해줄 거라고. 온전히 나만 사랑해줬을 거야.'

그녀는 떨리는 마음을 다잡고서 엷은 미소를 지으며 고개를 끄덕였다.

"물론입니다, 폐하."

보바톤은 아멜리아를 빤히 바라보더니 고개를 끄덕였다.

"하면 그리하도록 하시오."

그렇게 아멜리아가 떠나고, 보바톤은 그녀가 머문 자리를 바라보았다. 아멜리아가 마음에 품고 있는 이가 바로 테일러였다. 아무래도 1년 전, 자신의 탄신 연회에서 처음 만났던 것 같았다. 자신이 이사벨라를 만났듯이. 하지만 테일러가 진정 그녀를 사랑하고 있는 걸까? 그저 이용하기 위해서 의도적으로 접근한 것은 아닐까? 게다가 테일러는 스와델라 제국에 유희를 핑계 삼아 드나들고 있다고 했다.

"폐하."

보바톤이 손짓하자 문 앞을 지키던 기사가 다가왔다. 보바톤은 한층 낮아진 목소리로 속삭였다.

"테일러가 스와델라 제국에 드나들고 있는 일을 철저히 파악해라."

"예."

"그리고 아멜리아 황후의 주변을 감시해라. 스와델라 제국에서 혹 두 사람이 만나지는 않는지 제대로 감시해."

"알겠습니다."

보바톤은 부디 자신이 생각하는 그런 끔찍한 일은 아니길 바랐다. 그래서 이사벨라가 괜히 상처받지 않기를, 그런 일은 없기를 진심으로 바랐다.

그렇게 아멜리아가 스와델라 제국으로 떠났다. 모든 것을 뒤바꿔 버린 끔찍한 운명이 돌아가기 시작했다.

스와델라 제국과 마티디안 제국 사이에 전쟁이 벌어졌다. 스와델라 제국의 멸망을 부른 전쟁이었다. 내막을 모르는 사람들은 마티디안 황제가 황후를 버린 것이라고 말했지만 사실은 그것이 아니었다. 아멜리아 황후가 황제를 버리고 카일라 공작에게 스와델라 제국의 군사권과 모든 재력을 넘겨줌으로써 모든 비극이 시작되었다.

먼저 눈치를 챈 보바톤 황제가 막아보려고 했지만 역부족이었다. 그저 마티디안 제국의 내전이었을지도 모를 전쟁은 카일라 공작이 스와델라 제국을 끌어들임으로써 제국과 제국의 전쟁으로 끝났다.

"황제께 자비를 청하나이다."

스와델라 제국의 이사벨라 황녀가 나서 보바톤 황제에게 무릎을 꿇고 고개를 숙이며 항복을 선언했다. 보바톤은 그 모습을 가슴 아프게 바라보았다. 어쩌다 이렇게 되었을까.

"고개를 드시오."

"……."

"그대의 잘못이 아니오."

"스와델라 제국의 백성들을 불쌍히 여기시어 거두어주시옵소서."

하지만 이사벨라는 보바톤을 바라보지 않았다. 이젠 그럴 수가 없게 되었다. 사랑을 말하기엔 너무 멀리 와버렸다. 고개 숙인 이사벨라는 입술을 깨물었다. 이 모든 것이 아멜리아의 철없는 행동에서 비롯되었다. 그녀가 사랑한다는 사람이 보바톤 황제의 정적인 카일라 공작이었다니. 누가 보아도 그가 아멜리아를 이용하기 위해 접근한 것이 분명했다. 하지만 이제와 깨달아봤자 모두 엎어진 물이었다.

이사벨라는 제 한 몸을 던지기로 했다. 스와델라 제국이 사라지는 것을 막을 수 없다면 백성들의 목숨이라도 구해야 했다. 이미 아바마마는 충격으로 숨을 거두고 말았고, 어마마마 역시 제정신이 아니었다.

'당신과 나의 연은 여기서 끝이야.'

전쟁은 종결되고 스와델라 제국은 역사 속으로 사라졌다. 전쟁의 주도자였던 아멜리아 황후와 카일라 공작은 자취를 감춰 버렸다. 보바톤은 테일러를 계속 쫓으라는 명을 내렸고, 이제 모든 것을 미무리하고 싶었다. 더 이상 그녀에게 상처를 주고 싶지 않았다. 그 역시 지쳐 버렸다.

"폐하, 이사벨라 황녀를 어찌할 생각이십니까?"

스와델라 제국 황실의 핏줄을 살려두는 것은 위험한 일이었다. 하지만 보바톤은 그녀를 절대로 죽일 수 없었다.

"공녀로 데려갈 것이다."

"예? 하오나……."

이사벨라를 만나러 간 보바톤은 경악을 금치 못했다. 방에 감금되어 있는 동안 자살을 기도했다는 그녀의 안색은 몹시도 상해 있었다. 그는 이사벨라에게 다가갔다. 하지만 그녀는 고개조차 들지 않았다.

"죽이십시오."

"……."

"국법에 따라 그냥 죽이십시오. 제발, 죽여!"

보바톤은 가녀린 몸을 끌어안고서 그녀의 어깨에 얼굴을 묻었다. 파르르 떨리는 그의 손길에서 안타까움과 간절함이 묻어났다.

"죽고 싶은 거 알고 있다. 살고 싶지 않다는 거 알아. 하지만 이사벨라, 난 널 잃고 싶지 않아. 너마저 잃고 싶지 않아. 제발, 살아줘. 내 곁에서. 제발!"

무너지는 듯한 그의 목소리에 이사벨라의 마른 눈동자 위로 눈물이 차올랐다. 하지만 그녀는 고개를 가로저었다.

"우린 예전으로 돌아갈 수 없어요. 알아요, 이 모든 것이 당신 탓이 아니라는 거. 하지만 그래도 당신으로 인해 내 백성들이 죽었고, 내 아버지와 어머니, 모든 것이 무너졌어요. 그런데 내가 어떻게 당신 옆에서 웃을 수 있죠? 어떻게 아무렇지도 않게 그럴 수가 있냐고요!"

"그렇다면 이건 황명이야."

보바톤은 고개를 들었다. 그리고 이사벨라를 바라보며 단호하게 말했다.

"공녀로서 내 곁으로 와. 싫어도 무조건 내 옆에 있어. 네 목숨도 내 것이야. 전부 다 내 것이니까, 함부로 죽을 수도 없어."

"……잔인하군요."

"미안해."

그렇게 패전국의 황녀는 공녀가 되어 마티디안 제국으로 오게 되었다. 모든 대신들이 반대했지만 보바톤은 그녀를 자신의 후궁으로 삼아 옆에 두었다. 한시라도 눈을 떼고 싶지 않았다. 그녀가 이 세상에 없다는 것을 상상조차 할 수가 없었다. 이것이 그녀에게 고통일지라도 그래도 살아주길 바랐다.

그렇게 겉으로는 평탄한 시간이 흘렀다. 보바톤은 후궁을 더 들여 아이를 낳았다. 이사벨라와의 사이에서도 아이가 둘이나 태어났다. 카헤시온과 세네티아였다.

황자까지 낳았으니 패전국의 공녀가 무슨 짓을 할지 모른다고 경계했지만, 보바톤은 리안 황자가 있지 않냐며 대신들의 억측을 눌렀고, 이사벨라 역시 조용히 지냈다. 입을 여는 일이 거의 없었고 표정에 감정을 드러내지도 않았다. 바깥출입도 거의 하지 않는 그녀는 마치 잘 만들어진 인형 같았다.

하지만 그런 그녀도 아이들 특히 첫 아들인 카헤시온을 무척이나 아꼈다.

그날도 정원에서 카헤시온과 공 던지기 놀이를 하고 있을 때였다.

"자아, 카헬, 이번엔 천천히 던질게."

"이번엔 진짜죠? 진짜?"

"그럼, 진짜."

카헤시온은 승부욕이 가득한 눈빛으로 고개를 끄덕이고서 준비 자세를 취했다. 이사벨라가 그 모습에 엷은 미소를 지으며 공을 던지려는 순간 조세핀이 뛰어왔다.

"마마! 마마!"

이사벨라는 의아한 시선으로 그녀를 바라보았다.

"무슨 일인가."

"그, 그것이. 그러니까."

조세핀은 쉽게 말을 꺼내지 못하고 머뭇거리다 이내 엄청난 말을 내뱉었다.

"아멜리아 황후 폐하께서 돌아오셨습니다."

"……!"

이사벨라는 쥐고 있던 공을 놓치고 말았다. 카헤시온은 어쩐지 이상한 어머니의 모습에 그녀의 손을 잡고 마구 흔들었지만 소용이 없었다.

"어머니? 어머니?"

아멜리아가 돌아왔다. 그것도 혼자가 아니라 사내아이를 데리고서.

그녀는 싸늘한 표정의 보바톤을 향해 무릎을 꿇고 고개를 숙이며 빌었다.

"저를 용서해 달라는 말은 하지 않을 것입니다. 이 자리에서 목이 떨어져 나간다고 하여도 백 번 옳습니다. 하지만 이 아이, 폐하의 아이만큼은 제발 거두어주십시오. 부디, 부디!"

그녀와 함께 돌아온 아이가 바로 카인이었다. 황궁은 혼란에 빠졌다. 전쟁의 원인은 아멜리아 황후였으나, 보바톤은 그 사실을 숨기고 있었다. 그 때문에 그녀를 제대로 벌할 수가 없었다. 이 사실이 밝혀지면 이사벨라도 위험해지기 때문이었다.

그들을 반기는 시선도 있었다. 보바톤은 황위에 오르자마자 부패된 관리청을 바로잡고자 귀족들의 숙청을 감행했다. 그로 인해 귀족들의 세력이 많이 약화되었다. 그 일로 원한을 가지고 있는 황제의 반대파 귀족들은 황권이 더욱 강해지는 걸 바라지 않았다. 굳건한 황태자는 곧 황제에겐 힘이었다. 그러니 그들은 황제를 지지하는 후작가 영애 소생의 리안 황자를 황태자로 인정할 수 없었다. 그렇다고 카헤시온을 밀자니 패전국 공녀의 소생이라 힘들었다. 그러던 찰나에 아멜리아 황후가 돌아왔다. 게다가 적통의 황자까지 데리고. 비록 그녀는 이사벨라와 마찬가지로 패전국의 황녀였으나, 그 전에 마티디안 제국의 황후였다. 별 볼 일없는 배경과 더불어 명분이 충분하니, 반대파 귀족들에겐 두 번 다시 없을 기회였다.

이 모든 상황을 이사벨라는 그저 뒤에서 묵묵히 지켜보았다. 그녀가 원하는 것은 단 하나, 아멜리아를 만나는 것이었다. 그녀에게 반드시 들어야 할 말이 있었다. 그리고 마침내, 아멜리아와 이사벨라가 만나게 되었다.

오랜만에 만난 자매라고는 믿을 수 없을 정도로 냉랭한 기운이 감돌았다. 아멜리아는 이사벨라를 똑바로 바라보며 입을 열었다.

"용케 살았구나. 그것도 황제의 아들을 낳고서."

"그러는 너는. 황제의 씨앗을 품은 채 도망치다니. 전부 다 계산했던 거니? 난 네가 죽은 줄 알았어. 정말로 죽은 줄 알았다고. 어떻게 숨을 쉬고 살 수가 있겠어? 네가 한 짓을 생각하면 어떻게 숨을 쉴 수 있냐고!"

"그래, 네가 나 원망하는 거 알아. 나도 여기 돌아올 생각 없었어. 죽으려고도 해봤어. 하지만 그냥 죽을 순 없어."

"뭐라고?"

이사벨라가 기가 막혀 하고 있던 그때, 아멜리아가 그녀를 향해 무릎을 꿇었다.

"내가 미안해. 정말로 미안해, 이사벨라."

"하아……."

어느새 그녀의 두 눈엔 눈물이 흐르고 있었다. 아멜리아는 무릎을 꿇은 채로 이사벨라의 옷자락을 붙잡고서 애원했다.

"열 번이고 백 번이고 죽을게. 죽을 수 있어. 그러니 제발, 카인을…… 카인을 네가 보살펴 줘. 네 옆에 데리고 있어줘, 제발! 그렇지 않으면 그 아인 죽을 거야. 죽게 될 거야!"

"네가 어떻게 나한테 그런 말을 할 수가 있어? 네가 어떻게!"

"네가 카인을 돌보지 않으면 네 아들도 무사하지 못해. 폐하께서 내가 한 짓을 숨기고 있다지? 그렇다면 폐하의 반대파 귀족들은 적장자인 카인을 유일한 황태자로 만들려고 할 거야. 리안 황자는 외가의 배경이 있지만, 넌 패전국의 공녀일 뿐이야. 그 누구도 카헤시온을 지켜주지 않을 거라고!"

아멜리아는 발악을 하기 시작했다. 이사벨라는 할 말마저 잃은 채 그녀를 바라보았다. 그녀도 알고 있었다. 황제의 반대파 귀족들이 카인 황자를 황태자로 만들기 위해 모든 황자들을 위협할 것이라는 것을. 그렇게 되면 그녀의 말대로 가장 만만한 카헤시온이 위험했다.

"제발 이사벨라. 벨라. 벨라! 내 아들을 황태자로 만들지 않아도 돼. 그러지 않아도 돼. 그냥 살려만 줘. 그 애를 데리고 있어만 줘."

"……넌 어쩔 건데?"

아멜리아는 눈물이 가득한 얼굴로 엷은 미소를 지었다.

"죽어야지. 내가 어떻게 아무렇지도 않게 살아갈 수 있겠어?"

"카일라 공작은?"

"그는 죽었어. 내가, 죽였어."

그렇게 말하는 아멜리아의 표정은 섬뜩하기만 했다.

"난 널 절대로 용서 못 해, 아멜리아. 그러니까 카인을 내 옆에 두는 건 절대로 너 때문이 아니야."

이사벨라는 아멜리아에게서 등을 돌렸다. 그 뒤로 두 사람은 다시는 만날 수 없었다. 아멜리아가 스스로 목숨을 끊었다고 했다. 하지만 그 시신은 누구도 보지 못했다. 시신의 상태가 워낙에 끔찍해 차마 보여줄 수 없었다고 보바톤 황제가 전했을 뿐이다.

이사벨라는 카인의 앞에 섰다. 이 아이를 보는 것 자체가 고통이었지만 카헤시온을 살리기 위해서라도 어쩔 수가 없었다.

"카인 황자, 이제부터 내가 너의 어머니다. 날 어머니라고 불러야 해. 내가 널 황제로 만들어주마. 누구보다 강한 황제로 만들어주겠다."

카인이 황제가 되어야 카헤시온이 살 수 있다. 그가 황제가 되면 마티디안 제국에서 추방당할 수도 있었지만 차라리 그것이 나았다. 목숨의 위협을 받고 사느니 이곳을 떠나 평범하게 살 수 있는 것이 더 나았다. 카인이 황제가 되면 이사벨라는 미련 없이 카헤시온과 세네티아의 손을 잡고 이곳을 떠나기로 다짐했다. 마티디안을 떠나 자유롭게 살고 싶었다.

그날 이후 모든 것이 변했다. 이사벨라는 본색을 드러낸 악녀가 되어 카인을 옆에 두고 카헤시온을 버렸다. 카헤시온은 더는 이사벨라를 어머니라 부를 수 없었고, 제2황후가 된 그녀를 황후 폐하라고 불러야만 했다. 카헬이라는 이름 역시 이사벨라는 더는 불러주지 않았다.

그녀는 마치 제게 아들이란 카인 하나밖에 없는 것처럼 카헤시온의 존재를 철저히 무시했다.

카헤시온은 혼자 고립되었고, 어머니가 제게로 돌아오는 방법은 자신이 황태자가 되는 방법밖에 없다고 여기며 오직 공부에만 전념하기 시작했다. 그런 아이를 외면하는 게 이사벨라도 마음이 아팠지만 더 독하게 자신을 다잡았다.

이사벨라는 모든 것이 잘되어 가고 있다고 생각했다. 하지만 카헤시온이 열다섯 살이 되던 해, 보바톤 황제는 어미의 출신과 상관없이 제 핏줄 모두 고귀하고 정당한 황위계승권이 있다고 명하였다. 그로 인해 황궁으로 피바람이 불 조짐이 보였다.

이사벨라는 카헤시온이 보낸 편지를 읽었다. 애정이 가득 담긴 편지에 그녀는 부들부들 떨었다.

어머니, 이제 제가 어머니를 어머니라 부를 수 있겠지요? 제가 더 노력할 것입니다. 더 노력하여서 반드시 황태자가 되어 어머니께 기쁨이 될 것입니다. 그러면 다시 저를 봐주실 것이지요? 제 옆에 계셔주실 것이지요? 그러니 조금만 더 기다려 주세요. 조금만 더. 어머니 앞에서 자랑스러운 황제가 될 것입니다. 꼭 그리될 것입니다.

"……카헬……."

이사벨라는 벅차오르는 눈물을 누르며 편지를 꼭 끌어안았다. 자신은 이 아이의 간절한 소원을 들어주지 못할 것 같았다.

"미안하다, 카헬. 정말, 정말 미안하구나……."

그날 밤, 이사벨라는 세네티아를 잠재운 뒤 조세핀을 은밀히 불러 편지 한 통을 전해주었다.

"때가 되면, 이것을 폐하께 전해줘."

"때라니…… 무슨 말씀이십니까?"

"그건 곧 알게 될 거야."

"황후 폐하."

"그리고 지금, 폐하를 만나야겠다."

그녀는 너무나도 오랜만에 먼저 보바톤 황제를 찾아갔다.

보바톤은 그녀의 얼굴에 옛 추억에 잠겼다. 가슴께가 욱신거렸다. 어쩌다 우리가 이리되었을까.

이사벨라는 그에게 다가가 예전처럼 너무나도 다정한 목소리로 속삭였다.

"폐하."

"……."

"한 가지 청이 있습니다. 들어주시옵소서."

"이사벨라."

보바톤의 눈동자가 그녀를 향했다. 뭔가 불길한 생각이 들었다.

"이리 되지만 않았어도 저는 폐하를 무척이나 사랑했을 것입니다. 제게 폐하는 첫정이셨으니까. 앞으로도, 그리고 마지막까지도 제게는 폐하 한 분뿐일 것입니다."

그의 앞에서 이사벨라는 무너지려는 마음을 다잡아야만 했다.

"제 마음은 폐하께서 전부 가지십시오, 전부 다. 그리고 그 마음을 뺀 빈껍데기는 놓아주십시오."

"……대체 무슨?"

"혹여 제가 죽게 되거든, 그리되거든…… 너무 마음에 담지 마십시오. 그건 그저 빈껍데기일 뿐입니다. 그 빈껍데기는 그저 버리시고, 제 마음만 간직해 주십시오."

이사벨라는 보바톤에게 다가가 먼저 안겨들었다. 스와델라 제국이 무너지고, 그의 후궁이 된 이후로 처음이었다. 그는 그녀를 품에 안고 그녀의 체온을 느꼈다. 이사벨라는 마치 이것이 마지막인 것처럼 그의 심장 소리를 깊숙이 새겼다.

그리고 이사벨라는 보바톤을 떠났다. 그는 그녀를 붙잡고 싶었지만 이상하게 말이 떨어지지가 않았다. 그저 멍하니 그녀의 뒷모습만을 더듬고 기억하며 눈을 질끈 감았다. 그 사이로 굵은 눈물이 뚝 하고 바닥으로 떨어졌다.

이사벨라의 눈에서 눈물이 흘러내리기 시작했다. 자꾸만 터져 나오려는 흐느낌을 스스로 누르며 그녀는 허공을 향해 속삭였다.

"나의 마지막 부탁을 꼭, 들어줘."

마치 누군가 거기 있었다는 듯 바람이 몰아치며 사라졌다. 그녀를 기다리던 조세핀이 다가와 고개를 숙였다.

"황후 폐하……."

이사벨라는 이젠 잊어야 할 감정을 한껏 억누르며 속삭였다.

"카헤시온 황자를 내 궁에서 재워라. 오늘은 내가 룬궁에 있을 것이다."

조세핀은 이사벨라의 말에 의아해했지만, 그녀는 아무 말 없이 룬궁으로 향했다.

룬궁에 도착하니 어머니의 방문에 들뜬 카헤시온이 나왔다. 이사벨라는 표정을 딱딱하게 바꾸고서 그에게 입을 열었다.

"오늘은 샤이아궁에서 지내거라."

"예? 아, 예."

이사벨라는 카헤시온의 곁을 스쳐 지나갔다. 카헤시온은 그녀의 발소리를 듣다가 저도 모르게 입을 열었다.

"저기."

"……무슨 일이지?"

"아, 아닙니다."

카헤시온은 얼른 고개를 돌렸다. 이사벨라는 그의 조그만 뒷모습을 하염없이 바라보다가 입술을 깨문 채 고개를 돌렸다. 그러곤 제 뒤를 따르려는 시녀들을 향해 말했다.

"세네티아와 카헤시온을 함께 있도록 하여라."

"예, 황후 폐하."

"그리고 너희들도 모두 물러나고."

"예? 하오나……."

"모두 물러가라."

이사벨라의 고집에 시녀들은 어쩔 수 없이 룬궁을 나섰다. 혼자 남은 그녀는 주변을 살핀 후에 카헤시온의 방으로 들어갔다.

그녀는 구석구석을 쓰다듬으며 아까와는 달리 너무나도 부드러운 미소를 지었다. 제대로 안아주지 못했던 아이. 그 이름 한 번 마음껏 불러보지 못한 내 아들. 하지만 그 모든 것이 카헤시온을 위해서였다.

자신이 카헬을 버렸다고 생각하면, 그 아이가 황위 자리에는 관심이 없다는 것을 보여주면 귀족들이 그 아이를 건드리지 않을 거라 생각했다. 하지만 그건 헛된 바람이었다. 자신이 카인을 싸고돌거나 말거나 귀족들은 처음부터 불신의 싹을 제거하려 들었다. 아예 처음부터 카헤시온을 살려둘 생각이 없었던 것이다. 폐하께서 모든 황자, 황녀들에게 동등하게 황위 계승권을 주겠다고 선언한 이후엔 더더욱 심해졌다.

"이 황궁을 떠나고 싶었는데. 카헬, 미안하구나."

이사벨라의 서늘한 시선이 창가로 향했다. 얼굴이 보이지 않는 인영이 그녀를 향해 검을 겨누고 있었다.

"이사벨라 황후."

"너희들이 올 것이라 짐작하고 있었다."

"……."

"내 정보력도 그렇게 나쁘진 않았다는 거겠지. 난 카인 황자에게 황위를 주기 위해 도와주고 있었다. 카인 황자가 사실은 황제 폐하의 핏줄이 아니라는 사실을 알면서도 그것을 눈감아 주었다. 그런데 어째서 내 아들을 죽이려고 하는 것인가!"

이사벨라가 날카롭게 외쳤다. 그녀는 꼭꼭 숨겨두었던 진실을 꺼내들며 울분을 토했다. 카인 황자가 보바톤 황제의 핏줄이 아니라는 사실을 이사벨라는 알면서도 눈감았다. 오직 카헤시온과 세네티아를 데리고 이 궁을 나가기 위해서!

"그 때문에 더더욱 제거하라는 명령입니다."

"하아……. 정녕 카인 황자의 친부가 카일라 공작이 맞나 보군. 아직도 정신을 못 차리고 카인 황자를 통해 야욕을 채우려는 것인가?"

"……."

테일러는 죽었지만, 공작을 따르던 귀족들이 살아 있었다. 그들 대부분이 보바톤 황제의 반대파 귀족들이었다. 카인 황자가 테일러의 핏줄임을 알게 되면서 어떻게든 그를 황태자로 만들기 위해 더더욱 혈안이 되어 있었던 것이다.

이사벨라는 주먹을 움켜쥐고서 그를 노려보며 외쳤다.

"내 목숨을 가져가고, 카헤시온의 목숨은 살려줘야 한다! 그렇지 않으면 카인 황자가 황제 폐하의 핏줄이 아니라는 사실이 온 천하에 알려지게 될 것이야. 내가 그 정도 수도 쓰지 않고 이곳에 제 발로 왔을 거라 생각하진 않겠지?"

카헤시온에게도 정당한 기회가 생기면서, 그 아이의 생모이자 현 황후인 자신의 존재는 아무리 자신이 카헤시온을 멀리 한다고 하여도 무시할 수 없는 카헤시온의 힘이 되고 말았다. 그렇기에 이들은 카헤시온의 목숨을 노리고 있었다. 그래서 이사벨라는 제 목숨을 바쳐서라도 카헤시온을 지키기로 했다.

독기 서린 이사벨라의 눈빛에 그는 고개를 끄덕였다. 그의 검이 다가오는 것을 보며 이사벨라는 천천히 눈을 감았다.

그러자 카헤시온의 얼굴이 먼저 떠올랐다. 차마 그 아이에게 해주지 못한 말이 있었다. 그리고 그 아이에게 자신이 처음으로 욕심내어 준 선물.

'카헬, 그 아이라면 반드시 너의 외로움을 달래줄 수 있을 거란다. 그래서 이 어미가 단 한 번 욕심을 부렸다. 그리고 세네티아를 부탁한다. 앞을 보지 못하는 그 아이를 내가 옆에서 지켜줘야 하는데 그러지 못해 너무나도 미안할 뿐이다. 부디 네가 지켜다오. 너에게 많은 짐을 주고 가는구나. 외로워하는 널 끝까지 안아 주지 못했지만……. 그래도 널 많이 사랑한다. 카헬, 내 아가.'

그림자의 검이 이사벨라의 목을 관통했고, 그녀는 죽어가는 순간에도 누군가를 떠올리며 마지막으로 속삭였다.

"미안…… 해요…… 보바톤……."

✤　　✤　　✤

긴 과거의 이야기가 끝이 나고 시로벨은 카헤시온을 바라보았다. 그는 미동도 없이 땅을 내려다보고 있었다. 카인 역시 허공만을 응시할 뿐이었다. 카산드라의 낮은 음성이 그들을 스쳐 지나갔다.

"이사벨라는 너를 지키기 위해 널 기다려 주지 못한 거야."

카헤시온은 천천히 카산드라를 바라보며 물었다.

"어머니가 욕심을 부리신 일이 시로벨인가?"

"……."

자신의 이름이 그의 입에서 나오자 시로벨은 곧바로 카산드라를 바라보았다. 그녀는 엷은 미소를 지었다.

"아주 예전에 나는 이사벨라에게 빛을 진 적이 있었다. 해서 그녀에게 예언을 하나 내렸지. 아르반의 왕녀를 갖는 자가 빛을 얻을 것이다. 그 빛의 의미는 사람마다 다르지. 이사벨라는 그게 네 마음의 빛이 될 것이라 믿었어. 해서 원래라면 카인의 반려가 되었어야 할 그녀가 그대에게로 간 것이지."

카산드라의 시선이 카헤시온의 가슴을 향했다. 그러곤 다시 말을 이었다.

"내가 보기엔 이사벨라가 원했던 대로 마음의 빛을 제대로 가진 것 같군."

카헤시온의 시선이 시로벨을 향했다. 그녀는 그의 시선을 외면한 채 고개를 돌릴 수밖에 없었다. 왜냐하면 자신은, 진짜 시로벨이 아니니까.

그때 카인이 카산드라에게 물었다.

"폐하께선 내가, 내가……."

"황제는 네가 황제의 핏줄이 아니라는 사실을 알고 있었다. 하지만 그래도 너 또한 지키고자 하셨나 보군. 너에겐 죄가 없으니."

"아아……. 결국…… 이 모든 것이, 결국은 나 때문에……!"

카인은 절규하며 검을 휘둘렀다. 그리고 소리를 지르면서 그 끝을 자신의 심장을 향해 겨누었다.

"내 존재로 인하여 너도 망치고 모든 것을 망쳤다는 거군!"

카헤시온은 검을 뽑아 들고서 카인의 검을 막으려 했다.

"하지 마십시오."

"내가 죽도록 밉잖아. 그렇지? 나 같은 것 때문에 넌 너의 어머니에게 버림받는 기분을 맛봐야 했잖아. 게다가 어머니 역시 죽었잖아. 내가 죽인 거나 마찬가지잖아!"

"아니요. 결국 어머니가 돌아가신 건 저 때문이었습니다!"

카헤시온의 어깨가 떨렸다. 그는 어머니가 자신을 지키기 위해 죽었다는 너무나도 큰 무게감에 숨을 쉴 수가 없었다. 그것도 모르고 어머니를 원망하기만 한 자신의 마음이 미워 견딜 수가 없었다.

"죽는다면 저도 같이 죽어야겠지요."

카헤시온의 검마저 스스로의 목을 겨누자 시로벨은 깜짝 놀라서 그를 향해 달려가려고 했다. 하지만 그보다 먼저 그를 붙잡는 목소리가 있었다.

"오라버니!"

세네티아의 등장에 모두의 시선이 그쪽으로 향했다. 대체 여기에 어떻게 나타난 거냐고 물을 새도 없었다. 세네티아는 부들부들 떨리는 손을 가슴 앞에 꼭 쥔 채 눈물을 토해내며 그 자리에 주저앉아 속삭였다.

"그만둬요. 오라버니……."

카헤시온은 검을 든 손을 천천히 밑으로 내렸다. 시로벨은 세네티아에게 달려가 어깨를 안았다.

"황녀 전하."

"카인 오라버니, 오라버니도 그러지 마세요. 살아 계십니다. 아멜리아 황후 폐하께선 살아 계십니다."

세네티아의 말에 카인의 표정이 굳어졌다. 그 모든 걸 알고 있었다는 듯 카산드라의 표정은 덤덤하기만 했다. 카인은 당장 세네티아에게 달려가 그녀의 어깨를 붙잡고 흔들었다.

"그게 무슨 말이야. 제대로 대답해!"

"으윽."

흥분한 카인의 손아귀에서 세네티아는 고통을 느끼며 발버둥쳤다. 발끈한 카헤시온이 그것을 막으러 달려오는 것보다 더 빠르게 날카로운 마찰음이 울렸다. 카인은 자신의 뺨을 감싸고 멍하니 시로벨을 보았다. 그녀의 눈빛은 차갑기 그지없었다.

"진정하시고 세네티아 황녀 전하의 이야길 들으세요."

세네티아는 잠시 숨을 고른 후 입을 열었다.

"오래전부터 저는 돌아가신 두 황후 폐하의 일을 조사했습니다. 하지만 이미 지워진 기록이기에 되살리는 데 시간이 걸렸지요. 전 당시와 관련된 것이면 사소한 것이라도 모아 그 기억을 되살렸습니다. 비록 완전치는 못하나 한 가진 알아냈지요."

세네티아의 몽롱한 은빛 눈동자가 카인을 향했다. 마치 그가 거기에 있다는 것을 아는 듯한 몸짓이었다.

"아멜리아 전 황후 폐하께서 살아 계시고, 황후 폐하의 국상은 가짜였습니다. 황제 폐하께서 황후 폐하의 시신을 보이지 않았던 것도 그 때문입니다. 처음부터 시신 따윈 없었으니까요. 그리고 그 사실을 어마마마께서는 처음부터 알고 계셨습니다. 전부, 어마마마를 위해 황제 폐하께서 꾸미신 일이었으니까요."

세네티아의 말이 끝나자마자 카산드라의 웃음소리가 들려왔다. 카산드라는 세네티아에게 다가와서는 그녀의 머리카락을 쓸어내리며 속삭였다.

"은의 현자라더니, 역시 다르군. 메모라이즈를 쓴 것인가?"

"메모라이즈?"

세네티아는 카산드라의 기운에 짓눌릴 것 같은 몸을 억지로 세운 채 시로벨의 의문에 답했다.

"현자들이 잊힌 기억이나 지워진 기록, 역사 등을 되살리기 위해 사용하는 일종의 복원이지요. 오직 현자로 인정된 자들만이 사용할 수 있죠. 잘못 사용하면 매우 위험하지만, 반드시 필요하고 유용한 것입니다.”

“이 세상 모든 물체들에겐 기억이 존재하지. 아무리 남몰래 비밀을 만든다고 해도 결국 밝혀지는 건 그런 이유야. 주변의 모든 것들이 지켜보고 있으니까. 메모리얼을 만드는 원리도 이것과 비슷하지. 역시 저 아일 데려오길 잘했군. 얘기가 쉬워지겠어.”

세네티아에 이어 설명한 카산드라는 카인에게로 시선을 돌리더니 손가락을 한 번 튕겨 원숭이를 불러냈다. 킷슈는 카산드라의 어깨 위로 가볍게 올라와 그녀에게 또 다른 메모리얼을 건넸다.

“여기에, 아멜리아의 기억이 담겨 있다.”

그녀의 말에 모든 이의 시선이 그쪽으로 향했다. 그중 카인의 눈동자가 그 누구보다 뜨겁게 일렁이고 있었다. 카산드라가 메모리얼을 바닥으로 떨어뜨리자 찰랑 하는 소리와 함께 또 다른 영상이 위로 떠오르기 시작했다.

⚜　　⚜　　⚜

굳은 결심을 한 채 황제를 바라보는 아멜리아의 시선은 비장했다.

“아멜리아.”

“제가 먼저 말씀드리겠습니다, 폐하.”

그가 허락의 의미로 고개를 끄덕이자 아멜리아는 짧게 숨을 내뱉고서 입을 열었다.

“이사벨라는 정말 아무것도 몰랐습니다. 그저 제 욕심이었습니다. 벨라가 폐하를 연모하는 마음은 진심입니다.”

아멜리아는 황제에게 간곡히 간청했다.

"저는 씻을 수 없는 죄를 지었습니다. 그러니 제 스스로 목숨을 끊겠습니다. 하지만 카인만은 살려주십시오. 카인은 반드시 카헤시온을 지켜줄 것입니다."

"……그게 무슨 소리인가?"

"저로 인해 이사벨라의 입지가 흔들리고 있다는 것을 알고 있습니다. 카인은 제1황자로서 이사벨라와 카헤시온의 방패가 되어줄 것입니다. 그 후에 그 아이를 폐하의 그늘에서 내보내 주십시오. 그저 목숨만 부지시켜 주시고……."

"아멜리아……."

보바톤 황제의 눈가가 미세하게 떨렸다. 만약 이대로 아멜리아가 죽는다면 이사벨라는 더더욱 고통스러워할 것이다. 겉으로는 아멜리아를 용서 못 한다고 말했지만 진심은 그것이 아니니까. 그렇기에 카인이 자신의 핏줄이 아니라는 걸 알고도 눈을 감고 있는 것이었다.

"카인이 폐하의 핏줄이 아니라는 사실은, 폐하께서도 알고 계시지요."

"……."

"그러니 이것이 제 진심이라는 것을 폐하께서도 아실 것입니다. 그 아인 잘못이 없습니다. 그러니……."

보바톤은 아멜리아의 어깨를 붙잡았다.

"나는 그대를 용서하지 않을 것이다. 하지만 그대가 죽으면 벨라 역시 힘들 테지. 그대를 살려줄 것이다. 하나 죽은 사람처럼 살아가라. 카인 역시 살려둘 것이다. 하나 이 역시 그대의 말처럼 이사벨라와 카헤시온을 위한 방패다. 모든 것이 끝나게 되면 카인은 그대로 황궁에서 추방당할 것이다."

"……."

"살아 있어. 그리고 지켜봐. 그것이 내가 너에게 내리는 형벌이다."

"……감사합니다."

그렇게 아멜리아는 이 세상에서 완전히 사라지게 되었다.

✤　　✤　　✤

"어머님은 지금 어디 계시지?"

카인의 물음에 서글픈 표정의 세네티아가 천천히 입을 열었다.

"동방에 계십니다."

그는 천천히 몸을 돌려 카헤시온에게로 향했다. 서로 눈이 마주쳤으나 카인도 카헤시온도 선뜻 입을 열지 않았다. 이내 카인은 등을 돌려 한마디를 남기고선 떠났다.

"폐하께 말씀드려라. 지금 이 순간부터 황위를 포기하겠다고. 처음부터 내가 있을 자리가 아니었으니."

"……."

"이제야 너와의 이 질긴 악연이 풀리는구나. 서로 피를 보지 않아서 다행이다."

카인이 떠나고 카헤시온의 눈동자엔 공허함이 맴돌았다. 그때 그 모습을 지켜보던 카산드라의 목소리가 울렸다.

"이사벨라는 훗날을 위해 모든 기록을 지운 거야. 그건 너 역시 포함되는 것이고."

"……."

세네티아가 카헤시온의 손을 마주 잡았다. 보이지 않지만 느낄 수 있었다. 지금 오라버니가 얼마나 혼란스러운지. 그리고 얼마나 슬픈지.

시로벨은 여전히 카헤시온과 눈을 마주할 수가 없었다. 자신 역시 카산드라와 풀어야만 하는 문제가 있었다. 이걸 풀지 못하는 이상 카헤시온의 옆에 있을 수 없을 거란 생각이 들었다.

"세네티아, 잠시 카헬과 자리를 비켜주겠어요?"

"같이 가겠다."

이쪽은 신경도 쓰지 않고 있는 줄 알았는데, 시로벨의 말이 끝나기가 무섭게 카헤시온이 그녀를 붙잡았다. 하지만 그녀는 고개를 저었다. 그가 듣지 못하는 곳에서 해야 하는 말이었다.

"단둘이 해야 할 말이 있어요."

카헤시온은 그 어느 때보다 진지한 시로벨의 얼굴에 묵직한 숨을 내쉬며 결국 걸음을 돌렸다.

"더 이상 나는 제자리에서 그댈 기다리지 않을 것이다."

그가 남긴 한마디에 시로벨은 움찔 몸을 떨었다.

카헤시온과 세네티아가 사라지고 시로벨은 카산드라를 똑바로 바라보며 떨리는 목소리로 물었다.

"당신도 알다시피 난 진짜 시로벨이 아니야. 그렇다면 그 예언은 잘못된 거잖아? 내가 원래의 세계로 돌아가야 카헬이……."

행복해지는 거 아니야?

차마 그 뒷말을 말할 수가 없었다. 가슴께가 묵직한 통증을 호소했다.

카산드라는 그녀를 빤히 바라보며 입을 열었다.

"아르반의 왕녀를 얻는 자, 그 빛을 얻을 것이다. 이걸 말하는 건가?"

"그래."

"사실 시로벨에 관해 말하지 않은 것이 있어. 하지만 지금의 넌 그 얘길 들을 준비가 되어 있지 않아."

"뭐?"

"그 때문에 너의 기억 몇 부분은 지금 봉인되어 있는 상태지. 그 봉인이 풀리고 네가 준비가 되었을 때, 그때 진실을 말해주도록 하지. 하지만 기억해. 네가 지금 이 자리에 있는 건 결코 우연이 아니라는 것. 지금 네가 숨 쉬고 있는 시간은 온전히 네 시간이야. 이곳에 없는 시로벨의 시간이 아니라 네 운명이라는 거지, 한소휘."

그 말에 시로벨은 숨을 크게 들이쉬었다. 왜, 이 말에 이렇게도 안심이 되는 걸까. 왜 이렇게도…….

"자, 이제 그만 가도록 해. 나도 피곤해 죽겠으니까. 널 이곳으로 데려온 그 망할 녀석도 찾아야 하고."

"그자를 찾는다고? 그렇다면 나한테 꼭 말해줘. 나도 해야 할 말이 아주 많아."

시로벨은 한결 가벼운 마음이 되어 그곳을 빠져나갔다.

카산드라는 그녀의 뒷모습을 바라보며 무거운 표정을 지었다.

"사실 나는 너 때문에 이곳에 있는 거야, 시로벨. 그리고 한소휘."

그녀의 눈빛이 아득해지면서 머나먼 기억 하나가 떠올랐다. 그것은 어쩌면 이 모든 일의 시작점이었을지도 모른다.

⚜　　⚜　　⚜

모든 드래곤들은 장로회에 들어가기 전까지 제국과 왕국, 그렇게 이 땅을 수호하게 되어 있었다. 하지만 카산드라는 그들과 달랐다. 그녀는 페이트, 언사의 드래곤으로서 이른 시기에 장로회에 속해 중립을 지키며 인간계에서 자유롭게 지냈으며 인간들을 사랑하여 인간들 가장 가까운 곳에 머물렀다.

어느 날, 그녀는 새로운 유희를 시작했다. 도둑 길드, 블랙캣의 수장이 되어 고위급 귀족들의 물건을 훔쳐 팔아 필요한 이에게 돈으로 돌려주는 일이었다. 그러던 중, 사건이 하나 터졌다. 스와델라 제국에서 블랙캣 활동을 할 때였다. 여느 때와 마찬가지로 물건을 훔쳐 달아나던 도중, 흑마법사의 주술에 걸려 순간 다리가 마비되어 버린 것이다. 인간의 마법이라고 하찮게 봤다가 큰코다친 셈이었다.

'젠장. 흑마법사 자식들. 가끔씩 마족들의 그 더러운 주술을 사용한단 말이야. 그러다 자기 몸이 상하는 건 생각도 안 하지. 그나저나 다리가 안 움직이는데. 이러다간 붙잡힐 것 같고. 유희체를 풀어야 하나.'

물론 공격을 하면 되겠지만, 인간계에서 인간의 모습으로 유희를 하는 이상 카산드라는 절대로 인간의 목숨을 취하거나 해를 가해선 안 되었다. 그래서 폴리모프를 풀었다가 다시 변신하는 방법을 써야 했는데 그러자니 시간이 너무 오래 걸렸다. 하지만 방법이 없었기에 할 수 없이 카산드라는 다시 드래곤으로 돌아가기로 결심했다.

"저 여자를 어서 마차에 태워라."

쓰러진 그녀 앞에 나타난 여자가 바로 이사벨라 황녀였다. 카산드라는 단검을 빼어들고서 제게 다가오는 이사벨라를 향해 외쳤다.

"뭐 하는 짓이야. 내가 누군지 모르지는 않을 텐데?"

"그래, 알아. 그리고 그대가 귀족들의 물건을 훔쳐 그걸 다시 필요한 이들에게 돌려준다는 것도 알지. 보통의 도둑이었다면 바로 잡았을 테지만, 그대를 필요로 하는 사람이 많으니까. 눈 감아주지."

"뭐?"

"어서 태워!"

이사벨라의 명에 시녀들은 재빨리 부상을 당한 카산드라를 마차에 태웠다. 마차에 태워진 카산드라는 기가 막힌 표정으로 제 앞에서 태연하게 책을 읽는 이사벨라를 바라보았다.

"황녀가 도둑을 숨겨줬다는 걸 들켰다간 큰일일 텐데?"

"말했잖아. 그대를 필요로 하는 사람이 많다고. 황녀로서 내가 직접 할 수 없으니, 도둑의 손이라도 빌리는 거지. 오히려 그 점이 황녀로서 수치스럽군."

"……."

이사벨라는 읽고 있던 책을 내려놓았다. 그리고 카산드라를 똑바로 바라보았다.

"며칠 전 모르 영지에 지진이 일어났을 때. 정작 영지의 주인인 백작은 영지민을 버리고 도망쳤지만, 그대가 백작의 보물인 황금 열쇠를 훔쳐 영지민들에게 돌려준 사실을 알고 있어."

"황녀께서 꽤나 그런 쪽에 관심이 많네?"

"우리 백성이니까. 그들은 하루 한 끼를 먹기 위해 허덕이는데, 귀족들은 그들의 한 끼마저 갈취하고 있지. 하지만 당신은 그 한 끼를 선물해 주고 있으니까. 백성들에겐 그대가 아닌 귀족들이 도둑이야. 그러니 그댈 지켜줘야지. 내가 직접 할 수 없어 한심스럽지만, 대신 머리 숙여 고맙게 생각할게. 오늘 구해준 건 그 인사의 연장선이라고 생각해."

이사벨라 황녀는 재미있는 사람이었다. 스와델라 제국에 별난 황녀가 있다는 얘기를 들었지만 실제로 보니 더 흥미로웠다.

그렇게 카산드라는 자신이 드래곤이라는 사실을 숨긴 채 이사벨라와 연을 맺었다. 이사벨라는 그가 블랙캣의 수장이라는 사실을 숨겨주었다. 두 사람은 자주는 아니지만 가끔씩 만나는 벗이 되었다. 카산드라는 점점 이사벨라가 마음에 들었다. 다른 제국의 황녀들과는 달라 보였으니까. 그러던 중, 이사벨라와 아멜리아가 마티디안 제국에 다녀온 후 카산드라의 시선으로 수십 장의 카드가 돌아가기 시작하더니 이내 한 장의 카드가 발 앞에 떨어졌다.

바로 이사벨라의 운명이 적힌 카드. 예언이 내려온 것이다. 그것도 하필이면.

"사신. 피바람의 운명."

그리고 또 다른 하나의 카드.

"태양이 두 번째 북쪽의 빛을 이끌 것이다. 타오를 듯한 붉은 머리카락과 맑고 투명한 물빛 눈동자를 지닌 여인. 그녀가 빛을 품고 올 것이다."

카산드라는 죽음과 빛의 상반되는 의미를 지닌 카드를 바라보았다. 대체 이 모든 것은 무엇을 뜻하는 것일까. 하지만 한 가지 확실한 것은.

"……그녀는 죽는다. 이사벨라가, 죽어."

카산드라는 인간의 운명에 개입할 수 없었다. 예언을 할 수 있고, 미리 운명을 점칠 수도 있지만 그것으로 그들을 살릴 수는 없었다. 그건 섭리에 어긋나는 행동이었다.

그렇게 돌아간 카드대로 운명은 시작되었다. 스와델라 제국이 멸망하고, 이사벨라가 마티디안 제국의 공녀로 끌려가기 전, 카산드라는 그녀를 만났다. 처음 만났을 때와 달리 무척이나 초췌한 모습이었지만, 그래도 눈빛만큼은 그때처럼 강하게 빛나고 있었다.

"이제 아마 다시 만나기는 힘들 거야. 가끔 네 소식이라도 전해줘, 카산드라. 너라면 그럴 수 있겠지? 그리고…… 절대로 잡히지 마."

이사벨라는 울먹이는 눈빛으로 부탁했고, 카산드라는 정말로 이것이 마지막이라는 것을 알았다.

"이사벨라."

"응?"

"나는, 인간이 아니야. 나는…… 페이트, 예언을 내리는 언사의 드래곤."

카산드라의 말에 이사벨라는 몸을 떨다가 이내 무릎을 꿇고 고개를 숙였다.

"어, 어떻게. 어떻게……."

"고개를 들어, 이사벨라. 나의 영원한 인간 친구여. 훗날 나와 그대가 다시 만날 날이 있을 거야. 아마 그것이 마지막 순간일 테지. 하지만 기억해. 나는 너를 꽤, 아니 아주 많이 좋아했다는 것을."

이사벨라는 그 누구에게도 말하지 않은 채 카산드라의 비밀을 끝까지 지켰다. 가끔 힘들고 지칠 때, 이사벨라는 카산드라를 떠올리며 힘을 얻곤 했다. 그렇게 운명의 카드가 죽음을 향해 돌아가기 시작했다.

마지막 순간이 되어서야 이사벨라와 카산드라는 다시 만날 수 있었다. 이사벨라는 이미 자신의 운명을 눈치채고 있었다.

"카산드라님."

"그냥 카산드라라고 불러."

"항상 힘이 되어주었어. 너무나도 고맙고, 고마워. 마지막에 얼굴이라도 봐서, 좋았어."

모든 것을 체념한 이사벨라의 엷은 미소에 카산드라는 떨리는 숨을 삼켰다. 그리고 그녀 앞에 더욱 더 환하게 돌아가는 태양의 카드를 바라보며 그마 해서는 안 될 짓을 하고야 말았다.

"태양이 두 번째 북쪽의 빛을 이끌 것이다. 붉은 머리카락과 물빛 눈동자를 지닌 여인이 빛을 가져올 것이다. 북쪽 끝에 위치한 아르반의 왕녀를 갖는 자가 빛을 얻을 것이다. 이사벨라, 나의 오랜 벗이여. 그대의 마지막 가는 길이 조금이나마 편해지길 바라며, 내가 해줄 수 있는 예언은 이것뿐이야. 잘 가거라, 그대에게 편안한 안식이 감돌기를."

이사벨라는 카산드라에게 편지 한 장을 맡겼다. 그녀의 마지막 부탁을 들어주기 위해 카산드라는 직접 아르반으로 향했다.

그곳에서 예언을 내리는 언사의 드래곤인 그녀조차도 스스로 알지 못했던 새로운 운명이 시작되었다.

⚜　　⚜　　⚜

밖으로 나온 시로벨을 기다리는 건 카헤시온이었다. 그는 등을 돌리고 있었는데, 그녀는 오늘따라 그의 뒷모습이 한없이 쓸쓸해 보인다고 생각했다.

"카헬."

그는 고개를 들었다. 하지만 그녀를 바라보진 않았다. 고개를 돌린 채 낮은 목소리로 물었다.

"괜찮나?"

"나한테 할 소리는 아니죠, 지금."

시로벨은 그에게 다가갔다. 손을 뻗어 그의 등을 어루만졌다.

"왜, 울지 않는 거예요?"

"왜 울어야 하지?"

"그런가? 하긴, 나도 울지 않았을 것 같네. 울어본 적이 언제인지 기억도 잘 안 나요. 그러다 보면 우는 걸 잊어버리기도 해요."

"우는 법을 잊진 않았다. 어린 시절 홀로 지긋지긋하게 느꼈으니까. 그런데 그치는 방법을 알지 못해. 그래서 울 수 없어."

생각지도 못한 한마디가 그녀의 가슴을 흔들었다. 그치는 방법을 알지 못해서, 그래서 처음부터 아무런 관계도 맺지 않은 거구나. 처음부터 상처 따위 받지 않으려고, 그렇게.

시로벨은 두 손으로 카헤시온의 손을 잡고 자신을 향해 몸을 돌리게 했다. 오늘따라 그의 까만 눈동자가 너무나도 보고 싶었다.

"나도 눈물을 그치게 하는 방법은 잘 모르지만 어깨 정도는 빌려줄 수 있어요. 나중에 정말로 울고 싶으면, 내 어깨 빌려요."

카헤시온은 그녀의 말에 엷은 미소를 지었다. 시로벨은 그 미소에 순간 심장이 두근거렸고, 이내 고개를 흔들면서 머릿속으로 외쳤다.

'정신 차려, 지금 그런 게 눈에 들어오냐고!'

"돌아가자."

그가 손을 내밀었다. 당연히 붙잡을 거라 생각하는, 짧은 새 벌써 익숙해진 그 모습에 시로벨은 떨리는 손길로 그 손을 마주 잡았다. 카헤시온은 제 손에 쏙 들어오는 조그만 손길에 그제야 모든 것이 제자리로 돌아온 느낌이 들었다.

'돌아왔구나. 그리고 이제 돌아가는구나.'

외로움에 지쳐 차갑게 얼어붙었던 소년은 햇살을 만나 천천히 녹아가며 웃는 법을 배우고 있었다.

⚜   ⚜   ⚜

제라드는 황궁도서관에서 누군가를 기다리고 있었다. 겉으로는 평소와 다름없어 보였지만 그는 조금 초조해하고 있었다. 그때, 멀리서 들리는 발소리에 그가 고개를 번쩍 들었다. 요즘 들어 기운이 하나 없는 메이가 힘없이 걸어오고 있었다.

메이는 제라드와 눈을 마주치고서 싱긋 웃었지만, 그 웃음 속엔 걱정과 근심이 한가득이어서 전혀 밝아 보이지 않았다. 제라드는 속으로 한숨을 내쉬며 그녀의 손을 마주 잡았다.

"오늘도 기분이 안 좋아 보이네요?"

"연락, 없으셨죠?"

"미안해요. 하지만 황자 전하라면 분명 무사히 비전하를 구하셨을 거예요."

"알아요, 전하께서 비전하를 위해 그곳으로 가셨다는 거. 예전과는 많이 달라지신 거. 그래도 걱정돼요. 세네티아 황녀 전하마저도 그렇게 사라지셔서 백합궁 사람들도 모두들 쉬쉬하는데……."

제라드는 메이의 어깨를 잡아 품 안으로 끌어당기며 낮고 강한 목소리로 그녀를 붙잡아주었다.

"걱정 마요. 모든 게 다 잘될 거예요. 비전하도 보통 분이 아니시잖아요?"

"후훗. 하긴, 그러시죠."

메이는 그제야 엷은 미소를 지으며 슬며시 제라드의 손을 수줍게 잡아보았다.

유에시스는 예전 시로벨이 이용했던 훈련장에서 검을 휘두르는 제르린을 뭔가 마음에 들지 않는 눈빛으로 바라보다 이내 기침을 하고서 자신의 존재를 알렸다. 그러자 제르린은 그제야 그녀가 왔다는 것을 알아차리곤 유에시스를 바라보며 특유의 달콤한 미소를 지었다.

"유에, 여긴 어쩐 일이야?"

"오라버니의 수련을 좀 도와드릴까 싶어서요."

"네가? 어떻게?"

그녀가 주머니에서 목각인형을 꺼내 들자 제르린이 다급히 유에시스의 손목을 잡고서 가볍게 고개를 가로저었다.

"안 돼, 유에."

"오라버니……."

제르린은 유에시스와 눈을 맞추고서 손에 쥐고 있는 목각인형을 다시 주머니에 넣어주었다. 그는 다정한 손길로 그녀의 새하얀 머리카락을 쓰다듬었다.

"인형을 부리는 거 싫어하잖아. 그러니까 되도록이면 쓰지 마."

"이젠 많이 익숙해졌어요. 게다가 오라버니도 검 잡는 거 싫어하시잖아요?"

유에시스의 말에 제르린은 씁쓸한 표정을 지었다. 그러곤 그녀의 머리카락을 장난스럽게 헝클었다.

"키리에나 누님은 아직도 백작 댁에 계시니?"

"곧 돌아오신다고 했어요."

"그래. 그러고 보니 유에도 키가 많이 컸구나. 벌써 이렇게나 자랐어. 얼른 사랑하는 사람을 만나야 할 텐데 말이야? 난 유에가 행복해졌으면 좋겠으니까."

유에시스는 다시 검을 잡는 제르린의 뒷모습에 헝클어진 제 머리카락을 천천히 쓸어내리며 속삭였다.

"전 오라버니가 먼저 행복해졌으면 좋겠어요. 오라버니가 행복해야 제가 행복해질 테니까."

⚜　　⚜　　⚜

달빛을 받아 그리 어둡지 않은 정원 안, 시로벨이 낡은 분수대에 몸을 기댄 채 눈을 감고 있었다. 샤우엔 황태자의 도움으로 제로비안 황궁에 도착하고서야 모든 일이 끝났다는 게 실감 났다.

그녀는 자신이 입은 심플한 디자인의 하얀 드레스를 내려다보며 저도 모르게 헛웃음을 지었다. 처음엔 이런 치렁치렁한 옷 따위 완전 싫었는데 이젠 편하게 느껴지기도 했다.

"역시 인간은 적응해 가는 동물이야."

그렇다면 나도 이 세계에 적응하고 있다는 걸까? 얼마큼 더 적응하게 되려나. 이러다가 떠나게 되는 날 미련으로 남게 되는 건 아닐까.

시로벨은 천천히 자리에서 일어나 신발을 벗고서 약간 젖은 듯한 풀밭 위를 걸었다. 서늘하면서도 부드러운 풀과 흙을 밟는 느낌이 좋았다. 잠시 후, 누군가의 시선을 느끼고 고개를 돌리자, 그 끝에 카헤시온이 나무에 기대어 자신을 바라보고 있었다.

언제나 밤과 너무나도 잘 어울리는 남자. 까만 머리칼이 바람에 가볍게 휘날렸고, 짙은 눈동자엔 항상 차가움이 머금어져 있었다. 하지만 지금은 왠지 눈빛이 다정한 것 같았다.

그가 나무에 기대었던 몸을 일으키더니 그녀를 향해 다가섰다. 마주 보는 두 시선이 묘한 앙상블을 이루며 흩어졌다.

"뭐예요?"

"그러는 그대는 뭐 하고 있는 것이지?"

"가끔 이렇게 맨발로 땅을 밟으면 정신 건강에 좋아요. 자고로 인간은 흙을 밟으며 살아가는 동물이라고요."

"엉뚱한 짓은 여전하군."

"또 무슨 시비를 걸려고 그러시나?"

카혜시온은 그녀가 아무렇게나 벗어 던진 구두를 주워 들고서 눈짓했다. 시로벨은 그를 따라 걸음을 옮겨 분수대에 몸을 기대며 앉았다. 그러자 그가 무릎을 굽혀 몸을 낮추더니 한 손으로 시로벨의 한 발을 들어 부드럽게 구두를 신겨주었다. 머리끝부터 발끝까지 알 수 없는 전율이 온몸을 찌릿하게 훑고 지나가자 시로벨은 당황했다.

시로벨은 혹시라도 이상한 소리가 튀어나갈까 봐 손으로 입을 꽉 막은 채 다른 한쪽도 신겨주는 그를 내려다 보았다.

'뭘 잘못 먹었나? 사람이 안 하던 짓을 하면 죽는다던데!'

"어디, 아파요?"

"뭐?"

"아, 아니에요."

그가 고개를 들자 곧 눈이 마주쳤다. 시로벨은 그 눈을 피하고 싶었지만 뭔가에 홀리기라도 한 것처럼 그에게서 눈을 뗄 수가 없었다.

이상하다. 뭔가가 다 이상해. 왜 이렇게 심장이 주책없게 떨리는 거야!

'음란마귀여, 물러가라! 물러가!'

"밤공기가 차가워. 발이 시릴 거다."

시로벨은 애써 정신을 바짝 차리고서 태연한 척 고개를 휙 돌리며 말했다.

"이 정돈 괜찮아요. 이보다 더한 추위 속에서도 잠복했던 적도 있는데."

"뭐?"

"아, 아니. 뭐, 그냥 말이 그렇다고요. 하하, 내 인생에 신데렐라라는 단어는 없을 줄 알았는데 이런 경험까지 해보네요."

"신데렐라?"

"있어요. 재투성이 공주가 백마 탄 왕자에게 유리 구두를 건네받고 행복해진다는 이야기고요. 모든 여자들의 로망이죠."

"재투성이는 아니지만 그대는 왕녀지. 백마까진 안 탔어도 내가 황자긴 하고."

"그러네요. 정말 동화 같네요."

그래, 이 상황 자체가 꿈같고 동화 같았다. 그래서 시로벨은 가끔 두려웠다. 꿈이 끝나 버릴까 봐. 동화가 끝나 버릴까 봐. 그래서 다시 재투성이의 현실로 되돌아갈까 봐. 아니, 그보단 내 눈앞에 이 남자를 영원히 보지 못하게 될까 봐.

"언제부턴가 그대는 숨지도 피하지도 않게 되었어."

"당연하죠, 내 사전에 도망이란 단어는 없어요."

"그래?"

카헤시온의 입가가 살짝 올라가며 묘하게 섹시함이 감돌았다. 까만 머리카락 사이로 자신을 바라보는 저 눈동자를 좀 더 자세히 보고 싶은 마음에 저도 모르게 손을 들어 올리던 시로벨은 움찔하면서 얼른 손을 등 뒤로 숨겼다.

'오늘따라 왜 이래! 정말 음란마귀가 씌었나! 아님 미친 달의 저주!'

그녀의 발목을 붙잡고 있던 그의 손가락이 점점 위로 올라오더니 이내 순식간에 시로벨의 얼굴 가까이까지 올라왔다.

"절대로 도망치지 마."

"도망 안 친다니⋯⋯!"

그의 입술이 시로벨의 입술을 훑고 지나갔다. 너무 갑작스럽게 일어난 일이라 당황한 나머지 눈만 깜빡이던 그녀는 제정신을 차리고서 황급히 자리에서 일어나려고 했지만, 그가 단단한 손으로 시로벨의 손목을 꽉 붙잡고서 그녀를 도로 자리에 앉히며 말했다.

"도망이란 단어는 없다고 하지 않았나?"

"카헬!"

"그리고 도망가지 말라고 분명 말했어."

"이건 경우가 다른⋯⋯!"

"하지만 도망가도 이젠 내가 잡을 수 있으니 상관없겠지. 그때처럼 잊어선 안 돼. 이제부터 아무것도 잊지 마. 날 절대로 잊어선 안 돼."

곧바로 그녀의 입술을 다시 삼킨 그는 아까와는 달리 무척이나 거칠고 빠르게 그녀의 숨을 앗아가기 시작했다. 시로벨은 저항할수록 말려드는 기분에 정신을 차릴 수가 없었다. 아니, 저항을 할 수가 없었다. 점점 더 깊숙해지는 그의 키스가 너무 달콤해서, 그의 손길이 너무 뜨거워서 견딜 수가 없었다.

"하아!"

달뜬 숨이 허공으로 흩어지고, 카헤시온은 그녀의 입술을 잔뜩 짓누르다 이내 무척이나 부드럽고 섬세하게 움직이며 그녀의 입술을 벌렸다. 헐떡이는 숨소리가 부끄러워 시로벨이 몸을 비틀었지만 카헤시온은 그녀를 놓아주지 않았다. 입안 구석구석을 빨아 당기며 도망치는 혀끝을 붙잡고 강렬하게 뒤흔들었다. 로제궁에서 순식간에 당했던 입맞춤과는 달랐다. 그래, 다를 수밖에 없다. 그도 원하고, 나조차 그를 원하며 이 간질거리고 아래에서부터 타오르는 듯한 묘한 열기에 흠뻑 취해 그의 어깨를 강하게 붙잡다가 결국 그의 목을 휘감으며 끌어안아 버렸다. 카헤시온은 점차 자신의 몸을 그녀에게로 바짝 밀착시키며 은밀하게 새어나오는 그녀의 거친 호흡까지 달콤하게 삼켰다. 그의 부드럽고 차가운 머리카락이 손등 아래에서 출렁이며 머릿속이 자꾸만 아득해지고만 있었다.

그런데 왜지? 이런 키스가 처음이 아닌 것만 같은……. 처음, 침실에서 말고 또 있었던 것 같은.

서서히 입술을 떼어낸 카헤시온은 시로벨의 목덜미에 얼굴을 묻고서 열망에 잠겨 버린 목소리로 나지막이 속삭였다.

"벨……."

그저 이름을 불렀을 뿐인데도 기분이 이상했다.

"……당신도 미친 달의 저주에 걸린 거예요?"

"미친 달의 저주라……. 홋, 오늘따라 유난히 달빛이 밝긴 하군."

그는 다시 그녀의 입술을 제 호흡 속에 가두며 그녀를 끌어안았다.

시로벨 역시 그를 놓을 수가 없었다. 그리고 깨달았다. 아마 이 미친 달의 저주는 그 어떤 저주보다 지독하다는 것을. 이 저주를 깨려고 한다면 아마도 많이 아프게 될 거란 것을.

코넬리아는 뭔가를 옷깃에 숨기고 있다가 자신의 옆으로 다가온 시녀에게 그것을 조심스레 넘겨주며 속삭였다.

"아르반 첩자에게 반드시 은밀히 전해야 한다."

"예, 마마. 걱정하지 마십시오."

시녀는 고개를 끄덕이고선 뒷문에 세워둔 말에 올라타고 황급히 황궁을 빠져나갔다. 그 모습을 끝까지 지켜본 코넬리아는 깊은 한숨을 내쉬었다. 그리고 황제가 머무는 궁으로 발걸음을 옮겼다.

황제궁으로 들어간 코넬리아는 곧바로 황제의 집무실로 향했다. 문 앞을 지키고 있던 기사가 황녀의 방문을 안에 알렸다.

"황제 폐하, 코넬리아 황녀마마께서 뵙기를 청하십니다."

곧이어 문이 열리고, 코넬리아는 주먹을 가볍게 쥐었다 펴며 서늘한 시선으로 아주 천천히 안으로 발걸음을 옮겼다.

제 8 화

시로벨, 아니 그녀의 선택

드디어 마티디안 제국으로 카헤시온과 시로벨, 그리고 세네티아가 귀환했다. 황자비의 실종도, 그녀를 찾으러 간 황자도, 그리고 누구에게도 알리지 않고 행방을 감춘 황녀의 일도 모두 공식적으로는 없는 일이었기에 그들은 아주 조용히 황궁으로 들어섰다.

　시로벨은 자신을 끌어안고 눈물을 쏟는 로제궁의 시녀들을 보며 어쩔 수 없이 엷은 미소를 지었다. 그리고 살짝 고개를 돌렸을 때 역시나 사람들에게 둘러싸여 있는 카헤시온이 보였고, 순간 눈이 마주치자 잽싸게 고개를 돌려 버렸다. 하지만 그럴 수밖에 없는 게, 그를 보면 자꾸만 그날 밤이 떠오르고, 그날 밤을 떠올리면 자꾸만…….

　'입술만 보게 된다고!'

　카헤시온은 대충 상황을 정리하고 난 뒤 아이리스궁으로 향했다. 그리고 그답지 않게 무거운 한숨을 쉬고선 깊게 가라앉은 시선으로 개인 서재의 문을 두드렸다. 그러자 잠시 후, 보바톤 황제의 목소리가 들려왔다.

"들어와라."

카헤시온은 문을 열고 들어갔다. 평소와 같은 모습으로 창가에 서 있는 황제의 모습이 보였다. 하지만 어쩐지 바닥에 그려지는 그림자가 쓸쓸하게 느껴졌다.

카헤시온은 고개를 숙여 인사를 하고는 그의 옆에 섰다. 황제는 카헤시온의 기척을 느끼곤 고개를 들어 웃음을 머금고서 입을 열었다.

"그래, 여행은 즐거웠고?"

"괜찮았습니다."

"괜찮았다니 다행이구나."

아마도 리안 황자가 여행을 갔다고 둘러댄 모양이었지만, 보바톤 황제는 이미 모든 걸 알고 있는 듯했다. 하지만 먼저 묻지 않는 그의 모습에 카헤시온은 황제의 담담한 눈동자를 응시하다가 이내 고개를 살짝 옆으로 돌리고선 어렵게 입을 열었다.

"폐하, 카인 황자가 황위 계승을 포기하였습니다."

"그래."

"그때의 약속을 지켜달라고 하셨습니다."

"그랬구나."

황제는 여전히 담담한 태도를 보였다. 이미 오래전부터 이 순간을 준비하고 있었던 것 같았다.

잠시 그를 혼자 두는 것이 좋을 것 같아 카헤시온은 방을 나가려 했다. 막 문 앞에 서서 문고리를 잡으려 할 때 황제가 다시 그를 불렀다.

"그 애는 어때 보이더냐."

평소답지 않게 떨림이 느껴지는 목소리를 들으며 카헤시온은 문고리에 손을 올린 채 대답했다.

"처음 보았습니다, 카인 형님의 그런 표정."

그리고 카헤시온은 곧장 문을 열고 밖으로 나갔다. 문 소리를 들으며 보바톤 황제는 입가에 희미한 미소를 띠며 혼잣말로 속삭였다.

"좋아 보였다는 거겠지."

처음 카인을 보았을 때 보바톤은 그 아이를 좋아할 수가 없었다. 이사벨라가 죽었을 때는 제 눈앞에서 치워 버리고 싶을 정도로 그 아이를 증오했다. 하지만 시간이 지나면서 미움은 사라지고 그저 가엾다는 연민이 밀려들었다. 이렇게 보내주는 것이 그 아이를 위한 일이겠지.

그는 서랍 깊숙한 곳에 숨겨놓았던 상자를 하나 꺼냈다. 그 속엔 오래전 연회에서 처음 만났던 이사벨라와 아멜리아의 다정한 모습이 담긴 그림이 있었다. 보바톤은 그 그림을 살짝 움켜쥐다 이내 그 아래 이사벨라와 저를 이어주었던 책을 떨리는 시선으로 바라보았다.

지난 날, 이사벨라가 세상을 떠나고 조세핀이 제게 그녀의 편지를 전해주었다. 거기에 적힌 내용은 너무나도 이상했다. 언젠가 아르반에서 왕녀를 보내면 그 왕녀를 반드시 카헤시온의 아내로 받아들여 달라는 것이었다. 그리고 정말로 아르반에선 원하지도 않았는데 왕녀를 보냈다. 보바톤은 이사벨라의 유언과도 같은 그 마지막 청을 들어주었다. 그리고 마치 그녀는 뭔가를 알고 있었던 것처럼, 카헤시온은 시로벨로 인해 많은 것이 변하고 있는 것 같았다.

"벨라, 그대의 소원대로 카헤시온은 이제 행복해질 것이오. 그러니 걱정하지 말아요."

어느새 그의 눈가에 굵은 눈물이 가득 고여 있었다.

"껍데기는 놓아달라고 하였지만 나는 아직도 그대를 놓을 수가 없소. 아직도 여전히 그대를 사랑하오."

저녁노을에 세상이 붉은빛으로 물들었다. 카헤시온은 왠지 서글프게 저물어가는 마지막 태양을 눈에 담고서 생각에 잠겼다.

그때, 달칵하는 소리와 함께 카헤시온은 생각에서 깨어나 소리가 난 쪽으로 시선을 돌렸다. 그곳엔 평온한 표정의 조세핀이 그를 향해 살짝 고개를 숙이고 있었다.

"부르셨습니까, 전하."

"와인 한잔하겠는가?"

"아니요, 괜찮습니다."

카헤시온은 옆에 두었던 와인 잔을 들어 올린 채 평소답지 않게 살짝 풀어진 어조로 속삭였다.

"잠이 들고, 기억하렴. 이 달의 목소리를. 그러면 네가 꿈꿀 때 너와 함께 있을 거란다. 네가 꿈꿀 때 너와 함께 있을 거란다."

고요한 방 안 가득 처연하게 울리는 자장가였다. 조세핀은 그가 부르는 자장가 소리에 순간 눈을 크게 뜨더니 이내 두 눈 가득 그리움의 눈물을 머금었다.

카헤시온은 다시 시선을 창밖으로 고정한 채 입을 열었다.

"이 노래를 그대는 알고 있겠지?"

"어린 세네티아 황녀 전하께 제가 불러 드렸지요. 하지만 그 자장가의 주인은……."

카헤시온은 울컥 솟구치는 감정을 삼키려 주먹을 꽉 쥐고는 눈을 감았다. 자꾸만 눈가가 떨려왔다.

"……카헤시온 전하셨습니다. 이사벨라 황후 폐하께서 전하를 위해 만든 자장가입니다. 예전에 본 책에서 구절을 따온 것이라고 하셨지요."

움켜쥔 주먹에 힘이 빠지는 듯했다. 온몸에 열이 나는 듯 뜨거운 무언가가 자꾸만 목구멍에서 올라오는 것 같았다. 취한 건가? 아니면 취했다고 믿고 싶은 걸까. 그리고 일순간 누군가가 떠올랐다. 그리고 그 누군가에게 기대고만 싶었다. 난생처음으로. 천하의 카헤시온이. 그 누군가를 아주 간절히 부르고 있었다.

조세핀이 돌아가고, 혼자서 와인을 몇 잔 더 마신 카헤시온은 밤이 늦었는데도 잠이 오지 않아 밖으로 나섰다. 어둠이 짙게 깔렸지만 유난히 환한 셀레룬과 아테미스룬 덕분에 밤길이 어둡지 않았다. 카헤시온은 갑갑하기만 한 가슴을 두드리며 속이 트일 때까지 걷고 또 걸었다. 그러다 문득 술기운 탓에 몽롱했던 정신을 차리니 그제야 짙은 장미향이 코끝에 맴도는 것을 느꼈다.

"로제궁."

저도 모르게 장미 정원까지 와버렸다. 카헤시온은 실없이 쿡쿡 웃음을 터뜨리다 이내 쓸쓸한 어조로 속삭였다.

"……도대체 여긴 왜 온 건지."

그는 뒤돌아섰다. 장미향이 발목을 붙잡았지만 물러서지 않았다. 아직은, 이 로제궁으로 들어갈 수 없었다. 그건 자신과의 약속이었다. 완전히, 그리고 확실히 서로에게 다가가기 전까지는 그녀를 구속하지 않겠다고 다짐했다. 그녀와의 시작이 좋지 않았음을 잘 알기에 천천히, 천천히 그녀에게 용서를 구하며 다가가고 싶었다.

서늘한 바람이 스치자 카헤시온은 한기를 느끼곤 어깨를 움츠렸다. 추위가 느껴졌다. 오늘따라 유난히 그답지 않게 모든 것이 이상하게만 느껴졌다. 약해진 모습. 마치 예전의 어린 소년 때처럼. 일순간 가슴으로부터 목소리가 울렸고, 끝내 입 밖으로 진심을 내뱉었다.

"보고 싶다."

"카헬?"

마치 환청 같은 그 목소리가 들린 것은 바로 그때였다. 거짓말처럼 온몸에 따스한 온기가 채워지는 것 같았다. 카헤시온은 천천히 뒤돌아섰고, 가슴이 먼저 반응하며 퍼지는 감정에 무릎을 꿇을 수밖에 없었다.

어느새 빠르게 한 걸음, 한 걸음 걸어가는 자신의 모습을 인정할 수밖에 없었다. 계속해서 그녀를 부르고 있었다고. 그녀를 부르며 그 어깨에 기대고 싶었다고.

어머니가 제게 남긴 유일한 빛. 정말 제게 그러한 빛이 되어버린 그녀를, 시로벨을 너무나도 사랑하고 있다.

오랜만에 시녀들의 시중을 받으니 그렇게 편할 수가 없었다. 예전엔 죽어도 싫었는데 이젠 이렇게 좋게 느껴지다니. 역시 사람의 적응력이란 무시무시할 뿐이었다. 하루 종일 메이의 감동 어린 눈빛을 받아내고 시로벨은 밤이 늦어서야 혼자 있을 수 있게 되었다. 열어놓은 창문을 넘어온 장미향에 시로벨은 잠시 정원을 내려다보려 창가에 섰다.

시로벨은 창문을 조금 더 활짝 열었다. 그리고 장미숲 사이로 무언가가 흔들리는 것을 발견할 수 있었다. 시로벨은 눈을 크게 떴다. 헛것을 본 건지도 모르겠지만 왠지 까만 머리카락을 본 듯했다. 설마.

"카헬?"

확실하지도 않으면서 시로벨은 얼른 방을 나서서 로제궁을 빠져나갔다. 그리고 마침내 그녀의 시선 끝에 그의 뒷모습을 발견했다.

"카헬?"

그가 돌아섰다. 그가 가까이 다가오고 그의 얼굴이 보이게 될 때가 되어서야 시로벨은 자신이 얼마나 부끄러운 짓을 한 건지 깨닫고선 어설픈 웃음을 지었다.

"하하하하, 여긴 어쩐 일이에요? 달빛이 너무 좋죠? 저도 우연히 너무 달빛이 좋아서……."

하지만 카헤시온은 횡설수설하는 시로벨의 어깨를 붙잡았다. 시로벨은 움찔 몸을 떨었다.

그러고 보니 그의 눈빛이 조금 달라 보인다. 어딘가 분위기도 바뀐 듯했다.

그때, 마치 빨려 들어가듯 카헤시온이 그녀를 끌어안았다.

"……아!"

그의 품은 따뜻했다. 밤공기가 조금 쌀쌀한데도 그것을 느끼지 못할 정도였다. 아니, 오히려 점점 더 뜨거워지는 듯했다. 시로벨은 이 상황이 민망스러웠지만 더욱 강하게 끌어안는 그로 인해 움직일 수가 없었다.

"저기, 카헬? 이것 좀 놔줬으면……."

"전에 그대가 말했었지? 내게 어깨 정도는 빌려줄 수 있다고. 그러니까 조금만."

"……."

"어깨 좀 빌려줘."

그제야 시로벨은 그가 떨고 있다는 걸 알아차렸다. 이 시간에 왜 그가 혼자 헤매고 있는지 깨달은 순간, 그녀는 두 손으로 카헤시온의 등을 쓸어내리며 눈을 감았다.

조금만 이렇게 안아주자. 외로워도 괴로워도 슬퍼도 울음을 그치는 방법을 몰라 울지 못하는 이 남자를, 조금만 이렇게 안아주자. 그 방법을 가르쳐 줄 누군가를 만날 때까지. 또 다른 빛을 찾을 때까지 만이라도 이렇게…….

카헤시온은 시로벨의 어깨에 머리를 기댄 채 그녀의 손길을 느꼈다. 곧 그녀에게 말할 것이다. 내 곁에 있어달라고. 이 손을 놓지 말아달라고. 조금은 낯부끄럽지만 그래도 제 진심을 말하기로 결심했다. 한때 꿈꾼 적이 있던, 하지만 결코 이루어지리라 생각하지 않았던 소박하지만 평범한 남편과 아내의 모습으로 그렇게 평생을 함께하고 싶었다.

아직 새벽기가 채 가시지 않은 이른 시각. 빛의 황궁으로 마차 한 대가 빠른 속도로 달려오고 있었다. 제1황녀 키리에나가 황궁으로 귀환하는 길이었다. 바로 황실 검술대회에 참석하기 위해서였다.

오늘 시로벨의 표정은 꽤 비장했다. 은빛 여성용 갑옷을 차려입은 그녀는 그 어느 때보다 생기가 넘쳤다. 하지만 옆에서 그녀를 챙겨주는 조세핀과 메이의 눈가엔 근심과 더불어 불만이 가득했지만 말이다.

"비전하, 아무리 황자 전하께서 허락하셨지만 너무 무리하지 마세요."

"그래요, 비전하. 조금이라도 위험하다 싶으시면 바로 흰 손수건을 던지세요."

"잘 알아들었어. 그러니까 이제 그 얘긴 그만두자. 벌써 백 번은 넘게 들은 것 같아. 그런다고 내가 이 천금 같은 기회를 포기할 것 같아?"

지나치게 걱정하는 둘을 보며 엷은 한숨을 내쉬곤 시로벨은 옆구리에 조용히 자고 있는 블루문의 칼자루를 조심스럽게 움켜쥐었다.

그녀는 황실 검술대회에 참가하기로 하였다. 처음 검술대회가 열린다는 말을 들었을 때 그녀는 온몸의 피가 끓어올랐지만 한편

으론 카헤시온과 논쟁을 펼쳐야 할 생각에 머리가 지끈거렸었다. 그래도 요 며칠 제게 무척이나 다정한 것 같았으니까 조금만 구슬리면 되지 않을까 하는 희망을 가지고 룬궁을 찾았는데, 세상에나! 놀랍게도 그가 먼저 대회에 나가도 좋다고 말을 해주었다. 게다가 조심하라며 가죽 장갑까지 챙겨주고 말이다. 시로벨은 그 장갑을 손에 끼면서 각오를 단단히 다졌다.

"자, 그럼 시간도 됐으니 슬슬 나가볼까?"

메이만 데리고 로제궁을 나서는 그녀의 귀에 별로 달갑지 않은 목소리가 들렸다.

"여어, 비전하. 오늘 얼굴이 완전 활짝 폈네?"

"이 시각에 어쩐 일이신지요, 제르린 황자 전하."

어쩐지 살벌한 시로벨의 목소리를 상큼하게 무시한 제르린은 화사한 미소를 지으며 사뿐사뿐 그녀의 곁으로 다가섰다. 시로벨은 평소와 달라 보이는 그의 차림새에 눈을 동그랗게 떴다. 길게 내려왔던 푸른 머리카락을 올려 묶었고 옷차림 역시 움직이기 편해 보였다.

시로벨은 그를 위아래로 훑어보다 이내 제르린의 한마디에 주먹을 날릴 뻔했다.

"어머, 비전하. 새삼 반한 거야?"

"웃기는 소리 하지 마시죠. 설마 전하께서도 이번 대회에 나가시는 겁니까?"

"딩동댕! 정답입니다!"

제르린은 시로벨의 눈앞으로 척 봐도 가벼워 보이는 소드를 흔들면서 방실방실 웃었다. 시로벨은 어이가 없어 헛바람이 새어 나올 뻔했다.

"지금 제정신이야? 제린은 마법사잖아! 나한테도 맨날 지면서 대회에 나간다고?"

반말하라는 허락을 받아도 그래도 보는 눈이 있었기에 되도록이면 존댓말을 하려고 노력했지만, 가끔 이렇게 반말이 툭툭 튀어 나갈 때가 있었다. 물론 시로벨 자신은 전혀 자각이 없는 듯했지만.

"황실을 위한 친목회나 다름없잖아? 그럼 나가서 친목을 다져야지."

사실 이 대회는 황제가 황실의 단합을 위해 매년 개최하는 일종의 친목회였다. 물론 대회에 참가하는 것은 의무가 아니었지만 대부분은 참석을 하는 것으로 알고 있었다. 기사들도 대표로 한 명씩 뽑아서 나가게 되는데, 올해엔 마티디안 제국의 유일한 여기사인 미셸 경이 참석하기로 되어 있었다.

"제가 알기론 제르린 황자 전하께선 단 한 번도 참석하지 않으신 걸로 알고 있는데요?"

"올해부터 나가기로 했어."

"그러니까, 왜?"

"이 검과 똑바로 마주해야 할 필요성을 느꼈거든."

그의 눈빛이 그 어느 때보다도 진지해지면서 뭔가 알 수 없는 감정이 새어 나오는 듯했다. 하지만 시로벨은 애써 고개를 가로저으며 제르린의 어깨를 살며시 움켜쥐었다.

"1차전부터 저랑 붙지 않기를 바랄 뿐입니다. 그리고 몸조심하고."

"우리 비전하의 손아래 쓰러지는 것도 영광이라 생각됩니다만. 너 역시 마찬가지야."

시로벨은 피식 웃으며 제르린과 함께 시합이 열리는 곳으로 발걸음을 옮겼다. 여전히 햇살은 곱게 내렸고, 하늘은 그야말로 쾌청하기만 하였다.

검술대회가 열리는 스타디움으로 황궁 사람들이 모여들기 시작했다. 비공식적인 대회이기 때문에 관람 역시 황궁 사람들만이 할 수 있었다. 대회를 위해 귀환한 키리에나는 여전히 범접할 수 없는 카리스마를 풍기며 유에시스와 얘기를 나누고 있었다. 항상 무표정한 얼굴에 인형 같은 모습의 유에시스는 한 손에 자신에게 꼭 맞는 다소 작은 검을 쥐고 있었다.

"이번 대회는 볼거리가 많구나. 제르린과 더불어 시로벨 비전하까지. 게다가 너 역시 직접 검을 쥐다니 말이야."

"……."

대회 준비를 알리는 나팔 소리가 울리고, 총 여덟 명의 참가자들이 스타디움 중앙으로 모였다. 시로벨은 주위를 두리번거리다 맨 앞에 서 있는 카헤시온을 발견하고는 황급히 고개를 돌렸다.

키스 이후 여러 날이 지났고, 몇 번 만나기도 했지만 여전히 얼굴 보기가 쑥스러웠다.

보바톤 황제의 연설을 끝으로 대회가 시작되었다. 작은 규모이지만 그 열기만큼은 공식 대회 못지않게 뜨거웠다.

자신의 순서가 될 때까지 기다리기 위해 대기석 쪽으로 걸음을 옮기던 그녀는 제 손을 가볍게 쥐었다가 놓는 누군가의 손길에 고개를 돌렸다가 그만 얼굴이 새빨개졌다. 어느새 저만큼 걸어가 버린 카헤시온의 뒷모습을 보며 시로벨은 벌겋게 달아오른 얼굴에 손부채질을 해야만 했다.

메모리와 세네티아가 함께 자리에 앉아 있었다. 비록 앞을 보진 못했지만 소리로 느껴지는 검의 강렬한 울림과 뜨거운 함성이 세네티아는 너무나도 좋았다.

메모리는 걱정스러운 눈빛으로 두 손을 모은 채 초조하게 리안 황자만을 응시했다. 검에 관해선 마티디안 최고의 실력자임에도 불구하고 항상 메모리는 그가 다칠까 봐 근심과 걱정이 끊이질 않았다. 세네티아는 메모리의 긴장을 눈치채고서 그녀의 작은 손을 잡아주었다.

"너무 긴장하지 마세요, 메모리 비전하. 리안 오라버니는 누구에게 쉽게 당하실 분이 아니라는 걸 아시잖아요? 게다가 이건 친목 대회니까 다칠 일도 없을 거랍니다."

메모리는 세네티아의 말에 고개를 끄덕였지만 그래도 완전히 걱정을 놓지는 못했다. 그녀는 리안을 바라보며 계속해서 기도를 올렸다.

대회의 첫 시작은 제라드와 리안 황자의 대결이었다. 순간 자리에서 일어나 외마디 비명을 지르는 이가 있었으니, 바로 시로벨의 옆에 앉아 있던 메이였다.

"제, 제, 제라드 로드님이 왜 저기에!"

"아까 메이는 잠깐 자리를 비워서 못 봤구나. 황자 전하의 추천으로 제라드도 참석한데. 검을 꽤 잘 다루나봐."

"아니에요! 제라드 로드님은 검술엔 쥐약이라고요! 제라드 로드님!"

멀리서 메이의 비명 소리가 들려왔지만 제라드는 식은땀을 흘리며 앞만 보았다. 리안은 그 모습에 피식 웃으며 검을 바로 잡았다.

"카헤시온이 이번엔 결국 이겼나 보군."

"왜 저를 못 보내셔서 안달이신지 모르겠습니다."

"솔직히 자넨 체력이 너무 부실하지 않나. 좋은 경험이라 생각하게."

"좋은 경험치곤 첫 상대가 리안 전하시라니. 역시 검이랑 저는 맞지 않는 것이 분명합니다."

제라드는 마른침을 삼키고서 검을 쥐어 올렸다. 마음을 단단히 먹었으나 시작과 동시에 리안의 공격에 몰리다가 너무나 싱겁게 검을 놓치며 패배하고 말았다.

다음 경기는 미셸 경과 키리에나 황녀의 대결이었다. 승자는 키리에나 황녀였는데, 처음 보는 그녀의 검술에 시로벨은 전율을 느꼈다. 철혈의 꽃이라고 불린다는데, 명성답게 화려하면서도 절도 있는 검술과 기백이 사내 못지않을 만큼 강하고 멋져 보였다.

다음 시합은 카헤시온과 제르린의 경기였다. 제라드는 흙투성이가 된 옷차림새를 한 채 씁쓸한 미소를 지으며 메이의 옆에 앉았고, 시로벨은 그 모습에 쯧쯧 혀를 찼다.

"그러게 왜 사서 고생을 해?"

"그건 제가 카헤시온 전하께 묻고 싶은 말입니다, 비전하."

시로벨은 다시 경기장으로 시선을 돌렸다. 저기 또 한 명의 마법사가 고생을 사서 하고 있었다.

카헤시온은 가볍게 검을 휘두르며 몸을 풀었다. 제르린은 흐트러짐 없는 그의 모습에 살짝 긴장해서는 검을 앞으로 내밀며 말했다.

"첫 상대가 형이라니. 나도 운이 참 없어. 그치?"

"네가 나올 줄 몰랐다. 그렉 경의 말로는 다시는 검을 잡지 않을 거라고 하던데. 그래서 필사적으로 마법에 매달린 거 아니었나?"

"그땐 그랬지. ……하지만."

제르린은 두 손으로 검을 고쳐 잡고서 카헤시온을 향해 날카로운 눈빛을 띠며 선제공격을 했다. 챙! 맞부딪치는 검의 소리가 그다지 맑지는 않았다.

"다시 잡아야 할 이유가 생겼거든."

카헤시온은 제르린의 공격을 쉬이 막아냈다. 그 후로도 몇 번 그의 검을 맞아주다가 이내 무섭게 돌변해 제르린을 몰아붙이기 시작했다. 한 치의 망설임도 자비도 없는 무자비한 공격이었다.

언제 선제공격을 할 정도로 자신만만했었냐는 듯 카헤시온의 공격을 막는 것만으로도 제르린은 벅차했다. 검이 부딪칠 때마다 온몸에 소름이 돋아 그는 쓴웃음을 지었다. 역시 아직은 멀었나.

결국 그는 숨을 놓치고 말았고, 잡고 있던 검을 내려놓아야만 했다.

"역시 졌네."

"넌 검을 잡아선 안 돼."

"……."

"나와 같은 길을 가려고 하지 마라, 제르린. 나의 길은 그다지 좋은 길이 아니었다. 스스로 고독해질 뿐이야."

카헤시온은 검을 거두고서 뒤돌아섰다. 제르린은 그의 뒷모습을 바라보며 중얼거렸다.

"형은 고독하지 않아. 다만 주변을 아직 보지 못할 뿐이지."

원래대로라면 네 번째가 바로 시로벨과 유에시스 황녀의 대결이었다. 하지만 그녀는 제르린의 경기 후 곧바로 기권을 해버렸다. 그로 인해 시로벨은 부전승으로 준결승에 진출하게 되었다. 그 때문에 심히 짜증스러워진 시로벨은 리안 황자와 키리에나 황녀가 싸우는 모습을 보며 차라리 자신이 키리에나 황녀와 붙었으면, 하는 생각을 하였다.

둘은 아주 강했다. 리안 황자의 검술이 묵직하다면 키리에나는 그에 비해 화려하고 날렵한 검술을 뽐냈다. 결국 그 대결의 승자는 리안 황자가 되었다.

리안은 키리에나에게 손을 내밀었고, 그녀는 짧은 미소를 지으며 그 손을 맞잡았다.

"역시, 아직 전하께는 미치지 못하는 실력이군요."

"작년보다 훨씬 성장했다, 키리에나."

"좋은 대결이었습니다."

"나 역시도."

사실 키리에나는 황실 검술대회에 별로 흥미가 없었다. 하지만 매년 대회에 참석하는 이유는 리안 황자와 제대로 겨뤄보고 싶은 마음 때문이었다. 그래서 이번에도 급히 환궁을 한 것이고 말이다. 만약 서로가 정적으로서 마주섰다면 카헤시온 황자만큼이나 힘겨웠을 텐데. 다행히 그는 메모리 황자비와 그저 조용히 살고 싶다며 황위 계승을 스스로 포기했다.

준결승 두 번째 대결을 알리는 나팔이 울리고 메이는 안절부절 못하며 시로벨의 옷자락을 움켜쥐었다.

"저기, 비전하. 정말 나가실 거예요?"

"그럼! 내가 이 순간만을 얼마나 기다리고 있는데. 온몸이 근질근질해 미치겠다고."

"하, 하지만 이번 상대는 카헤시온 전하시잖아요."

그랬다. 이 무슨 운명의 장난인지 시로벨은 하필이면 가장 만나기 껄끄러운 상대와 대결을 하게 생겼다. 하지만 이대로 포기하자니 마음껏 뛰놀 수 있는 이 기회가 너무나 아까웠다.

'그래, 차라리 잘되었어. 서로 검을 맞대면 조금 나아지겠지. 한바탕하고 나면 나중엔 아무렇지도 않을 거야!'

그녀는 블루문을 움켜쥐고서 앞으로 나아가 그의 앞에 섰다. 카헤시온의 얼굴을 올려다본 시로벨은 괜히 심통이 났다. 그의 까만 눈동자는 아무리 보아도 속을 알 수가 없었다.

시로벨은 손아귀에 땀이 차는 것을 느끼며 그를 똑바로 보기 위해 노력했다. 하지만 머릿속엔 자꾸만 이상한 생각이 차올랐다. 그의 눈동자에 비치는 제 모습을 보니 그날의 그 낯 뜨거운 기억들도 같이 떠올라 정신을 차릴 수가 없었다.

'안 돼! 정신 차려, 정신!'

그녀의 불순한 생각을 꿰뚫기라도 한 듯, 카헤시온이 서늘한 어조로 그녀를 다시 현실로 불러들였다.

"그렇게 한눈을 팔다가는 시작과 동시에 끝날 것이다. 난 절대로 봐주지 않을 거니까."

"봐주면 제가 용서 안 할 겁니다."

마음을 다잡은 시로벨의 물빛 눈동자가 아까보다 훨씬 더 진지하게 빛나기 시작했다. 시작과 동시에 카헤시온의 검이 시로벨의 어깨 쪽으로 깊숙이 파고들었다. 그녀는 반사적으로 그것을 막고서 걸음을 옮기며 그의 틈을 파고들려고 했다. 하지만 그리 쉽지가 않았다.

카헤시온은 여유롭게 그녀의 검을 쳐내며 무모하다 싶을 정도로 앞으로 바짝 다가와 속삭였다.

"기분 좋아 보이는군."

"너무 여유로워 보여서 짜증나려고 하네요, 카헬."

"그럼 조금은 긴장한 척 연기라도 해야 하는 건가?"

"그게 더 얄밉습니다!"

"그 장갑, 꼈군."

카헤시온이 장갑을 가리키자 시로벨은 괜히 창피해져서 언성을 높였다.

"껴, 꼈으니까요! 딱히 낄 것도 없고 해서!"

"계속 내 얼굴을 제대로 못 보는 것 같던데. 혹, 쑥스러운 건가?"

"그 무슨!"

이쪽은 검을 휘두르는 데만 집중해도 정신이 없을 지경인데 그는 너무나도 태연하게 말을 걸어와서 시로벨은 화까지 나려고 했다. 왠지 그가 일부러 이러는 것 같아 기분이 이상해졌다. 대체 뭣 때문에?

몇 번이나 손끝이 스치고, 어깨가 와 닿고, 어쩌다보니 마치 안기는 듯한 자세도 몇 번 취하게 되었다. 대결이 아니라 남녀가 합을 맞춰 검무를 추는 듯 야릇한 분위기가 이어지고 있었다. 시로벨은 그에게 묶인 시선을 움직일 수가 없었다. 뜨겁게 느껴지는 숨결. 그리고 가슴께를 찌릿하게 파고드는 목소리.

　“이제 좀 괜찮으려나.”

　“설마 일부러?”

　“날 피하니까. 난 아직 시작도 안 했는데.”

　“그게 무슨?”

　그때, 방심한 틈에 쳐들어온 카헤시온의 검에 시로벨은 그것을 막으려다가 검을 놓치고 말았다. 시로벨의 손에서 벗어난 검이 바닥에 꽂혔다. 결국 예상대로 그의 승리였다. 물론 원래대로라면 더 빨리 끝났을 대결이다. 시로벨은 믿지 않게 그를 노려보며 말했다.

　“더 빨리 끝낼 수 있었는데 일부러 시간 끈 거죠?”

　“그럴지도.”

　“젠장. 내 입으로 인정하니까 더 기분 나쁘잖아. 두고 봐요. 내년엔 반드시 그 콧대를 꺾을 테니까!”

　“좋을 대로. 내 목적은 달성했으니까.”

　카헤시온은 그녀의 곁을 스쳐 지나가면서 살며시 속삭였다.

　“이젠 날 보는 게 그리 어렵지 않겠지?”

　시로벨은 헛웃음을 내뱉으며 그의 뒷모습을 빤히 바라보았다. 확실히 그전보다는 나은 것 같았다.

　“이왕이면 우승해요!”

이젠 자연스럽게 그에게 말을 붙일 수 있게 되었으니까.

메인 승부인 결승전에서 리안 황자와 카헤시온 황자가 맞붙었다. 서로가 서로의 빈틈을 노리느라 지루하게 느껴지기까지 하던 초반이 지나고 진짜 승부가 시작되었다. 평소 친하던 사이라고 보기엔 무섭게 몰아치는 대결이었다. 대결이 길어질수록 정신력이 무너질 법도 하건만, 서로를 노리는 눈빛만큼은 전혀 흐트러짐이 없었다.

이는 지켜보는 이들도 마찬가지였다. 어디서 이런 승부를 볼 수 있겠는가! 특히나 기사들의 눈빛은 반짝이다 못해 아주 강렬했다.

시로벨은 카헤시온에게서 시선을 떼지 못했다. 입으로는 그의 이름을 중얼거리며 어서 이 대결이 끝나기를 빌었다.

"우승자는 카헤시온 체스처 마티디안 황자 전하이십니다!"

마침내 승자가 가려지고 그의 이름이 스타디움을 가득 메우자 시로벨은 저도 모르게 몸을 벌떡 일으켜 세우고선 환한 표정으로 그를 바라보았다.

카헤시온 역시 검을 내려놓자마자 고개를 돌려 시로벨을 바라보았다. 자신을 향해 환하게 웃고 있는 그녀의 얼굴에 이상하게 몸이 뜨거워졌다. 이런 기분은 처음이었다.

그때, 리안이 그의 어깨를 가볍게 두들기며 기분 좋게 입을 열었다.

"이번 대결이 너와 한 것 중 가장 즐거웠다."

"감사합니다, 리안 형님."

"역시 사람은 이유가 있을 때 가장 강해지는 모양이구나."

"……."

리안은 승부가 끝나자마자 관중석에서 달려 나온 메모리를 안아주었다. 카헤시온은 그들 부부를 보곤 뭔가를 결심하고서는 시로벨을 향해 걸음을 옮겼다.

시로벨은 갑자기 저를 향해 다가오는 그의 모습에 환하게 웃던 미소가 삽시간에 얼떨떨하게 변해가기 시작했다.

'왜, 왜 갑자기 여기로 오는 거지?'

"카헬?"

그녀의 앞으로 다가온 카헤시온은 그녀에게 꽃을 건넸다. 우승자에게 내려지는 헤리아스 꽃다발이었다.

"이걸 왜?"

"그대에게 내 우승을 선물하고 싶어."

순간 심장이 파르르 떨려서 시로벨은 입을 다물었다. 주변의 목소리가 삽시간에 사라지면서 오로지 보이는 것은 저를 바라보는 카헤시온뿐이었다.

"벨, 어서."

꽃을 받기를 종용하는 목소리에 시로벨은 꽃다발을 천천히 받아 들었다. 그것으로 됐다는 듯 카헤시온은 별말 없이 다시 원래 있던 자리로 돌아갔다.

시로벨은 그의 뒷모습을 응시했다. 그가 변하고 있었다. 제게 키스를 한 그 순간부터, 지난밤 제게 어깨를 빌렸던 그 순간에도, 어쩌면 깨닫고 있었을지도 모른다. 내가 그를 마음에 담은 것처럼 그도 자신을 마음에 담고 있는지 모른다. 꽃다발을 움켜쥔 손끝이 떨렸다. 하지만 밀려드는 감정은 기쁨이 아닌 두려움.

'당신은 날 사랑하면 안 돼. 당신이 그러면 안 돼. 나 혼자 사랑하는 건, 나 혼자 아픈 건 참을 수 있지만. 당신마저 그러면, 그러면……'

훗날 내가 사라졌을 때, 당신이 아파하는 모습을 보고 싶지 않단 말이야……

검술대회는 끝났다. 하지만 시로벨은 마냥 웃을 수가 없었다. 마냥, 그럴 수가 없었다. 이제 그를 어떻게 만나야 할지, 마주해야 할지 확신이 서지 않았다.

그렇게 갈팡질팡하던 그녀를 나무라기라도 하는 듯, 선택의 순간이 성큼 다가오고 있었다.

며칠 뒤, 카헤시온은 황제회에 참석하기 위해 태양궁으로 향했다. 고위급 귀족들과 황족이 모여 하는 회의를 황제회라 하는데, 이렇게 갑작스럽게 열린 적은 처음인지라 그의 표정은 다소 굳어져 있었다.

회의장 안으로 들어서자 많은 귀족들이 자리에 앉아 있었다. 그리고 가장 위쪽에 다소 어두운 낯빛의 보바톤 황제가 자리를 잡고 있었다.

카헤시온은 분위기를 살피며 황제를 향해 고개를 숙였다. 모든 시선이 그를 향하고 있었다.

"부르셨습니까, 황제 폐하."

"그래, 카헤시온. 이른 아침부터 미안하구나."

"아닙니다. 그런데 무슨 일이십니까?"

황제를 제외하고 황족은 자신뿐이었다. 게다가 백합회의 장으로서 회의에 참석해야 할 키리에나 황녀도 보이지 않는다. 그렇다면 자신과 관계된 일이라는 생각에 카헤시온의 눈빛이 어두워졌다.

시로벨은 이른 아침부터 달려온 제르린으로 인해 기분이 무척이나 저조했다. 안 그래도 카헤시온 하나만으로 머리가 터질 것 같은데 또 다른 남자로 인한 고민은 사양이었다.

"제르린 황자 전하, 전 지금 무척이나 피곤합니다만."

"황제회가 열렸어."

평소와 너무나도 다른 그의 진지한 모습에 시로벨은 의아한 어투로 되물었다.

"황제회?"

"그리고 그 황제회의 주인공은 카헤시온 형님이시다."

제르린의 낯빛이 창백하게 일그러지더니 이내 격한 감정을 주체하지 못한 채 시로벨의 물빛 눈동자를 응시하며 입을 열었다.

"시로벨, 절대 놀라지 마."

"저기, 지금 이 상황이 충분히 더 놀랍거든요? 그러니까 뜸 들이지 말고 대체 무슨 일인지 말을……."

"카헤시온 형님께서 두 번째 비를 맞이하실지도 모른다. 그리고 그 상대는 제로비안 제국의 코델리아 아무르 제로비안 황녀야."

"제로비안 제국에서 혼인동맹을 청해왔다. 상대는 3황자인 너와 코델리아 황녀다.”

보바톤 황제의 말에 카헤시온은 흔들리지는 않지만 당황스러움이 밀려들었다. 분명 그날, 코델리아에게 마음을 받아들일 수 없다고 말하였는데 이게 어찌 된 일인가 싶었다. 그렇다면 이것은 순전히 제로비안 황제의 독단적인 결정인가? 이렇게 하지 않으면 안 될 정도로 제로비안 제국의 사정이 다급하다는 것인가?

“만약 그 청을 받아들이지 않으면 어떻게 되는 것입니까?”

“이번 혼인동맹은 제국 간에 아주 중요한 일입니다, 카헤시온 황자 전하.”

그의 질문에 대답을 한 것은 황제가 아닌 발렌타인 공작이었다. 그 뒤를 이어 윈스티드 공작과 카빌리언 공작 역시도 혼인동맹을 받아들여야 한다고 동의하자 다른 귀족들 역시 이곳저곳에서 목소리를 높였다.

카헤시온이 그들을 향해 서늘한 시선으로 노려보려는 찰나, 보바톤 황제가 먼저 입을 열어 그들을 막았다.

“공들이 나설 일이 아니다. 아무리 제국 간의 문제라고는 하나, 결국 카헤시온 본인의 일이 아닌가!”

황제의 노성에 귀족들은 입을 다물고 카헤시온의 눈치를 살폈다. 황제는 카헤시온에게 차분한 어조로 말했다.

“비트니안 제국의 움직임이 심상치 않아 제로비안 제국에서 먼저 우리에게 손을 내밀어 동맹을 맺고자 하는 듯싶구나.”

발카 대륙의 3대 제국 중 하나인 비트니안은 최근 황권 교체로 인해 내전까지 우려될 정도로 상황이 심각했었다. 황위를 둘러싼 다툼 끝에 상황은 정리되었지만 그간의 혼란으로 인해 내부

적으로 생긴 불만들을 해소하기 위해 외부로 눈을 돌리는 모양이었다. 비트니안과 가장 가까이에 붙은 제로니안은 그 낌새를 눈치채고 마찰을 피하기 위해 마티디안을 택한 셈이었다. 즉, 이것은 나라와 나라 간의 문제였다.

"비트니안 제국이라면 저희 쪽에서도 안전하리라 장담할 순 없겠군요."

"그래, 비트니안의 새 황제가 어리다는 건 너도 알 것이다. 하지만 그 황제가 문제가 아니다. 황제의 뒤에서 섭정을 보고 있는 황태후의 세력이 만만치 않다는 것이지."

비트니안 제국의 현 황제는 나이가 고작 열 살밖에 되질 않았다. 황제는 그저 꼭두각시일 뿐, 실제 황권을 움켜쥐고 있는 건 황태후였다. 요 사이 다른 제국의 사정을 살피는 일을 소홀했던 것이 치명적인 실수로 돌아오는 듯했다.

"카헤시온, 이건 네 문제다."

보바톤 황제는 무엇보다도 카헤시온의 마음이 더 중요하다고 생각했다. 원치 않은 혼인으로 상처받았던 자신들의 역사를 이 아이들에게까지 대물림할 필요는 없다고 생각했기에.

하지만 카헤시온은 쉽게 결정할 수가 없었다. 이성과 감정이 치열하게 대립했다. 결국 그는 확답을 하지 못한 채 황제회를 빠져나왔다. 온몸에 힘이 빠졌다. 그리고 터져 나오는 숨 끝으로 이름 하나가 흩어졌다.

"벨⋯⋯."

지금쯤이면 그녀도 이 소식을 들었을 것이다. 과연 그녀는 어떻게 나올까? 만약 그녀가 자신을 붙잡는다면⋯⋯.

그때, 그의 시야로 로제궁의 모습이 보였다. 복잡 미묘하게 뒤틀리는 눈빛 속에 카헤시온은 그렇게 걸음을 뒤로 돌렸다.

"상대는 제로비안 제국 코델리아 아무르 제로비안 황녀다."

제르린의 목소리가 시로벨의 귓가로 아른거리며 흘러내렸다. 하지만 잠시 멍했던 그녀의 눈빛이 재빨리 이성을 되찾고서 고개를 돌려 버렸다.

"그래요?"

"그게 다야?"

너무나 태연한 대꾸에 오히려 제르린이 더 당황했다.

"그럼 뭐요. 무슨 말을 더 하길 바라는데?"

그는 허탈한지 한숨을 내쉰 후 그녀의 어깨를 붙잡았다.

"시로벨."

"놓고 말하시죠, 제르린 황자 전하. 아무리 황자 전하시라지만 이러시면 곤란합니다. 그래도 아직은 내가 3황자의 정비잖아요?"

"그게 무슨 소리야. 넌 끝까지 정비야!"

시로벨은 자신보다 더 슬퍼하는 듯 일렁이는 제르린의 눈빛에서 진심을 읽을 수 있었다. 하지만 거기에 동조할 수는 없었다. 시로벨은 저를 붙잡은 제르린의 손을 단호하게 내려놓았다.

"그렇게 말해줘서 고마워. 훗날 내가 이 궁을 나가게 되더라도 넌 그렇게 생각해 줘."

"하? 대체 뭐야. 왜 네가 나간다는 거야. 설사 코델리아 황녀가 이곳으로 온다고 해도 네가 우선이야. 아무도 널 내쫓을 수 없어. 대체 뭐 때문에 그래? 네가 속국의 왕녀라서? 그게 마음에 걸려?

그래? 그럼 걱정 마. 내가 막아볼게. 형님도 가만있지 않으실 거야. 너도 알잖아. 형님도 너를!"

"제르린!"

시로벨의 날카로운 목소리가 그를 붙잡았다. 그녀의 눈빛은 어느새 냉정을 넘어 차갑게 가라앉아 있었다. 마치 고요한 호수와 같은, 그 고요함에 질식할 것 같은 느낌에 결국 제르린은 입을 다물었다.

"한마디만 더 뻥긋하면 황자고 뭐고 너 죽을 줄 알아."

다른 이가 들었다면 기겁할 어투와 내용이었지만 제르린은 신경 쓰지 않았다. 차라리 저렇게 터뜨리는 편이 훨씬 나아 보였다.

"이건 나와 카헬의 문제야. 카헬과 내가 어떤 마음을 가지고 있든 제르린 네가 나설 일이 아니라는 기야. 물론 걱정해 주는 선 고마워."

감정이 북받쳐 마음이 미어터질 것만 같았다. 시로벨은 스스로가 횡설수설하고 있다는 걸 알면서도 어찌하지를 못했다. 계속 이대로 가다간 정말 주체할 수 없이 터져 나올 것 같았다. 괜찮은 척, 아무렇지도 않은 척하는 이 거짓된 모습이.

시로벨은 힘겹게 고개를 돌리고서 숨을 크게 삼켰다. 제르린도 더는 아무 말 하지 않고 그저 입술만 짓씹다가 방을 나갔다.

탁, 문이 닫히는 소리가 천둥 소리처럼 크게 들렸다. 그제야 시로벨은 떨리는 손길로 벽을 짚고 서서 고개를 숙였다. 수많은 감정들이 한꺼번에 휩쓸면서 그 파편이 그녀를 할퀴고 지나갔다. 머리로는 그를 떠나도 그가 혼자가 아니니까 다행이라고, 그의 새로운 빛은 시로벨이 되어줄 거라고 생각했다. 하지만 마음으로는…….

지독히도 쓰다. 괜찮다고 말하는 제 자신이 가증스럽게 느껴질
정도로 밉고 독한 마음이 쓰디쓰게 와 닿았다.

궁에 카헤시온 황자가 후비를 맞이할 거라는 소문이 돌았다.
그 때문에 시로벨은 로제궁에서 단 한 발자국도 나서지 않았다.
로제궁의 시녀들도 감히 입을 여는 자가 없었다. 시로벨은 제 방
에서 하루 종일 눈을 감고 있었다. 손가락 하나 까딱하기도 싫을
만큼 몸을 움직이고 싶지 않았다. 하지만 머릿속이 지끈거리면서
어렵사리 눈을 뜨니 어느새 주변이 캄캄해져 있었다.

"하아. 진짜 하루 종일 잠만 잤네."

시로벨은 침대에서 내려와 물을 마시기 위해 탁자 위로 손을
뻗었다. 그러곤 어둡고 적막한 방 안을 잠시 둘러보았다. 어쩌면
이곳에서 지내는 시간이 곧 끝날지도 모른다.

자조적인 웃음이 그녀의 입가를 감돌았다.

잠도 오지 않아 불이나 밝힐까 생각하던 중 달칵하고 문이 열
리는 소리에 고개를 돌린 시로벨은 심장이 쿵 하고 내려앉는 것
을 느꼈다.

카헤시온이었다. 그를 보자마자 꾹꾹 눌러두었던 감정이 꿈틀
거리는 것 같아 시로벨은 그것을 애써 죽이려고 노력했다.

"하루 종일 방에서 나오지도 않았다던데. 어디 아픈 것인가?"

"아뇨, 그냥 좀 피곤해서요. 기다려요, 불 켤 테니까."

시로벨이 촛대에 불을 붙이려는데 그가 성큼 다가와 시로벨의
손을 잡아당기며 나지막한 목소리로 속삭였다.

"불, 켜지 말고 내 얘기 들어."

까만 어둠 속에서 더 깊은 어둠을 머금고 빛나는 그의 눈동자는 무척이나 아름다웠다. 그의 눈동자를 담은 그녀의 물빛 눈동자는 밤바다를 담은 것처럼 넘실거렸다. 계속 그를 보다가는 잘 참고 있던 뭔가가 툭 끊어질 것 같아서 시로벨은 얼른 고개를 숙이려고 했다. 하지만 카헤시온이 그녀의 얼굴을 감싸고서 도망가지 못하도록, 자신을 똑바로 바라보게 했다.

"나를 봐, 벨."

"……."

"내가 지금 이곳에 와 있어. 다시는 내가 먼저 발걸음하지 않겠다고 다짐한 이곳에. 오직 너를 만나기 위해 이렇게 왔어."

숨을 내쉬는 것조차 어려울 정도로 뜨거운 공기가 흘렀다. 시로벨은 떨리는 입술을 살며시 깨물고서 어떻게든 흔들리는 자신을 붙잡기 위해 노력했다.

"내 자신에게 약속한 것이 있어. 이제 내 마음대로 하지 않겠다고. 그대에게 천천히 다가가고 싶었어. 서로가 원하게 될 때 이곳에 오겠다고 생각했어. 그리고 반드시 그대에게 하고 싶은 말이 있었어."

하고 싶은 말. 그 짧은 말에 담긴 감정에 시로벨은 불안한 눈빛을 했다. 카헤시온은 잠시 망설이다 이내 무겁게 말을 이었다.

"나와 코델리아 황녀의 국혼 이야기가 오가고 있다는 걸 그대 역시 들었을 거야. 이것은 그저 제국 간의 동맹이야. 비트니안 제국의 움직임이 심상치 않으니 혼인을 통해 동맹을 맺으려는 것이지."

"……."

"그렇기에 내겐 선택권이 없어. 모든 귀족들이 동맹이 맺어지기를 바라고 있으니까. 그렇게 해야 제국이 안전해질 테니까."

그의 입에서 나온 현실적인 말에 막상 다잡아놓은 마음이 순식간에 허물어지려 했다.

대체 내게서 무엇을 원하는 것일까. 왜 이런 얘기를 하는 거지? 도대체 왜!

"하지만 네가 날 잡아준다면, 난 이 국혼을 하지 않을 거야."

생각지도 못한 말에 시로벨은 움직임을 멈추고서 그를 빤히 바라보았다. 지금 그가 무슨 말을 하고 있는 거야? 하지 않겠다니? 제국을 위한 일이다. 사사로운 감정 따위 드러내지 않는 사람이면서 어째서 국혼을 하지 않을 수 있다 말하는 것인지 이해할 수가 없었다.

결국, 참고 있던 그녀의 목소리가 떨리며 흘러나왔다.

"왜요? 왜? 당신이 그러면 안 되잖아요. 누구보다 제국을 위해야 하는 자리에 있는 사람이잖아요. 사사로운 감정에 휘둘리는 사람 아니면서 대체 왜. 왜……."

"그대를 사랑한다."

숨이 막힐 듯한 뜨거운 소용돌이가 심장에서부터 휘몰아쳤다. 너무나도 진지한 눈빛으로, 아니, 단 한 번도 볼 수 없었던 애절한 눈빛으로. 애써 밀어내고 있던 그의 진심이, 두렵게만 느껴졌던 그의 마음이 와 닿는 순간, 시로벨은 그를 외면할 수가 없게 되었다. 같은 곳을 바라보게 될까 봐 두려웠는데, 자신에게 전해주는 그의 마음에 너무나도 떨리고 설렜다.

"다른 무엇보다 지금은 그대가 더 중요해. 처음으로 욕심내고 싶을 만큼. 이기적일 정도로 정말 아무것도 생각하지 않고, 그저 나 자신만을 위해서…… 벨, 너를……."

"……."

"사랑하기 때문에 이러는 거야."

뜨거운 빛이 그녀의 심장을 움켜쥐었다. 미치도록 두근거렸다. 그의 목소리를 좀 더 가까이에서 듣고 싶었다. 좀 더 앞으로 다가가 그를 끌어안고 말하고 싶었다. 나 역시, 당신을 너무나도 사랑한다고. 하지만…….

"그러면 안 돼요. 당신은 이 나라의 황자니까."

냉정한 그녀의 음성이 카헤시온에게로 파고들었다. 마침내 선택을 해야 하는 그 순간이 왔다.

'내가 당신의 영원한 빛이 되어줄 수 없으니……. 미안해요, 난 처음부터 당신한테 거짓말을 했어요. 곁에 있어줄 거란 그 약속, 나 지킬 수가 없어요.'

"제가 잡으면 황자 전하께서 국혼을 하지 않으신다고 하셨죠? 그렇다면……."

시로벨은 천천히 카헤시온의 손을 잡았다. 그의 눈빛이 처음으로 미친 듯이 흔들리면서 이내 그러지 말란 듯한 눈빛으로 고개를 가로저었다.

"하지 마."

"마티디안 제국의 황자로 있어줘요. 그게 당신에게 어울려요. 나 역시 그걸 원해요. 그저 황자비로 있을 거예요. 단 한 번도 당신의 마음과 똑같은 적 없었어요."

점점 눈앞이 흐려졌다. 이게 눈물 때문인지 어둠 때문인지 그녀는 몰랐다.

"그러니까 나는, 전하를 잡지 않을 거예요."

그리고 시로벨은 잡고 있던 카헤시온의 손을 놓았다. 서로의 심장이 아스라이 바스러지는 소리가 들리는 듯했다.

그는 멍하니 제 손을 놓아버린 시로벨을 바라보았다. 뜨겁게 벅차오르던 공기가 순식간에 바뀌어 날 선 칼날처럼 밀려들었다.

"그저 날 황자로만 본 것인가? 단 한 번도 나를!"

"잊었나요? 난 이곳에 공녀로 끌려온 것이나 마찬가지예요. 그런 내가, 대체 어떻게 당신을 사랑할 수 있겠어요? 게다가 당신이 내게 무슨 말로 어떻게 상처 줬는지 벌써 잊은 거예요?"

"정말로 내가 다른 여인에게 가는 것이 아무렇지도 않아?"

"……."

차마 그 질문에 시로벨은 대답을 할 수 없었다. 사방이 어두워서 다행이었다. 정말로, 다행이야.

대답 없는 그녀의 모습에 카헤시온은 허한 숨을 내쉬며 거칠게 몸을 돌렸다. 보지 않아도 알 수 있었다. 지금 그가 얼마나 괴로워하고 있는지. 얼마나 상처받았는지도.

"그대가 나를 이토록 미워하고 있는 줄 몰랐어. 내가 어리석었군. 하지만 시로벨, 그렇다고 내게서 달아날 생각은 하지 마. 난 절대로 그대를 놓아줄 생각이 없어. 절대로. 절대로!"

카헤시온이 방을 빠져나가고 그의 발소리가 들리지 않게 되었을 때에야 시로벨은 결국 참았던 울음을 내뱉었다.

눈물이 속절없이 떨어져 내렸다. 어두워서 다행이다. 정말로 다행이다. 그가 나를 보지 못해서.

"정말 다행이야……."

시로벨은 황궁을 떠나기로 결심했다. 마티디안을 떠나게 해달라고 엘라임에게 빌 것이다. 카산드라에게 데려가 달라고 하면 엘라임은 그 소원을 들어줄 수 있을 것이다. 그리고 카산드라를 만나 저를 여기에 데리고 온 그 드래곤을 찾아 원래대로 돌아갈 것이다. 그러면 되는 거다. 그래, 그러면 되는 거야.

시로벨과 카헤시온, 두 사람에게 커다란 상처만을 남긴 채 아침이 밝았다. 또다시 황제회가 열렸고 이번엔 리안 황자와 제르린 황자를 포함한 모든 황족이 모였다. 이는 귀족들의 은근한 압박이었다. 더는 시간을 지체해서는 안 된다는.

제르린은 무척이나 불안한 시선으로 카헤시온을 바라보았다. 하지만 카헤시온은 그 어느 때보다도 담담해 보였다. 그러한 기운에 세네타아는 무척이나 걱정스러운 마음이 밀려들었다.

모든 귀족과 황족들 앞에서 보바톤 황제가 목소리를 높였다.

"카헤시온, 제로비안에서 다시 연락이 왔다. 네게 생각할 시간을 더 주고 싶지만 이제는 힘들 것 같구나. 나는 네가 어떤 선택을 하여도 존중할 생각이다. 공들도 그리 아시오."

황제의 황명에 뭐라 반발하려던 귀족들이 입을 꾹 다물었다. 카헤시온은 내내 침묵을 유지하고 있었다.

"차라리 제가……."

"가만있어."

참다못한 제르린이 일어나며 입을 열었지만 그를 붙잡는 손길에 다시 그대로 주저앉고 말았다.

"키리에나 누님."

키리에나는 제르린의 어깨를 누르고서 서늘한 시선으로 카헤시온을 응시했다. 마침내 그가 서서히 몸을 일으켜 세웠다. 그리고 황제에게 걸어가 고개를 숙였다.

"제로비안 제국과의 혼인동맹을 받아들이겠습니다."

카헤시온은 코넬리아 황녀와 국혼을 치르겠다는 말만 남기고서 회의장을 빠져나갔다.

귀족들의 표정은 급속도로 밝아졌지만 세네티아와 제르린의 표정은 창백하게 일그러졌다. 키리에나는 제르린의 어깨를 놓아주었다. 그리고 자리에서 일어선 그녀를 제르린이 붙잡았다.

"왜 말리신 겁니까."

"네가 나설 일이 아니다."

"반드시 해야 하는 동맹이라면, 차라리 아직 혼인하지 않은 제가 하는 것이 낫지 않습니까!"

"제로비안에서 원한 건 카헤시온 황자였다. 이건 제국 간의 거래야. 그들이 내건 조건을 마음대로 바꿀 수는 없지. 대신 그쪽 황제는 가장 아끼는 황녀를 내놓고 있잖니? 그걸 무시하면 우린 제로비안 제국을 능멸하는 거야. 그렇게 되면 동맹이고 뭐고 끝이지. 게다가 네가 제로비안 제국의 황녀와 국혼을 하게 되면 난 너와 싸워야 해."

"……그게 무슨?"

키리에나는 서늘한 시선으로 제르린을 바라보았다. 그녀의 표정은 그 어느 때보다도 침착하고 냉정했다.

"카헤시온 황자가 이 같은 기회를 놓칠 리가 없지. 이 국혼으로 인해 그는 제로비안 제국의 지지를 얻게 될 것이고, 황태자가 되는 길에 성큼 다가가게 되었으니까.”

“형님께서 그럴 리가 없습니다.”

“어쩌면 정비가 바뀔지도 모르겠어.”

“그럴 리가 없습니다! 형님께서는 시로벨 비전하를!”

“황족의 혼인에 감정을 섞지 마라, 제르린. 이건 충고야. 설사 카헤시온 황자가 정말로 지금의 비전하를 마음에 품고 있다고 해도 주변이 그들을 흔들 거야. 누가 봐도 아르반의 왕녀보다는 제로비안의 황녀가 더욱 탐날 테니까.”

제르린은 무거운 한숨을 내쉬었다. 일이 이렇게 꼬일 줄은 몰랐다. 키리에나의 말에 틀림이 없었기에 그는 더 걱정이 되었다. 이대로 가다간 시로벨의 자리가 위험했다.

‘하지만 이번엔 절대로 쉽게 널 포기하지 않아.’

예전처럼 도망치지 않을 거야. 네가 지키고 싶어 하는 것, 네가 있고 싶어 하는 자리, 모두 내가 반드시 지켜줄 거다.

제라드는 급하게 카헤시온의 뒤를 따라나섰다.

“대체 어쩌시려고…….”

“제국 간의 중요한 사안이다. 해야 한다면 해야겠지.”

“하지만 전하께선 그것으로 괜찮으십니까?”

제라드의 걱정에 카헤시온은 걸음을 멈춘 채 그를 바라보았다. 제라드는 카헤시온의 눈빛에 조금 당황스러움을 느꼈다. 지치고도 슬퍼 보이는 눈빛을 믿을 수가 없었다.

“이렇게 하지 않으면 그녀가 더 힘들어져.”

"전하……."

"귀족들이 지금 얼마나 격앙되어 있는지 자네도 봤지? 마음대로 해도 좋다고 폐하께서 말씀하셨다지만 내 고집대로 이번 국혼을 받아들이지 않으면 그 비난의 화살은 전부 그녀에게 가게 될 거야. 일단은 내가 한발 물러서야 해."

이렇게라도 지켜주고 싶었다. 괜한 소리를 듣게 하고 싶지 않았다.

그걸 위해 카헤시온은 코델리아를 용인하기로 한 것이다. 일종의 화살받이였다. 시로벨은 지금처럼 자유롭게 원하는 것을 하며 지내면 된다. 모든 것은 제로비안 제국이라는 강력한 배경이 있는 코델리아가 막아줄 테니.

"혼자 있고 싶으니 따라오지 마라."

"예, 전하."

제르린은 그 자리에 멈춰 섰다. 처음으로 카헤시온이 자신에게 약한 모습을 보였다. 처음으로 그 알 수 없었던 속내를 드러냈다. 매 순간순간 흔들림 없이 제 감정 따위는 상관도 하지 않고 강하게 버티고 계셨던 분인데, 그분이 한발 물러났다는 표현을 하였다. 그건 결국 이번 국혼을 받아들이고 싶지 않았다는 말과도 같았다. 제국을 위해서가 아니라 오직 비전하를 위해서.

제라드는 어쩐지 쓸쓸해 보이는 카헤시온의 뒷모습을 지켜보며 쓸쓸한 한마디를 흘렸다.

"어느새 비전하가 그리도 큰 존재가 되신 것입니까."

카헤시온은 아무 생각 없이 걸었다. 이렇게 공허했던 적은 처음이었다. 그는 시로벨과 처음 만났을 때를 떠올렸다. 서로에게 최악이었던 상황. 아르반에서 공녀로 온 왕녀와의 혼인은 그야말로 형식적이었다. 그리고 첫날밤. 제 어머니를 너무나도 닮은 모습에 해서는 안 될 말로 상처를 주고 멀리하였다.

"그대의 허튼 짓에 나를 끌어들이거나 마티디안의 그 누구라도 위험에 빠뜨린다면, 난 그대의 목을 벨 것이다."

그리고 그녀의 생일 연회 날. 그날 이후로 모든 것이 변했다. 그녀는 잘 웃고 화도 잘 냈고 짜증도 잘 냈으며 가끔은 말도 안 되는 행동을 하여 속을 뒤집어지게 만들기도 했다.

"기다릴 거예요."
"뭐?"
"여기서. 이 자리에서. 내가 먼저 당신을 믿고 한번 기다려보겠다고요. 이건 약속이에요. 원래 믿음도 없으면 약속도 없는 거 알죠? 내가 지금 당신에게 보일 수 있는 신뢰와 믿음은 이거니까, 그러니까 정말 끝까지 기다릴 거예요."

오기와 고집에 결국엔 이겼다면서.

"이겼…… 다."

웃어 보이던 그 바보 같은 모습까지. 그녀의 행동 하나하나를 바라보고 쫓아다니다가 결국엔 자신이 먼저 손을 뻗고 있었다. 그때부터였나? 그때부터였을까? 그때부터 그댄 내게 빛이 된 걸까?

　"나도 눈물을 그치게 하는 방법은 잘 모르지만 어깨 정도는 빌려줄 수 있어요. 나중에 정말로 울고 싶으면, 내 어깨 빌려요."

　무엇 때문에 저를 밀어내려는지는 모르겠지만, 그녀 역시 뭔가를 홀로 감당하려고 하는 것 같았다. 그렇다면 그녀가 제게 빛이되었듯, 이번엔 자신 역시 그녀의 빛이 되어야 할 때.
　카헤시온은 주먹을 움켜쥐었다.
　"이번에는 내가 그대에게 어깨를 빌려줄 차례인 것이지."

❧　　　❧　　　❧

　제로비안 제국으로 마티디안 제국의 서안이 떨어졌다. 국혼을 받아들이겠다는 내용이 적혀 있었다.
　제로비안 황제는 코델리아 황녀를 안타까운 시선으로 바라보았다. 사실 비트니안 제국의 일로 인하여 동맹이 필요하기는 했지만 그는 코델리아를 그쪽으로 보낼 생각은 없었다. 마티디안에는 황녀가 많기에 다른 황자와의 국혼이면 충분하였던 것인데 갑자기 코델리아 본인이 제국을 위해 나서겠다고 할 줄은 몰랐다.
　"코델리아."
　"저는 걱정하지 마세요, 아바마마. 제가 선택한 일입니다. 제국의 황녀로서 당연히 해야 하는 일이고요. 게다가 카헤시온 황자라면 저도 잘 알고 있잖아요? 어릴 적부터 오라버니처럼 여겼던 분이세요. 아바마마도 카헤시온 황자라면 믿을 수 있으실 거예요."

"그건 그렇지만, 그래도 걱정이구나. 게다가 황자에겐 이미……."

"그런 건 문제가 되지 않아요. 정 걱정되시면 지금부터라도 마티디안 제국으로 가서 적응을 하고 싶어요. 허락해 주세요, 아바마마."

코넬리아는 황제의 손을 잡고서 걱정하지 말라는 눈빛으로 그를 달래었다. 사랑스러운 딸의 부탁과 나라를 위하려는 마음가짐에 황제는 기특하고 대견하여 어렵사리 고개를 끄덕이고는 딸의 이마에 살짝 입을 맞춰주었다.

밖으로 나온 코넬리아는 얼굴 가득 지었던 사랑스러운 미소를 지워내고서 하늘을 바라보았다. 결국 주사위는 던져졌다. 이제 더는 물러서지 않으리라. 어떻게든 그의 곁으로 가겠다. 그의 곁으로 가서 반드시…….

"당신을 가질 거야. 난 반드시 당신을 가져야겠어. 이것이 내 사랑이야."

❖   ❖   ❖

시로벨은 하루 종일 검을 쥐고서 수련에만 전념했다. 흘러들어오는 소식들을 무시하고 눈과 귀를 닫은 채 검만 휘두르는 모습이 너무나도 애처롭고 안타까워 보였다.

메이는 그런 그녀의 모습을 멀리서 서글픈 눈빛으로 바라보았다. 이미 온 황궁 안으로 소문이 빠르게 퍼졌다. 카헤시온 황자가 결국은 황자비를 버리고 말았다고. 곧 정비도 바뀌게 될 것이라고. 그게 아르반 왕녀의 운명이라고…….

주위에 어스름이 깔리자 시로벨은 그제야 검을 내려놓았다. 얼마나 세게 쥐고 있었는지 그녀의 손바닥은 빨갛게 피멍이 들어 있었다.

"힘이 들긴 하네."

예전엔 사랑의 아픔도 이별의 고통도 알지 못했다. 바쁘게 뛰면서 일만 하며 사느라 사랑도, 이별도 해본 적이 없었으니까.

"그러고 보니 첫사랑인가."

이런 곳에서 첫사랑이 생길 줄이야. 그것도 다른 사람의 몸을 빌린 상태에서. 하지만 누구라도 반할 만큼 너무 멋있으니까. 그런 사람이니까.

시로벨은 괜한 생각에 고개를 저으며 뒤돌아섰다. 그 길의 끝에 카헤시온이 서 있었다. 마주친 시선에서 뭔가에 홀리기라도 한 듯 시로벨은 그에게서 눈을 뗄 수가 없었다. 마치, 너무나도 당연하다는 듯 그녀의 시선 끝에는 어느새 항상 그가 있다. 그리고 아주 느리게 그의 목소리가 흘러들었다.

"국혼을 할 것이다."

"……."

"이번엔 벨, 네가 나에게 기댈 차례야."

"……."

"국혼을 한다고 해도 코델리아 황녀에게 마음을 주는 일은 없을 것이다. 오직 그대만이 내 아내야. 만일, 내가 이 제국의 황제가 된다면 나의 황후 역시 그대가 될 것이다."

"잔인하네요. 그럼 코델리아 황녀는 그저 이용하는 것뿐인가요? 그래도 황녀는 카헬, 당신을 진심으로 사랑하고 있을 텐데."

시로벨은 천천히 뒤로 물러나 그를 바라보았다.

"국혼 준비 잘 하시길 바랍니다."

"넌 그날 절대로 오지 마."

"아뇨, 갈 거예요. 가서 꼭 축하해 주겠어요."

그의 표정이 어두워졌지만 시로벨은 보지 못했다. 이만 가보겠다며 자리를 뜨는 그녀의 차가운 뒷모습을 보며 붙잡고 싶은 마음을 카헤시온은 억지로 내리눌렀다.

그를 등 뒤에 둔 채 걸어가며 시로벨은 마음속으로 주문을 외웠다.

'이건 그냥 미친 달의 저주야. 그래, 이건 곧 사라질 거야. 첫사랑, 그것도 별거 아니야. 다 잊을 수 있을 거야.'

물론 후유증은 깊게 남겠지만……

시로벨은 잠시 눈을 감았다가 뜨고서는 나지막한 목소리로 속삭였다.

"엘라임."

그 순간 그녀의 앞에 물의 정령왕 엘라임이 나타났다.

"갑자기 뭔 바람이 불어서 날 부른 거지? 드디어 소원을 말할 마음이 생긴 건가?"

"너, 날 여기로 데려온 드래곤이 어디 있는지는 몰라도 카산드라라는 드래곤의 행방은 알고 있지?"

엘라임은 잠시 망설이다 고개를 끄덕였다.

"그래, 그분은 지금 이곳에서도 멀지 않은 곳에 있어. 기운이 느껴져."

"내 두 번째 소원이야. 나를 카산드라에게 데려가 줘."

"뭐? 지금?"

"아니, 이건 미리 빌어두는 거야. 곧 다시 널 부를게. 그때 데려가 줘."

카헤시온의 국혼을 보고난 뒤에, 확실하게 마음 정리를 하고 떠날 것이다. 이 세계를 완전히 벗어날 거야.

시로벨은 눈에서 멀어지면 마음도 멀어진다는 말을 믿어. 나도, 카헤시온 당신도.

❧   ❧   ❧

분홍빛 머리카락을 우아하게 틀어 올리고 하얀 드레스를 입은 코넬리아는 청초의 레이디란 별칭에 걸맞게 단아하고 아름다웠다. 그녀는 백합궁에서 세네티아와, 유에시스와 함께 차를 마시고 있었다.

"아직도 오라버니를 만나지 못하셨다면서요?"

세네티아의 말에 코넬리아의 표정이 굳어졌지만 그녀는 이내 태연하게 미소를 머금으며 부드럽게 답했다.

"워낙 바쁘시잖아요. 그 정도는 이해할 수 있어요. 이제 곧 자주 뵐 텐데요, 뭘."

"글쎄요? 카헤시온 전하께서 그런 다정한 성격이셨나."

서늘한 유에시스의 대꾸에 코델리아는 최대한 웃는 얼굴을 하려 애를 썼다. 하지만 뒤이어 하는 말을 듣고서도 평정심을 유지하기는 힘들었다.

"하긴 시로벨 비전하는 자주 만나는 것 같긴 했지. 엊그제도 비전하가 조금 다치셔서 특별히 약을 챙겨주셨다고 하던데."

"……."

"바쁘시지만 그래도 비전하시니까. 이상하게 비전하께는 다정하신 것 같아."

코델리아는 찻잔을 움켜쥔 손에 힘을 주며 유에시스를 바라보았다. 하지만 그녀는 코델리아를 없는 사람 취급하는 듯싶었다.

"비전하께서 다치셨나요? 뵙지 못해서 모르고 있었네요."

"응당 황녀께서 먼저 찾아가야 하는 것이 아닌가요? 설마하니 비전하께서 황녀마마를 뵈러 가야 하는 건가요?"

"예?"

"곧 국혼을 치르고 나면 비전하께서는 제1황자비이고 황녀께서는 제2황자비이니, 지금이라도 윗사람에 대한 예우를 몸에 익히는 것도 나쁘진 않지요."

유에시스의 날카로운 말이 연신 불안하게 이어졌다. 코델리아는 굳은 얼굴에 억지로 미소를 지으려 노력했지만 쉽지 않았다. 게다가 세네티아 황녀마저 별다른 말이 없었다.

더는 참을 수가 없었다. 고작해야 속국의 계집일 뿐인 여자와 자신을 비교하고, 그것도 모자라 그쪽이 윗사람이라며 예를 갖추라는 말에 그녀는 파르르 떨었다. 결국 코델리아는 그들에게 정중히 인사를 하고는 자리에서 일어섰다.

그녀가 자리를 뜬 후 세네티아는 유에시스를 힐끗 보았다.

"웬일로 차를 마시자고 하나 했더니…… 비전하께서 언제 다치셨지? 카헤시온 오라버니가 특별히 챙겨주고 있다는 소리는 금시초문인데."

"흠흠."

"네가 이렇게 시로벨 비전하를 좋아하는 줄 몰랐어."

"뭐, 딱히. 제가 아니면 제린 오라버니가 뭔 짓을 할지도 모르니까요."

"그나저나 코델리아 황녀가 변하긴 하였더구나."

겉으론 웃고 있었지만 그녀에게서 느껴지는 기운은 탁하고 어지럽기 그지없었다. 오라버니께서 황제의 자리에 오르게 되면 황후의 자리를 두고 큰 분란이 생길지도 모른다. 어쩌면 지금부터 생길지도 모르고.

"걱정 마십시오."

유에시스는 찻잔을 내려놓으며 그녀의 은빛 눈동자를 주시했다.

"시로벨 비전하께서 그리 호락호락한 분은 아니잖습니까?"

"훗, 하긴. 시로벨이 그렇게 순순히 당할 여인은 아니지. 그렇기에 더 걱정이야, 어떤 일이 벌어질지."

백합궁을 빠져나온 코델리아는 잔뜩 일그러진 표정으로 입술을 깨물었다.

"유에시스, 건방진 년."

황위 계승권을 가지고 있다고는 하지만 어차피 그 계집은 아니다. 이 나라의 황제가 될 사람은 카헤시온 황자뿐. 내가 정비가 되면, 황후가 되면, 절대로 가만두지 않을 것이다. 절대로!

코델리아는 입술을 질끈 깨물었다. 다른 누구도 아닌 세네티아 황녀도 제게 우호적이지 않다는 것은 그녀도 신경 쓰지 않을 수 없는 문제였다. 키리에나 황녀는 어차피 정적이고, 그렇다면 남은 건 리안 황자와 제르린 황자.

'다른 건 몰라도 제르린 황자는 아니야. 제르린 황자는……'

"코델리아."

낯익은 목소리에 코델리아는 당황하여 시선을 돌렸다. 제르린 황자가 능청스러운 표정을 지으며 그녀에게 다가왔다. 코델리아는 그에게 인사하곤 따스한 눈빛으로 그를 바라보았다.

"제르린 오라버니! 참으로 오랜만입니다."

"그래, 오랜만이지. 이런 식으로 보게 될 줄은 몰랐고. 한데 불안한가 보구나. 이미 알고 시작한 일이 아닌가?"

"예, 그렇지요. 하지만 이대로 주저앉지는 않을 겁니다."

코델리아를 향한 제르린의 눈빛은 예전처럼 따스하지만은 않았다. 코델리아는 그것이 또 분했다.

"지금은 여기서 시작하지만 결국엔 카헤시온 황자 전하 곁에 남는 건 제가 될 거예요."

"넌 그렇게 권력에 목마른 아이는 아니었잖아?"

"권력? 그래, 그딴 건 내게 중요하지 않아요. 하지만 그게 있어야 그를 잡을 수 있다면, 그게 있어야 그의 옆을 차지할 수 있다면 저는 다 해볼 작정이에요. 내가 가진 전부를 휘둘러서라도 모두 다 가져볼 생각이에요."

"코델리아."

"제르린 오라버니가 시로벨 비전하와 어떤 사이인 줄 알아요. 어릴 적에 아르반에서 지내셨잖아요. 그만큼 친하시겠죠. 그러니까 제 편이 되어달라는 소리는 안 해요. 하지만 방해하지는 마세요."

"그건 사랑이 아니다. 집착이자 광기야."

제르린의 한마디에 코델리아는 피식 웃음을 터뜨렸다. 그러곤 이미 처절히 변해 버린 제 가슴을 움켜쥐며 말했다.

"누가 뭐라고 말해도 상관없어요. 이렇게 변해 버려도 내 사랑이야. 그러니까 끝까지 가볼 거야."

그가 그 누구도 사랑할 수 없게, 오직 나만이 그를 사랑할 수 있게. 그렇게 모든 걸 파멸시켜 버릴 거야.

결국은 후회할 거란 말을 남긴 채 제르린은 그녀를 떠났다. 코델리아는 서글픈 눈빛으로 입술을 깨물었다. 어느새 자신의 사랑은 남들에게 집착이 되었고, 광기가 되었다. 처음 그에게 품었던 그 순수한 마음은 그렇게 변해가고 있었다. 한 번은 사랑하지 않겠다고, 더는 매달리지 않겠다고 수없이 되뇐 적도 있었다. 하지만 그를 포기할 수가 없었다. 그를 향한 자신의 심장은 단 한 번도 멈춘 적이 없었다. 지금도 이렇게 그를 향해 미친 듯이 반응하고 있었으니까.

"코델리아 황녀."

등 뒤에서 들리는 그의 목소리에 코델리아는 떨리는 숨을 삼키고서 애써 독하게 마음을 다잡으며 고개를 돌렸다. 그러곤 부드러운 미소를 지었다. 약한 마음을 감출 수 있게 웃음이란 가면을 뒤집어썼다.

"드디어 이렇게 만날 수 있게 되었네요, 카헤시온 황자님."

카헤시온은 담담한 시선으로 코델리아를 바라보았다. 그의 눈앞에 처음 만났을 때의 코델리아가 비쳤다. 목숨을 구하기 위해 내밀었던 손에서 시작된 연이 이렇게 될 줄이야. 하지만 그 조그만 연조차 상처가 된다면 과감하게 끊어내야만 했다.

"난 황녀에게 분명히 말했소."

"무슨 말이요?"

"그대를 사랑하지 않는다고."

코델리아는 또다시 상처를 받았다. 단호하게 사랑하지 않는다고 말하는 저 남자의 말이 비수가 되어 박혔다. 무뎌진 줄 알았는데 아직 아닌가 보다. 앞으로 더 많이 들어야 할 말인데, 이제 시작일 뿐인데도 힘이 들었다.

"전 상관없다고 말씀드렸어요. 그리고 황자님께서 그런 말을 입에 담을 줄은 몰랐네요. 황족 간의 혼인이 감정으로 되는 일인가요?"

"그래. 해서 황녀와 국혼은 할 것이오. ……하지만 그건 널 위해서가 아니야."

"……."

"벨, 그녀를 위해서지."

그 여자를 입에 담는 남자의 표정이 순식간에 다정해졌다. 코델리아가 그토록 듣고 싶어 했던 말이, 그토록 보고 싶어 했던 얼굴이 모두 그 여자를 위한 것이었다.

"내게서 아무것도 바라지 마. 내가 그대를 그냥 둔 것은 한때 누이라 생각했던 마음 때문이다. 하지만 이젠 그것도 끝이야. 그대와 나는 완전히 남남이다."

"바라던 바예요. 난 한 번도 당신과 오누이의 연 따위 바란 적 없었으니까. 앞으로는 당신의 아내로서 새로운 연이 시작되겠죠."

"코델리아, 지금이라도 그만 멈춰. 제국 간의 동맹이 필요한 것은 사실이지만 그게 너와 나의 혼인으로 이루어질 필요가 없다는 건 나도 알아."

코델리아는 카헤시온에게 다가갔다. 그리고 손을 뻗어 그의 어깨를 붙잡고서 속삭였다.

"맞아요. 이건 그저 명분이에요. 당신에게 다가갈 명분. 지금은 내가 보이지 않아도 언젠가 당신이 시로벨을 사랑하는 만큼, 그 반의반이라도 날 바라봐 줄 순간이 올지도 모르잖아요? 절대로 그 누구도 사랑하지 않을 거라 생각했던 당신인데, 그런 당신이 누군가를 사랑하고 있으니까. 나한테도 기회가 올지도 모르잖아요? 기다릴 거예요. 기다릴 수 있어요. 기다리는 거, 나한테 그렇게 어려운 일 아니에요. 십 년이 넘게 기다렸는데 앞으로 그 조금을 더 못 버티겠어요?"

깊숙이 응어리진 채 억눌렀던 진심이 자꾸만 쏟아지고 있었다. 그의 곁에서 간절히 기다리다보면 조금이라도, 아주 조금이라도 저를 바라봐 주지 않을까 하는 욕심을 그대로 내비쳤다. 조그만 마음 그 한 자락이라도 붙잡을 수 있지 않을까 욕심냈다. 그런 잔인한 희망을 또 한 번 품어본다. 그녀가 마티디안으로 온 진짜 진심은 그것이었다.

카헤시온은 아무 말이 없었다. 그는 어깨 위에 올린 그녀의 손을 냉정히 떼어낸 채 등을 돌렸다. 멀어지는 그의 뒷모습을 바라보면서 코델리아는 움직이지 않았다. 점점 사라져 가는 그의 온기. 어느새 바싹 말라 버렸던 눈물이 눈가에 커다랗게 고이며 눈앞이 흐릿해졌다.

"수백 번, 수천 번, 수만 번. 이렇게 당신의 뒷모습을 몇 번이나 더 보면 나를 봐줄 건가요?"

다쳤다는 유에시스의 말과는 달리 시로벨은 아주 건강했다. 오늘도 그녀는 수련을 끝내고서 일찍 침대에 몸을 뉘었다. 가만히 있으면 자꾸만 복잡한 생각만 하게 되어 일부러 종일 분주하게 돌아다녔다. 하지만 밤만 되면 또다시 같은 생각에 휩싸이곤 했다. 피하려 해도 결코, 피할 수가 없었다.

곧 국혼이 거행될 것이다. 카헤시온은 그 자리에 오지 말라고 말했지만 시로벨은 갈 생각이었다. 가서 두 눈으로 직접 보며 깔끔하게 박수 쳐준 다음 이곳을 떠날 것이다. 그렇게 잔인하게 자신을 몰아붙여야만 할 수 있을 것 같았다.

"당신을 잊는 거. 그거……."

그때, 문 두드리는 소리와 함께 메이의 나지막한 목소리가 들려왔다.

"비전하, 주무세요?"

"무슨 일이야?"

"저기, 그러니까, 코델리아 황녀마마께서 찾아오셨습니다."

시로벨은 침대에서 벌떡 일어났다. 그리고 멍하니 문만 바라보고 있다가 이내 얼른 옷을 갈아입었다.

"늦은 시각에 죄송합니다, 시로벨 비전하. 실례가 안 된다면 잠시 들어가도 될까요?"

"아, 그러시죠."

시로벨은 영 껄끄럽기는 했지만 애써 표정 관리를 하며 그녀에게 자리를 권했다.

"앉으시죠. 차라도 내어올까요?"

"아니요. 피차 불편할 테니 본론만 말하도록 할게요. 한데 몸은 괜찮으세요? 다치셨다던데."

"네?"

"아니라면 됐고."

대체 뭔 소리야? 다쳤다니? 그나저나 정말 여기 왜 온 건데?

시로벨은 코델리아를 살펴보며 입술을 깨물었다. 가까이에서 보니 참으로 아름다운 여인이었다. 새하얀 피부에 머리카락이 인형처럼 탐스럽게 내려오는 데다 조그만 얼굴 안에 눈, 코, 입이 다 들어 있는 게 신기할 정도. 빼어난 미색으로 전 대륙에 소문이 자자하다더니 거짓은 아닌 모양이었다.

"곧 저와 카헤시온 전하의 국혼이 열리는 걸 비전하께서도 알고 계시겠죠?"

"아, 물론입니다."

갑자기 그녀의 입에서 국혼이라는 말이 나오자 시로벨은 저도 모르게 움찔하며 주먹을 움켜쥐었다. 그 얘기를 하려고 여기까지 온 건가? 새삼 모르는 일도 아닌데 이 밤중에 찾아와 그런 얘기를 꺼내는 코델리아가 곱게 보이지 않았다.

"하면 그날, 비전하께서는 오지 않으셨으면 좋겠습니다. 서로에게 좋은 자리는 아니지 않습니까?"

"그건……."

"비전하를 위해서 하는 말입니다. 괜한 소리를 들으면 마음 아프실 테니까."

보아하니 서열 정리라도 하고 싶은 것 같은 그녀의 뉘앙스에 시로벨은 괜히 울컥했다.

"괜한 소리라. 대체 누가 제게 괜한 소리를 한다는 것이지요? 제가 카헤시온 전하의 정비인데요."

"물론 비전하께서는 정비이시지요. 하나 혈통이라는 것이 사람들 입방아에 오르내리기 좋은 것이라서, 저는 비전하가 염려스럽답니다."

시로벨의 눈썹이 위로 치켜 올라갔다. 그러니까, 이쪽은 속국의 왕녀이고 자신은 제국의 황녀이니 함부로 까불지 말라는 경고인가?

시로벨은 부드럽게 웃는 낯의 코델리아를 향해 입을 열었다. 이젠 더 이상 좋게 대우해 줄 필요가 없어 보였다.

"그런 식으로 빙빙 둘러말하지 말고 정확히 말해. 내게 정비의 자격이 없다는 말을 하고 싶은 건가? 나는 속국의 왕녀고 너는 고귀한 제로비안 제국의 황녀라서? 그래?"

이렇게 대놓고 말할 줄 몰랐는지 코델리아의 표정이 잠시 굳었지만 그녀는 이내 입가에 머금고 있던 미소를 지워내고서 덤덤한 표정을 지었다.

"생각보다 자신의 주제를 잘 알고 있군. 그래, 속국의 왕녀가 그 자리를 차지하고 있는 것도 기가 막히는데 넌 공녀 신분으로 끌려온 것이나 마찬가지잖아? 그러니 감히 너와 내가 동급이라고 생각하지 말라는 거야. 귀족들은 내 손을 잡게 될 거야. 권력과 힘은 그런 거지."

"나도 그 권력과 힘이라는 거 잘 알아. 그리고 그걸 잘못 휘둘러서 한 방에 골로 가는 사람도 여럿 봤고. 내 손으로 잡아본 적도 있지."

"뭐?"

시로벨은 코델리아의 어깨를 거칠게 밀었다. 급작스런 행동에 코델리아가 비명을 지르기도 전에 시로벨이 싸늘한 어조로 그녀의 손목을 움켜쥐었다.

"그러니까 그거, 너무 막 휘두르지 말라는 거야. 괜히 나를 자극하지 마시죠, 코델리아 황녀. 지금도 아주, 많이, 참고 있으니까요. 계속 날 건드려 봤자 좋은 꼴 볼 일 없을 겁니다. 이건 경고야. 네가 국혼을 해봤자 일단은 제2황자비야. 나보다 아래라는 거지. 나중에 어떻게 바뀔지는 모르겠지만, 일단은 네가 나한테 고개를 숙여야 할 때라는 거야."

"하아……!"

"너 같은 애를 보고 굴러들어 온 돌이 박힌 돌을 빼낸다고 하는데. 뭐, 그건 됐고. 어쨌든 서열이 그렇다는 거지. 하지만 아직은 황녀이시니, 이쯤에서 봐드리도록 하지요."

시로벨이 코델리아의 손목을 놓아주자 그녀는 재빨리 자리에서 일어나 떨리는 이성을 억지로 붙잡고서 방을 빠져나갔다.

그녀가 사라지고 시로벨은 미간을 찡그리며 거칠게 머리를 쓸어 올렸다.

"젠장, 망했다. 여기서 이 지랄 맞은 성격이 나오면 어쩌자는 거야. 참았어야지. 계속 참았어야지!"

하지만 그 가증스러운 말을 계속 참고 들었다가는 정말 폭발할 것 같았다. 속은 시원하네. 그리고 보기보다,

"성깔 있네?"

누가 붙잡을세라 서둘러 로제궁을 빠져나온 코델리아는 온몸으로 밀려드는 수치스러움에 참을 수가 없었다. 그따위 계집이 건방지게, 감히 누구 앞에서!

"시로벨. 시로벨. 시로벨!"

코델리아는 이를 북북 갈았다. 그래, 국혼을 한다고 모두 끝나는 게 아니다. 그래봤자 자신의 위치는 후비일 뿐. 하지만 그것은 아주 잠시뿐일 것이다. 곧바로 제1황자비의 자리에 올라 바로 시로벨부터 고개 숙이게 만들 것이라 다짐하며 코델리아는 로제궁을 노려보았다.

⚜　　⚜　　⚜

카헤시온과 코델리아의 국혼 준비로 황궁이 소란한 와중 지방의 귀족들과 제로비안 제국의 황족들이 속속 황궁에 들어오기 시작했다. 하지만 시간이 지날수록 설레고 들떠 있는 건 코델리아뿐, 카헤시온은 거기엔 관심도 없이 제 할 일만 하고 있었고 시로벨은 그저 수련에만 전념하고 있었다.

그리고 마침내 국혼일이 되었다.

요정의 빛이라 불리는 샹들리에의 은은한 빛이 태양궁을 부드럽게 감싸며 흐르고 있었다. 셀레룬과 아테미스룬의 짙은 빛이 내리는 오늘 밤, 드디어 카헤시온과 코델리아의 국혼이 거행되었다. 이것은 단순한 혼인이 아닌 마티디안 제국과 제로비안 제국 간의 동맹과 화합을 상징하는 중요한 의식이나 마찬가지였다.

황궁 안이 결혼식 준비로 떠들썩한 가운데 어쩐지 침울한 분위기가 감도는 로제궁에서 시로벨은 거울 앞에 앉아 있었다.

타들어갈 듯한 붉은 머리카락 사이로 시리도록 빛나는 물빛 눈동자가 자신을 빤히 바라보고 있었다. 하지만 오늘따라 유난히 딱딱하게 굳은 표정은 빈말로도 아름답다 할 수 없었다. 제 얼굴을 멍하니 바라보던 시로벨은 피식 웃음을 흘렸다. 그래, 저 얼굴은 제 것이 아니지만 저 표정, 저 감정만큼은 분명히 자신의 것이다.

"당신은 지금 내 몸에 있나? 다시 돌아왔을 때 남편이란 사람 옆에 다른 여자가 있는 걸 보면 기분이 어떨까?"

문득 궁금하다. 진짜 시로벨은 카헤시온을 어떻게 생각하고 있는지. 처음 여기에서 눈을 떴을 때 이 몸과 남편의 사이가 좋지 않다는 말을 들었었다. 시로벨은 거울 속의 얼굴을 뚫어져라 쳐다보았다. 당신은 대체 무슨 생각으로 이곳에 있었던 걸까.

"여인이란 족속을 믿지 못하지만, 그대같이 감정을 숨기는 여인들은 더더욱 믿지 못하지. 분명 다른 꿍꿍이속이 있는 걸 아니까. 그렇지 않으면 이 치욕스러운 삶이 싫어서 대부분의 왕녀들은 자결을 선택하지. 하지만 그댄 아니었어. 그날도 이렇게 그대에게 입을 맞췄을 때, 텅 빈 인형처럼 얌전히 모든 것을 받아들이며 자결 대신 더욱 안으로 숨는 것을 택했지. 결코 지금 죽을 수는 없다는 거야."

"그런 그대가 숨는 것을 포기했다는 건, 그 꿍꿍이속을 드러내겠다는 뜻이지. 난 아마도 그게 복수라고 생각해. 누구를 향한 복수인지는 모르겠지만, 누구를 이용해 복수할 건지는 너무나도 확실하지."

정말로 목적이 있었던 걸까? 그걸로 버티고 있었던 걸까? 그게 정말로 복수? 카헤시온을 이용해서?

"하, 모르겠다."

다른 건 잘만 떠오르면서 정작 이 몸에 관한 건 너무나도 새하얗다. 시로벨은 그게 답답했다.

"비전하."

그때, 달칵이는 소리가 들려와 시로벨은 정신을 차렸다. 문 앞에 드레스를 잔뜩 들고 있는 메이가 어두운 표정을 한 채 서 있었다.

"표정이 왜 그래? 그렇게 입히고 싶어 하는 드레스, 내가 먼저 입겠다고 말했으면 좋아해야 하는 거 아니야?"

"비전하, 정말 가셔야겠어요?"

"가야지, 그럼. 준비에 서둘러줘. 오늘의 주인공은 내가 아니니 늦으면 곤란해."

메이는 엷은 한숨을 내쉬며 그녀에게 다가왔다.

"최대한 예쁘게 꾸며줘. 거기서 절대 기죽지 않도록."

스스로 이런 말을 하게 될 줄은 꿈에도 몰랐기에 시로벨은 내심 쓴웃음을 지었다.

메이는 어쩔 수 없단 듯 마음을 다 잡고서 시로벨의 붉고 탐스러운 머리카락을 손보기 시작했다. 그래, 이왕 이렇게 된 거 신부보다 더 눈에 띄도록 아름답게 꾸며 드리리라. 카헤시온 전하의 제1황자비답게 최선을 다하겠다고 다짐했다.

홀로 불타오르기 시작한 메이를 내버려 둔 채 시로벨은 거울 속 제 얼굴을 바라보았다. 복잡했던 머릿속이 편안해지기 시작했다. 오늘밤이 지나면 떠날 것이다. 아마 제대로 얼굴을 보고 작별 인사는 하지 못할 것 같았다. 그래도 멀리서나마 그의 얼굴을 기억에 새기고 싶었다. 이 가슴에, 깊이깊이 새기고 싶었다.

로제궁 바깥, 한 남자가 그 앞을 서성였다. 붉은 장미가 그려진 검은색 제복을 차려입고 까만 머리카락을 단정하게 올린 그의 모습은 빙안의 귀공자답게 무척이나 차갑고 아름다웠다.

카헤시온은 시로벨의 방 창문으로 흘러나오는 빛을 바라보며 묵묵히 그 자리에 서 있었다. 그러다 주머니에서 브로치를 꺼내 들었다. 그녀에게 선물 받은 그것을 소중히 움켜쥐다 이내 가슴에 달고서 그녀의 이름을 불렀다.

"벨……."

가슴에 박힌 브로치가 두근거리고 있었다. 오직 그녀를 떠올리면서…….

두 남녀의 감정이 어지럽게 뒤엉키고 있을 때, 드디어 화려한 밤이 피어나고 있었다.

제로비안 제국과 마티디안 제국의 동맹을 축하하고 역사적으로 기념할 만한 그 자리에 참석하기 위해 수많은 귀족들이 몰려들었다.

제로비안 제국의 황제와 이번 국혼의 주인공인 청초의 레이디 코델리아 아무르 제로비안이 등장했다.

사람들은 아름답고 우아한 코델리아의 모습에 감탄을 금치 못했다. 혼인을 상징하는 순백의 새하얀 드레스를 입은 그녀의 미소는 그야말로 천상의 아름다움을 상징하는 듯했다.

보바톤 황제와 제로비안 황제는 서로 악수를 나누었다.

"어서 오십시오, 정말로 기분 좋은 밤입니다."

"이렇게 환영해 주시다니 몸 둘 바를 모르겠습니다. 앞으로 잘 부탁드립니다."

두 황제가 인사를 나누는 사이 코델리아는 카헤시온를 찾고 있었다. 하지만 저를 둘러싼 수많은 사람들 사이 어디에도 그의 모습은 보이지 않았다.

코델리아는 불안한 마음을 애써 감추며 방긋방긋 미소 지었다. 설마 그가 나타나지 않으리란 생각은 하지 않았다. 아무리 이 혼인을 원하지 않았다지만 그래도 이렇게 중요한 자리에 나타나지 않을 정도로 막나갈 사람은 아니라고 믿었다.

그 믿음대로, 어느 순간 코델리아의 옆으로 카헤시온이 나타났다. 그녀는 안도의 한숨을 내쉬며 곁눈질로 그를 살폈다. 코델리아의 얼굴이 붉어졌다. 평소와 다르게 어딘가 미묘하게 달라진 모습이었다. 그래, 지금 이 순간 그는 카헤시온 황자가 아니라 자신의 남편이 되는 것이다. 그토록 꿈꿔왔던 그의 아내로 옆에 서 있는 것이다.

코델리아는 심장이 두근거리고 몸이 떨렸다. 가늘게 떨리는 손 끝을 꽉 붙잡으며 그를 올려다보았지만 카헤시온의 시선은 단 한 번도 그녀를 향하지 않았다. 오히려 복잡하게 내려앉은 시선으로 연신 다른 쪽을 바라보며 뭔가를 찾는 듯싶었다.

엄숙한 분위기 속에 드디어 카헤시온과 코델리아가 서로의 손을 잡고서 걸어가기 시작했다. 이번 국혼의 주례는 태양신을 섬기는 대신관이 맡았다. 태양신은 화합과 빛을 상징하기에 마티디안과 제로비안의 화합을 위한 선택이었다.

코델리아는 떨리는 손으로 모닝글로리안을 움켜쥐었다. 저 멀리서 혼인을 상징하는 순수와 평화의 여신 헤글리안의 조각상이 보이고 있었다.

"전에 말했었죠?"

"……."

"반드시 이 모닝글로리안을 안고 오겠다고요. 결국 이렇게 이뤄지게 되었어요. 물론 당신은 원치 않겠지만 그래도 상관없어요. 이미 주사위는 던져졌으니까."

"하지만 이기지 못하면 그 주사위는 아무짝에도 쓸모가 없겠지."

"……."

카헤시온은 코델리아의 손을 놓았다. 그리고 대신관의 이야기를 들으며 자꾸만 다른 쪽으로 신경을 쏟고 있었다. 코델리아는 텅 빈 손을 바라보며 다시 한 번 마음을 다잡았다. 물론 이기지 못할 주사위는 쓸모가 없다. 하지만 자신은 반드시 이기고 말 것이었다.

　복잡한 심정으로 이들의 국혼을 지켜보는 제라드의 옆으로 메이가 가만히 다가와 옷깃을 움켜쥐었다.

"메이?"

"제라드 님……."

"설마, 정말로 비전하께서 이곳에 오셨나요?"

"오시긴 오셨는데…… 그런데, 흐흐흡!"

　말을 잇지 못하고 눈물부터 쏟아내는 메이의 모습에 당황한 제라드는 그런 그녀의 눈물을 닦아주며 아무 말 없이 메이를 안아주었다. 그런 제라드의 가슴에 안긴 메이는 억지로 눈물을 삼키며 입술을 깨물었다.

　처음엔 가신다는 것을 어떻게든 말리려고 했다. 그래도 고집을 꺾지 않으셔서 이왕 이렇게 된 거 신부보다 빛나 보이게 하려고 최선을 다했다. 그때까지도 가만히 계셨었는데, 갑자기 그런 결정을 하시다니. 대체 왜. 무엇 때문에.

　'왜 그렇게 스스로를 상처 내시는 건데요. 그 자리가 원래 그런 자리인가요? 아파도 아프다고 못 하고. 싫어도 싫다고 못 하는? 비전하가 참으로, 참으로 가여워요.'

　메이는 두 눈을 감고서 제라드는 꽉 붙잡았고, 그는 아무 말 없이 그런 그녀를 가만가만 달래주었다.

　대신관의 주례사가 이어지는 동안 홀에 모인 사람들의 시선은 온통 신랑과 신부 쪽을 향하고 있었다. 그리고 그들 사이에서 조그만 몸집의 여기사가 기둥 뒤로 몸을 숨긴 채 그들과 같은 곳을 바라보고 있었다. 바로 시로벨, 그녀였다.

가장 아름답고 화려하게 꾸며서 제대로 민폐 하객이 되어 코델리아의 코를 납작하게 만들어주고 싶었다. 하지만 생각해 보니 왠지 그게 더 비참할 것 같아 결국 이런 식으로 몰래 지켜보는 방법을 택한 것이다. 그런데 결국 이쪽도 비참하긴 마찬가지였다.

시로벨에게 주변의 사람은 보이지 않았다. 오직 이 자리에 카헤시온만 있는 것처럼 그의 뒷모습만 뚜렷하게 보였다. 사랑하는 사람의 뒷모습을 본다는 것이 이토록 씁쓸하고 안타까운 것인지 처음 알았다. 남을 좋아하고, 사랑하고, 애달플 정도로 그리워한 건 당신이 처음이다.

그래, 내 첫사랑. 당신이 내 첫사랑이라 다행이다. 누구라도 반할 만큼 멋있고 내게 과분할 정도로 대단한 당신이 이 한소휘의 첫사랑이라서. 그래서 절대로 잊지 못할 것 같아 아프면서도 참 다행이다.

'사랑, 합니다.'

한 번도 입 밖으로 내뱉은 적이 없는 말. 생각하는 것조차 두려웠던 그 말이 머릿속을 감돌며 어느새 눈앞이 뿌옇게 흐려졌다.

"왜 우니, 대체……."

눈물이 흐른다. 박수까지 쳐주면서 행복하라고 빌어주려고 했는데 그럴 수가 없었다. 사랑하는 사람인데. 그런 사람이 다른 여자와 혼인을 하는 건데. 무슨 성인군자도 아니고 행복을 빌어주겠다 했다니 정말 미친 생각이었다.

한소휘, 첫사랑 참 더럽게 아프게도 한다. 첫사랑, 참 더럽게도 아프게 보내고 있다. 원래 첫사랑은 이루어지지 않는다고 하지만, 이렇게 시작조차 못 해볼 줄 몰랐다.

시로벨은 눈물을 닦으며 계속 앞을 바라보았다. 주례사가 끝나고 코델리아와 카헤시온이 손님들을 향해 고개를 돌렸다. 그리고 그때, 거짓말처럼 카헤시온과 시로벨의 시선이 마주쳤다. 그는 마치 그녀가 거기에 있는 것을 처음부터 알고 있었던 것처럼 곧장 이쪽을 쳐다봤다.

기사인 척을 하면서, 그것도 기둥 뒤에 숨어 있는데도 곧바로 자신을 찾아낸 그의 눈빛을 시로벨은 피하지 못했다. 심장이 터질 듯이 뛰었다. 그리고 이제야 마침내 인정할 수밖에 없었다.

'카헬, 내가 당신을 너무너무 사랑하나 봐. 내가 생각했던 것보다 훨씬 더 많이. 이제 어떡하지? 정말로 내가 잊을 수 있을까? 내가 당신을 잊고 다시 원래의 세상으로 돌아가 아무렇지도 않게 한소휘로 그렇게 살 수 있을까?'

누르려고, 막으려고 했던 마음의 조각들이 이런 식으로 산산이 부서지고 있었다. 억지로 외면했던 진심. 애써 괜찮을 거라고, 별거 아니라고 말했던 거짓.

카헤시온과 시로벨은 서로를 계속해서 바라보았다. 눈빛으로 서로를 쓰다듬고 보듬어가면서. 그러다 끝내 그녀는 단호한 몸짓으로 몸을 돌려 태양궁을 빠져나갔다.

찬바람이 불었다. 어디선가 로제궁의 장미향이 흐르고 있었다. 셀레룬과 아테미스룬이 환히 내리비치는 아래에서 시로벨은 참고 있던 숨을 터뜨렸다.

"하아, 하아, 하아!"

눈물이 말랐다. 이미 돌이키기엔 너무 늦어버렸다. 이제껏 스스로의 선택에 후회한 적 없었는데. 후회를 하면 너무 많은 걸 잃어야 했으니까. 그런데 이번엔 정말 크게 후회할 것 같았다. 하지만 그럼에도 불구하고 후회할 선택을 해야만 한다는 것이 슬펐다.

"이제 영원한 맹세의 입맞춤을 하십시오."

대신관의 목소리가 떨어졌고, 코델리아는 새하얀 베일 너머로 미치도록 떨려오는 가슴을 꽉 붙잡았다. 카헤시온이 손을 뻗어 그녀의 베일을 걷었다. 코델리아는 눈을 감고서 파르르 떨리는 입술을 살짝 깨물었다. 하지만 아무리 기다려도 그가 다가오질 않았다. 불안한 마음에 그녀가 살며시 눈을 떴을 때, 그제야 카헤시온이 고개를 숙이며 다가왔다. 하지만 입맞춤은 없었다. 그의 까만 눈동자는 어떤 감정도 담기지 않은 채 그저 깊기만 했다. 그리고 지독하고 낯선 목소리가 뜨거웠던 그녀의 심장을 순식간에 차갑게 얼려 버렸다.

"여기까지."

"……."

"이 말도 안 되는 연극을 받아주는 것도 여기까지다. 우리 사이에 맹세 따위는 없어. 그대는 내 곁에 영원히 있을 수 없을 테니까."

그렇게 그가 멀어졌다. 황자와 황녀가 입맞춤을 했다고 생각한 손님들은 박수를 치며 그들을 축하했다. 그 박수 소리가 어쩐지 조롱같이 느껴진 코델리아는 모닝글로리안 꽃다발을 움켜쥐며 분노로 입술을 깨물었다.

식이 마무리되고 사람들은 연회를 즐겼지만 카헤시온은 순식간에 모습을 감춰 버렸다. 코델리아 역시 태양궁을 빠져나왔다. 그녀의 걸음이 머문 곳은 이제부터 자신이 머물게 될 에델궁이었다. 이곳에서 그와 첫날밤을 보내게 될 것이다.

코델리아는 순백의 드레스를 벗고 엷은 핑크빛의 실크 드레스와 더불어 머리카락을 부드럽게 내린 후 제로비안에서 가져온 와인을 두 병 꺼내놓고서 분위기를 위해 촛불도 켰다. 그리고 침대에 기댄 채로 카헤시온이 오기를 기다렸다. 자꾸만 그의 차가운 목소리가 감돌았지만 애써 외면했다.

'아무리 당신이 싫다고 해도, 아무리 형식적인 국혼이라고 해도 나는 이제 당신의 아내야. 당신은 오늘 나와 밤을 보내야만 해.'

코델리아는 다 잘될 거라고 믿었다. 오늘 밤은 평생 기억에 남는 그런 밤이 되어야만 했다.

멍하니 앉아 있는 시로벨 곁으로 조세핀이 다가왔다. 그녀는 시로벨의 앞에 따뜻한 차를 내려놓았다. 백 마디 말보다 그저 침묵이 더 위로가 될 때가 있는 법이었다.

"내가 참 바보 같지?"

"……비전하."

"알아, 나도 내가 바보 같은 거……."

조세핀은 잠시 망설이다 다정한 눈빛으로 그녀를 바라본 채 입을 열었다.

"비전하께선 항상 강하게 보이려고만 하세요. 그리고 아닌 듯 하면서도 자기 자신을 굉장히 누르면서 항상 남을 먼저 생각하시죠. 그게 나쁜 것은 아닙니다. 하지만 때로는 욕심을 부리셔도 돼요."

"⋯⋯."

"그게 마음의 문제라면 더더욱."

조세핀은 더 이상의 말은 무의미하다고 생각했는지 그녀의 어깨를 한번 꼭 안아주곤 방을 나섰다. 시로벨은 조세핀의 마지막 말을 되새겼다.

"욕심 부리다가⋯⋯. 그러다가 선을 넘어버리면?"

욕심이 커져서 나쁜 마음이 되어버리면. 그래도 명색이 형사인데. 윤리 도덕을 중시하는 그런 사람이, 남의 것인데도 빼앗아 버리고 싶어지면?

시로벨은 잠시 그대로 앉아 있다가 자리에서 일어섰다. 그리고 짐을 싸기 시작했다. 그나마 조금이라도 이성이 남아 있을 때 그만둬야 한다.

국혼만 끝나면 떠나기로 했잖아. 어차피 처음부터 얼굴만 보고 가려고 한 거잖아. 욕심 부리지 말자.

시로벨은 닥치는 대로 짐을 챙겼다. 하지만 별로 가져갈 것은 없었다. 어차피 처음부터 제 것이었던 것이 없었다. 별거 아닌 것들을 챙긴 후 시로벨은 엘라임을 불렀다.

"엘라임, 내가 빌었던 두 번째 소원. 그 소원, 지금 이뤄⋯⋯."

쾅!

시로벨의 말은 채 이어지질 못했다. 문이 열리며 어두운 그림자가 스며들었다.

"누구냐!"

시로벨이 블루문을 손에 쥐고서 그쪽으로 겨누다가 깜짝 놀랐다.

"벨……."

달빛 너머로 그림자가 사라지고 생각지도 못한 카헤시온의 모습에 시로벨은 블루문을 놓칠 수밖에 없었다. 쨍그랑 하는 소리와 함께 검이 바닥에 떨어져 부딪쳤다. 그와 동시에 독한 술냄새가 확 풍겼다.

"카헬, 어째서 여기 있는 거예요? 그리고 설마…… 술을 마신 거예요?"

그가 비틀거리며 걸어와 시로벨에게 푹 하고 안겨왔다. 코끝을 찌르는 독한 술 냄새에 시로벨의 눈이 커다래졌다. 이런 식으로 망가진 그는 처음이었다. 도대체 이게 무슨 일인지 쉬이 이해되지 않았다. 지금쯤이면 그는 에델궁으로…….

떠올리고 싶지 않았던 것이 떠오르자 그녀는 저도 모르게 그의 옷깃을 더욱 꽉 붙잡았다.

"카헬? 정신 차려요, 카헬!"

"미안해……."

"그게 무슨?"

시로벨을 품에 안은 채 카헤시온은 그녀의 어깨에 고개를 묻고서 떨리는 목소리로 속삭였다.

"울었잖아. 그렇지? 바로 달려가서 닦아줘야 했는데…… 그러질 못했어. 미안해."

"카헬……."

그는 천천히 고개를 들었다. 술기운에 헝클어진 눈빛이지만 그
래도 그의 까만 눈동자는 아름답기만 했다. 그의 시선이 아래로
내려오면서 시로벨이 챙긴 가방으로 향했다. 그녀 역시 그것을 눈
치채고 얼른 그걸 치우려고 했지만 그가 먼저 그녀의 손을 꽉 붙
잡았다.

"떠나려고?"

"그, 그게……."

"이번엔 내가, 기다리면 안 될까?"

"……."

화를 낼 거라고 생각했는데, 달랐다. 그의 목소리가 한없이 흔
들리면서 붙잡은 손끝에서도 떨림이 고스란히 느껴질 정도였다.
시로벨은 그와 눈을 마주했다. 눈물이 보이진 않았지만 그가 우
는 것 같았다. 설마하니 이 남자가. 정말로. 정말로.

"내가 기다리고 기다리다 보면, 조금이라도 마음이 풀려서 날
용서해 줄 수 있다면……."

"……."

"난 끝까지 기다릴 수 있어. 그대가 날 기다려 주었듯, 그럴 수
있다고."

"왜 그래요? 차라리 화를 내요. 당신 이런 사람 아니잖아. 내
가 뭐라고. 대체 내가 뭐라고 당신이 미안하다고 말해요? 왜 날
기다린다고 말해요! 왜 그런 약한 소리 하냐고요!"

정말로 내가 이 남자를 이렇게 만들어 버린 걸까? 심장이 얼어
버린 게 아닐까 싶을 정도로 공과 사가 확실했던 이 남자가 고작

나라는 여자 때문에 이토록 흔들리고 있었다. 미안하다고. 기다리겠다고. 그런 나약한 소리를 하면서…….

'당신, 이러면 안 돼. 이렇게 망가지면 안 돼. 그럼 내가 정말로 못 잊잖아. 내가 어떻게 당신을 잊어. 당신은 또 날 어떻게 잊을 건데!'

"그대를 사랑하니까."

심장이 덜컥 내려앉고 숨 쉬는 것조차 잊었다. 시로벨은 떨리는 눈으로 그를 올려다보았다.

"내가 이렇게 변한 이유는 오직 그대 때문이야. 나약한 모습을 보여서라도 간절히 붙잡고 싶은 이유는 그대를 진심으로 사랑하기 때문이야. 그러니까."

"……."

"가지 마……."

"하아……."

"나를 잡아. 벨, 제발. 나를 잡아."

"카헬……."

그가 간절한 눈빛으로 그녀에게 손을 내밀고 있었다. 그의 눈에 온갖 감정이 휘몰아치는 것이 보였다. 더 이상 빙안의 귀공자는 없었다. 오직 사랑하는 여인을 붙잡으려 애를 쓰는 남자만이 있을 뿐.

찰나의 순간, 그의 눈빛 위로 두려움이 스치며 이내 절망으로 타들어가 마침내 손끝이 힘없이 떨어지려는 순간, 시로벨이 그의 손을 강하게 끌어당기고서 입술을 삼켜 버렸다. 멎어가던 숨이 다시금 빠르게 감돌기 시작하며 억눌렀던 열망이 다시 활활 타올라 그들의 몸을 뜨겁게 잠식하기 시작했다.

"하아!"

"흡!"

한번 허물어진 감정은 돌이킬 수 없는 파도가 되어 모든 것을 휩쓸기 시작했다.

카헤시온은 그녀의 입술을 무서울 정도로 짓눌렀고, 시로벨 역시 타는 듯한 목마름에 온몸을 떨며 그의 뒷목을 두 손 가득 끌어안았다.

내가 하는 일에 후회한 적은 없었다.

하지만 처음으로 후회했다. 머리와 가슴이 다른 목소리를 내면서 그를 밀어낸 것을 미치도록 후회했다. 이젠 모르겠다. 정말 모르겠다. 훗날, 진짜 시로벨이 돌아와 비난한다고 해도 이젠 어쩔 수 없었다. 되돌아가야 하는 걸 알면서, 영원히 함께하지 못할 거란 걸 알면서도 카헤시온에게 엄청난 상처를 주고 가장 이기적인 짓을 하고 있다고 해도.

지금 그를 잡지 않으면 내가 죽을 것 같았다. 정말로, 내가 죽을 것 같아.

'잡고 싶어. 그냥 한 번 가보고 싶어.'

서로를 갈구하던 움직임이 잠시 멎었다. 카헤시온이 시로벨의 젖은 물빛 눈동자를 바라보았다. 그리고 마침내 그녀가 진심을 속삭였다.

"사랑해요, 카헬."

그 한마디에 모든 것이 산산이 부서지며 카헤시온의 눈빛이 변했다. 그는 그녀의 허리를 끌어안고 그대로 침대 위로 쓰러졌다.

순식간에 주변의 공기가 뜨겁게 달아올랐다. 두 사람 사이에 더 이상의 기다림은 없었다. 오직 터질 듯한 본능과 서로를 향한 갈망.

시로벨, 아니, 소휘는 눈을 감고서 그를 꽉 붙잡았다.

길고도 짧은 오늘 밤, 그를 가지기로 결심했다. 이 남자와 어디 한번 끝까지 가보고 싶다. 소휘는 카헤시온이 주는 달콤함과 환희에 몸을 떨며 그의 입술을 삼켰다.

푹신한 침대 위에 쏟아진 두 남녀의 그림자가 엉켰다. 예전의 싸늘했던 밤과는 달랐다.

카헤시온의 눈빛은 그 어떤 때보다 달콤했고, 차디찬 독설 대신 감미로운 숨소리가 그 자리를 대신했다.

"하아……."

"벨……."

그가 그녀의 입술을 삼키며 이름을 속삭였다. 자잘한 열꽃이 입술 끝을 지나 새하얀 목을 타고 아래로 내려가며 피어났다. 소휘는 난생처음 느껴보는 감각에 몸을 파르르 떨었다.

그의 목소리를 계속 듣고 싶었다. 그를 온몸으로 느끼고 싶었다.

'이런 느낌, 정말 처음이야.'

그의 손길이 그녀의 허리 위를 배회했다. 소휘는 그의 까만 머리카락 사이로 손가락을 밀어 넣으며 낮게 가라앉은 목소리로 속삭였다.

"사랑한다고 말해줘요. 계속, 계속 말해줘요, 카헬."

카헤시온은 고개를 들고서 그녀를 빤히 바라보았다. 맑은 물빛 눈동자가 자신을 가득 담고 있었다. 그는 살짝 떨리는 목소리로 그녀의 손가락 끝에 입술을 맞대고서 증표를 새기듯 깊게 속삭였다.

"사랑해."

그는 그 짧은 한마디로 영원의 맹세를 그녀의 앞에서 제 온몸으로 새겼다. 어떤 미사여구도 없었지만 그의 진심이 묻어나는 한마디에 소휘는 눈물을 삼키며 그를 끌어안았다. 이게 이 남자의 진심이다. 이게 이 남자의 깊은 마음이다.

그가 그녀의 드레스를 벗겨냈다. 그러자 달빛 아래 아름다운 그녀의 여체가 수줍게 모습을 드러냈다. 카헤시온의 시선에 쑥스러워진 소휘는 살며시 그를 끌어당겼다.

모든 것이 처음이라 조금 두렵기도 했지만, 다독이듯 속삭이는 그의 목소리가 귓가에 맴돌았다.

"괜찮아, 벨. 괜찮아."

다정한 손길이 예민한 목선을 타고 둥근 어깨를 쓸어내리며 어느새 뜨거운 입술이 닿았다. 맨살에 와 닿은 입술에 소휘는 움찔하며 저도 모르게 그의 팔을 움켜쥐었다.

숨이 턱까지 차올랐다. 제 입에서 이상한 소리가 튀어나가는 것이 부끄러워져 소휘는 그를 붙잡은 채 그것을 참기 위해 입술을 깨물었다.

"괜찮아, 마음껏 내질러도. 내가 다 삼켜줄 테니까."

"지금, 굉장히 재미있어하고 있죠?"

"훗, 글쎄?"

그의 웃음에 왠지 기분이 좋았다. 따라서 웃고 싶을 만큼. 저

웃음을 마음껏 혼자 독차지하고 싶었다.

소휘는 손을 뻗어 그의 윗옷을 슬쩍 벗겨냈다. 그녀의 손가락이 맨살에 스치자, 카헤시온의 표정이 살짝 굳어졌다. 하지만 어둠 속에선 제대로 보이지 않았다.

그녀는 좀 더 과감하게 옷을 벗겨냈다. 그러자 검술로 다져진 탄탄한 가슴과 넓은 어깨가 드러났다. 그녀는 손가락을 움직여 그의 가슴을 천천히 쓸어내렸다. 굉장히 단단했다. 게다가 미치도록 뜨거웠다.

카헤시온은 입술을 살짝 깨물고서 그녀의 손목을 붙잡았다. 그제야 그의 표정이 보였다. 한껏 헝클어진 모습.

소휘는 어쩐지 기분이 좋아졌다. 뭔가 처음으로 그를 이겨본 느낌?

"카헬도 너무 참지 말아요."

"하아, 정말이지. 이런 것도 날 이기고 싶은 건가?"

"지는 것보단 이기는 게 훨씬 좋잖아요?"

"하지만 오늘 밤은 그대가 지게 될 거야."

"응?"

그때, 순식간에 그는 소휘의 두 손목을 붙잡고서 커다란 그림자를 드리우며 그녀를 내려다보았다.

그의 까만 머리카락이 아래로 쏟아지며 그 너머로 저를 빤히 바라보는 서늘한 시선에 그대로 먹혀 버릴 것만 같았다.

"뭐, 뭐 하는 거예요?"

그는 말없이 그녀의 입술을 빨아 당겼다. 강렬한 숨결이 안으로 파고들었다.

"흐흡!"

야릇한 숨소리가 흘러내렸지만, 카헤시온은 그것마저도 집어삼켰다.

"하아!"

소휘는 허리를 꿈틀거리며 손을 움직이려고 했지만 그에게 갇혀 꼼짝도 할 수가 없었다. 이미 머릿속은 이제껏 억눌렸던 그를 향한 마음이 짙게 번지며 지금 눈앞에 이 남자만을 간절히 바라며 온몸으로 그를 부르고 있었다.

카헤시온은 그녀를 다정하게 끌어안았다. 이루 말할 수 없는 감각이 그녀를 잠식해 나갔다. 소휘는 점점 더 다채롭게 터지는 불꽃에 정신을 차릴 수가 없었다.

그녀는 흐느끼며 그의 이름을 불렀다.

"카, 카헬. 하으윽!"

달콤함에 눈이 멀어버릴 것 같았다. 뭔가를 붙잡고 싶은데 잡을 것이 없자 소휘는 카헤시온의 꿈틀거리는 단단한 어깨를 꽉 붙잡고서 웅얼거렸다.

"하아, 흐으윽. 카헬, 그만……!"

"이젠, 좀 진 것 같아?"

"으으윽……."

졌다는 말을 하고 싶지 않아 계속 우물쭈물하자 카헤시온은 장난스러운 웃음을 지었다. 그는 그녀의 머리카락에 입을 맞추고선 그녀의 목덜미를 한껏 빨아 당기다 이내 깨물기도 했다.

"하아아!"

카헤시온은 붉게 피어난 그녀의 얼굴을 매만지며 나직이 속삭었다.

"조금, 아플 거야."

"……그 정도는 나도 알아요."

이제 곧 정말로 그와 하나가 되는 것이다. 처음엔 두려웠지만 지금은 그저 설레고 떨렸다.

그와 가장 가까운 곳에서 본능과 본능이 하나 되어 가장 순수한 울림을 느끼게 될 것이다.

오직 서로를 향해 두근거릴 심장의 울림.

"배려하지 못할 수도 있어. 지금처럼 내 이성을 믿지 못하는 건 처음이니까."

소휘는 그를 원하는 눈동자로 카헤시온을 담으며 두 팔로 그의 목을 휘어 감았다.

"나도 당신을 원해요. 참지 말아요. 나한테 전부 보여줘."

서로의 손을 붙잡고서 마침내 두 사람은 하나의 그림자로 뒤엉켰다.

카헤시온은 끊어지려는 이성을 애써 붙잡으며 그녀의 등을 조심조심 쓰다듬어 내렸다.

"많이 아픈가?"

"이제, 괜찮아요……."

카헤시온은 그녀를 좀 더 깊숙이 품에 안았다. 두근거림이 온몸으로 진하게 퍼지고 있었다. 생각보다 훨씬 아프긴 했지만 그만큼 그가 가깝게 느껴졌다. 살과 살이 닿아 서로의 체온이 고스란히 번졌고, 가슴과 가슴에서 연결되는 짜릿한 전율에 정신을 차릴 수가 없었다.

모든 생각이 정지되고, 아이처럼 제게 매달려 있는 그를 붙잡았다.

"흐흐흡, 하아! 카헬, 카헬!"

"벨……."

서로를 이토록 끝없이 불러본 적이 없었다. 오직 서로에게만 시선을 깊숙이 박고서 그가 주는 가장 뜨거운 감정에 온몸을 떨었다.

그녀는 촉촉이 젖은 물빛 눈망울로 그의 깊은 밤바다 같은 눈동자를 바라보았다.

둘의 호흡이 같은 리듬으로 뒤섞이고 있었다.

카헤시온은 천천히 그녀의 두 뺨을 감쌌고, 그녀는 그의 손에 얼굴을 맡긴 채 진심으로 말했다.

"사랑해요, 카헬. 아주 많이, 사랑해요."

그는 말없이 웃었다. 하지만 그 웃음이 모든 걸 의미했다. 소휘는 다시금 그를 끌어안았다. 그렇게 처음으로 서로를 가지고, 모든 것을 나누었다.

온 마음으로 사랑을 속삭였고, 온몸으로 서로를 깊숙이 새겨 넣었다. 셀레룬과 아테미스룬의 빛이 사그라질 때까지…….

동이 트며 방 안으로 햇살이 새어 들어오기 시작했다. 코넬리아는 멍한 시선으로 서서히 새벽빛이 발하는 하늘을 바라보았다. 밤에 켜놓았던 초도 이미 다 녹아 사라져 있었다. 코넬리아는 비틀거리며 창가에 섰다. 저 멀리 로제궁이 보였다. 그녀는 하늘을 바라보며 절규했다.

"아직, 오시지 않았는데 왜 벌써 날이 밝는 거야! 조금만 더 기다려. 아직 밝으면 안 돼. 아직, 아직 오시지 않았다고!"

그녀는 와인병을 내던지며 비명을 질렀다. 바닥에 떨어져 산산조각으로 부서지는 와인병처럼 그녀의 마음도 갈기갈기 찢어지고 있었다.

이른 아침, 메이는 시로벨을 걱정하면서 간단히 먹을 아침 식사를 가지고 방문 앞에 섰다. 분명 마음이 많이 아프실 테니 오늘 아침은 주방장에게 특별히 부탁해 만든 영양식이었다. 메이는 문을 두드리며 애써 밝은 목소리를 내었다.

"비전하, 일어나셨는지요?"

안에서는 아무런 대답이 없었다. 메이는 고개를 갸웃했다. 항상 이른 시각에 일어나서 수련을 나가시는데 이제껏 조용한 것이 좀 이상했다.

"비전하?"

그리고 잠시 후, 안에서 남자의 목소리가 들렸다.

"들어와라."

그 목소리가 누구의 것인지 인지한 순간, 메이는 그 자리에 그대로 굳어버렸다.

'자, 잠깐! 왜 카헤시온 전하의 목소리가 들리는 기지? 여긴 분명 로제궁인데. 어째서?'

"안 들어오나?"

"예? 예!"

안에서 다시 들린 그의 목소리에 메이는 얼른 문을 열고 안으로 들어섰다. 그리고 방금 전보다 더한 당혹스러움이 폭풍처럼 밀려들었다.

"화, 황자 전하……."

메이는 얼른 고개를 숙였다. 감히 카헤시온 황자 부부가 한 침대에 누워 있는 것을 똑바로 쳐다볼 자신이 없었다. 하지만 카헤시온은 별로 신경 쓰지 않은 채 윗옷을 챙겨 입고서 침대에서 내려왔다.

그는 아직 곤히 자고 있는 시로벨이 깰까 봐 조심스러운 손길로 이불을 덮어주고선 얼어붙어 버린 메이에게서 아침 식사를 받아 들었다.

"비가 깰지도 모르니 조용히 물러가거라."

"예, 예. 아…… 예."

그녀는 서둘러 방을 빠져나왔다. 심장이 벌렁거려서 연신 뒤를 돌아보게 되었다. 정녕 지금 자신이 본 것이 전부 사실인지, 꿈이 아닌지 정신을 차릴 수 없었다. 메이는 제 손을 내려다보았다. 분명 카헤시온 황자께서 직접 쟁반을 받아 가셨다.

"후후, 후후."

저도 모르게 웃음이 나왔다. 다른 날도 아니고 어젯밤은 황자 전하와 코델리아 황녀의 결혼식이 있던 날이었다. 그런데도 전하께서는 우리 비전하를 찾으셨다. 역시, 황자 전하는 비전하를 버리신 것이 아니다. 오히려 절절히 연모하고 계신 것이다. 그러니 첫날밤에 황녀를 바람맞히신 것이지.

"얼른 시녀장님께도 알려 드려야지. 로제궁에 경사가 났다고!"

카헤시온은 아침 식사를 테이블 위에 내려놓고서 창문을 바라보았다. 날이 밝았다. 유난히 고운 햇살이었다. 이토록 잠을 푹 잔 것은 처음이었다. 또한 이토록 달콤하게 잔 것 역시 오랜만이었다. 기분 좋게 눈을 떴을 때 바로 제 옆에 곤히 자고 있는 시로벨의 모습을 본 순간, 카헤시온은 어젯밤과는 다른 욕망이 꿈틀거리는 것을 느낄 수 있었다. 탐스럽게 쏟아지는 붉은 머리카락과 살짝 붉은 기가 감도는 새하얀 피부. 한껏 그를 자극시키는 달콤한 숨결까지. 어젯밤 제 품에서 달뜬 목소리를 내던 모습과는 또 다른 아름답고 사랑스러운 모습이었다.

다시 침대에 오른 그는 조심스럽게 손을 뻗어 헝클어진 그녀의 머리카락을 넘겨주었다. 그러자 그 손길에 시로벨이 잠에서 깨어 느리게 눈을 깜빡였다.

"잘 잤어요?"

시로벨 역시 눈을 뜨자마자 그를 볼 수 있다는 사실이 새삼 벅차게 느껴졌다. 기분도 썩 좋았고. 이래서 신혼 때는 깨가 쏟아진다고 하는 건가? 고작 이렇게 얼굴을 보는 것만으로도 너무 좋아서?

"아니."

하지만 생각과는 다른 그의 대답에 시로벨은 눈을 번쩍 떴다.

"어머, 왜요? 불편했어요?"

"그대 때문에 잘 자지 못했어."

그러곤 입술을 부드럽게 머금고서 떨어지는 그의 행동에 그녀는 그 말뜻을 이해하고서는 피식 웃었다.

"식기 전에 먹어. 메이가 특별히 준비한 것 같으니까."

"그래요? 자, 잠깐. 메이가 들어왔어요? 그럼 당신이 여기 있는 것도……."

"다 봤지."

"뭐가 그렇게 태연해요!"

"뭐가 그렇게 신경 쓸 일이지? 나와 그대는 부부잖아. 같이 있는 게 당연한 것 아닌가?"

"아니, 그건 그렇지만…… 그래도!"

카헤시온은 전혀 걱정할 것 없다는 듯 태연하게 식사하라고 말했다. 그러곤 손수 옷까지 챙겨서는 그녀에게 건네준 뒤, 자신 역시 헝클어진 옷을 정리하기 시작했다. 그 모습을 멍하니 쳐다보던 시로벨은 새빨개진 얼굴로 한숨을 내쉬고선 이불로 온몸을 돌돌 만 채 그에게 다가갔다.

"어떻게 이렇게 태연한 거예요?"

시로벨은 직접 그의 옷매무새를 정리해 주었다. 단추도 꼼꼼히 채우고, 구겨진 부분도 펴보려고 노력하는 그녀의 모습을 카헤시온은 물끄러미 바라보며 낮게 속삭였다.

"태연한 것처럼 보여?"

"응?"

"제법 떨고 있는데."

그녀는 고개를 들어 그를 바라보았다. 그러다 그의 입술이 부드러운 곡선을 이루는 것을 보았다. 언제부터인가 그는 참 많이 웃게 되었다. 아주 다정하고 따뜻한 미소를 지을 수 있게 되었다. 이젠 누가 이 사람을 '빙안의 귀공자'라 부를 수 있을까 싶었다.

"당신이 이렇게 많이 웃어서 너무 좋아요."

"그대 덕분이지. 그대가 나의 빛이니까."

"……."

"아침 꼭 챙겨 먹어. 너무 무리해서 움직이지도 말고."

카헤시온은 그녀의 볼에 가볍게 입을 맞추고선 문쪽으로 향했다. 그러다 문득 뒤를 돌아보곤 살며시 속삭였다.

"아침부터 그대를 보는 것도 썩 나쁘진 않군. 물론 밤에 보는 것이 더 좋긴 하지만."

"하아?"

아침부터 낯간지러운 소리를 잘도 하는 카헤시온의 뒷모습을 시로벨은 믿지 않게 노려보다 이내 피식 웃음을 내지르며 이불을 한껏 끌어안았다.

"역시 남자는 죄다 늑대였어. '빙안의 귀공자'도 예외는 없다고!"

물론 나 역시 썩, 나쁘진 않았다. 아니, 오히려 좋다. 좋아!

룬궁으로 돌아온 카헤시온은 저를 기다리고 있는 제라드의 표정을 보고선 한숨을 내쉬었다. 아마도 에델궁에서 머물지 않았다는 걸 들은 모양이었다.

"황자 전하, 어젯밤은……."

"로제궁에서 보냈다."

"예?"

"앞으로도 계속 로제궁에서 보낼 것이다."

"그, 그건……."

제라드는 그의 너무나 솔직하고 대담한 말에 헛기침이 나올 뻔했다. 물론 경사로운 일이지만, 문제는 어제가 코넬리아 황녀와의 결혼식이 있던 날이란 것이다. 코넬리아 황녀, 아니, 이제 제2황 자비가 되신 그분과의 첫날밤을 그렇게 소박 놓았으니.

"이 사실이 제로비안 제국에 알려지면……."

"코넬리아 황녀는 자존심이 강한 여자야. 쉬이 입 밖에 내지 않을 테지. 그보단 비트니안 제국의 정세가 어찌 돌아가는지 파악해야겠다."

카헤시온은 제대로 옷을 갖춰 입고서 책들을 꺼내기 시작했다.

"어찌 그러십니까?"

"하루라도 빨리 제국이 평화로워져야 이 연극을 끝낼 수 있을 테니까."

제라드는 움찔했다. 연극을 끝내다니. 설마!

"전하, 코넬리아 비전하를……."

"다시 돌려보내야지. 원래 혼인동맹이란 그런 거잖아? 동맹이 필요 없어지면 언제든 깨뜨릴 수 있는."

"하지만 맹세의 서약서가 있는 한, 합의 없이는. 아……."

두 분은 첫날밤을 치르지 않았다. 그것은 즉, 맹세의 서약서도 남겨두지 않았다는 것을 의미했다. 맹세의 서약서는 성스러운 첫 날밤, 오롯이 두 사람이 서로가 서로에게 남편과 아내가 되었음을 전하는 의식이었다. 서약서를 새기고 초야를 치르면서 정말로 부부의 연을 맺게 되는 것이었다. 이것을 남기게 되면 서로 합의 없이는 절대로 부부의 연을 깨뜨릴 수가 없었다.

하지만 혼인 동맹이 깨지는 경우는 극히 드물었다. 까딱 잘못했다가는 그 제국의 미움을 받게 될 테니까. 훗날 카헤시온 황자가 맹세의 서약서를 남기지 않았다는 것을 밝히고 일방적으로 동맹을 깨뜨린다면, 그를 지지하는 귀족들도 등을 돌리게 되고, 최악의 상황엔 황위 계승권을 박탈당할지도 모른다.

'전하께선 처음부터 그것을 각오하셨습니까? 오직 비전하를 지키기 위해서?'

제라드는 도통 카헤시온의 생각을 좇아갈 수 없을 것 같다고 생각했다. 다른 누구도 아닌 그가 사랑 때문에 이렇게나 변할 줄이야.

더 이상의 대화는 없었다. 카헤시온과 제라드 모두 비트니안 제국의 정세를 살피는 일에 몰두하고 있을 때 황제궁에서 시종이 찾아왔다. 황제의 부름에 카헤시온은 어쩐지 조금 불길함을 느끼고 미간을 찡그렸다.

보바톤 황제의 부름으로 카헤시온과 리안, 그리고 제르린과 키리에나, 유에시스까지 모두 태양궁에 모였다. 하지만 그 자리에 세네티아 황녀는 보이지 않았다. 보바톤 황제가 집무실에 들어서고, 모두가 자리에서 일어났다. 황제는 그들에게 앉으라고 손짓을 하고선 짐짓 어두운 표정으로 입을 열었다.

"비트니안 제국의 움직임이 심상치 않다는 정보가 들어왔다."

황제의 말에 카헤시온의 표정이 딱딱하게 굳어졌다.

"어떤 식으로 말씀이십니까?"

"비트니안과 국경을 맞댄 소국들을 빠른 속도로 점령하고 있어."

"군사 세력을 모으고 있다는 말씀이십니까?"

키리에나의 날카로운 질문에 황제가 고개를 끄덕였다.

"섭정을 맡고 있는 황태후의 세력과 더불어 그녀의 지도력과 통찰력을 무시해선 안 돼. 그들은 분명 정복 전쟁을 벌일 셈이다."

황제의 말에 분위기가 삽시간에 차갑게 가라앉았다.

"그럼 어찌 대비할 생각이십니까?"

리안의 물음에 황제는 잠시 짧은 숨을 내쉬며 입을 열었다.

"이 일을 대비하기 위해 제로비안 제국과 손을 잡았다. 리안, 일단 네가 국경 쪽의 군사들을 재정비하고 돌아오거라. 그리고 키리에나, 넌 제로비안 제국의 사신으로 가야 할 것 같구나."

리안 황자와 키리에나 황녀는 고개를 끄덕이고선 명을 받들었다.

"그리고 제르린과 카헤시온 그리고 유에시스, 너희들은 여기에 남아 마법부와 더불어 수도 기사들을 재정비하도록 해라. 이미 세네티아는 현자들의 지략을 얻고자 떠난 상태다."

"예, 폐하."

일이 생각보다 어렵게 돌아가고 있었다. 카헤시온은 짙은 한숨을 내쉬며 태양궁을 빠져나왔다. 햇살은 여전히 따사로웠다. 하지만 아침에 맞이한 그 햇살보단 꽤, 무겁게 느껴졌다.

제 9 화
폭풍처럼 밀려오다

오랜만에 메모리 황자비가 시로벨을 찾아왔다.

"너무 오랜만에 보는 것 같아요, 메모리 비전하."

〈이리 반갑게 맞아주셔서, 감사해요.〉

"아니에요. 자주자주 와주세요. 비전하의 파이는 너무 맛있거든요."

시로벨은 싱긋 웃으면서 그녀가 가져온 호두파이를 야무지게 베어 물었다. 어쩜 이리 달콤하면서도 고소한지. 정말 그녀의 요리 솜씨는 최고였다. 새삼 리안 황자가 복이 넘친다고 생각했다. 저토록 사랑스러운 여인이 부인이라니.

"흠……. 저기, 메모리 비전하께서 맛있는 요리를 해주면 리안 황자 전하께서 좋아하시나요?"

뜻밖의 질문에 메모리는 잠시 당황한 듯했지만 이내 수줍은 표정으로 조그맣게 글씨를 써 내려갔다.

〈무척 좋아해 주세요. 하지만 제가 더 좋아요. 맛있게 먹어주는 모습을 보면 저절로 행복해지거든요.〉

"맛있게 먹는 모습?"

혹시 카헬도 그럴까? 내가 해주는 음식을 그가 맛있게 먹어주려나……

메모리는 생각에 잠긴 시로벨을 빤히 바라보다가 또 다른 글씨를 써서 보여주었다.

〈간단한 쿠키 정도는 지금 만들 수 있어요. 같이 만들어볼까요?〉

"네? 정말요? 가르쳐 주실 건가요?"

〈네. 분명 카헤시온 황자 전하께서도 무척 좋아하실 거예요.〉

"그, 그게 아니라, 그냥!"

속내를 들켰다는 생각에 시로벨의 얼굴이 발갛게 달아올랐다.

"부탁드려도 될까요?"

시로벨의 어설픈 부탁에 메모리는 기뻐하며 고개를 끄덕였다.

그렇게 그녀는 난생처음으로 요리라는 걸 해보았다. 형사 생활을 할 때는 느긋하게 앉아서 밥을 먹는 건 사치에 불과했다. 인스턴트와 친구 맺고, 배달 요리와 사랑을 나누는 그런 관계라고 할까? 그러니 당연히 요리와는 담을 쌓고 살았다. 하지만 메모리에게 하나하나 배우자 생각보다는 제법 잘하는 것 같았다. 물론 순전히 내 생각이었지만.

우여곡절 끝에 완성된 쿠키를 바라보면서 메모리는 무척이나 기쁜 표정을 지었다.

〈처음치고는 너무 잘 만들었어요!〉

"하하. 그런가요? 그런데 왜 제 눈에는 이게 참 뭐 같은……."

분명 시작은 사랑과 애정이 듬뿍 담긴 하트 모양의 쿠키였다. 메모리의 쿠키는 실로 완벽한 하트를 자랑했지만, 시로벨의 것은 아무리 좋게 보아도 하트라고 부를 수는 없을 것 같았다.

〈모양은 좀 그래도 분명 맛은 있을 거예요. 황자 전하께서 기뻐하시겠어요.〉

"그렇게 말씀해 주셔서 감사해요."

그래, 모양은 썩 그렇지만 분명 맛은 기가 막힐 거야. 보기에도 좋은 떡이 먹기에도 좋다고 하지만, 내 것은 예외야, 예외!

시간이 늦어 이제 그만 돌아가겠다는 메모리를 배웅한 뒤, 시로벨은 쿠키를 가지고 룬궁으로 가려고 했다. 얼른 그가 이 쿠키를 먹는 모습을 보고 싶었다. 좋아하려나? 좋아할까? 어쩌면 별다른 표현은 안 할지도. 그래도 맛있게 먹어준다면!

곱게 포장한 쿠키를 들고 로제궁을 나서는 그녀의 발을 붙잡는 이가 있었다.

"시로벨 비전하를 뵙습니다."

시로벨은 인상을 찌푸리며 걸음을 멈췄다. 코델리아의 등장에 기분이 갑자기 바닥으로 가라앉았다.

"여기까지 어쩐 일인가요?"

서로를 바라보는 그녀들의 사이로 서늘한 기류가 흘렀다. 코델리아의 눈빛과 시로벨의 눈빛이 부딪쳤다. 코델리아가 한 발자국 다가서며 그녀를 향해 입을 열었다.

"국혼을 치르지 않았습니까. 정식으로 인사를 드리는 것이 맞다 생각되어서요. 아직까지는 제 윗사람이시니까."

졸지에 궁중 암투물을 찍게 된 시로벨은 아주 어이가 없었다. 상대는 후비이지만 제국의 정통 황녀인 데다 귀족들의 지지도 받고 있고, 자신은 정비이지만 그 세력이 약해 아무 힘도 없다. 하지만 누가 보더라도 황자의 총애는 이쪽에 있다.

"그런가요? 그 인사 잘 받지요. 피차 자주 얼굴 부딪쳐서 좋을 것 없으니 앞으로 인사는 받았다고 여기고 서로 없는 듯 지내죠."

시로벨의 대꾸에 코델리아는 치맛자락에 숨긴 주먹을 움켜쥐었다. 이 계집은 대체 뭘 믿고 저렇게 태연한 것이지? 자신이 마음만 먹는다면 바로 정비의 자리에서 끌어내릴 수도 있는데 대체 뭘 믿고 저리 배짱을 부리는 것인지 알 수가 없었다. 설마하니 정비랍시고 정말로 윗사람 노릇이라도 하겠단 건가 싶었다.

"비전하께서 안 보이시네? 또 수련하러 가신 건가?"

"아닐걸. 아마 룬궁에 계실 거야. 아까 메모리 비전하와 함께 쿠키를 만드셨잖아. 그걸 카헤시온 전하께 드리러 가지 않으셨겠어?"

"진짜?"

"너 못 들었어? 어젯밤 카헤시온 전하께서 로제궁에 머무셨잖아. 메이가 직접 두 눈으로 똑똑히 봤다고 했어. 전하께선 비전하를 버리신 게 아니래. 그렇지 않고서야 코델리아 황녀 전하와의 첫날밤에 비전하를 만나러 오셨겠어?"

"어머, 그럼 버림받은 건 코델리아 황녀 전하인가? 정말 혼인동맹 그 이상도 이하도 아니구나?"

로제궁 담 안쪽에서 시녀들이 나누는 대화가 고스란히 넘어왔다. 코델리아는 그 대화를 믿을 수가 없었다. 그녀는 안색이 하얗게 변해서는 눈앞의 시로벨을 노려보았다.

'로제궁에서 머물렀다고? 나와 혼인을 하고서 이 계집을 안으셨다고!'

시로벨은 의도했던 건 아니지만 졸지에 코델리아의 속을 뒤집어놓은 게 되자 그만 난감해졌다. 아무리 그녀가 얄밉다고는 하지만 이런 식으로 밝힐 생각은 전혀 없었다.

"이겼다고 착각하지 마라."

코델리아는 이젠 대놓고 말을 낮추고서 그녀를 서슬 퍼런 시선으로 노려보았다. 우아하고 아름답다고 생각했던 그녀의 첫인상을 잠시 떠올렸던 시로벨은 혀를 내둘렀다. 역시 사람은 겉으로만 판단해선 안 되는 거였다.

"내가 마음만 먹는다면 너 같은 계집을 끌어내리는 것은 일도 아니지. 제1황자비? 그런 건 아무것도 아니란 말이다."

"……."

"그대와 나는 태생부터가 달라. 혈통부터가 다르다고! 어디서 굴러먹었는지도 모를 계집이 왕비로 있는 속국의 왕녀 따위! 아니지. 이젠 왕녀도 아닌가?"

"잠깐. 지금 뭐라고요?"

자신이 모르는 얘기에 시로벨은 움찔했다. 하지만 마음속 깊숙한 곳이 차갑게 가라앉으면서 어딘가가 욱신거렸다. 시로벨은 당황했다. 이선 진짜 시로벨의 감정이었다.

"하! 공녀라고? 천만에! 넌 버림받은 거야. 그리고 도망친 거지! 어떻게든 그 구차한 목숨을 이어보기 위해 공녀라는 치욕을 겪으면서까지! 그 증거로 네가 마티디안으로 온 뒤로 아르반 왕자가 목숨을 잃지 않았던가. 다들 알고 있지. 아르반 왕자가 그 미치광이 국왕과 왕비로 인해!"

순간, 날카로운 마찰음과 함께 코델리아의 목소리가 사라졌다. 코델리아는 벌겋게 변한 뺨을 부여잡은 채 고개를 들었다. 그녀의 표정은 감히 일어날 수 없는 일을 목도한 자의 그것과 같았다. 코델리아는 바들바들 떨며 시로벨을 노려보았다.

"감히, 네가, 감히 지금 누굴!"

"그 입 닥쳐."

참을 수 없는 분노가 온몸을 휩쓸었다. 이 역시 자신의 감정이 아니다. 그녀가 떠올리지 못했던 진짜 시로벨의 가족사를 듣자 몸이 반응했다. 이것만큼은 절대로 떠오르지 않았던. 그래서 말한 적이 있었지. 혹시나 필요하다면 먼저 반응하라고. 그러면 내가 도와주겠다고.

'지금이 그때인가? 하긴, 남들에게 말하고 싶지 않은 가족사가 까발려지면 화도 나겠지. 코델리아, 넌 얌전히 있던 사자의 코털을 건드렸다.'

시로벨은 코델리아를 향해 싸늘한 조소를 지었다. 그러곤 한 발 앞으로 다가가 여유로운 눈짓으로 입을 열었다.

"아직까진 내가 그대의 윗사람이니 말을 조심하라, 코델리아. 그렇지 않으면 궁의 법도에 따라 그대를 벌할 수도 있다."

"뭐?"

"물론 그대의 입장에선 화가 날 수도 있겠지. 카헤시온 전하께서 어젯밤 로제궁에 찾아와 내 곁에 머무르셨으니까. 앞으로도 쭉 그러시겠다고 하셨으니까."

코델리아의 표정이 한순간에 사라졌다. 시로벨은 도도하게 눈을 내리깐 채 그녀를 아래로 내려다보며 말을 이었다.

"하지만 각오한 일이 아니던가? 처음부터 전하께서는 그대를 원하지 않는다고 말씀하셨다. 이미 알고서 그대가 고집을 부린 일에 왜 이런 반응을 보이는지 모르겠군."

"……참으로 기고만장하구나."

"그런가? 하지만 누릴 수 있을 때 누려야지. 그대가 말했잖아. 권력과 힘, 그것을 제대로 휘두를 것이라고. 언제 어떻게 이 자리에서 내쳐질지 모르는데, 지금이 아니면 언제 쓰겠어?"

"후에 그 뒷감당을 어찌하려고?"

"그건 그대가 걱정할 일이 아니고. 그리고 지금은 참지만, 다음은 없다."

"……."

"내게 제대로 예를 갖춰. 내가 전에도 경고했을 텐데? 고개는 네가 숙여야 한다고."

싸늘하게 떨어지는 시로벨의 목소리에 코델리아는 분에 겨워 흔들리는 목소리를 애써 가다듬었다.

"좋습니다. 지금은 예를 갖춰 드리지요. 하나 순간입니다. 지금부터 저는 어떻게든 비전하를 바닥으로 끌어내릴 것입니다. 지금의 수모를 결코 잊지 않을 것입니다. 그리고 그때, 비전하께서는 스스로 하신 말씀에 책임을 지고 제게 무릎을 꿇고 고개를 숙여야 할 것입니다."

"기대가 되는군."

"카헤시온 황자 전하께서 과연 누구를 곁에 두게 될지 똑똑히 보십시오."

말을 마친 코넬리아가 찬바람을 일으키며 몸을 돌렸다. 시로벨은 그녀의 뒷모습을 바라보며 도전적인 눈빛을 띠었다.

"나도 가만히 있지는 않지. 난 내 남자가 다른 여자랑 있는 꼴 죽어도 못 보거든. 이미 판을 벌인 이상, 절대로 지지 않아."

그보단, 시로벨은 이 몸의 가족사, 절대로 건드리지 말아야 할 역린을 본 것 같아 마음이 아팠다. 순간 차올랐던 분노는 보통의 것이 아니었다. 코넬리아의 뺨을 친 것은 무의식적으로 행한 것이었다. 그것이 바로 진짜 시로벨의 의지였을까. 아주 강렬한 감정의 흔들림을 느꼈지만 그럼에도 불구하고 여전히 기억은 제대로 떠오르지가 않았다.

'아르반……'

대체 이 여자는 어떤 아픔을 품고 있는 걸까.

시로벨은 손에 든 쿠키 상자를 보며 카헤시온을 떠올렸다. 이 순간 그가 너무나도 보고 싶었다.

리안 황자는 국경으로 가기 위해 일단 짐을 싸기 시작했다.

옆에서 그것을 도와주던 메모리의 표정은 걱정으로 잔뜩 굳어 있었고, 그것을 느낀 리안은 손을 뻗어 그녀의 어깨를 다독여 주었다.

"너무 걱정할 필요 없소. 그저 국경을 재정비하러 가는 것이니."

그녀는 고개를 끄덕였지만, 그래도 역시 마음이 놓이지 않았다. 제국 간의 정세가 불안하기에 그가 나라를 지키기 위하여 국경으로 간다는 걸 알고 있었다. 혹시라도 그에게 무슨 일이 생길까 봐 마음을 놓을 수가 없었다. 하지만 리안은 오히려 그녀가 걱정이었다. 요즘 들어 통 먹는 것도 부실하더니 오늘은 유독 안색도 나빠 보여 치료사를 부를 생각이었다.

"치료사가 올 때까지 옆에 있어주겠소."

〈고마워요, 리안.〉

메모리도 요새 몸 상태가 이상하다는 것을 느끼고 있었다. 괜스레 온몸이 무겁게 느껴지기도 했고 가끔은 음식을 보는 것만으로도 식욕이 뚝 떨어지기도 했다. 그나마 쿠키나 빵을 굽는 것은 괜찮아 다행이었다.

두 사람은 함께 방을 빠져나와 응접실 쪽으로 향했다. 그때, 복도 가득 경쾌한 발걸음 소리가 들리더니 시녀 머피가 환한 미소를 지은 채 들어섰다. 그녀의 한쪽 손엔 뭔가 묵직한 것이 들려 있었다.

"머피, 뭔가 즐거운 일이 있나 보군."

"아이고, 전하. 오늘은 일찍 오셨네요."

"곧 국경을 다녀와야 해. 비를 잘 부탁해."

"걱정 마세요, 전하. 안 그래도 한스가 이토록 싱싱한 생선을!"

그때, 머피가 흔드는 생선 냄새에 갑자기 메모리가 급히 입을 틀어막더니 그 길로 곧장 방으로 달려갔다. 리안은 갑작스러운 그녀의 행동에 깜짝 놀라 뒤따라갔다. 그리고 욕실에서 메모리는 차마 고개도 들지 못할 정도로 구역질을 하며 정신을 못 차리고 있었다.

"메모리! 머피, 지금 당장 치료사를!"

그 순간 메모리가 하얗게 질린 얼굴로 리안의 옷자락을 움켜쥐었다. 그는 다급한 표정으로 그녀의 등을 다독이며 말했다.

"괜찮을 거요. 당장 치료사를!"

그러자 메모리가 떨리는 손으로 그의 손바닥 위로 손짓을 했다.

〈리안…….〉

"말해봐요."

그녀의 눈가에 눈물이 맺히기 시작했다. 그러더니 무척이나 떨리는 손으로 더듬더듬 글자를 새겼다.

〈리안. 아무래도 아기가 생겼나 봐요.〉

그는 메모리가 새긴 손바닥의 글자를 이해할 수가 없었다. 정말, 자신이 느낀 것이 맞나? 정말 아기? 아기?

"아기?"

그러자 메모리를 글썽이는 눈망울로 고개를 끄덕였다. 요 며칠 이상했던 것도 그렇고, 지금도 그렇고. 분명 자신이 생각하는 것이 맞는 것 같았다.

"메모리……."

하얗게 질린 리안의 표정 위로 이내 환희가 스치며 메모리를 와락 끌어안았다. 그의 어깨가 살며시 떨리고 있었다. 숨소리가 가빠오면서 어쩔 줄 몰라 하며 메모리를 끌어안았다. 메모리 역시 그의 품에서 눈물을 쏟으며 자신의 배를 살며시 붙잡았다.

그의 아기. 그를 쏙 빼 닮은 아기. 평생을 꿈꾸었던 그의 작은 천사.

어느새 리안 역시 메모리의 손을 소중히 쥐고서 함께 그녀의 배를 감싸 안으며 미소를 짓고 있었다.

코넬리아의 난입에 시간을 허비해 날이 저물어서야 시로벨은 룬궁에 갈 수 있었다. 곧장 궁 안으로 들어가려던 시로벨은 검을 휘두르는 소리가 들리자 그쪽으로 걸음을 옮겼다.

건물 뒤쪽, 수련장으로 쓰이는 듯한 공터에 카혜시온이 있었다. 검을 휘두르는 데에 집중하는 그의 모습은 무척이나 아름다웠다. 그러고 보니 예전에도 이렇게 그를 훔쳐본 적이 있었다.

"그때부터였나? 마음이 가기 시작했던 건."

그녀는 제 숨소리가 그에게 방해될까 싶어 조심한 채 그를 빤히 바라보았다. 지금은 이게 좋았다. 그를 마음껏 볼 수 있는 이 순간이. 그러고 보니 이 팔자도 참 기구했다. 첫사랑에 첫 연애인데, 이미 결혼한 것으로도 모자라서 남편에겐 아내가 둘이다. 게다가 다른 여자의 몸을 빌렸다는 게 더 기가 막혔다.

그때, 카혜시온의 시선이 정확히 시로벨을 향하면서 낮게 내쉬던 숨결이 미세하게 흐트러졌다.

"벨."

저를 부르는 목소리에 생각에 빠져 있던 시로벨은 정신을 차리고 그를 보았다. 어느새 그는 검을 늘어뜨린 채 저를 보고 서 있었다. 시로벨은 저도 모르게 피식 웃었다.

뭐, 어쩌겠어. 그래도 내가 저 남자를 이토록 사랑하는데.

카혜시온은 시로벨에게 성큼 다가왔다. 그 역시 그녀가 이곳에 온 것이 뜻밖인 듯 조금 당황한 기색이었다. 시로벨은 그를 향해 두 손을 뻗으며 말했다.

"보고 싶어서 왔어요. 그러니까 안아줘요."

"그 말, 너무 위험한 거 아닌가?"

"그래서 싫어요?"

천만에, 그렇게 말하며 그는 그녀를 안고 입술을 머금었다. 서로에게 닿는 온기가 한층 농밀해졌다. 시로벨은 열기에 흔들리는 눈빛으로 그를 붙잡았다. 시로벨은 밉지 않게 그를 노려보며 말했다.

"이건 반칙이죠."

"먼저 당긴 건 그대야. 난 그걸 거부할 수가 없고. 나도 내가 이렇게 참을성이 없는 줄 몰랐어. 게다가 여기엔 우리 외에 아무도 없고."

"하아?"

"이 정도면 꽤 참았다고 생각하는데."

그녀는 제게 솔직하게 기대오는 그가 싫지 않았다. 아니, 너무 좋았다. 그만큼 자신을 완전히 믿는 것 같아서, 예전처럼 벽을 두지 않고서 완전히 자신에게 온 것 같아서 가슴께가 찌릿해졌다. 그만큼 가슴 한구석이 무겁기도 했지만 시로벨은 애써 고개를 가로저었다. 지금은 지금만 생각하고 싶었다.

이미 난 선택했어. 그 선택에 대한 무게와 대가는 훗날 반드시 치를 거야. 모든 진실이 드러나게 돼서 그가 날 미워하게 된다고 하면, 받아들일 것이다. 그가 나를 증오한다고 한다면, 그 또한 받아들일 것이다.

이번엔 그녀가 그의 어깨를 붙잡고서 입을 맞추었다. 그녀의 적극적인 몸짓에 살짝 움찔했던 카헤시온은 이내 그대로 그녀의 얼굴을 붙잡고 붉고 탐스런 입술을 한껏 베어 물었다. 혀끝으로 윗입술과 아랫입술을 느긋하게 희롱하는 그의 움직임에 시로벨은 자꾸만 다리에 힘이 풀릴 것 같았다. 그리고 저도 모르게 좀 더 다가와 주길, 좀 더 격하게 끌어당겨 주기를 바라게 되었다. 어느새 이곳이 야외라는 사실도 잊은 채 시로벨은 두 손으로 그의 뒷목을 끌어안았다. 다정하게 입 맞추던 카헤시온은 그녀의 입술을 한껏 벌렸다.

"하아!"

입안 가득 차오르는 그의 뜨거운 호흡에 온몸이 저릿해졌다. 카헤시온은 그녀의 허리를 끌어안고서 그대로 서늘한 풀밭으로 내려앉았다.

"카헬, 그러니까 우리 안에 들어가서……."

하지만 그는 그녀의 두 손을 붙잡고서 위로 끌어올리며 그녀가 도망가지 못하게 꽉 붙잡았다.

"미안, 못 참겠어. 지금."

시로벨은 몸을 비틀었지만, 카헤시온에게 손이 속박되어 움직임이 자유롭지가 못 했다.

"하으윽!"

어느새 그의 손길이 드레스 자락을 끌어내렸다. 서늘한 바람이 살결에 와 닿아 몸이 흠칫 떨렸다.

"하, 하지마요, 카헬. 우리 들어가서!"

"그대가 날 못 견디게 해."

"흐읍!"

"자꾸 아이처럼, 조르면서 내가, 내가 아닌 것처럼 되어버려."

그가 고개를 숙여 그녀의 입술을 빠르게 삼켰다. 지난밤의 기억이 다시금 떠오르면서 그녀의 몸이 먼저 반응하기 시작했다. 시로벨은 그에게 갇힌 채로 숨조차 제대로 쉴 수가 없었다.

순간, 찌릿한 전율이 그녀의 몸을 꿰뚫었다. 카헤시온은 그녀의 손을 풀어주었지만, 이미 그에게 취해 버린 그녀가 그를 놓지 못했다.

"카, 카헬⋯⋯."

더 이상 이곳이 어디든 상관없었다.

"벨. 내게 뭘 원하지?"

"다, 당신을. 당신에게, 안기고 싶어."

카헤시온은 천천히 고개를 숙이며 붉게 달아오른 그녀의 귓가에 나직이 속삭였다.

"내가 더, 그댈 원해."

그가 다시금 그녀의 입술을 찾아들었다. 넘칠 듯한 그의 사랑을 시로벨은 하나도 빠짐없이 받아들였다. 카헤시온 역시 빈틈없이 그녀를 끌어안으며 사랑한다 외치고 있었다.

"흐읏! 카헬!"

"벨⋯⋯."

시로벨은 그의 어깨에 매달린 채 끝없이 그를 갈구했다.

그녀는 마지막 힘을 끌어 모아 그의 귓가에 속삭였다.

"사랑해요, 사랑해."

그녀의 달콤한 속삭임에 카헤시온은 쾌락보다 더한 환희를 느끼며 살며시 눈을 감았다.

헝클어진 옷매무새를 가다듬고서 시로벨은 온몸 여기저기 남아 있는 그의 흔적을 바라보며 낯뜨거운 숨을 내쉬었다. 저 남자가 저토록 뜨거운 사내였다니. 게다가 자신은 또 어떻고? 이 사방에 뚫린 야외에서 누가 보기라도 하면 어쩌려고!

'미쳤지, 미쳤어!'

하지만 다시 시간을 되돌린다고 해도, 그를 밀어내진 못했을 거다. 지금도 마찬가지고.

"근데 그건 뭐지?"

카헤시온은 그제야 그녀가 들고 온 작은 상자를 가리키며 말했다.

"아!"

시로벨은 애써 정신을 차리고서 상자를 그에게 건넸다. 카헤시온이 상자 뚜껑을 여니 그 안에는 쿠키가 있었다.

"이거 한번 먹어봐요!"

카헤시온은 잠시 침묵한 채 상자 안에서 쿠키 하나를 집었다. 빈말로도 맛있어 보인다고 하기 힘든 모양새였다. 로제궁의 시녀들이 만든 쿠키가 이런 모양으로 나왔을 리는 없고, 혹시나 싶어 그는 물었다.

"……설마."

"메모리 비전하가 오셨었거든요. 쿠키 만드는 법을 배웠어요."

결국 시로벨이 만들었다는 소리에 카헤시온은 그럼 그렇지 하며 손에 든 쿠키를 다시 유심히 살폈다. 이리 보고 저리 보아도 괴상망측했다.

"원래는 무슨 모양이었지?"

"에이, 그게 뭐가 중요해요. 모양은 좀 이렇지만 맛은 끝내줄 거예요. 메모리 비전하께서 직접 가르쳐 주시는 걸 그대로 따라 했으니까, 똑같은 맛일 거예요. 얼른!"

카헤시온은 잠시 망설이다가 결국 쿠키를 입에 물었다. 시로벨은 반짝반짝한 눈빛으로 그를 바라보았다. 그는 쿠키를 씹는 내내 아무런 표정의 변화가 없었다. 그러다가 다른 쿠키 하나를 더 입에 넣었다. 연달아 쿠키를 집어먹는 것에 시로벨은 한껏 기대를 했다.

"어때요?"

"맛있어."

하지만 표현은 그야말로 단순했다. 좀 더 자세한 평가를 원하는 시로벨로서는 만족스럽지 않은 대꾸였다.

"진짜?"

"그래."

카헤시온은 순식간에 쿠키 몇 개를 더 먹었다. 그가 그렇게까지 나오자 정말로 맛있나 보다 싶어 시로벨은 기분이 좋아졌다. 그리고 그제야 제가 만든 쿠키의 맛이 궁금해졌다.

"그럼 나도 하나!"

시로벨이 손을 뻗자 카헤시온은 잽싸게 상자를 가져가 그녀가 손대지 못하게 했다.

"뭐예요?"

"나한테 준 게 아닌가?"

"그렇긴 하지만, 나도 아직 못 먹어봤단 말이에요! 하나만 줘요, 하나만!"

하지만 카헤시온은 상자를 내주지 않았다. 저게 저 정도로 맛있나? 시로벨은 왠지 모를 뿌듯함을 느꼈다.

첫 연애인데, 어쩌다 보니 결혼부터 시작했지만 나름 달콤하고 야한 신혼을 즐기고 있다. 연애 같은 결혼도 나쁘진 않지. 게다가 남편이 저렇게 멋진 사람이면. 처음으로 만든 쿠키도 성공적이고 그것을 사랑하는 사람이 맛있게 먹어준다는 데에 시로벨은 한껏 신이 났다.. 아까 코델리아와 만나 기분이 나빠졌던 것은 이미 기억도 나지 않았다.

함께 저녁을 먹자는 카헤시온의 말에 시로벨은 그러자고 대답하며 자리에서 일어났다. 그러다가 그가 빼돌린 상자에 남은 쿠키가 보였다.

"오호!"

시로벨은 잼싸게 그걸 주워서는 기대가 가득한 눈빛으로 쿠키를 베어 물었다. 하지만 곧바로 뱉을 수밖에 없었다.

"우웩! 뭐, 뭐야. 쿠키가 왜 이렇게 짜!"

시로벨은 인상을 잔뜩 찌푸린 채 쿠키 상자를 노려보았다. 설탕인 줄 알고 넣은 것이 설탕이 아니라 소금이었던 모양이다.

"잠깐……."

시로벨은 어느새 저만치 걸어간 카헤시온을 쳐다보았다. 제가 만들었지만 제대로 삼키지도 못할 이 쿠키를 분명 그는 맛있다며 다 먹었다. 제게 준 것이니 제 것이라며 주지 않으려고 했던 건 이게 소금 범벅인 걸 알리지 않기 위해서였던 걸까?

"하아……. 내가 남자복은 있나 봐."

어떻게 이런 이세계에 떨어져서 당신 같은 남자를 만나게 되었을까. 어떻게 당신 같은 남자를 만나서 사랑할 수 있게 되었을까. 어떻게 당신 같은 남자가 나를 이토록, 이토록······.

"사랑해 주는 걸까."

그녀는 저를 기다리고 선 그를 향해 걸었다. 아니, 달려갔다. 카헤시온이 손을 내밀었고, 시로벨은 그 손을 잡고서 손끝에서 울리는 두근거림을 느꼈다.

"카헬, 다음엔 진짜 맛있는 쿠키를 만들어줄게요. 기대해요. 나 알죠? 지는 거 진짜 싫어하는 거. 다음번엔 진짜 잘 만들 거예요."

"알아. 기대할게."

두 사람은 조금은 느릿느릿한 발걸음으로 점점 저물어가는 하늘을 바라보며 룬궁으로 향했다.

❖   ❖   ❖

세네티아가 보바톤 황제를 찾아왔다. 현자의 지략을 얻고자 떠난 그녀가 이토록 빠르게 돌아온 것은 그다지 좋은 소식은 아니었다.

보바톤은 세네티아에게 차를 권했다. 하지만 그녀는 고개를 가로저으며 근심이 가득한 은빛 눈동자를 떨었다.

"폐하."

"그래, 말해보거라."

"조만간 비트니안 제국이 움직일 듯합니다."

"현자들이 말씀하신 것이냐?"

"예. 모든 현자분들이 새로운 역사를 기록하려고 하십니다."

"모든 현자가 움직여야 할 만큼 거대한 전쟁이 될 거란 말인가."

보바톤은 수심이 가득한 표정이 되었다.

"결국 폭풍이 몰아치겠구나. 무사히 지나가길 바라는 것은 너무 큰 바람인가……."

에델궁으로 은밀한 편지 한 장이 도착했다. 편지의 수신인은 코델리아였다. 그녀는 누가 보냈는지 확인도 하지 않은 채 편지를 뜯었다. 편지의 내용을 확인한 그녀는 회심의 미소를 지은 채 그것을 벽난로에 집어넣어 흔적을 지웠다. 뜨겁게 타들어가는 불길을 바라보는 그녀의 눈빛이 지독히도 섬뜩하기만 했다.

"시로벨 황자비, 역시 운명은 절대로 거스를 수 없는 모양이야. 네가 죽어라 발버둥 쳤지만 넌 결코 아르반이라는 족쇄를 벗어나지 못할 테니까."

코델리아는 로제궁이 보이는 창가에 섰다. 곧 시로벨이 제 앞에서 무릎을 꿇고 고개를 숙이는 날이 오게 될 것이다. 더 나아가 그 목숨까지도 내놓게 될 것이다.

제로비안 제국에 도착한 키리에나 황녀는 긴박해 보이는 제국의 분위기를 온몸으로 느끼며 황궁으로 들어섰다.

그녀를 맞이하는 제로비안 황제의 표정 역시 좋지 않았다.

"상황이 좋지 않은 것입니까?"

"그렇다오, 키리에나 황녀. 벌써 국경 근처에서 몇 번이나 마찰이 벌어졌으니……. 하지만 이건 시작에 불과하겠지."

키리에나는 황제의 말에 미간을 찡그렸다. 벌써 작은 규모의 전쟁은 시작되었다는 말인가.

그녀는 어린 시절 딱 한 번 본 적 있는 비트니안 제국 황태후의 모습을 떠올렸다. 그때는 황후였으나, 그 기세는 황제 못지않았었던 그녀는 결국 황태후로서 제국을 좌지우지하고 있었다.

"국경 쪽은 비상이겠군요."

"이미 백성들은 모두 대피를 한 상태라오. 황태자 역시 그쪽으로 내려간 상태지. 문제는……."

"말씀하십시오, 폐하."

제로비안 황제는 어두워진 낯빛으로 머뭇거리다 이내 옆에 서 있던 시종에게 눈짓을 하였다. 시종은 곧장 그녀에게 서찰을 건네주었다.

"비트니안 제국의 첩자에게서 온 소식이오."

키리에나는 그것을 받아 읽었다. 내용을 확인한 키리에나의 표정이 삽시간에 굳어졌다.

"이건……."

"……."

"언제, 대체 언제 일어난 일입니까!"

"우리는 이제 막 알았지만, 이미 한 달 전부터라 보고 있소."

황제의 말에 키리에나는 치솟는 분노를 애써 억누르며 종이를 움켜쥐었다. 하지만 아직 확실한 것이 아니다. 잘못 건드렸다가는 마티디안 제국에 한바탕 파란을 불러올 내용이 그 안에 있었다.

"아직 정확한 것이 아니니 며칠의 시간을 주십시오. 제가 직접 알아보겠습니다. 만약 이것이 모두 사실이라면, 반드시 그 대가를 치르게 하겠습니다."

그녀의 단호한 눈빛과 목소리에 황제는 고개를 끄덕이며 짧게 말했다.

"그리 오랜 시간을 주진 못할 것이오."

⚜   ⚜   ⚜

메모리의 임신 소식을 듣게 된 시로벨은 뭔가 묘한 기분이 되었다. 물론 결혼을 한 부부 사이에 아이가 생기는 것은 당연한 일인데도 굉장히 신기했다. 그녀의 주변에는 갓난아이를 가진 사람도 없었고, 가까이에서 볼 일도 거의 없었다.

시로벨은 메이가 준비해 준 벌꿀파이를 들고서 처음으로 메모리가 지내는 황궁 밖 저택으로 찾아가기로 했다. 직접 찾아가서 축하해 주는 것이 도리일 듯싶었다. 얼굴을 보고 싶기도 했고, 때마침 리안 황자께서도 자리를 비우셨으니 딱 적당할 듯했다.

그렇게 준비를 마치고서 호위기사와 함께 마차에 오르려고 할 때였다.

"비전하!"

저만치서 제르린이 가볍게 손을 흔들며 뛰어왔다. 그의 옆에는 여전히 귀염성 없는 얼굴의 유에시스 황녀가 있었다.

시로벨은 속으로 귀찮게 생겼군, 이라고 생각하며 마차에 오르려던 몸을 다시 돌려 세웠다.

"어디 가시는 길입니까? 제르린 황자 전하, 유에시스 황녀 전하."

"속으론 지금 '귀찮아 죽겠네'라고 생각하면서 저렇게 능청스럽게 잘도 웃다니. 우리 비전하는 거짓말이 완전 능청스러워. 그렇지, 유에?"

"그러네요."

이것들이, 사람 속을 뒤집어놓으려고 작정을 했나!

시로벨은 끓어오르는 짜증를 억누르며 제르린을 향해 살벌한 시선을 날렸다.

"해서, 왜 오셨냐고요!"

"나도 비전하랑 같이 가려고."

"어딜?"

"어디긴! 메모리 비전하한테지."

"가려면 혼자 가시지요."

"에이, 뭐 하려고 그런 낭비를 해."

이미 유에시스는 너무나도 뻔뻔하게 마차에 오른 상태였다. 시로벨은 아예 대놓고 제르린을 노려보았다. 하지만 이내 어쩔 수 없단 것을 깨닫고 한숨을 폭 내쉬었다. 그런데 다른 누구도 아닌 유에시스가 직접 메모리 황자비에게 간다는 것이 의외였다.

"유에가 가는 게 이상해?"

시로벨이 마차 안의 유에시스를 빤히 바라보고 있으니 제르린이 빙글거리며 물었다. 시로벨은 속내를 들켜 뜨끔했지만 태연한 척 대꾸했다.

"……뭐, 조금."

"유에는 절대로 알지 못하는 것이니까 아마 궁금할 거야."

"그게 무슨?"

"자, 자, 얼른 가자고. 이러다 해 떨어지겠네."

제르린은 시로벨의 등을 가볍게 밀었고, 그녀는 하는 수 없이 이 묘하고 불편한 동행을 함께할 수밖에 없었다.

마차는 황궁을 나서 리안 황자의 저택을 향해 달렸다. 그 앞에 도착하니 어느새 소식이 닿았는지 메모리가 몸소 마중을 나와 있었다. 마차에서 내린 제르린은 재빠르게 그녀를 부축말했다.

"비전하, 홑몸도 아닌데 이렇게 나와 계시면 아니 되지요. 행여나 잘못되면 전 리안 형님께 죽은 목숨이랍니다."

〈아직은 괜찮아요, 제르린 황자 전하. 모두들 와주셔서 너무 기뻐요.〉

메모리는 무척이나 행복해 보이는 미소를 지었다. 바라보는 사람까지도 따스해질 것 같은 미소였다.

시로벨은 새삼 그녀가 부러웠다. 그녀는 '정말로 사랑받고 있는 게 이런 것이다'를 몸소 보여주는 것 같았다.

저택 안으로 들어간 시로벨은 메이가 만든 벌꿀파이를 전해주었다.

"정말 축하드려요, 메모리 비전하. 그런데 리안 황자 전하께서 심려가 크시겠어요. 같이 계셔주시지 못해서."

〈항상 마법구로 연락하시는걸요.〉

"리안 형님께서 정말로 발걸음이 떨어지지 않으셨겠어."

제르린의 익살스러운 한마디에 메모리는 소리 없이 까르르 웃으며 습관적으로 아직은 평평한 배를 소중히 쓰다듬었다. 그 손길이 너무나도 따스하고 조심스러워서 벌써부터 모정이 넘치는 듯했다.

엄마가 되어간다는 것은 저런 것일까? 기다림마저도 저렇게 즐겁고 설레는 것?

그때, 그 모습을 가만히 지켜보던 유에시스가 메모리의 옆으로 다가가더니 그녀답지 않게 무척이나 조심스러운 어조로 속삭였다.

"한 번만, 만져 봐도 될까?"

어쩐지 무척이나 긴장한 것 같은 유에시스의 모습에 메모리는 환하게 웃으며 그녀의 손을 직접 잡고서 자신의 배에 살며시 갖다 대었다. 눈에 보일 정도로 떨고 있던 유에시스는 메모리의 배가 마치 금방이라도 깨질 것 같은 유리라도 되는 것처럼 조심스럽게 손을 움직였다.

시로벨은 조금 놀라고 말았다. 얼음 인형이라 불릴 정도로 표정이 없던 유에시스의 입가가 서서히 곡선을 그리며 엷은 미소를 짓고 있었다. 하지만 그것이 다가 아니었다. 유에시스의 눈동자가 흔들리면서 그녀는 이내 눈물까지 보였다.

"유에……."

"쉿."

걱정되는 마음에 그녀를 부르려고 했지만, 제르린이 시로벨을 붙잡고서 고개를 가로저었다.

"내버려 둬."

"하지만……."

"아마 가장 기쁘면서도 슬플 거야, 지금의 유에는……."

그의 목소리도 평소보다 한층 낮게 가라앉아 있었다.

"아까 유에시스 황녀는 절대 알지 못할 거라는 말, 그게 무슨 뜻이야?"

"……유에는 아이를 갖지 못해. 아마 평생 그럴 거야."

"어째서? 무슨 병이라도 있는 거야?"

시로벨은 깜짝 놀라서 되물었다. 혹여라도 유에시스에게 들릴까 작게 목소리를 낮춘 채였다.

"인형사들의 잔인한 운명이지. 그들은 아이를 갖지 못하는 몸으로 태어나. 그저 인형에게 모든 것을 바쳐야 하지. 어쩌면 그 목숨까지도."

유에시스는 아직은 아무것도 느껴지지 않을 메모리의 배를 천천히 쓰다듬었다. 그녀가 무슨 생각을 하고 있는지는 아무도 알지 못했다.

가만히 있으면 된다고 했는데도 메모리는 그럴 수 없다면서 시녀 머피와 함께 먹을 만한 것을 준비했다. 시로벨은 그 옆에서 그런 그녀를 돕고 있었는데, 어쩐지 메모리가 자꾸만 자신을 힐끔힐끔 쳐다보는 느낌에 의아한 시선으로 먼저 입을 열었다.

"어찌 그러세요?"

〈카헤시온 전하께 쿠키는 무사히 전해 드렸나요?〉

시로벨은 소금 쿠키가 생각나 움찔했다. 어쩐지 그녀의 눈빛이 유독 반짝반짝해 보이는 것 같아 부담스럽기도 했다.

"하하, 전해 드렸어요. 그런데 설탕 대신 소금을 넣어버리는 바람에 실패했지요."

〈그래도 전하께서 기뻐하셨지요?〉

카헤시온의 반응을 떠올리던 시로벨은 그와 동시에 다른 일도 떠올라 얼굴을 붉게 물들인 채 고개를 끄덕였다.

"제대로 된 걸 전해주면 좋았을 텐데요."

〈그럼 다시 해보면 되지요. 곧 황자 전하의 탄신일이니 케이크를 구워드리면 될 것입니다.〉

"카헬의 생일이요?"

시로벨은 깜짝 놀랐다. 곧 그의 생일인지 꿈에도 모르고 있었다.

〈깜짝 선물로 드리는 거예요. 이곳에서 준비하면 절대로 모를 거랍니다.〉

메모리는 의지가 가득한 표정으로 시로벨의 기운을 북돋아주었다. 그녀의 응원에 힘입어 시로벨은 다짐했다. 이번엔 제대로 된 케이크를 만들어주자고.

"정말 고맙지만, 비전하께서 힘들지 않으실지……."

〈저는 괜찮아요. 꼭 황자 전하께서 좋아하셨으면 좋겠어요. 비전하께서도요.〉

무엇이든 도와주겠다는 메모리의 말에 시로벨은 환하게 웃으며 필승을 다졌다. 그래, 이번엔 겉으로도 완벽하게 만들어보겠다. 그래서,

'생일 축하한다고, 꼭 말해줘야지.'

로제궁으로 돌아온 시로벨은 피곤한 어깨를 두드렸다. 얼른 씻고 자고 싶은 생각뿐이었다. 돌아오는 마차 안에서 내내 제르린에게 시달린 걸 생각하니 또다시 두통이 밀려드는 것 같았다.

"비전하!"

그녀가 로제궁으로 들어서자마자 메이가 기다렸다는 듯 달려

왔다. 시로벨은 힘없이 입을 열었다.

"무슨 일 있어?"

"어찌 이리 늦으셨어요!"

"메모리 비전하께 다녀온다고 했잖아."

"카헤시온 황자 전하께서 오셨어요."

"카헬이?"

"네! 얼른 장미정원으로 가보세요!"

어쩐지 상기된 메이의 표정에 시로벨은 의아한 표정을 지으며 장미정원으로 향했다. 하지만 장미정원에 들어섰는데도 카헤시온은 보이지 않았다. 시로벨은 진한 장미향에 두통을 잊은 채 그를 찾아 두리번거렸다.

"카헬? 카헬!"

그 순간, 그녀의 눈앞으로 파란 불빛이 나타나기 시작했다. 마치 반딧불같은 그것에 시로벨은 시선을 빼앗겼다. 그 불빛을 잡으려는 순간, 마치 꽃이 만개하듯 주변으로 파란 불빛이 끝없이 쏟아지기 시작했다.

"하아……."

비처럼 쏟아지는 파란 불빛은 마치 별꽃과도 같았다. 시로벨은 제 주변이 온통 푸른빛으로 출렁이는 장관을 보았다.

"와아……!"

그 아름다운 광경에 감탄하는 그녀를 뒤에서 다정하게 끌어안는 이가 있었다.

"피곤해 보이는군."

"카헬, 대체 이게 뭐예요?"

"제라드에게 조금 부탁했지."

시로벨은 살짝 고개를 돌렸다. 그러자 카헤시온은 그녀의 휘늘어진 입술에 살짝 입맞춤을 하고서 그녀의 어깨를 감싸 안았다. 시로벨은 저를 위해 이 아름다운 광경을 준비한 그의 마음 씀씀이에 감격했다.

"메모리 비전하는 어떠셨지?"

"좋아 보였어요. 그리고 신기했고요."

"뭐가?"

두 사람은 장미정원을 천천히 걸었다. 그러자 불빛은 그들을 따르며 가는 걸음걸음을 비춰주었다.

"그 조그만 뱃속에 아기가 있다니. 믿을 수가 없었어요."

카헤시온은 연신 종알거리는 시로벨을 물끄러미 바라보았다. 제국의 정세가 극도로 불안정했다. 전쟁이 일어날지도 모르고, 어쩌면 그 전장에 자신이 직접 나서야 할지도 몰랐다. 그래서 조금이라도 그녀와 함께하고 싶었다. 사실 이렇게 보는 것만으로도 좋았지만, 그는 시로벨에게 무엇이든 다 해주고 싶었다. 그녀가 행복하게 웃을 수 있도록. 이 모든 순간을 자신과 함께 기억할 수 있도록.

푸른 불빛을 고른 것은 그녀의 물빛 눈동자 때문이었다. 그는 그녀의 눈동자를 마주하는 게 좋았다. 오직 저를 품고 일렁이는 그 눈빛이…….

'저 눈빛을 닮은 아이라면, 그녀와 나의 아이라면…….'

"나와 그대의 아이도 궁금하군."

생각지도 못한 말에 시로벨은 저도 모르게 움찔했다. 나와 그의 아이? 카헤시온을 닮은······. 생각한 적도 없는 미래의 일에 시로벨은 잠시 당황했다.

두 사람은 정원 안 커다란 나무 아래 멈춰 섰다. 그는 나무에 몸을 기댄 채 편안하게 앉아 제 옆을 두드렸고, 시로벨은 피식 웃으며 그의 옆에 앉아 자연스럽게 그의 어깨에 머리를 기댔다. 어느새 파란 불빛은 사라지고 그 자리를 대신하여 수많은 별들이 함께하고 있었다.

시로벨은 그의 가슴 가까이에서 두근두근 울리는 심장 소리를 느끼며 살며시 고개를 들었다. 그리고 당연한 듯 그의 입술이 그녀에게 와 닿아 그 끝에서 나지막이 울렸다.

"나와 그대의 아이, 분명 사랑스러울 거야. 아주 많이."

그리고 폭풍처럼 그의 숨결이 밀려들었다. 시로벨은 그의 입술을 맞이하며 머릿속으로 찰나처럼 떠오르는 미래를 그려보았다. 그를 닮은 아이. 과연 그 바람이 이루어질 수 있을까? 지금 그가 이렇게 곁에 있는 것만으로도 너무나도 행복해 더 이상을 바라는 건 욕심이라는 생각이 들었다. 하지만 한번 생각을 시작하니 바라지 않고는 견딜 수가 없게 되었다.

'그를 쏙 빼닮은 아이는 어떨까. 아빠가 된 그의 모습은······.'

그후로 한동안 시로벨은 카헤시온을 만날 수 없게 되었다. 요새 비트니안 제국의 일로 나라 안팎이 시끄럽다고 하더니 그도 일이 바빠졌다고 했다. 리안 황자도 국경에 나가 있고 키리에나 황녀도 제로니안 제국에 가 있다고 하니 그가 바쁜 것을 그녀는 충분히 이해했다.

그를 만나지 못하는 동안 시로벨은 메모리에게 케이크 굽는 방법을 배웠다. 곧 있으면 그의 생일이라 그녀의 마음이 바빠졌다.

"이제 정말 얼마 안 남았다. 생일…… 얼른 축하해 주고 싶은데."

그보단 어서 빨리 그를 만나고 싶었다.

며칠 째 밤을 새우며 일을 하느라 세네티아의 얼굴빛이 매우 좋지 않았다. 그럼에도 불구하고 그녀는 쉴 수 없었다. 여기저기서 들어오는 현자들의 연락과 주변 상황을 종합해 메모리얼로 만드는 작업을 이어가던 중 세네티아는 마법구가 발동하는 소리에 그쪽으로 고개를 돌렸다.

"……아르반?"

시로벨의 고향이자 마티디안 제국의 속국인 아르반에서 온 소식이었다.

아르반에서 제게 연락을 취한 것이 이상해서 세네티아는 조금 긴장한 상태에서 마법구를 열었고, 잡음이 섞인 목소리를 골라내며 소식을 듣다가 이내 얼굴이 새파랗게 질려가기 시작했다.

"말도 안 돼. 이건, 말도 안 돼."

세네티아는 자리에서 벌떡 일어났다.

카헤시온은 리안에게서 받은 국경의 정보들을 정리하여 보바톤 황제에게 고하고 있었다.

"아직은 우리 쪽 국경선에 접근한 흔적은 없지만 절대 방심할 수는 없을 듯합니다. 비트니안과 제로비안 사이에는 벌써 몇 번이나 마찰이 일어났으니 제로비안으로 기사를 보내야 할 필요도 있습니다. 그리고."

"그리고?"

"리안 형님께서 은밀히 전해주신 소식인데, 비트니안 제국의 군사 수가 이상할 정도로 증가하였다고 합니다."

"그건 이미 알고 있던 사실이 아니냐? 주변의 소국들을 삼켰으니 그만큼 군사도 늘어났을 터."

"그렇긴 한데, 침략한 나라에서 동원되었다고 보기엔 이상할 정도로 군사의 수가 더 많이 늘어났다고 합니다."

"그래?"

보바톤 황제는 무거운 표정을 지으며 리안이 보낸 자료를 살펴보려는 순간.

"폐하, 키리에나 황녀 전하의 전갈입니다."

제라드가 황제의 앞에 붉은빛으로 빛나는 마법구를 내보였다.

"말하거라, 키리에나."

붉은 마법구가 소용돌이치더니 키리에나의 얼굴이 그 위에 나타났다.

카헤시온은 굳어져 있는 그녀의 표정을 읽고는 뭔가 심상치 않은 일이 일어났음을 직감했다.

[폐하, 지금 현재…….]

그와 동시에 문이 쾅 열리며 세네티아가 뛰어 들어왔다. 평소 앞이 보이지 않아 되도록이면 뛰지 않는 그녀가 예도 갖추지 못할 정도로 무척이나 다급하고 위험한 상황이 벌어졌다는 뜻이었다.

"세네티아."

"오라버니…… 아바마마……."

그때, 마법구에서 흔들리던 키리에나 역시 세네티아를 발견하 곤 입을 열었다.

[세네티아, 너도 알게 된 것이냐?]

"그렇다면, 그게 정말 사실인 것입니까? 정말로……."

"대체 무엇이 말이냐!"

보바톤 황제가 불안한 듯 재촉하자 키리에나는 정확히 카헤시 온을 바라보며 입을 열었다.

[속국인 아르반이 비트니안 제국에게 충성을 맹세하였습니다. 마티디안 제국을 배신한 것입니다.]

"……뭐?"

[비트니안 제국의 군사 수가 이상할 정도로 많아진 것을 들으 셨을 것입니다. 그들은 아르반의 군사였습니다. 아르반은 이미 한 달 전에 비트니안에게로 넘어간 듯합니다.]

키리에나의 보고에 카헤시온은 머릿속이 혼란스러워졌다.

속국인 아르반이 마티디안을 배신한다는 것은…….

"이는 결코 있을 수 없는 일입니다, 폐하."

세네티아가 들어오면서 활짝 열린 문 사이로 코델리아가 걸어 들어왔다. 보바톤 황제는 갑작스러운 그녀의 등장에 당황한 기색 을 비쳤고, 세네티아는 무겁게 내려앉은 은빛 눈동자로 코델리아 가 있는 쪽을 주시했다. 그녀의 기운이 무척이나 어두웠다.

'이제부터 시작인가.'

황제의 앞에 선 코델리아는 서신 한 장을 그에게 건넸다.

"제로비안 황제 폐하께서 보내신 친필서입니다. 그 안에 제로비안 제국의 입장이 담겨져 있습니다."

황제는 그것을 받아 들고서 키리에나를 바라보았고, 그녀는 이미 알고 있었다는 듯 고개를 끄덕였다. 코델리아는 보바톤 황제를 바라보며 단호한 목소리로 입을 열었다.

"저희는 이번 사태를 무척 유감이라 생각합니다. 하지만 이 일로 인하여 제로비안 제국의 국경은 벌써 여러 차례 침략을 당하고 있고, 더 큰 전쟁이 일어날 것을 대비하고 있습니다. 해서 황제 폐하께 저희와의 동맹과 대륙의 평화와 안전을 위하는 길을 택하여 주시기 청하는 바입니다. 그러니……."

그녀의 시선이 카헤시온에게로 향했고, 그는 속을 알 수 없는 얼굴을 한 채 서 있었다. 코델리아는 그를 바라본 채 가장 하고 싶었던 말을 꺼냈다.

"감히 속국 주제에 주인을 배신하고 대륙의 평화를 뒤흔드는 아르반을 그냥 이대로 두신다면 마티디안 제국에도 크나큰 오점이 될 것입니다. 하니 아르반을 제국의 적으로 선포하시고, 또한 아르반의 왕녀 시로벨 아가렛토 아르반의 제1황자비 위를 박탈하여 그녀를 감금하는 것이 옳으신 일이라 생각합니다."

모든 일은 그렇게 폭풍처럼 밀려들고 있었다.

❧　　❧　　❧

보잘것없는 소국으로 마티디안 제국에 충성을 맹세하며 스스로 속국이 되었던 아르반이 주인인 마티디안의 목덜미를 물고서 비트니안 제국 아래로 들어섰다. 사실 아르반의 왕실은 한 여인으로 인해 이미 왕은 무능력한 허수아비로 전락하였고, 나라 전체가 무척이나 위태롭고도 불안정한 상황이었다.

전 왕비가 숨을 놓자마자 왕의 총비였던 여인이 왕비의 자리에 올랐다. 그녀는 혈통도 불분명한 집시 출신으로, 빼어난 미색과 남자를 홀리는 방중술로 왕을 미혹해 결국 왕비의 자리를 차지하고, 아르반을 제 손 위에 두고서 움직이고 있었다. 그녀가 바랐기에 아르반의 왕은 마티디안을 배신하고 비트니안을 선택할 정도로 그녀의 한 마디에 나라가 들썩이는 웃기지도 않는 일이 벌어졌다.

메리헬은 거의 흘러내릴 듯한 얇은 옷만 걸친 채 풍만한 가슴을 자랑하듯 내놓았다. 값비싼 와인을 즐기는 그녀의 붉은 입꼬리가 위로 올라갔다. 바깥에선 기근이 끊이질 않았지만 그녀의 주변에는 항상 값비싼 음식이 즐비했고, 사치스러운 물건이 가득했다. 그녀는 그것을 즐기는 것을 마다하지 않았다.

방 안으로 젊은 사내가 걸어 들어왔다. 살짝 그은 피부에 근육질의 늠름한 사내는 강인한 전사의 모습을 하고 있었다.

그는 메리헬의 앞으로 다가와 고개를 숙였고, 메리헬은 취기에 흐려진 얼굴로 환한 미소를 지으며 그를 반겼다.

"어서 오너라, 내 아들."

메리헬의 아들 체자르였다. 그는 아르반의 왕세자로 시로벨의 의붓 오라비였다. 그는 원래 첩의 자식이라 왕위 계승권이 없었지만, 그녀의 모략으로 단번에 왕세자의 자리에 오르게 되었다.

"제로비안 제국의 첩자에게 일부러 흘린 정보로 인하여 이젠 마티디안 제국에서도 저희의 배신을 알게 되었을 것입니다."

"그렇겠지."

"시로벨은 어찌할 생각이십니까? 분명 마티디안에서 가만두진 않을 것인데."

메리헬은 냉소를 머금었다. 전 왕비의 여식인 시로벨 아가렛토 아르반. 무척이나 아름다운 외모와 따스하고 밝은 성격으로 그 누구도 그 아이를 아끼지 않는 자가 없었다. 하지만 그 일이 일어난 후 모든 기억을 지우고서 거의 버려지듯 마티디안 제국의 공녀로 떠나 버린 그 아이……

"아직도 그 아이를 갖고 싶은 것이냐?"

체자르의 입술이 비릿한 곡선을 그렸다. 제 어머니의 외모를 그대로 물려받은 그에게서는 위험스런 색기가 흘렀다. 그는 어머니의 손을 붙잡고 그 위에 입 맞추며 속삭였다.

"갖고 싶다고 하면 주실 건가요?"

"어차피 그 아인 더 이상 마티디안에 있지 못할 것이다. 네가 원한 것도 그것이 아니었더냐?"

"새가 멋대로 새장을 나갔으니, 이제 데려와야지요."

"그래, 원한다면 가져야지. 반드시 가져야지. 체자르, 앞으로 네가 하지 못할 것은 없어. 망가뜨리든 부수든, 뭐든 네 손으로 해야 한단다. 이제 곧 모든 게 우리 손으로 넘어올 테고 그것은 다 너의 것이 될 테니까. 나의 사랑스러운 아들아."

체자르는 어머니에게 인사하곤 방을 나섰다. 와인 잔을 손에 든 메리헬은 아들이 떠난 후 창밖, 먼 하늘을 바라보았다.

"나도 그 계집이 망가지는 모습을 보고 싶구나."

"황자비의 자리를 이런 식으로 박탈할 수는 없습니다!"

카헤시온은 보바톤 황제에게 단호한 목소리로 외쳤다.

"이건 제국 간의 문제입니다. 이 일은 시로벨 황자비와 아무런 관련이 없습니다. 이미 아르반을 떠나 마티디안 사람이 되었는데 어찌!"

"하나, 그렇다고 해도 시로벨 황자비를 그냥 둘 수는 없는 문제입니다."

코델리아는 카헤시온의 앞으로 다가와서는 냉정하게 말을 이었다.

"카헤시온 황자 전하, 이런 문제에 감정을 내세울 수는 없습니다. 아르반이 마티디안을 배신한 이상, 아르반의 왕녀를 어찌 믿을 수 있겠습니까?"

"그녀는!"

"어쩌면 가장 유능하고 무서운 첩자가 될 수도 있는 여인입니다. 마티디안의 사람이 되었다고요? 그전에 그녀는 아르반 사람이지요. 그것도 왕실의 사람. 전하, 사람을 그리 쉽게 믿지 않으시는 분이 왜 이러십니까?"

코델리아는 마법구 위에 비친 키리에나의 얼굴을 바라보며 말했다.

"또한 키리에나 황녀께서 반드시 대가를 치르게 하겠다고 말하였습니다. 황녀께서는 그 말을 지키셔야 할 것입니다."

키리에나는 잠시 침묵하다가 고개를 끄덕였다.

[이 일이 사실로 드러난 이상, 아무리 제국 간의 문제라고는 하나 반역이나 마찬가지인 배신을 한 아르반의 왕녀를 그냥 둘 수는 없습니다. 만에 하나 전쟁이 벌어지게 된다면 시로벨 황자비는 마티디안에서 가장 큰 위험이 될 것입니다.]

카헤시온은 주먹을 움켜쥐었다. 아무리 자신이 그녀를 믿는다고 하여도 아르반이 마티디안을 배신했다는 것이 드러난 이상 저 혼자만 그녀를 두둔해서는 소용이 없었다. 특히나 곧 귀족들의 귀에 들어가게 된다면 안 그래도 속국의 왕녀를 끌어내리지 못해 안달인 데, 무슨 일이 일어나게 될지 안 봐도 뻔했다.

'시로벨, 그녀는 바람 앞에 촛불이다.'

[폐하, 시로벨 황자비를 로제궁에 감금하기를 청합니다.]

코델리아는 키리에나의 말에 만족스러운 표정을 지으며 보바톤을 바라보았다.

황제는 근심이 가득한 눈으로 세네티아와 키리에나, 코델리아를 번갈아 바라보다 이내 카헤시온을 바라보았다. 아들이 깊이 동요하고 있음을 그는 알 수 있었다. 어째서 일이 이렇게 되어버린 것인지 한숨이 나왔다. 왜 매번 저 아이가 믿으려는 사람들만 저 아이를 떠나가게 되는 걸까.

보바톤은 안타까운 마음을 꾹 누른 채 황제로서 명을 내렸다.

"황자비에 대해서는 조만간 황제회를 열 것이다. 거기엔 백합회도 참석할 것이다. 결과가 나올 때까지 시로벨 황자비는 로제궁에 감금할 것을 명한다."

황제의 처결에 카헤시온은 뭐라 반박하지 못한 채 그대로 그곳을 빠져나갔다.

세네티아는 그의 기운이 맹렬하게 휘몰아치는 것을 느끼곤 걱정스웠지만 자신이 할 수 있는 일은 아무것도 없었다.

카헤시온이 자리를 뜬 이상 코델리아도 더 이상 자신이 할 일은 없다고 생각했는지 황제에게 인사를 한 후 등을 돌렸다. 그런 그녀를 밖에서 기다리고 있던 카헤시온이 거칠게 잡아 세웠다. 코델리아는 저를 향한 그의 차가운 눈빛이 싫었다. 이미 온 마음까지 시로벨 그 여자에게로 가버린 이 남자를 증오하면서도 놓을 수 없는 자신 역시도 마찬가지였다. 하지만 곧 그녀가 사라진다. 그의 곁에서 그녀가 없어져 버리는 것이다. 그렇다고 해도 이 남자의 마음은 변함이 없겠지. 오히려 더더욱 애달파 할지도 모른다. 하지만 그만큼 고통스러울 것이다. 괴로울 것이다. 코델리아는 이젠 이 남자가 자신만큼, 아니, 오히려 자신보다 더더욱 아프고 또 아프길 바랐다.

"황자 전하답지 못하십니다."

"이렇게까지 해야 하는 건가?"

"제로비안 제국의 황녀로서 내 제국을 지키기 위해 말한 것뿐이에요. 황제회에서도 그렇게 할 거고요. 또한 마티디안 제국의 황자비로서 제국을 염려하는 마음도 크지요. 그건 황자 전하도 그러실 텐데요? 그렇다면 이 선택이 가장 나은 선택이라는 것도 아실 테고요."

"벨을 건드리지 마라, 코델리아."

그녀는 한 번도 본 적 없는 그의 태도에 헛웃음을 삼켰다. 그리고 이내 차가운 시선으로 카헤시온을 똑바로 응시하며 말했다.

"'빙안의 귀공자'도 한낱 여자 앞에서 이렇게까지 무너질 수 있다니, 조금 허무하네요."

"코델리아."

"내게 너무 많은 걸 바라지 말아요. 당신이 행복하다고 해서 내가 어떤지까지 잊지는 말란 말이에요. 나도 당신을 사랑한다고요. 아무리 당신은 아니라고 하더라도 내 마음마저 마음대로 부정하지 마요. 당신 감정이 소중하듯, 내 감정도 소중하고 이미 상처 받을 대로 받았어요. 그러니 지금 이건 내게 기회죠. 절대로 거부할 수 없는 기회."

카헤시온은 코델리아를 빤히 바라보았다. 그러다 이내 숨을 내뱉듯, 지친 목소리로 말했다.

"……그러니 그냥 놓아."

내려앉듯, 가라앉는 그의 모습에 코델리아는 주먹을 꽉 움켜쥐었다. 그 여자가 이 정도인 건가? 이 남자에게, 이렇게까지 할 정도로 그 여자가 그렇게 소중해?

"더 이상 스스로를 그만 괴롭히고 놓으라고."

"그럼 당신은 시로벨을 놓을 수 있나요?"

"……."

"당신도 그럴 수 없으면서 내게 강요하지 마요. 그럴 수 없잖아. 죽지 않는 이상 그럴 수 없잖아!"

이미 메말라 버린 줄 알았던 눈물이 다시금 심장 주변으로 고여가기 시작했다.

"이번 일은 내가 시작한 게 아니에요. 아무리 나라고 해도 당신 옆에서 그 여자 하나 떼어내겠다고 제국과 대륙을 전쟁에 밀어 넣지는 않아요. 물론 심어놓은 첩자에게 미리 듣기는 했어요. 그래서 생각했죠. 당신과 시로벨은 연이 아니라고. 아무리 서로가 서로를 애달파하고 보고파하고 좋아한다고 해도, 현실은 당신들을 허락하지 않네요. 그래서 조금 마음이 놓여요. 나만 아파하지 않아도 되니까. 이제 당신도, 그녀도 어쩌면 나보다 더더욱 아파하겠죠. 결국 당신과 그녀의 운명이 여기까지밖에 안 된다는 거 아닌가요?"

카헤시온은 그녀의 손목을 천천히 떼어놓으며 고개를 돌렸다.

"운명 따위 믿지 않아. 만약 있다 하더라도 나의 운명은 분명 벨일 것이다. 내가 그렇게 만들 거다."

운명 따위 믿지 않는다는 남자는 그 운명마저도 제 의지로 바꾸겠다고 다짐했다.

"그리고 코델리아, 너와의 연은 여기서 끝이고."

"……."

"넌 제로비안 제국을 대표하는 자일 뿐이다. 앞으로는 그렇게만 널 보도록 하지. 네가 무슨 짓을 하더라도 난 그녀를 끝까지 지킬 것이다."

카헤시온은 끝까지 그녀를 보지 않은 채 등을 보였다. 코델리아는 텅 빈 눈동자로 그의 뒷모습을 바라보며 차디차게 속삭였다.

"그러네요. 이젠 정말 당신의 마음을 받는 건, 포기해야겠네요."

시로벨은 오늘도 여전히 메모리와 케이크를 굽고 있었다. 이제껏 구웠던 것 중에서 오늘 것이 제일 잘된 것 같아 시로벨은 뿌듯한 미소를 지었다.

"이건 내일 와서 나머지 장식을 하도록 할게요."

〈네, 잘 보관하고 있을게요. 그나저나 실력이 많이 느셨어요. 전하께서 무척이나 기뻐하실 거랍니다.〉

항상 자신보다 더더욱 기대하는 메모리의 말에 시로벨은 겸연쩍은 미소를 지었다.

부엌을 나와 응접실로 향한 시로벨은 저도 모르게 한숨을 내쉬었다. 바로 응접실에 죽치고 앉아 있는 제르린과 유에시스 때문이었다. 대체 저 둘은 무슨 속셈인지 항상 자신과 함께 이곳으로 오곤 했다.

"어, 비전하. 다 끝났어? 그 케이크 나도 좀 맛볼 수 있는 건가?"

"어림도 없지요."

"에이, 그래도 이렇게 매번 응원하면서 기다려 주는데 너무 쪼잔하다. 그렇지, 유에?"

"별로 먹고 싶지는 않네요. 전 오래 살고 싶거든요."

너무나도 진지한 유에시스의 말에 시로벨은 순간 저도 모르게 주먹이 올라갈 뻔했지만 침착하게 자신을 다독였다. 그래, 저 황녀가 언제는 귀염성이 있었던가. 그냥 참자.

"그만 가시죠? 메모리 비전하께서도 쉬셔야 하는데."

"그럼 가볼까?"

제르린은 싱글벙글 웃으면서 유에시스와 함께 나섰다. 시로벨은 밀려오는 두통을 참으면서 메모리와 함께 밖으로 나갔다. 그리고 저택 앞을 가득 메운 기사들과 그 앞에서 표정이 굳어진 채 선 제르린과 유에시스의 모습이 보였다. 시로벨은 본능적으로 메모리의 앞을 가로막았다.

"지금 뭐 하는 짓이지?"

제르린이 그들을 향해 먼저 입을 열었다. 기사들 중 가장 앞에 선 그렉이 난처한 표정으로 고개를 숙이며 말했다.

"송구합니다, 제르린 황자 전하. 지금부터 시로벨 황자비 전하를 로제궁에 감금하라는 명이 떨어졌습니다."

"뭐? 감금이라니!"

이해할 수 없는 상황에 제르린의 분노 어린 목소리 끝으로 시로벨은 담담한 얼굴로 그들을 바라보았다. 머릿속이 혼란스러웠다. 고작 반나절 로제궁을 비웠을 뿐인데 그 사이에 대체 무슨 일이 벌어져서 기사들이 이런 명령을 받고 온 것인지 감이 잡히지 않았다.

메모리는 시로벨의 뒤에서 떨리는 손길로 그녀의 손을 잡았다. 시로벨은 그녀를 향해 고개를 돌리곤 애써 미소를 지으며 속삭였다.

"괜찮을 것입니다."

그러곤 천천히 그녀의 손을 놓아주고서 먼저 앞으로 나서서 입을 열었다.

"누구의 명을 받은 것이냐?"

그렉은 여전히 괴로운 표정으로 무겁게 속삭였다.

"보바톤 황제 폐하의 명이십니다."

황제의 명이란 말에 시로벨은 입을 다물었다. 정말로 무슨 일이 벌어진 것이 틀림없었다. 기사들이 그녀에게 다가서려고 하자 제르린이 그 사이에 끼어들어 그들을 막았다. 유에시스는 침착하게 이 상황을 지켜보고 있었다.

"아바마마께서 그런 명을 내리셨을 리가 없다. 내가 직접 가서 확인할 테니!"

"명을 따를 것이나, 내 발로 갈 것이니 손대지 마라."

"무슨 말이야. 진짜 감금이라도 당하겠다는 거야?"

제르린은 불안한 시선으로 시로벨을 바라보았지만, 그녀는 그렉만 바라보며 말을 이었다.

"황제 폐하의 명은 따르겠다. 하나, 나는 카헤시온 황자 전하의 정비다. 이 나를 죄인 취급할 생각인가, 그렉 경?"

"……아닙니다, 비전하."

결국 그렉은 다른 기사들을 한 발 뒤로 물러서게 했다. 시로벨은 불안해하는 메모리를 다시 달래기 위해 뒤로 돌았다.

"너무 걱정하지 마세요. 아무 일 없을 것입니다."

〈하지만…….〉

"조만간 꼭 다시 올 테니 제 걱정은 절대로 하지 마시고 쉬세요. 뱃속 아이에게 좋지 않습니다."

메모리는 시로벨의 말에 차분하게 고개를 끄덕였다. 강한 여인이니 분명 잘 견뎌낼 거라 믿었다.

시로벨은 잔뜩 불만에 찬 제르린을 바라보았다.

"일단 전 로제궁으로 가겠습니다. 거기서 상황을 들어야겠어요."

"하지만!"

"황제 폐하의 명이십니다. 분명 무슨 이유가 있겠지요. 만약 그 것이 억울한 일이라면 반드시 풀 것입니다. 제르린 황자 전하께서 는 유에시스 황녀 전하를 모셔가시지요. 아무래도 함께 가진 못 할 듯하니."

시로벨의 눈짓을 받은 유에시스는 제르린의 곁으로 다가와 그 의 손을 붙잡았다.

"지금은 비전하의 말이 옳아요, 오라버니."

유에시스까지 나서자 제르린은 어쩔 수 없이 뒤로 물러섰고, 그렇게 시로벨은 기사들의 호위 아닌 호위를 받으며 마차에 올랐 다.

그녀의 표정에는 뭔가 모를 비장함이 흐르고 있었다. 이 일에 코델리아가 관련되어 있을까? 아니면 아예 다른 일인가? 어느 쪽 이든 좋지 않은 것은 마찬가지이고 지금 가장 걱정인 것은 카헤시 온이었다.

'괜히 나 때문에 위험한 일을 하지는 말아야 할 텐데.'

곧장 카헤시온을 만나기 위해 룬궁으로 향한 제르린은 카헤시 온 대신 제라드에게서 어떻게 된 일인지 들을 수 있었다. 제르린 은 참을 수 없는 분노를 느끼며 파르르 떨리는 주먹을 움켜쥐었 다.

"아르반……."

"뭔가 아시는 것입니까? 대체 아르반이 왜 시로벨 비전하를 두 고서 그런 일을……."

"아르반이라면 충분히 가능하지. 지금의 아르반은 결코 시로벨의 편이 아니야. 오히려 어떻게든 그녀를 죽이려고 안달이 난 더러운 족속들이 있는 곳이라고."

제르린은 심호흡을 하며 한껏 움켜쥔 주먹을 풀었다. 그새 손바닥에 깊이 파인 상처에서 피가 고이고 있었다.

이제야 웃을 수 있게 되었는데, 이제야 숨을 쉬게 되었는데 왜 또 이런 일이 벌어지는 것인지 정말 화가 났다. 그녀가 아르반에서의 기억을 잃었다고 했을 때, 기억을 잃어야 할 정도로 괴로웠다는 사실에 아파했지만, 그래도 그때의 그 끔찍한 기억을 지워내서 조금은 다행이라고 생각했다. 그것은 어쩌면 그의 이기심일지도 모른다. 그녀를 외면한 채 도망쳐 버렸다는 끔찍한 죄책감을 조금이라도 덜어내려고 만들어낸 이기심.

"해서, 곧 있으면 황제회가 열릴 거라고?"

"예, 그러합니다."

"형님은?"

제라드는 무거운 표정으로 고개를 가로저을 뿐이었다.

로제궁에 도착해 메이에게서 상황 설명을 들은 시로벨은 당황했다. 한 번도 생각해 본 적 없는 시로벨의 고향, 아르반. 이상하게 다른 기억은 다 떠올라도 오직 그곳에 대한 기억은 마치 안개가 서린 듯 뿌옇게 가려져 있었다. 그러고 보니 코델리아가 아르반에 대해 얘기했던 것이 떠올랐다. 이 몸이 쫓겨나듯 도망친 거라고 했었다. 대체 그곳에서 무슨 일이 있었기에. 무슨 일이…….

"이제 아무도 들어올 수도 나갈 수도 없습니다."

"……일단 기다리는 수밖에."

"곧 황제회가 열릴 것입니다. 하지만 비전하께선 참석하실 수가 없습니다. 거기서 만약 폐위가 결정된다면……."

조세핀의 걱정 어린 말속에 시로벨은 대충 짐작할 수 있었다. 누구도 그곳에서 제 편을 들어줄 사람이 없다는 것을. 안 그래도 속국의 왕녀를 못마땅하게 생각하는 귀족들인데. 하물며 그 속국이 배신을 했고, 더 거대한 세력인 코델리아가 버티고 있지 않은가.

"지금부터 저는 어떻게든 비전하를 바닥으로 끌어내릴 것입니다. 지금의 수모를 결코 잊지 않을 것입니다. 그리고 그때, 비전하께서는 스스로 하신 말씀에 책임을 지고 제게 무릎을 꿇고 고개를 숙여야 할 것입니다."

'코델리아의 말이 이렇게 빨리 다가올 줄이야. 그것도 이런 식으로 말이지.'

시로벨은 혼자 있고 싶다고 말해 주위를 모두 물렸다. 사방이 고요해졌다.

그녀는 한숨을 내쉬고선 제자리에 털썩 주저앉으며 속삭였다.

"이봐. 이 일은 내가 해결할 수가 없단 말이야. 네 과거잖아. 뭐라도 떠올라야 증언을 하거나 증거를 보일 수 있지. 그래야 수사가 진전될 거 아냐. 이대로 가다간 정말로 배신자가 될 거야. 당신은 그래도 좋아?"

시로벨은 아르반을 이해할 수가 없었다. 왕녀를 제국에 시집보내고 그 제국을 배신하는 건 대체 어떻게 하면 할 수 있는 짓인 걸까. 설마 친딸이 아닌 건가?

시로벨이 생각에 잠긴 사이 바깥쪽이 소란스러워졌다. 무슨 일인가 싶어 시로벨은 문 쪽을 쳐다보았다. 우당탕 소리가 나더니 문이 벌컥 열리면서 카헤시온이 안으로 들어왔다.

"카헬? 대체 어떻게 된 거예요? 지금 아무도 로제궁을 출입할 수 없다고 하던데…… 그러다가 당신도 위험해지면!"

카헤시온은 성큼성큼 다가와 시로벨의 손을 잡고서 아무 말 없이 그녀를 안아주었다. 따스하게 퍼지는 온기에 그녀는 그제야 자신이 조금 떨고 있었다는 걸 깨달았다.

"걱정하지 마."

그리고 그를 보는 순간, 그 떨림이 눈 녹듯 사라지고 있다는 것도.

"누가 무슨 말을 해도 그대는 나의 아내야. 이 카헤시온이 유일하게 믿는 사람은 당신이야."

"카헬……."

"그러니까 절대로 흔들리지 마."

"안 흔들려요. 알잖아요? 이런 걸로 나 절대로 안 져요."

그는 한 손으로 그녀의 얼굴을 소중히 감싸 올렸다. 그리고 그녀의 부드러운 입술 끝에 낮게 속삭였다.

"사랑해."

시로벨은 싱긋 웃었다. 어쩌면 조금 흔들렸을 자신을 강하게 붙잡아주는 그의 한마디. 그 어떤 순간이 와도 그가 제 곁에 있어줄 거라고, 자신을 붙잡고 절대로 놓지 않을 거라고 믿었다. 그렇게 그의 숨결이 거칠게 밀려들었고, 시로벨은 그런 그를 강하게 끌어당겼다.

셀레룬과 아테미스룬마저도 모습을 감춘 어둡디어두운 밤. 두 사람은 왠지 모르게 애달픈 감정을 품고서 그렇게 그 어떤 밤보다도 서로를 깊게 새기고 있었다.

"황제회가 열린다고? 지금 바로?"

"예, 벌써 귀족들의 귀에 들어간 모양입니다."

제라드가 전해온 말에 카헤시온의 눈빛이 살벌하게 가라앉았다. 그의 앞에 흩어진 자료들이 눈을 어지럽혔다. 어떻게든 시로벨을 구하기 위해 온갖 노력을 다하고 있었는데, 지금 바로 황제회가 열린다면 시간이 없었다. 그들은 바로 시로벨을 끌어내리려고 할 것이다. 그리고 그는 그걸 막을 명분이 없었다. 설사 자신의 모든 것이라 할 수 있는 황위 계승권을 건다고 하여도.

"빌어먹을!"

그답지 않게 격한 감정을 숨기지 못하고서 책상을 쾅 내려치며 고개를 숙였다. 이처럼 자신이 무능력하게 느껴진 적은 없었다. 예나 지금이나 가장 소중한 것을 제대로 지킬 수 없는 자신에게 너무나도 화가 나 미칠 것만 같았다.

"전하."

제라드는 안타까운 목소리로 그를 불렀다. 카헤시온은 눈을 질끈 감았다 뜨고서는 고개를 들어 그를 향해 짧게 말했다.

"지금 당장 로제궁으로 갈 것이다."

"하오나……."

카헤시온은 그의 말을 무시했다. 그저 종이에 무언가를 휘갈겨

쓰고서는 그것을 제라드에게 건네주었다.

"이걸 제르린에게 은밀히 전해라, 지금 바로."

"……예, 전하."

제라드는 그를 말릴 수 없다는 것을 깨닫고 황급히 룬궁을 빠져나갔다. 카헤시온은 밀려드는 적막감에 무거운 숨을 내쉬며 이번엔 제대로 자세를 잡고 종이에 뭔가를 아주 길게 써내려가기 시작했다. 그의 눈동자엔 어느새 흔들림이 보이지 않았다. 무언가가 강하게 그를 붙잡고 있었다. 하지만 펜을 쥔 그의 손끝은 미세하게 떨리고 있었다.

로제궁으로 들어서는 카헤시온을 기사들이 무척이나 난처한 표정으로 막아섰다.

"안으로 들어가실 수 없습니다, 황자 전하."

"황제 폐하의 명이십니다."

카헤시온은 서늘한 시선으로 한 치의 망설임도 없이 검을 뽑아들었다. 그러자 기사들은 흠칫하며 그를 바라보았다.

"저, 전하……."

"그대들은 나를 막았다. 하니 황제 폐하의 명은 어기지 않았다. 그 명은 온전히 내가 어긴 것이다."

"예? 흐윽!"

카헤시온은 순식간에 칼자루로 그들의 뒷목을 후려쳐 깔끔하게 기절시켰다.

"미안하다. 하지만, 이번만큼은 폐하의 명을 따를 수가 없구나."

카헤시온은 밀려드는 온갖 감정을 누르고서 로제궁 안으로 들어섰다. 그리고 지금 이 순간에도 오직 저를 걱정하고 염려하는 시로벨을 강하게 끌어안았다.

"카헬……."

카헤시온은 시로벨의 입술을 거칠게 삼켰다. 아주 간절하게. 그리고 애달프게.

매달리듯 붙잡는 그의 다급한 입술에 시로벨은 떨리는 숨을 삼키며 그를 끌어안았다. 셀레룬과 아테미스룬도 보이지 않는 어둠 속에서 그에게 온몸을 맡긴 채 그녀는 그를 꽉 붙잡았다. 그 어느 때보다 다급하고 초조해 보이는 그에게서 느껴지는 진한 슬픔에 그녀는 자꾸만 눈물이 날 것 같아 가슴이 미치도록 욱신거렸다.

시로벨은 떨리는 손길로 그의 어깨를 더듬었다.

"벨."

뜨겁게 속삭이는 이름이 입안으로 깊숙이 파고들었다. 불꽃이 일 듯 온몸을 에워싸는 느낌에 숨을 쉴 수 없을 정도였다. 카헤시온은 두 손으로 그녀의 허리를 단단히 끌어안고서 온몸에 붉은 흔적을 새겼다.

"카, 카헬!"

카헤시온은 그녀의 등을 부드럽게 쓸어내리며 입을 맞추었다. 붉은 머리카락이 불꽃처럼 아래로 흘러내렸다. 흔들리는 시야에 그의 모습이 자꾸만 보일 듯 말 듯 부서졌다. 시로벨은 그를 똑바로 보고 싶었다. 자꾸만 흐릿해지는 모습이 불안해서 그의 단단한 어깨를 더욱 꽉 붙잡았다.

"불안해하지 마."

카헤시온이 속삭였다.

"그럼 당신도 불안해하지 말아요."

틈 하나 없이 마주한 두 사람은 서로 좀 더 가까이 눈을 마주하며 얼굴을 보듬었다. 서로를 원했지만 그 기분에 마음껏 취할 수만은 없었다. 시로벨의 말에도 카헤시온은 그저 미소만 지을 뿐 확답을 주지 않았다.

불안하지 않다고. 아무렇지도 않다고. 그렇게 말해주지 않았다.

카헤시온은 그저 그녀의 손을 꽉 움켜쥐었다.

익숙한 뜨거움이 찌릿한 전율이 되어 거대한 폭풍처럼 그녀를 뒤흔들었다. 심장 소리를 느낄 새도 없이 깊이 파고든 그가 그녀를 으스러지듯 끌어안았다.

어딘가 애처로워 보이는 그의 몸짓을 시로벨은 거부할 수가 없었다.

두 사람 사이에 더는 말이 없었다. 오직 서로의 눈과 눈을 바라보았다. 위험하고 고독스럽게 빛나는 그의 까만 눈동자. 시로벨은 그의 얼굴을 감싸며 온몸으로 서로를 새기고 또 새길 뿐이었다.

"미안해."

대체 무엇이? 대체 그가. 그가 무엇 때문에 이리 불안해하는 걸까.

그의 손길이 그녀의 붉은 머리카락을 쓸어내렸다. 그러곤 입술이 천천히 이마부터 눈동자, 코끝, 입술을 지나 목덜미를 스쳐 가슴과 배 아래로 무릎과 발등까지 닿았다. 어느새 그는 그녀 앞에 무릎을 꿇고서 속삭였다.

"그댈 믿어, 언제나. 벨, 그대가 내 운명이야."

문득 두려운 마음이 들었다. 대체 왜 이러는 걸까? 마치 떠나는 사람처럼. 지금이 마지막인 것처럼. 기분이 이상했다. 심장이 불안정하게 흔들리며 그를 붙잡은 손을 놓고 싶지가 않았다.

"카헬, 그러니까. 그러니까……."

카헤시온은 제 심장에 시로벨을 묻었다. 그리고 차마 말하지 못한 말을 눌렀다.

'이 심장이 이제 그대다. 그대가 없으면 이 심장도 없어. 그러니까 절대로 나 때문에 뒤돌아보지 마. 지금부터는 오직 그대만 생각해야 해. 난 언제나 그대를 기다릴 테니까.'

그녀는 그의 가슴에서 울리는 심장 소리에 눈을 감았다. 아무 일도 없을 거야. 아무것도 아닐 거야. 그냥 서로 지금 불안하니까. 그래서.

'하지만 그가 불안하다니. 그는 카헤시온이잖아. '빙안의 귀공자'인데.'

새벽이 밝아오기 시작했다. 카헤시온은 떨리는 눈빛을 한 채 쪽지를 내려놓았다. 그러곤 제 옆에 누운 시로벨을 끌어안은 채 놓아주지 않았다. 카헤시온의 손길에 잠에서 깨어난 시로벨은 그의 손을 꼭 붙잡고서 살며시 입을 열었다.

"나 하나만 물어도 돼요?"

"그래."

"내가 어디가 좋아요? 외모? 성격?"

사실 이 말을 하는 내내 조금 떨렸다. 그가 마음에 둔 여인이 '나'인지 아니면 '진짜' 시로벨의 겉껍데기인지 알고 싶었다.

그러자 그가 낮게 웃으면서 대답했다.

"굳이 말하자면 날 사랑해 주는 모습."

"……."

"날 믿어주는 모습."

시로벨은 활짝 웃었다. 카헤시온을 사랑하고 믿어주는 마음은 진짜 시로벨이 아닌 그녀의 것이다. 그렇다면 조금 위안을 얻어도 될까? 그가 깊이 사랑하는 사람이. 마음에 품은 사람이 한소휘라고. 시로벨이 아닌 저라고 그렇게 여겨도 되는 걸까?

"그런데 카헬, 그만 가봐야 하는 거 아니에요? 폐하의 명을 이렇게 어기면……."

그러자 그는 창밖을 바라보았다. 이른 새벽의 짙은 푸른빛이 보였다. 그의 눈동자가 잠깐 흔들리더니 이내 단호한 얼굴로 자리에서 일어섰다. 그러곤 직접 그녀에게 옷을 가져다주었다.

"뭐예요?"

"지금부터 움직이려면 드레스보다는 바지가 편할 거야."

"……움직이다니. 그게 무슨 말이에요."

"서둘러. 시간이 없어."

"카헬!"

카헤시온은 대답하지 않은 채 그녀에게 억지로 옷을 입히고, 블루문도 허리에 채워주었다. 어젯밤과 같은 불안감이 샘솟기 시작했다. 결국 시로벨은 카헤시온의 손을 붙잡았다.

"제대로 말해요. 나더러 떠나라는 말 같은데, 그게 맞아요? 맞는 거예요? 내가, 여길 떠나야 해요?"

키헤시온의 눈동자가 흔들리고 있었다. 시로벨은 대답을 듣지 않아도 이미 알 것 같은 기분이 들었다.

"황제회가 어젯밤에 열렸다. 그리고 지금 그대의 폐위가 결정되었어."

❧   ❧   ❧

늦은 밤 귀족들이 태양궁으로 밀려들었고, 결국 보바톤 황제의 권한 아래 황제회가 열리게 되었다. 논쟁의 주제는 시로벨의 황자비의 폐위. 백합원도 함께하는 지금, 모든 귀부인들은 코델리아의 편에 서 있었다. 이곳의 그 누구도 시로벨를 보호해 주는 사람은 없었다. 세네티아는 숨을 쉴 수 없을 만큼 맹렬하게 날뛰는 기운을 느끼며 한 발 앞으로 나섰다.

"제국의 황자비를 그리 쉬이 바꿀 수는 없습니다."

"하지만 세네티아 황녀 전하, 황자비의 조국이 제국을 배반하였습니다! 이 사실만으로도 이젠 시로벨 황자비는 죄인이나 마찬가지입니다."

"그렇습니다, 황녀 전하. 배반국의 왕녀가 황자비라니요. 이건 마티디안 제국 안에 첩자를 두는 것이나 마찬가지입니다!"

"그런 화근을 끌어안고 있을 수는 없습니다. 당장 폐위시켜야 합니다."

모든 귀족의 발언은 하나같았다. 그리고 그 속에서 묵묵히 입을 다물고 있는 코델리아를 유에시스는 차가운 시선으로 바라보았다.

이곳에 나와 단 한마디도 하지 않고 있는 그녀. 하지만 굳이 할 필요가 없는 것이다. 지금 저들이 그녀의 눈과 귀와 입이 되어주고 있으니. 벌써 코델리아의 주변으로 강력한 세력이 형성되었다. 이것은 그녀가 제로비안 제국의 황녀이기에 가능한 일. 가만히 있어도 그녀는 제1황자비가 될 테니. 게다가 카헤시온이 황위에 오르면 자연스럽게 황후가 될 것이고.

'자기 손에 굳이 오물을 묻히지 않겠다는 거군.'

귀족들은 결코 물러서지 않겠다는 눈빛으로 보바톤 황제를 향해 한 목소리로 외쳤다.

"저희 귀족들의 뜻은 모두 같습니다."

"황제 폐하! 오직 마티디안을 위한 명을 내려주십시오!"

"황제 폐하!"

세네티아는 이를 악물고서 고개를 숙였다. 막을 명분이 없다. 귀족들의 말에 틀림이 없었다. 이대로 끝까지 완강하게 거부한다면 귀족들이 먼저 등을 돌리게 될 것이다. 그리되면 안 그래도 불안한 정세에 황실이 흔들리게 될 것이다.

침묵을 지키던 보바톤 황제는 이내 결단을 내렸다. 지금 이 순간 그는 황제였다. 그리고 황제로서 내려야 하는 명은 단 하나였다.

바로 시로벨 황자비의 폐위였다.

"그래서요?"

시로벨은 덤덤하게 카헤시온을 바라보았다. 그는 그녀가 이렇게 나올 줄 알고 있었다는 듯 그녀의 어깨를 붙잡았다.

"곧 기사들이 당도할 거야. 그전에 지금 당장 이곳을 떠나."

"내가 여길 떠나면, 당신은? 이 사실이 발각되면 당신도 위험하잖아. 어쩌면 황위 계승권을 박탈당할지도 모른다고!"

그렇게 할 수는 없었다. 자신 때문에 그가 그토록 바라고 원하던 그 길을 가지 못하게 발목을 잡을 수는 없었다.

"그건 절대로 안 돼요. 차라리 내가 폐위 당할게요. 그리고 때를 기다렸다가 아르반의 배신은 나랑은 상관없는 일이라는 증거를 모으면서……."

"폐위가 문제가 아니야!"

시로벨은 입을 다물었다. 그리고 똑똑히 보았다. 그 어떤 때보다 절박한 그의 표정을. 정말로 너무나도 낯선, 그의 얼굴을.

"폐위가 문제가 아니라고. 전쟁이 시작되면, 귀족들은 어떻게든 그대를 이용하려고 할 거다. 황자비가 아닌 볼모로서 그대를 뒤흔들 거라고. 어쩌면 잔인한 고문을 당할지도 몰라. 근데 그걸 내 눈으로 지켜보라고? 그걸?"

"그래도 이건……."

"황위 계승권 따위를 내던져서라도 널 구할 수 있다면 그리할 것이다. 그대의 목숨을 구할 수만 있다면 그런 건 아무래도 상관없어. 그러니, 뒷일은 내가 감당하겠다. 벨, 그저 날 믿어. 지금은 너만 생각하고 날 이용하란 말이야!"

시로벨은 황위 계승권을 포기하겠다는 그의 말을 믿을 수가 없었다. 저를 이용하는 것이라면 용서하지 않겠다고 했던 사람이 이젠 그를 이용하란다. 그토록 곁을 떠나지 말라고 했으면서 가지 말라고 그랬으면서. 지금 그는 이렇게 스스로 이 손을 놓는다. 얼마나 홀로 아파하고서 이리 슬픈 결정을 내린 것일까.

카헤시온은 붙잡은 어깨를 끌어당겨 마지막으로 시로벨을 꽉 안아주었다. 그러고는 그녀의 손에 뭔가를 쥐어주었다.

"맹세의 서약서다."

"카헬······."

"반드시 널 데리러 갈 거야. 나의 옆은, 나의 황자비는 오로지 너여야만 해. 오로지 벨, 너뿐이다. 나에게 빛이 되는 유일한 존재는 너다."

그때 창문 너머로 제르린의 목소리가 들려왔다.

"형님, 서둘러야 합니다. 기사들이 몰려오기 시작했어요!"

카헤시온은 시로벨의 손을 조심스럽게 놓았다. 그녀는 마음이 흔들렸지만 이내 단호하게 결심을 하고서 마지막으로 그의 입술에 대고 뜨겁게 속삭였다.

"다녀올게요. 절대로 나 걱정하지 말아요. 절대로 안 질 테니까."

"그래, 알아."

그녀는 제르린의 손을 붙잡았다. 창문을 넘어가는 그 순간까지 두 사람은 서로에게서 시선을 떼지 못했다. 절대로 이대로 영영 떠나는 것이 아니다. 반드시 돌아올 것이다. 반드시 그의 곁으로. 그녀에게로 꼭.

그렇게 그들은 서로 붙잡은 손을 아주 잠깐 내려놓았다. 아주 잠깐, 헤어지는 것을 선택했다.

제르린은 시로벨을 데리고 허공을 날아 로제궁에서 조금 떨어진 곳에 착륙했다. 현재 빛의 황궁 주변으론 강력한 마법 결계가 발동되어 있는 상태였다. 그러니 순간이동이나 날아서 황궁을 벗어나는 일은 불가능했다. 하지만 이것도 카헤시온이 미리 손을 써둔 상태였다.

"곧 신호가 올 거야. 그럼 그때부터 제라드가 몇 초간 황궁의 결계를 풀 테니까 그때 순간이동으로 궁을 벗어나면 돼. 거기서 준비된 마차로 마티디안을 빠져나갈 거야. 하지만 지금은 시간이 없어서 마법의 시전 단위가 짧아. 그래서 최대한 황궁 정문까지 가야 해. 정신 바짝 챙겨."

"혹시 제르린 황자 전하께서도 함께 가시려는 것은 아니지요?"

"당연히 나도 가야지!"

"그건 안 돼. 카헬이라면 몰라도 너까지 이럴 필요 없어. 나가는 건 나 혼자야. 넌 여기 있어. 잘못하다간 너도 반역자로 몰린다고!"

하지만 제르린은 진지한 표정으로 고개를 가로저었다.

"나보고 그때처럼 또 도망치라고? 아니, 난 이제 절대 그렇게 안 할 거야. 시로벨, 넌 기억하지 못하겠지만 나 아주 못된 놈이었어. 이렇게라도 너에게 꼭 빚을 갚고 싶다고."

"그게 대체 뭔지는 몰라도 넌 충분했어. 그 빚 다 갚은 거라고. 그러니까……"

그때, 이쪽으로 달려오는 기사들의 발걸음 소리가 들려왔다. 아무래도 벌써 수색을 시작한 모양이었다.

"일단 그 말은 나중에 하고, 튀어!"

제르린은 시로벨의 손을 잡고 달리기 시작했다. 어떻게든 신호를 받을 때까지 시간을 끌면서 황궁 정문까지 가야만 했다. 하지만 기사들의 포위망은 점점 좁혀져 왔고, 제르린은 더 이상 무리라고 생각했는지 그 자리에 버티고 서서 마법을 시전하려고 했다.

"안 돼!"

시로벨은 그를 막았다. 마법을 시전하면 분명 총을 쏘는 것과 마찬가지겠지? 그렇게 되면 정말로 반역이다. 이쪽에서 먼저 공격해서는 절대로 안 돼!

"단 한 명도 죽여선 안 돼! 다쳐서도 안 돼!"

"지금 그게 무슨 말이야!"

"마티디안의 기사들이야. 그들을 상처 입힌다면 내가 배신자라는 걸 인정하는 꼴이 된다고!"

제르린은 그녀의 말에 주먹을 움켜쥐며 손을 내렸다. 하는 수없이 다시 도망을 치려 주변을 살피는 중 시로벨은 혹시나 싶어 블루문을 움켜쥐었다.

챙!

"그렉 경!"

갑자기 그렉이 나타나 그들을 막아 세웠다.

망했다. 다른 사람은 몰라도 그렉이라면 막을 수가 없는데!

"비전하."

"……."

"송구합니다."

그 순간, 그렉은 재빨리 등을 돌려 다른 기사들의 검을 막아섰다. 시로벨은 흔들리는 시선으로 그를 바라보았다.

"끝까지 비전하를 곁에서 지켜 드리지 못해 송구합니다. 어서, 어서 가십시오!"

"고마워요, 그렉 경."

그렇게 시로벨은 다시 제르린과 달리기 시작했다. 그렉은 기사들을 끝까지 막아섰다.

"그렉 경! 그대가 감히!"

"너희는 이 길을 절대로 지나갈 수 없다!"

그녀가 달리는 길에 더 이상의 방해물은 없었다. 그렉과 마찬가지로 랑쉬가 나타나 길을 터주었고, 그뿐만 아니라 다른 카헤시온의 기사들 역시도 마찬가지였다.

그렇게 얼마쯤 달렸을까? 드디어 빛의 황궁의 정문이 보였다. 그리고 하늘에서 신호가 떨어졌다.

"지금이야, 시로벨! 내 손 잡아!"

제르린은 그녀에게 손을 뻗었지만 시로벨은 고개를 가로저었다.

"제린, 난 너까지 반역자로 만들고 싶지 않아. 넌 여기 남아. 그리고 카헬을 도와줘. 여기까지라도 충분해. 절대로 시로벨은 널 원망 안 할 거야."

"무슨 소리야. 어서! 내 손 잡으라고!"

"고마웠어, 제린. 내 걱정은 하지 마. 아주 안전한 곳에 있을 테니까."

제르린과 달리는 내내 생각했다. 더 이상 자신 때문에 그들을 위험하게 만들지 않겠다고. 어떻게든 혼자 빠져나가야 한다고. 그 순간 떠오른 묘책이 있었다. 그녀는 숨을 짧게 내쉬고서 마음속으로 간절하게 외쳤다.

'엘라임, 내 말 들리지? 그렇지? 내가 저번에 했던 소원. 두 번째 소원. 카산드라에게 데려가 달라고 했던 그 소원. 지금 당장 들어줘!'

제르린은 꿈쩍도 하지 않는 시로벨의 모습에 직접 손을 뻗어 잡으려는 순간, 갑자기 그녀의 주변으로 말도 안 되는 물보라가 휘몰아치더니 이내 눈 깜짝할 사이에 사라져 버렸다.

"시로벨?"

하지만 대답은 없었다. 그저 그녀가 사라진 마지막 자리로 물웅덩이만 보일 뿐.

"시로벨. 시로벨. 시로벨!"

로제궁으로 찾아온 제라드가 카헤시온의 옆에 섰다.

"결계를 풀었습니다. 지금쯤 비전하께서 무사히……."

카헤시온은 하늘 위를 바라보며 주먹을 움켜쥐었다. 그리고 한껏 가라앉은 목소리로 속삭였다.

"고작, 이런 것밖에 해줄 수가 없지. 고작 도망치게 하는 것이 내가 그녀를 지키는 방법이라니."

"전하."

"차마 날 미워해도 된다고, 이렇게 손을 놓아버린 널 되레 놓아도 된다고 말할 수가 없었다. 그리 말할 수가 없었어. 내가, 내가 그녀를 영영 보낼 수가 없으니까. 내 곁에 그녀가 없다는 상상을 하는 것만으로도 겁이 나니까."

"……"

그는 살며시 눈을 감고 섰다. 제라드는 더 이상 입을 열지 않은 채 잠시 자리를 비켜주었다.

바로 얼마 전까지만 하더라도 그녀와 함께 있었던 이 방에 그녀의 향이 가득했다. 그녀의 체온이 아직도 그의 몸에 깊숙이 새겨져 그를 다독이는 것 같았다.

'괜찮아요, 카헬. 당신을 믿어요. 난 반드시 다시 돌아올 거예요. 절대로 안 져요. 절대로. 이번에도 날 믿고, 기다려줘요.'

'알아. 나도 당신을 반드시 데리러 갈 거야. 내가 강해져서. 내 손으로 그댈 지킬 거야. 이런 수모 두 번 다시 당하지 않게. 내가 더, 더 강해져서. 그대를 내 황자비로서 나아가 나의 황후로서 지킬 것이야.'

그는 다시 눈을 떴다. 하지만 아까와는 다른 단단한 눈빛으로 그는 방을 나섰다. 한 여인을 지키기 위해 그는 이제 자신의 전부를 걸어보기로 했다.

더 이상 비트니안 제국과의 마찰에서 물러설 곳이 없어졌다. 물러설 수 없다면 과감히 맞설 수밖에.

❧　　❧　　❧

카산드라는 문득 머릿속을 스치는 무언가에 순간 표정을 굳혔다. 그녀는 하늘을 바라보았다. 심상치 않은 기운이 느껴졌다. 굳게 닫혔던 입매가 슬쩍 위로 휘어졌다.

"드디어, 시로벨 그 아이가 오는구나."

시로벨과 한소휘. 그대들의 진짜 선택이 시작되겠구나.

"내게 남겨진 마지막 일을, 끝낼 수 있겠어."

카산드라는 하늘을 향해 손짓했다. 그러자 어떠한 기운이 빠르게 어딘가로 향해 날아갔다. 이제 진정 모든 것이 시작되려 하고 있었다.

❖　　❖　　❖

혹시나 하는 마음에 엘라임의 이름을 속으로 외쳤을 뿐인데 정말로 그가 나타났다. 일전에 한번 경험해 본 적 있는 느낌에 시로벨은 눈을 꾹 감았다.

"아윽!"

주변의 공기가 바뀐 듯한 느낌에 다시 눈을 떴을 때, 그곳은 아주 고요한 숲 속이었다. 시로벨은 이곳이 어디인지 알아보려고 했으나 소용없는 짓이었다.

"젠장, 어디로 떨어뜨린 거야. 진짜 카산드라가 있는 곳 맞아?"

"험악한 말투는 여전하군요, 비전하. 아니, 이제 비전하가 아니신가?"

그 순간 낯익은 목소리에 시로벨은 그쪽을 향해 고개를 돌렸다. 그곳엔 뜻밖의 인물이 피식 웃음을 지으며 서 있었다.

"또 너냐?"

"기억해 주시다니, 영광이군요."

카산드라의 부하, 고양이가면이었다. 시로벨은 일단 엘라임이 저를 아주 엉뚱한 곳으로 보낸 건 아니란 생각에 안심했다.

"카산드라 님이 비전하께서 이곳으로 올 거라고 미리 저를 보내셨지요. 마중이라고 할까요?"

"이런 것도 예상을 했다는 건가?"

"예언의 드래곤이시니까요."

"좋아. 그나저나 여긴 정말 어디야?"

시로벨은 옷에 묻은 흙을 털어내며 두리번거렸고, 고양이가면은 싱긋 웃으며 말했다.

"비전하의 고향, 아르반에 오신 걸 환영합니다."

그녀의 말에 시로벨은 살짝 당황스러운 표정을 지었다. 진짜 시로벨의 본국이자 이 모든 일의 원인이 된 곳. 그녀는 입술을 깨물었다.

"설마 여기에 카산드라가 있는 거야?"

"비전하와 헤어진 이후 쭉 이곳에 계셨지요."

"절대로 우연은 아니겠지?"

"저는 잘 모르지만 카산드라 님이 이곳에 계신 이유, 그리고 비전하께서 아르반으로 온 이유 모두 다 우연은 아닐 겁니다."

"내 생각엔 카산드라가 전부 다 조종하는 것 같아."

시로벨은 미간을 찡그렸다. 약간 머리가 울리긴 했지만 다른 건 괜찮았다. 블루문도 무사하고. 이젠 카산드라를 만나서 자신을 이곳으로 부른 이유만 알면 되는 건가?

"서두르자. 네가 여기 있는 이유는 날 카산드라에게 데려가기 위함이지? 얼른얼른 움직이자고."

"그럼 저를 따라오시지요."

그녀는 정중하게 고개를 숙이고서 먼저 앞장섰다.

이전과 달리 고분고분하기만 한 그녀의 태도가 영 수상하긴 했지만 시로벨은 잠자코 뒤를 따랐다. 한 손으론 블루문의 칼자루를 붙잡은 상태였다.

카헬은 무사하겠지? 혹시 저 때문에 무슨 일이라도 생긴 건 아닐까? 아니, 그건 아닐 거다. 인정하기 싫지만 코델리아의 배경은 막강하니 분명 카헬에게 무슨 해가 가도록 두고 보진 않을 것이다. 그 여자가 없애고 싶어 하는 건 오직 나 하나니까.

분명 카헤시온이 시로벨 황자비를 탈출시킨 일이 알려졌을 텐데도 그에겐 별다른 처벌이 내려지지 않았다. 공식적으로 시로벨은 독단적으로 황궁을 탈출한 것이 되었으며 완벽히 마티디안 제국의 반역자로 낙인 찍혀 황자비 자리를 박탈당하고 말았다. 사건의 순서는 이미 상관없어진 상태였다. 그리고 가헤시온의 정비자리가 공석이 된 지 하루도 되지 않아 황제회의 귀족들은 제2황자비인 코델리아 황녀를 제1황자비로 내세웠다. 하루라도 빨리 황실을 안정시키겠다는 핑계였지만 그들의 뒤에서 누가 바람을 넣고 있는지는 뻔했다.

하지만 카헤시온은 그 일에 대해서 더는 신경 쓰지 않았다. 이미 그는 시로벨에게 맹세의 서약서를 주었다. 그러니 그녀가 잠시 비운 그 자리를 누가 채우든 그의 관심 밖이었다.

그는 룬궁에 박혀 먹지도, 자지도 않고 비트니안 제국과 관련된 일에만 집중했다. 그는 형제들을 제외한 누구의 방문도 허락하지 않기에 하루 빨리 코델리아를 정비로 삼으라 성화인 귀족들은 쉽사리 룬궁을 방문할 수가 없었다.

카헤시온은 그녀가 제르린과 무사히 떠났을 거라고 생각했다.

하지만 제르린이 금방이라도 무너질 것 같은 표정으로 그의 앞에 나타나 고개를 숙이며 하는 말은 충격이었다.

"비전하가 갑자기, 사라졌어. 그 행방을 아무리 쫓으려고 해도 알 수가 없어."

"황자 전하……."

"마법진의 흔적을 찾으려고 해도 찾을 수가 없어. 아마도 나보다 고위급 마법사의 짓인 것 같은데……."

제르린이 제 능력으로도 그게 무슨 힘이었는지 알아내지 못했다고 하자 드러내진 않았지만 제라드는 크게 놀랐다. 제르린 황자의 마법 실력은 이미 대마법사 그 이상의 수준이었다. 제라드가 로드의 자리에서 물러나면 그 뒤는 분명 제르린 황자가 이을 것이라고 마법사들이 입을 모아 말할 정도였다. 그런 그가 시로벨 황자비가 어떻게 사라진 것인지 알아차리지 못했다는 것은 상황이 꽤 어려워질지도 모른다는 뜻으로 보이기도 했다. 하지만 카헤시온은 아무 말 하지 않았다. 그의 눈빛 역시 평소만큼이나 침착했다.

"무사할 것이다."

"하지만!"

"아무도 찾지 못한다면 지금으로선 다행이지. 그녀는 무사할 것이다. 반드시 돌아오겠다고, 절대로 지지 않을 거라고 말했으니까."

강한 믿음. 그리고 신뢰. 카헤시온은 시로벨을 믿었다. 그녀는 지금처럼 어느 순간 제게 다가와 있었다. 첫 만남 때 서로 좋은 인상은 아니었지만, 갑자기 쓰러진 후 깨어났을 때 더더욱 묘하긴 했다. 정말로 아예 다른 사람이 나타난 것처럼. 그러니 이번에도 분명…….

'내 곁으로 오겠지. 나 역시 반드시 그댈 찾을 것이다.'

카헤시온은 문득 밀려든 시로벨에 대한 기억에 잠시 손을 멈추고서 아릿하게 파고드는 통증을 눌렀다.

리안 황자가 그를 방문한 것은 그때였다.

"카헤시온."

며칠 전 국경에서 돌아온 리안은 황궁에서의 급한 일을 마친 후 또 다시 국경으로 돌아갈 계획이었다. 카헤시온은 생각을 멈추고 그를 맞았다.

"형님."

"몰골이 말이 아니군. 그러다가 네가 먼저 쓰러지시겠어."

"곧 국경으로 다시 가신다고 들었습니다."

"그래, 이번엔 좀 오래 있다 올 것 같아."

"조심하십시오."

"너야말로. 아, 그리고 이거."

리안이 건넨 것은 케이크였다. 그런데 어쩐지 미완성처럼 보이는 케이크였다.

"이건?"

케이크를 보니 시로벨이 만들었던 그 어설픈 쿠키가 떠올랐다. 그것도 메모리 비전하께서 가르쳐 준 것이라 했었는데.

"내일이면 네 생일이지. 축하한다. 제국의 사정이 좋지 못해 그냥 조용히 넘어갈 것 같지만."

"상황이 이렇지 않더라도 그냥 조용히 넘어갈 겁니다."

"내일은 전해주지 못할 것 같아 전해주는 것이다. 그 케이크는 나와 메모리가 주는 것이 아니야."

"예?"

"시로벨 비전하께서 네 생일에 맞춰 몰래 만들고 계셨다는군. 미완성이긴 하지만 그래도 메모리가 마법사에게 부탁까지 하면서 보관하고 있었던 거야. 이렇게 전해주게 되어 유감이다."

카헤시온은 생각지도 못한 말에 시선을 멈추었다. 그녀가 만든 케이크.

"카헬. 다음엔 진짜 맛있는 쿠키 만들어줄게요. 기대해요. 나 알죠? 지는 거 진짜 싫어하는 거. 다음번엔 진짜 잘 만들 거예요."

그러고 보니 그런 말은 한 적이 있었지. 그래서 이렇게 준비한 건가? 하여튼 절대로 지기 싫어한다니까. 일부러 미안해할까 봐 그 소금 쿠키도 먹은 거였는데. 일부러 숨긴 거였는데.

"카헤시온……."

"형님이 메모리 비전하를 위해 황위 계승권을 내려놓으셨을 때는 정말로 이해가 되질 않았습니다. 형님 같으신 분이 고작 여인을 위해 그 모든 걸 버리시다니."

"……."

"하지만 지금은 이해할 것 같습니다. 그녀보다 소중한 건 없으니까. 그녀가 이젠 정말 내 전부이니까."

리안이 떠난 후, 카헤시온은 케이크를 들고서 로제궁으로 향했다. 주인이 사라진 로제궁엔 그래도 여전히 짙은 장미향이 감돌 았으며, 마지막 여운을 품은 시로벨의 체온이 감도는 듯했다.

카헤시온은 시로벨의 방으로 들어가 그녀의 흔적들을 떠올렸다. 그녀의 기억을 붙잡고서 카헤시온은 자신도 모르게 미소를 짓다 문득 고개를 들었다. 거울을 보니 텅 빈 방 안이 고요히 울부짖고 있었다. 카헤시온은 씁쓸한 표정을 지으며 케이크를 먹었다. 이번엔 제대로 만든 것 같았다. 하지만 완벽한 것은 아니다. 그녀가 직접 준 것이 아니니까.

"생각보다, 많이 힘들어."

벨, 그대가 사라진 빈자리를 보는 것이 너무나도…….

똑똑. 문 두드리는 소리에 카헤시온은 고개를 들었다. 곧장 문을 열고 들어온 제라드는 그다지 좋지 않은 얼굴을 한 채 그의 앞에 섰다.

"전하."

"무슨 일이지?"

"비트니안 제국이 제로비안 제국을 향해 전쟁을 선포하였습니다. 현재 제로비안 국경선으로 군대가 움직이고 있다고 합니다."

제라드의 말에 카헤시온의 눈빛이 싸늘하게 가라앉았다. 어느새 입안을 감돌던 달콤함은 사라지고 지독한 씁쓸함이 맴돌기 시작했다. 이제 징말 시작이었다. 여기서 이기지 못하면 그는 영원히 시로벨을 잃을지도 모른다.

"태양궁으로 가자."

"예, 전하."

방을 나서면서 카헤시온은 방 안을 둘러보았다. 그러곤 케이크를 내려놓고서 자신의 손안에 있는 브로치를 움켜쥐며 다짐하듯 속으로 속삭였다.

'벨, 그대는 이곳에 있지 않는 게 더 안전할 거야. 그대를 보지 못하는 건 아주 많이 괴롭고 그립지만, 그대가 위험해지는 건, 그건 정말 감당할 수 없을 것 같으니까.'

그러니 무사해야 해, 반드시.

시로벨은 고양이 가면을 따라서 굽이진 숲길을 걸었다.

도대체 이놈의 숲은 얼마나 깊은 거야? 엘라임 얘는 해주는 김에 이왕이면 카산드라 바로 앞에 뚝 떨어뜨려 주면 좀 좋아? 왜 이렇게 사서 고생을 해야 하느냐고!

"넌 뭐 능력 없어? 바로 카산드라에게 갈 능력은 없느냐고!"

"저는 순간 이동 능력은 없습니다. 전 그저 어째신일 뿐이죠."

"어째신? 닌자 같은 건가?"

"닌자가 뭔지는 모르겠지만, 제가 할 수 있는 건 남들 이목을 끌지 않고 조용히 다가가 물건이라거나 목숨이라거나 훔치는 것뿐이랍니다."

"넌 암살자로구나."

어쩐지 움직임이 예사롭지 않다고 생각은 했다. 고양이가면은 곁눈질로 뒤에서 따라오는 시로벨을 살피다가 입을 열었다.

"조금 변하신 것 같습니다."

"뭐가?"

"글쎄요, 그건 본인이 더 잘 알고 있지 않을까요?"

시로벨은 왠지 그녀의 말뜻을 알 것 같았지만 내색하진 않았다. 요즘 들어 계속 생각은 하고 있었다. 시로벨과 한소휘의 경계가 많이 허물어졌다는 것을.

생각하면 그건 사실 그녀로서는 너무나 두려운 일이었다. 처음 이 말도 안 되는 세상에 떨어졌을 때 그녀는 단 한 번도 자신이 시로벨과 같다고 생각한 적 없었다. 이 몸은 그저 빌렸을 뿐이고, 그래서 흠집 하나 내지 않고 잘 쓰다 돌려줘야겠다고 생각했었다. 그런데 지금은 가끔은 자신이 정말 시로벨인 것처럼 생각하고 행동할 때가 있었다. 특히나 카헤시온을 대할 때는 더더욱.

'너무 많이 욕심내 버릴 것 같아. 정말로 아주 많이.'

"카산드라가 찾는다는 그 드래곤은 찾은 거야?"

"곧, 찾을 것 같습니다."

고양이가면의 대답에 그녀는 저도 모르게 움찔했다. 그를 찾으면 내 세계로 돌아갈 수 있을까? 원래 몸으로 돌아가서 잘 지낼 수 있을까? 카헤시온에 대한 이 마음을 전부 지우고 아무렇지 않게, 그렇게 지낼 수 있을까?

"이 숲만 빠져나가면 왕궁입니다."

고양이가면의 말에 새삼 정신을 차린 시로벨은 의아한 표정을 지었다.

"왕궁이라고? 아르반 왕궁?"

"예."

"거기 카산드라가 있는 거야?"

"아니요."

당당하게 아니라고 대답하는 그녀의 태도에 시로벨은 걸음을 멈추고서 그녀를 살벌하게 노려보았다.

"너 뭐야. 날 지금 어디로 데려가는 거야. 내가 분명 카산드라에게 가겠다고 했잖아!"

"전 한 번도 비전하를 카산드라 님에게 데려가겠다고 한 적 없는데요?"

"그녀가 날 마중하러 널 보냈다며!"

"카산드라 님이 저에게 비전하를 마중하라 하신 이유는 비전하를 아르반 왕궁으로 데려가기 위해서입니다. 저는 길잡이 역할을 하는 것이지요. 아마도 지금의 비전하는 아르반 왕궁으로 가는 길조차 기억하지 못하실 테니까요."

또다시 잃어버렸다는 기억에 대한 말이 나오자 시로벨은 화를 가라앉힌 채 입을 열었다. 지금은 화를 내야 할 때가 아니었다.

"그럼, 아르반 왕궁으로 가면 기억을 찾을 수 있다는 건가?"

"일단 가봐야 알겠지요. 거기에서 무슨 일이 벌어질지 아무도 모릅니다. 카산드라 님이 그것만큼은 제게도 아무 말씀 없으셨어요."

무슨 일이 벌어질지 모른다는 것만큼 무서운 말이 또 있을까. 그래도 앞으로 나아가는 것 외에는 방법이 없다. 뒤돌아볼 선택지 따위는 없는 것이다. 게다가 시로벨은 진짜 그녀에게 약속한 것도 있었다. 그녀가 원하는 것, 할 수 있다면 내가 해보겠다고.

"그래. 어디, 끝까지 가보자고."

숲을 벗어나 그들은 꽤나 높은 언덕 위에 섰다. 그 아래로 아르반의 왕도와 함께 왕궁이 모습을 보였다.

여기가 아르반인 이상 시로벨을 알아볼 사람이 있을지도 모르기에 그녀는 로브로 얼굴을 꽁꽁 싸매었다. 그리고 고양이가면은 눈에 띄는 가면을 벗은 대신에 뛰어난 분장술을 이용해 남자로 변했다. 처음 만났을 때와 같은 모습이었다.

하지만 문제는 너무 잘생긴 남자로 변해서인지 고양이 가면을 썼을 때보다 더 많은 사람의 주목을 받는다는 것이었다.

"이봐, 그냥 대충 평범하게 변장할 수는 없어? 더 시선을 끌잖아!"

"전 못생긴 건 싫거든요."

"우리가 지금 놀러 가냐? 이래선 변장의 의미가 없잖아!"

왕궁에 당도할 때까지 투닥거림은 계속 되었다.

작은 소국에 불과했지만 왕도는 많은 사람이 오가고 있었다. 그리고 그 사이로 많은 기사들이 계속 눈에 띄었다. 딱 보아도 왕도 경비를 하는 모양세는 아닌 것 같았다.

"분위기가 심상치 않네요. 아무래도 전쟁이 선포된 것 같아요."

고양이가면의 한마디에 시로벨은 로브를 더 눌러쓰며 카헤시온을 떠올렸다.

'그는 걱정할 거 없어. 그는 강하니까. 절대 무슨 일 생기지 않을 거야.'

시로벨은 애써 불길한 생각을 날려 버렸다. 지금은 그보다 자신을 더 걱정해야 할 판국이었다.

"비전하."

"……가자."

그녀는 로브 속에 숨긴 블루문을 꽉 붙잡았다. 그리고 왕궁을 향해 한 걸음 내디뎠다. 그 순간.

쿵―

갑자기 머릿속이 울리더니 온몸이 덜덜 떨리기 시작했다. 손가락 하나 까딱하기 힘들 정도로 몸이 말을 듣지 않았다. 이것은 두려움이고 공포였다. 진짜 시로벨이 느끼고 있는 감정에 그녀는 어찌할 바를 모른 채 그 자리에서 움직이질 못했다.

"비전하? 정신 차려요!"

고양이가면 역시 뭔가 문제가 생겼음을 눈치채곤 그녀의 어깨를 붙잡고 흔들었지만 공포감에 휩싸여 아득해진 눈동자엔 그녀가 비치지 않았다.

'거기로 가면 안 돼.'

'뭐라고?'

'가기 싫어. 절대로 가면 안 돼.'

'무슨 소리야? 넌 누구야? 설마 시로벨?'

머릿속에서 울리는 목소리에 시로벨은 정신을 집중했다. 그래, 진짜 시로벨이야. 그녀가 말하고 있다. 그녀가, 그녀가 붙잡고 있는 소리다. 그런데 뭔가 이상해.

'왜 이렇게 목소리가 어리지?'

진짜 시로벨은 분명 자신의 또래일 텐데도 머릿속에 울리는 목소리는 마치 어린아이의 그것 같았다.

"정신 차려요! 비전하! 비전하!"

하지만 더는 생각을 잇지 못한 채 결국 그녀는 쓰러지고 말았다. 눈앞이 가물가물해지며 순간, 그녀의 머릿속에 누군가의 모습이 아른거렸다. 형체만 보이던 그것은 어느새 점점 뚜렷해졌다. 짙은 블론드에 시로벨과 똑같은 맑고 투명한 물빛 눈동자의 소년이었다.

"에드워드……."

분명 처음 보는 소년인데 이름을 알 것 같았다.

시로벨은 자신도 모르게 또르르 눈물을 흘렸다. 가슴이 욱신거리면서 참을 수 없는 통증이 번졌다.

시로벨은 가슴을 움켜쥔 채 미간을 찡그렸다. 그리고 조금씩, 조금씩, 아주 무겁게 소년을 향해 걸음을 옮겼다. 그리고 바싹 마른 입술 너머로 간절히 울리는 이름.

"에드워드……."

이름을 부르는 것만으로도 애달파서 견딜 수가 없었다. 온 정신을 지배한 이 감정을 대체 뭐라고 표현할 수가 없었다. 보고픈 것도 아니다. 그렇다고 그리운 것도 아니다. 그저 저 소년을 보는 것만으로도 끔찍하게도 괴로운 이 감정.

소년이 시로벨을 빤히 바라보았다. 그러다 이내 엷은 미소를 지으며 천천히 속삭였다.

'난 괜찮아요, 누나.'

"하아……."

소년의 목소리에 시로벨은 왈칵 눈물이 터지려는 것을 막을 수가 없었다.

'누나가 무사하면 난 괜찮아요.'

심장이 찢겨 나갈 것처럼 미치도록 울렁이며 답답한 무언가가 그녀의 목을 조르는 듯했다.

말하지 마. 제발, 더 이상 아무 말도. 아무 말도!

"비전하! 비전하! 정신 차려요, 비전하!"

"하아!"

시로벨은 괴로운 비명을 토해내며 눈을 번쩍 떴다. 소년은 사라졌고, 고양이가면이 안도의 한숨을 내쉬는 것이 보였다.

"괜찮아요?"

그녀의 목소리가 그저 아득하게만 들렸다. 숨이 제대로 쉬어지지 않았다. 감정의 잔재가 여전히 남아 가슴이 먹먹하고 손이 덜덜 떨렸다.

고양이가면은 시로벨의 이마에 난 식은땀을 닦아주곤 차가운 물을 건네주었다.

"카산드라 님이 언급을 하긴 하셨는데 이 정도일 줄은 몰랐네요."

시로벨은 물을 마신 후 겨우 진정하고 고양이가면을 서늘한 시선으로 바라보았다.

"……그녀가 뭐라고 했지?"

"아르반 왕성에 가까워질수록 평소와 다를 거라고 말씀하셨어요."

시로벨은 입술을 짓씹었다. 대체 그 여자는 뭘 어디까지 알고 있는 것일까? 단 한 번도 이런 적은 없었는데. 시로벨의 감정이 이렇게 직접적으로 와 닿은 적은 없었는데. 도대체 그녀는 어디 있는 거야? 한소휘의 몸에 있는 게 아니었어? 그게 아니면 이런 감정을 느낄 수 있을 리가 없잖아.

"여긴, 어디야?"

"근처 여관으로 모셨습니다."

"카산드라가 정말로 아무 말 없이 널 내게 보냈어? 정말 넌 아 무것도 몰라?"

고양이가면은 덤덤한 표정으로 시로벨을 바라보았다. 그리고 카산드라가 그녀를 이곳으로 보내기 전에 했던 말을 떠올렸다.

"혹시 왕궁으로 들어가기 전에 그녀가 이상해지면, 그리고 먼저 그녀가 물어오면 이걸 건네주도록 해."

고양이가면은 품에서 주머니를 하나 꺼냈다. 그 안에는 푸른빛 이 휘몰아치는 낯설지 않은 작은 구슬이 들어 있었다.

"그건······."

"메모리얼입니다. 시로벨 비전하의 기억이 담겨 있는 것이지요."

"······시로벨?"

"예, 카산드라 님이 전해주라고 하셨습니다. 운명에 휘말릴 각 오가 되어 있다면 말이지요."

"각오라고?"

시로벨은 무의식적으로 환영처럼 보았던 소년을 떠올렸다.

시로벨은 그녀에게서 구슬을 받았다. 손끝이 파르르 떨렸다.

정말 여기에 답이 있을까? 그녀 스스로는 아무런 기억이 없다. 그건 제르린이 말했었어. 그러니까 그 기억을 알려면 이게 필요해. 하지만 시로벨의 기억을 자신이 마음대로 봐도 되는 걸까. 아니면 그녀의 감정을 고스란히 느끼는 것이 내게 도움을 청하는 걸까.

'그래, 난 답을 얻어야 돼. 당신이 내게 도움을 청하는 거라면, 어디 한번 해보자고.'

그녀는 주먹을 꼭 쥐어 손안의 구슬을 깨뜨렸다. 머릿속으로 스며드는 기억의 한 자락, 그것은 시로벨의 잊혀진 기억이었다.

⚜　　⚜　　⚜

짙은 안개 사이로 한 남자가 보였다. 남자의 손에는 날카로운 흉기가 쥐어져 있었다. 그리고 그의 너머로, 어린 시로벨이 바닥에 쓰러진 채 꿈틀거리고 있었다.

"오, 오라버니……."

가냘픈 입술 새로 새어나온 목소리에 남자가 몸을 돌려 그녀를 보았다. 바로 그녀의 의붓 오라비 체자르였다.

"네가 잘못한 거야. 그렇지? 내가 모르는 남자랑 말하지 말라고 했잖아. 그런데 그 말을 듣지 않은 네가 나쁜 거야."

체자르는 시로벨에게 다가와서는 그녀의 탐스러운 머리카락을 움켜쥐었다. 붉디붉은 머리색. 그의 손 위에서 마치 피처럼 흘러내리는 붉은색이었다.

시로벨은 바들바들 떨었지만 비명조차 지를 수가 없었다. 아무도 그녀의 말을 믿지 않았으니까. 게다가 함부로 입을 열면…….

"시로벨, 난 널 무척이나 사랑해. 내 동생이니까. 그런 내 동생이 남자에게 더럽혀지는 모습을 난 볼 수 없어."

체자르의 손길이 시로벨의 멍든 뺨을 감쌌다. 시로벨은 울음을 참으며 그를 올려다보았다.

"오라버니, 잘못했어요. 다시는, 다시는 어떤 남자와도 말하지 않을게요. 근처에도 가지 않을게요. 방에만, 제 방에만 있을게요. 그러니까 제발……."

그는 시로벨을 천천히 끌어안고서 속삭였다.

"알아. 시로벨은 착한 아이야. 그래서 이 오라버니가 한 번 더 믿을게. 그리고 이 사실은 비밀이야. 알지? 네가 함부로 입을 열면…… 에드워드가 무사하지 못할 거야."

"알아요……."

시로벨은 누구에게도 이 일을 알릴 수 없었다. 그랬다간 그녀의 하나뿐인 동생 에드워드가 위험해질 것이었다. 이 아르반 왕궁에서 시로벨과 에드워드의 편은 없었다. 메리헬 왕비가 국왕을 미혹시켜 왕권을 손에 쥔 이후, 적통 후계자인 에드워드는 왕세자 자리에서 밀려나 탑에 감금되었고, 시로벨은 체자르의 장난감처럼 온갖 폭력에 길들여지고 있었다. 누구에게도 도와달라고, 살려달라고 할 수 없었다. 그렇게 되면 정말로 탑에 갇힌 에드워드를 죽일 것 같았으니까.

"에드워드, 난 괜찮아. 이 누나는 괜찮아. 내가 널 지켜줄게."

덧없이 세월은 흘러 그녀는 성인이 되었지만 달라지는 것은 없었다. 여전히 시로벨은 홀로 견뎠다. 온갖 폭력과 괴롭힘에도 그녀는 견딜 수밖에 없었다. 밤이 되어서야 몰래 만날 수 있는 동생을 위해서. 언제나 씩씩하게 저를 달래주는 동생을 위해서.

"내일은 제르린 형님이 오신다고 했지?"

"맞아. 제르린 오라버니가 올 거야."

아르반에서 유학 생활을 한 적이 있는 제르린은 마티디안의 황자로 아르반의 어린 왕족과 매우 친하게 지냈었다. 그때는 아직 메리헬 왕비가 왕궁에 들어오기 전이었다.

"나도 제르린 형님 보고 싶은데……."

"제르린 오라버니는 마법을 잘하잖아. 그러니까 이곳으로 올 수 있을지도 몰라. 내가 물어볼게. 에드워드를 만나러 가달라고."

"응, 누나. 부탁해. 아, 하지만 무리하지는 마. 체자르 형님이 알면 싫어하실 거야."

시로벨은 체자르의 이름에 흠칫했지만 애써 미소를 지었다. 에드워드는 그녀가 체자르에게 어떤 짓을 당하고 있는지 알지 못했다.

"알았어. 그렇게 할게. 그런데 에드워드, 이젠 악몽을 꾸지 않아? 표정이 많이 좋아 보여."

에드워드는 이 탑에 갇힌 채 단 한 발자국도 밖으로 나갈 수가 없었다. 겉으로는 괜찮다고 하지만 그는 아직 어린아이였다. 아무도 없는 탑에 혼자 갇혀 있다는 공포에 그는 악몽을 꾼다고 했었다. 하지만 요즘은 표정이 많이 밝아진 것 같았다.

"내 걱정은 하지 마. 요즘은 악몽도 꾸지 않고 외롭지도 않으니까."

"그래, 알았어."

"그만 가봐. 들키면 또 많이 혼날 거야."

시로벨은 쇠창살 사이로 에드워드의 손을 붙잡고서 그의 손등에 입을 맞추었다.

"이 누나가 얼마나 널 좋아하는지 알지? 견뎌내야 해. 에드워드, 누나가 꼭 널 여기서 꺼내줄게."

"알아, 누나. 나도 누나를 아주 많이 좋아해."

매번 헤어지는 순간은 가슴이 미어지듯 고통스러웠다. 시로벨은 내일을 기대했다. 제르린 황자가 아르반으로 오면 체자르 오라버니도 자신을 함부로 하지 못할 것이다. 시로벨은 그가 무척이나 보고 싶었다. 아르반에서 행복했던 순간을 함께했던 사람이니까.

다음 날, 제르린 황자가 이르반 왕궁에 도착했다. 그는 메리헬 왕비와 국왕을 알현한 뒤, 체자르 왕세자를 만났다.

"어서 오십시오, 제르린 황자 전하."

"안녕하십니까. 그런데 시로벨은 어디에 있습니까?"

제르린이 당연한 듯이 시로벨에 관해서 묻자 체자르의 눈빛이 어두워졌다. 하지만 그는 이내 웃으면서 대답했다.

"그 아이는 지금 많이 아프답니다. 괜히 황자 전하께 피해가 갈까 두렵군요."

"많이 아프다고요? 그럼 에드워드는?"

"에드워드 역시 많이 아프답니다."

그는 의심스러운 눈빛으로 체자르를 바라보았다. 새로운 왕비가 들어서고 왕세자가 바뀌었다. 그간 그는 에드워드와 시로벨이 걱정되어서 몇 번이고 아르반으로 연락을 취했지만 그 둘의 상태를 알 수가 없어 마음을 졸이던 참이었다. 그러다가 드디어 이렇게 아르반으로 올 수 있게 되었는데 또다시 만나지 못하게 하려는 듯한 체자르의 행동에 의문이 생기기 시작했다.

'대체 무엇을 숨기는 것이지?'

제르린이 그래도 시로벨과 에드워드를 만나겠다고 말하려던 참이었다.

"제르린 오라버니!"

시로벨의 목소리에 제르린과 체자르, 둘 모두 동시에 그쪽을 바라보았다. 활짝 웃는 얼굴의 시로벨이 이쪽으로 달려오고 있었다. 체자르의 표정이 삽시간에 차갑게 일그러졌다. 제르린은 왕세자를 향해 서늘한 어조로 말했다.

"아프다는 아이가 꽤 건강해 보이는군요."

"그새 많이 나아졌나 봅니다. 제르린 황자 전하 덕분인가 보지요. 그럼 편히 지내다가 돌아가시지요."

체자르는 시로벨에게로 다가왔다. 제르린을 만난다는 생각에 무작정 달려나온 시로벨은 체자르를 보고서야 그만 자신이 실수했음을 깨닫고 얼굴이 하얗게 질렸다. 체자르가 상냥하게 웃으며 그녀와 눈을 마주했다.

"시로벨."

강렬하게 울리는 목소리. 시로벨은 떨리는 손끝을 꽉 붙잡고서 그를 바라보았다.

"……예, 오라버니."

"넌 착한 아이이니까, 이 오라버니를 절대로 실망시키지 않을 거라 믿는다."

시로벨은 얼어붙은 얼굴로 체자르의 명령에 고개를 끄덕일 수밖에 없었다. 체자르가 자리를 뜨고 제르린이 염려 가득한 얼굴을 한 채 그녀에게 다가왔다.

"시로벨? 괜찮아?"

"오, 오라버니, 전 괜찮아요."

시로벨은 그제야 그를 향해 웃었지만 입매는 파르르 떨리고 있었다. 제르린은 걱정되는 마음에 손을 뻗었다. 그런데 시로벨은 저도 모르게 흠칫하며 그 손길을 피해 버렸다.

"아……."

"시로벨?"

"죄, 죄송해요. 조금 긴장돼서…… 너무 오랜만에 오셨잖아요. 제르린 오라버니, 많이 보고 싶었어요. 정말이에요."

"시로벨, 에드워드는 어디 있어?"

"천천히요, 천천히."

"시로벨."

"에드워드는 잘 지내요. 다 괜찮아요. 그러니까 오라버니, 조금 천천히요."

시로벨의 목소리가 떨리고 있었다. 예전과 너무나도 달라진 모습에 제르린의 눈빛이 한없이 차갑게 가라앉았다. 대체 무슨 일이 있었던 길까. 도대체 이 아이에게 무슨 일이 있었기에 그토록 밝고 사랑스럽던 아이가 이렇게 변해 버렸는지 이해할 수가 없었다.

"알았어. 천천히 하자. 이번엔 오랫동안 머물 거니까 얘기를 나눌 시간은 충분할 거야. 하지만 시로벨, 내가 필요하면 꼭 말해. 널 반드시 도와줄 테니까."

"고마워요, 제르린 오라버니."

시로벨은 그제야 환한 미소를 지었다. 예전의 그 다정하고 햇살 같은 미소였다. 못 본 사이에 제법 성숙해진 그녀에게서 이젠 소녀가 아닌 여인의 향기가 느껴지는 듯했다.

"꽤 예뻐졌구나."

"제르린 오라버니도 훨씬 근사해졌어요."

시로벨은 제르린과 함께 걸음을 옮겼다. 마음이 아주 많이 무거웠지만, 그가 옆에 있으니 한결 괜찮아졌다. 게다가 어쩌면,

'제르린 오라버니라면 에드워드를 구해주실 수 있을 거야.'

시로벨이 제르린을 손꼽아 기다린 진짜 이유. 그건 바로 에드워드를 구해내기 위해서였다.

제르린은 아르반 왕궁에서 지내는 내내 시로벨에게서 조금도 떨어지지 않았다. 그러면서 그는 왕국의 바뀐 분위기를 파악하고 있었다. 왕궁 사람들은 그 누구도 에드워드 왕자를 입에 담지 않았고, 시로벨에게 다가오지도 않고 있었다. 그녀는 철저히 혼자인 것처럼 보였다.

"오라버니? 오라버니?"

제르린은 저를 찾는 시로벨을 몰래 숨어서 지켜보았다. 그녀에게 정원에서 기다리겠다는 쪽지를 보내놓고 여기에 숨어 있는 중이었다.

"오라버니, 여기 없어요? 오라버니!"

정원을 구석구석 돌아다니던 시로벨의 눈앞에 커다란 꽃다발이 툭 떨어졌다. 시로벨이 깜짝 놀라서 소리를 지르려 하자 제르

린이 얼른 그녀의 앞에 모습을 드러냈다.

"오라버니!"

"많이 놀랐어?"

제르린은 놀라서 눈을 동그랗게 뜬 시로벨을 보며 피식 웃었다. 그녀는 그제야 상황을 파악하고선 밉지 않게 그를 노려보았다.

"뭐예요. 깜짝 놀랐잖아요."

"설마 너도 모르고 있는 거야?"

"뭐가요?"

"오늘 네 생일이잖아."

"아……."

시로벨은 눈을 깜박였다. 오늘이 자신의 생일이라는 것을 까맣게 잊고 있었다. 오랫동안 챙겨주는 사람이 없어 그만 그녀조차도 잊어버린 날이었다.

"널 위한 선물이야."

제르린이 손을 펼치자 그 위에 새하얀 꽃으로 만든 화환이 나타났다. 그는 그것을 그녀의 붉은 머리카락 위로 씌워주었다.

"오라버니……."

"급하게 준비하느라 선물이 좀 보잘것없네."

"아니에요. 너무 기뻐요! 고마워요, 정말……."

시로벨은 진심으로 기뻐했다. 몇 년 만에 받아보는 선물이었다. 누군가 자신을 기억하고 챙겨주는 것이 너무 오랜만이었다. 이 왕궁에서 이제 그녀는 철저히 없는 사람이어야만 했으니까.

제르린은 울먹이는 그녀를 빤히 바라보다가 이내 무릎을 굽히고서 그녀의 물빛 눈동자를 바라보았다.

"시로벨."

"네?"

"내가 널 아주 많이 좋아했다는 거, 알고 있었지?"

그에게 시로벨은 아주 소중한 첫사랑이었다. 시로벨은 눈물을 가득 머금은 눈으로 서글픈 미소를 지으며 고개를 끄덕였다.

"네. ……미안해요, 오라버니."

"아니야. 나도 알고 있었어. 네가 날 오라버니 이상으로 생각하지 않는다는 거. 네게 난 가족 같은 감정이라는 거. 그래서 그 마음을 접고 네 오라버니가 되겠다고 생각했지."

"……"

"그러니까 시로벨, 힘든 일이 있으면 내게 말해줘. 부탁할 일이 있으면 망설이지 마. 그걸 위해서 난 지금 여기 있는 거야."

시로벨은 다정한 제르린의 말에 가슴이 뭉클해졌다. 그리고 점점 더 용기와 확신이 생겼다. 그러면 에드워드를 구해줄 수 있을 것이다. 그리고 함께 손을 잡고 이곳을 빠져나갈 수 있을 것이다. 그렇게 다시, 다시…….

'행복해지는 거야. 에드워드랑 오라버니랑 다 같이. 아주 먼 옛날 그때처럼…….'

그날 밤. 체자르는 시로벨의 뺨을 거세게 후려쳤다. 엄청난 마찰음과 함께 시로벨이 바닥으로 쓰러졌다. 그녀가 머리 위에 쓰고 있던 화환이 그의 발아래서 처참하게 뭉개졌다.

"하아, 하아, 하아……."

"내가 분명 말했지? 어떤 남자와도 함께 있지 말라고. 말도 섞지 말라고. 그런데 남자에게 이런 걸 받고서 그렇게 웃었니?"

"아, 아니에요……."

"시로벨, 내가 말했잖아. 난 네가 너무 걱정된다고. 혹여나 남자들에게 더럽혀질까 봐 내가 널 지켜주는 거라고. 제르린 황자는 곧 되돌려 보낼 거다. 다 널 위해서야."

시로벨은 체자르의 말에 덜컥 겁을 먹었다. 제르린 오라버니를 돌려보내겠다고? 하지만 그렇게 되면…….

체자르가 시로벨의 턱을 거칠게 움켜쥐고서 저를 똑바로 바라보게 했다. 잔인하게 일렁이는 눈동자. 시로벨은 텅 빈 물빛 눈동자 위로 두려움을 삼킨 채 드레스 자락을 움켜쥐었다.

"이제 마지막이야. 한 번만 더 내 눈에 너와 그 남자가 같이 있는 모습을 보이면, 정말로 에드워드는 죽어. 내가 성발로 그러시 못할 것 같니?"

"……오, 오라버니. 잘못했어요. 제가 다 잘못했어요."

"시로벨, 넌 내 것이어야만 해. 나의 것. 그 누구도 널 더럽힐 수 없어. 이 오라버니가 널 끝까지 지켜줄 거야. 깨끗하고 고결한 왕녀로서."

자신이 때린 뺨을 다정하게 어루만지는 체자르의 손길에 시로벨의 온몸에 소름이 돋았다.

"체자르 왕세자 저하, 왕비마마께서 찾아 계십니다."

정녕 하늘은 그녀를 돕는 모양이었다. 시로벨은 오늘 밤을 놓치지 않기로 했다. 체자르가 제르린을 돌려보내면 그땐 정말 끝이었다.

"……나가 봐."

"예, 오라버니."

시로벨은 체자르의 방을 나섰다. 그리고 제 방으로 돌아가는 척하면서 제르린이 머무는 곳으로 달리기 시작했다. 숨이 턱 끝까지 차올랐지만 멈출 수 없었다. 오늘 밤이 마지막이다. 더는 이런 기회는 오지 않는다.

'오라버니, 제르린 오라버니, 제발 에드워드를 구해주세요!'

"오라버니!"

시로벨은 제르린을 부르며 그의 방문을 벌컥 열었다. 깜짝 놀란 제르린이 벌떡 일어났다가 그녀의 모습을 보곤 창백해져서는 다가왔다.

"시, 시로벨. 너 왜…… 대체, 누가 이런 거야!"

누가 보아도 맞아서 벌겋게 부은 볼을 한 채 시로벨은 바들바들 떨면서 제르린을 붙잡았다.

"오라버니는 절 도와주신다고 했죠? 절 구해주신다고 그러셨죠?"

"시로벨, 도대체 누구야. 대체 누가 널……!"

시로벨은 제르린에게 매달린 채 애원했다.

"체자르 오라버니가…… 에드워드를 가두었어요. 오라버니, 제발 에드워드를 구해주세요. 저를 구해주세요. 제발 이곳에서 꺼내주세요. 부탁이에요, 오라버니!"

제르린은 크게 충격을 받았다. 감히 적통 왕녀와 왕자를 이렇게 대우했다는 것을 믿을 수가 없었다. 왕이 새 왕비의 치마폭에서 놀아나고 있다고 하더니만 소문이 과장된 것이 아니란 사실에 치를 떨었다.

그는 시로벨을 꽉 안아주고서 속삭였다.

"구해줄게. 아무 걱정 마. 에드워드도 내가 구해줄게. 지금 에드워드는 어디 있어?"

시로벨은 제르린과 함께 에드워드가 있는 탑으로 달려갔다. 하지만 그 앞에 당도하자마자 아르반의 기사들이 제르린을 가로막아 섰다.

"대체 무슨 짓이냐! 감히 누구 앞을 막는 것이야!"

시로벨은 제르린의 뒤에서 기사들을 바라보았다. 그리고 그들 뒤에 버티고 선 누군가를 보곤 숨이 멎을 것 같았다. 체자르. 그가 시로벨을 똑바로 바라보고 있었다.

설마, 설마 이 모든 것이.

'함정······.'

제르린은 기사들 사이로 걸어나오는 체자르의 모습에 시로벨의 손을 더욱 꽉 붙잡았다.

"무슨 짓입니까."

"감히 타국의 황자가 왕녀를 희롱하려고 했으니 우리로서는 어쩔 수가 없지요. 지금 당장 마티디안으로 돌아가시오. 제 발로 돌아가지 않으면 추방하겠습니다."

"뭐?"

시로벨은 절망하고 말았다. 그가 노린 것이 이것이었다. 제르린을 당장 마티디안으로 돌려보내는 방법. 그 명분을 이렇게 만들고 만 것이다.

시로벨은 눈을 질끈 감았다. 처음부터 다 알고서 체자르가 자신을 이용한 것이다. 그토록 무서운 사람이다. 절대로, 절대로······.

'저 사람에게서 난 벗어나지 못하는 거야?'

제르린은 뒤에 숨어 숨조차 제대로 쉬지 못할 정도로 벌벌 떠는 시로벨을 위해서라도 결코 여기서 물러설 수 없었다. 이대로 자신이 마티디안으로 돌아가 버리면 시로벨과 에드워드가 어떻게 될지 그도 감히 생각하기조차 무서워졌다.

'시로벨……'

그는 손을 뻗었다. 그러자 그의 주변으로 마법으로 만들어진 화염이 휘몰아치기 시작했다. 이렇게 된 이상, 직접 부딪쳐서 에드워드를 구하는 수밖에 없었다. 하지만 그의 마법에도 체자르는 비릿한 미소를 지을 뿐이었다.

"그 알량한 마법으로 어쩌려고?"

"알량한지 아닌지는 맞아보면 알겠지. 네가 지금껏 시로벨에게 준 고통만큼 내가 되갚겠다."

"대체 무슨 자격으로?"

"뭐?"

"난 시로벨의 오라비야. 하지만 넌 아무것도 아니지. 게다가 왕세자인 나를 공격하면 우린 그것을 즉시 전쟁 선포로 여기고 대응할 것이다. 대륙을 어지럽히는 전쟁의 원인이 무엇인지 알게 되면 과연 주변국들이 마티디안을 어떻게 볼까?"

제르린은 분노에 떨며 그를 노려보았다. 아무리 버러지 같은 놈이지만 그는 아르반의 왕세자다. 그의 말대로 그를 공격하는 것은 아르반에 명분을 주는, 마티디안 제국에 절대적으로 불리한 일이 될 뿐이었다.

"그만 조용히 돌아가."

체자르는 천천히 다가왔다. 하지만 제르린은 아무것도 할 수가 없었다. 체자르가 시로벨의 다른 손을 붙잡았다. 그녀는 텅 빈 눈동자로 허공만을 응시했다.

"그 손 놔."

"놔야 할 건 너야. 난 내 동생이랑 볼일이 있어. 그렇지, 시로벨?"

그의 목소리가 울렸다. 시로벨은 저를 꽉 붙잡고 있는 제르린의 손을 바라보았다. 이대로 버티면 그 역시 위험해질 뿐이었다.

'끝인가.'

"놓지 마, 시로벨. 안 돼……."

"미안해요, 오라버니. 그리고 고마워요."

"시로벨!"

시로벨은 스스로 제르린의 손을 놓았다. 체자르는 피식 웃으며 그녀의 어깨를 감쌌다.

"제르린 황자 전하를 잘 모셔라."

"예, 저하."

"시로벨!"

기사들이 제르린의 앞을 가로막았고, 시로벨은 눈을 질끈 감고서 저를 향해 속삭이는 끔찍한 목소리를 들었다.

"그러게 이 오라버니가 경고했잖아. 아무래도 넌 벌을 받아야겠구나."

"에드워드는, 에드워드만큼은……."

"걱정 마."

다시 그의 방으로 들어선 시로벨은 고개를 돌렸다. 날카로운 마찰음이 여러 번 울리며 그의 손이 시로벨을 거세게 내려쳤다.

하지만 이번만큼은 쓰러지지 않고 두 다리로 꿋꿋하게 버텼다. 그 모습에 체자르의 눈빛이 더더욱 잔인하게 일그러졌다.

"네가 감히 내게서 도망가려고 해? 네가 감히!"

"……."

"시로벨, 내가 널 어떻게 아껴왔는데. 내가 널 어떻게 지키려고 했는데!"

"대체 오라버니가 내게 뭘 원하는 건지 모르겠어요! 도대체 날 어떻게 하려고 하는 건데요!"

참고 참았던 것이 폭발하면서 시로벨은 체자르를 향해 절규를 토해냈다. 그러자 그의 입술이 짙은 곡선을 그리면서 그녀에게 천천히 다가왔다. 시로벨은 그를 피해 뒤로 물러섰지만 체자르의 손을 피할 수는 없었다. 체자르가 그녀의 손목을 덥석 잡아당겼다. 시로벨은 손목을 감싸고 올라오는 섬뜩한 느낌에 몸서리를 쳤다.

"오, 오라버니?"

"난 여자들이 신물이 나. 진절머리가 난다고. 어쩜 그렇게 멀쩡한 얼굴로 사람을 속이는지. 모든 여자들이 전부 다 똑같은 줄 알았어. 하지만 널 처음 봤을 때 느낌이 왔지. 넌 다를 거라고. 다른 여자랑 절대로 똑같지 않을 거라고. 넌 아르반의 고귀한 왕녀니까."

"하아, 하아……."

"그래. 넌 내가 본 여자 중에 가장 깨끗했고 밝았어. 다정했고 따스했고, 누구도 배신하지 않을 거라고 생각했지. 그래서 널 지켜주고 싶었는데. 너도 결국 똑같구나."

"오라버니……."

체자르의 눈빛이 위험스럽게 번뜩였다. 그는 시로벨의 드레스를 움켜쥐었다. 시로벨의 눈빛이 산산이 부서지면서 두려움에 말을 잇지 못했다.

"그렇다면, 내가 널 가져야겠다. 어차피 더러워질 바에야 내가 널 가져야겠어."

"오, 오라버니, 그만해요. 무슨 짓이에요? 나는, 나는…… 오라버니의 동생이잖아요!"

"그래, 나도 널 속였어. 널 지키겠다는 명분 아래 항상 널 가지고 싶다는 내 마음을 눌렀지. 처음 본 순간부터 그랬어."

"오라버니, 내가 잘못했어요. 미안해요. 이젠 정말 가만히 있을게요! 그러니까……."

체자르의 입술이 시로벨의 귓가에 닿았다. 그리고 자조적인 목소리가 새어나왔다.

"난 어머니가 누군지도 모를 남자에게서 데려온 더러운 자식이야. 내 어머니는 그런 여자지. 웃음을 팔고 그 더러운 몸뚱이를 굴려 원하는 것을 반드시 그 손에 넣고 마는. 그리고 이번엔 아주 제대로 물었지. 아르반 왕국의 국왕을."

"오, 오라버니 제발……."

"난 그런 어머니가 참 싫었는데 그 핏줄은 어딜 가지 않나 봐. 나도 이렇게 널 취해서 제대로 아르반의 핏줄이 되어."

"……."

"내가 가지고 싶은 모든 걸 가져야겠으니까."

텅 빈 물빛 눈동자에 남겨진 건 없었다. 이게 현실인지 꿈인지도 알기가 어려웠다. 체자르의 손길에 옷이 찢겨져 나가면서 모든 것이 악몽으로 변하기 시작했고, 그녀는 남아 있는 모든 것을 끌어당겨 외치는 것밖에 방법이 없었다.

"싫어. 싫어. 싫어!"

❀   ❀   ❀

기억이 깨지고, 시로벨은 눈을 떴다. 아직까지 온몸이 분노를 기억하며 떨리고 있었다. 그녀는 거친 숨을 몰아쉬며 손바닥에서 피가 날 정도로 주먹을 꽉 움켜쥐었다.

"그 뒤는……."

목소리가 갈라져 나왔다. 기억은 거기에서 끊겼지만 시로벨은 그날 그 개자식에게 더럽혀지진 않았다. 그건 확신할 수 있었다. 하지만 그래도 너무나도 끔찍한 느낌이었다.

"그건 저도 정말 모릅니다. 카산드라 님이 주신 건 그게 다입니다."

"하, 하하……."

시로벨은 실소를 터뜨렸다. 웃지 않고서는 견딜 수가 없을 것 같았다.

'체자르. 아르반의 왕세자. 시로벨의 의붓오라비. 하? 지랄이네.'

이것이었다. 제르린이 진짜 시로벨에게 갖고 있는 죄책감의 원인은 바로 그녀를 구해주지 못했다는 것에서 비롯된 것이었다. 진짜 시로벨이 그토록 잊고 싶었던 과거가 바로 그것이었다.

이 몸에 들어와 들은 소식 중에는 에드워드 왕자의 죽음도 있었다. 그녀는 그것이 타살일 가능성을 생각해 보았다. 진짜 시로벨이 마티디안에서 복수를 마음먹고 있었다면……. 그리고 때를 기다리며 진정 카헤시온을 이용하려고 했던 거라면…… 그 누구도 그녀를 비난할 수는 없었다.

시로벨은 자리에서 일어섰다. 여관방 창문 밖으로 보이는 아르반 왕궁을 응시했다. 아까는 이유를 모를 공포로 그곳에 가는 게 두려웠지만 지금은 아니었다.

"분명 카산드라는 뭔가 더 알고 있을 거야. 하지만 그건 좀 더 나중이고, 눈앞에 보이는 것부터 처리하자고."

시로벨은 서늘한 냉소를 머금었다.

시로벨, 언젠가 내가 말했었지. 필요하다면 내게 신호를 달라고. 그럼 내가 널 도와주겠다고. 지금이 바로 그 순간인 것 같아.

"어이."

"예, 비전하."

"지금부터 해야 할 일이 있어. 그리고 이제부터 절대로 날 비전하라고 부르지 마. 당분간 난 마티디안 제국 황자비가 아니야."

제 10 화
아르반으로 돌아오다

마티디안 제국은 전쟁 준비를 위해 긴장 상태에 돌입했다. 제르린은 시로벨이 사라진 후로 매일 검만 붙들고 살았다. 이번에도 지켜주지 못했다는 죄책감, 아무것도 할 수 없었다는 무력감에 그는 검을 휘두르는 것 말고는 할 수 있는 게 없었다.

그때, 제르린은 외마디 비명을 지르며 검을 떨어뜨렸다.

"윽……."

깊게 베인 손가락에서 흐르는 피가 바닥으로 떨어지며 비릿한 향을 풍겼다. 그런데 갑자기 나타난 상처 위를 덮는 하얀 손수건에 제르린이 고개를 들자 일그러진 표정의 유에시스가 있었다.

"유에……."

"그렇게 엉망으로 검을 휘두르면 그렉 경에게 크게 혼날 것입니다."

"하핫, 비밀로 해줘."

"검에 기대어 화풀이하지 마세요. 검에 대한 모독입니다."

유에시스는 무릎을 굽히고선 제르린의 손가락을 손수건으로 꾹 눌렀다. 하얀 손수건이 어느새 붉은빛으로 물들어갔다.

"또 비전하입니까?"

"이번에도 아무것도 할 수 없었으니까."

"그날의 일도 오라버니 탓은 아닙니다."

"그렇지. 하지만 유에."

제르린은 괴로운 눈동자로 그날의 기억을 떠올렸다. 시로벨이 애원하던 모습이 여전히 눈에 선했다. 그 작디작은 몸이 공포에 질려 파르르 떨리고 있었다. 텅 비어버린 물빛 눈동자는 체념의 빛을 띠고 있었다. 그 눈동자를 뒤로한 채 조금만 기다려달라고, 그렇게 말하고 떠날 수밖에 없었다.

"힘도 없는 사람이 남을 지키겠다고 괜한 욕심을 부린 거였어. 기다려 달라고, 꼭 구하러 오겠다고…… 그런 거짓말을 해서는 안 되는 거였어. 그건 부탁한 사람을 더욱 나락으로 떨어뜨리는 희망 고문일 뿐이니까."

유에시스는 아무 말도 하지 못했다. 그저 붉게 물든 손수건을 바라만 볼 뿐이었다.

마티디안 제국에서 제로비안 제국으로 파병이 시작되었다. 독한 와인을 삼키며 창밖을 바라보는 카헤시온의 표정에는 생각보다 의연한 기색이 흐르고 있었다. 여전히 새 황자비에 관한 이야기가 계속 나왔지만 카헤시온은 그것을 무시했다.

그때, 제라드가 다급한 표정으로 들어왔다.

"전하."

"무슨 일이지? 벌써 제로비안 제국에서 큰일이 터진 것인가?"

"비전하의 행방을 찾은 것 같습니다."

카헤시온의 눈빛이 흔들렸다. 겉으로 내색하진 않았지만 그 역시 그녀를 몹시도 걱정하고 있었다. 괜찮을 것이라고, 그럴 것이라고 연신 자신을 다독이기는 했지만 가끔씩 밀려드는 불안감은 그를 자꾸만 나약하게 뒤흔들었다.

"그래서? 그녀는 지금 어디에……."

"……하나 정확하지는 않습니다. 확실해질 때까지 말씀드리지 않는 게 나을지도 모른다는 생각이 들었습니다만 그래도…… 알고 싶어 하실 것 같아서요."

카헤시온은 와인 잔을 더욱 꽉 붙잡았다. 얇은 유리산을 움커쥔 손이 하얗게 질릴 정도였다.

"비전하께서는 아르반으로 가신 것 같습니다."

제라드는 시로벨 황자비의 행방을 찾고 있었다. 하지만 그 어디에서도 그녀의 흔적을 찾을 수가 없었는데, 어느 날 갑자기 마나의 파동이 느껴진 것이다. 제라드의 말을 들은 카헤시온은 침착한 어조로 되물었다.

"정확한 것은 아니라는 거지?"

"물론 좀 더 알아봐야 합니다. 하지만 주변에서 순산적으로 움직인 마나의 파동이 아르반으로 연결되어 있었습니다."

"확실해질 때까지 일단 숨겨라. 혹시라도 이 사실이 밖으로 새어 나가 귀족들의 귀에 들어가면 끝장이다."

"예, 전하. 혹시 모르니 아르반으로 첩자를 몇 보내겠습니다."

제라드가 방을 빠져나가고, 카헤시온은 침묵을 지켰다. 안 그래도 신경이 날카로워져 있는 귀족들이다. 그런데 그녀가 마티디안을 빠져나가 아르반으로 갔다는 사실이 알려지면 정말로 그녀는 이곳으로 돌아올 수 없게 될지도 모르는 일이었다. 하지만 아르반이라니. 시로벨 스스로 아르반으로 간 것일까? 아니면 끌려간 것일까? 시로벨은 무사한지, 혹 그곳에서 고초를 겪는 건 아닌지 걱정이 태산이었다.

"하……."

그는 시로벨에 대해 아는 것이 없었다. 아르반의 왕녀라는 것 외에 그녀가 어떤 삶을 살아왔는지, 아르반에서 무슨 일이 있었는지.

"제르린은 뭔가를 아는 것 같지만……."

하지만 확실하지도 않은데 이 얘기를 꺼내면 제르린은 분명 설부른 행동을 하게 될 것이다. 그러니 일단 기다려야 했다. 확실해지면 자신이 직접 움직이면 되니까.

"황자 전하, 코델리아 비전하께서 오셨습니다."

그때, 반갑지 않은 손님의 방문에 카헤시온은 인상을 찌푸렸다. 그는 그날 이후 한 번도 마주한 적이 없는 그녀를 외면한 채 차갑게 입을 열었다.

"무슨 일이지? 제국 간의 일로 바쁜 것이 아니던가?"

코델리아는 자신을 쳐다보지도 않는 카헤시온의 태도에도 침착함을 잃지 않고서 입을 열었다.

"보바톤 황제 폐하께서 황자 전하를 제로비안 제국의 파병 군 지휘자로 명하셨습니다. 곧 공식 임명장이 당도할 것입니다. 그리

되면 저와 함께 제로비안 제국으로 가셔야겠지요."

카헤시온은 더욱 사나운 눈빛으로 그녀를 바라보았다.

"그대가 원한 것인가?"

"청을 드린 것뿐입니다. 또한 전하께서 와주신다면 샤우엔 오라버니도 기뻐하실 것이고요. 저희 제국에도 큰 힘이 될 것입니다."

그제야 카헤시온은 그녀를 똑바로 바라보았다. 그 눈빛은 시리게 일그러져 있었다.

"코델리아, 이번 일을 그대는 후회하게 될 것이다."

"……."

"난 이미 시로벨에게 맹세의 서약서를 주었어. 내가 이번 전쟁을 제대로 매듭짓는다면 나는 곧장 그녀를 내 옆으로 네려올 거다. 서로의 합의 없이는 우린 결코 헤어질 수 없으니까."

코델리아의 눈빛이 흔들리기 시작했다. 카헤시온은 그녀가 동요하는 모습에도 아랑곳 않고 짧은 한마디를 더했다.

"그리고 그날이 오면, 그대는 이곳을 떠나야 할 것이다. 그게 동맹으로 맺어진 관계의 끝이니."

카헤시온은 그녀의 곁을 빠르게 스쳐 지나갔다. 그의 방에 혼자 남겨진 코델리아는 손바닥에 손톱자국이 날 정도로 손을 꾹 움켜쥐고서 눈물을 삼켰다.

"그렇게 되지 않을 거야! 그녀는 돌아오지 못해. 내가, 이번엔 내가 그녀를 죽여 버릴 테니까!"

당신도 나와 똑같은 고통을 맛보게 될 거야. 원하는 사람을 가질 수 없는 고통을!

카헤시온은 보바톤 황제의 앞에서 지휘권을 받게 되었고, 곧장 제로비안 제국으로 떠날 준비를 했다. 이 일을 잘 해결하면 그는 그녀를 당당히 제 곁으로 데려올 수 있다. 그녀를 믿는다.

"벨……."

설사 그곳이 아르반이라고 하더라도. 반드시, 반드시 무사해야 하오.

⚜　　⚜　　⚜

아르반 왕궁에서 왕궁을 호위할 용병을 구한다는 안내문이 붙었다. 이미 많은 기사들을 비트니안 제국으로 넘겼기 때문에 왕궁을 지킬 인원이 부족했던 것이다. 왕궁으로 향하는 수많은 용병들 사이에 갈색 로브로 얼굴을 가린 이가 한 명 있었다. 그는 왕성 문 앞에서 왕실 기사와 마주 보고 섰다.

"신분을 확인해야 하니 얼굴을 보여라."

기사의 말에 드디어 그는 로브를 벗었다. 짧게 친 붉은 머리카락 사이로 물빛 눈동자가 차갑게 일렁였다. 그는 바로 남장을 한 시로벨이었다.

왕비로서의 품위도 없이 쇄골이 훤히 드러나는 드레스를 입은 메리헬은 입꼬리를 부드럽게 틀어 올리며 자신의 아들을 보았다.

어젯밤 심하게 마신 술기운이 아직도 채 가시지 않았는지 체자르의 눈가가 여전히 붉었다. 메리헬은 그에게 물을 건넸다.

"너답지 않게 꽤 오래 마셨구나."

"흥분이 돼서요. 새가 새장에서 나왔으니, 이제 움켜쥐는 일만 남지 않았습니까?"

"이제 시로벨은 마티디안에서도 반역자나 마찬가지란다. 그러니 네 소유나 다름없지."

체자르는 메리헬의 말에 피식 웃으며 머리를 쓸어 올렸다.

"예전부터 제 소유였죠. 잠시 풀어주었던 것일 뿐."

섬뜩한 미소를 그리는 체자르의 눈빛이 더러운 욕망으로 번뜩였다. 그는 요즘 매우 기분이 좋았다. 새장 밖으로 나갔던 새가 곧 돌아올 테니까.

'이제 더는 봐주지 않을 것이다. 시로벨, 절대로 너를 놓치지 않을 것이다.'

그는 왕비궁을 빠져나와 용병들이 모여 있다는 연회장으로 향했다. 기사들의 빈자리를 채울 용병들을 뽑았으니 대충 인원만 파악하고 나머지 일들은 몽땅 기사단장에게 넘겨 버릴 생각이었다. 그는 용병들 따위보다 시로벨을 다시 데려올 생각에 조금 들떴다.

연회장으로 들어서자 수십 명의 용병들의 시선이 그를 향했다. 그들을 무심히 훑어보던 체자르는 순간 한 곳에서 시선을 멈추었다.

'시로벨?'

그의 눈동자가 흔들리기 시작했다.

시로벨은 내내 침묵을 유지하고 있었다. 함께 왕성에 들어온 고양이가면이 조심스럽게 입을 떼려는 순간, 문이 열리는 소리에 잠시 그쪽으로 시선을 던졌던 시로벨의 몸이 움찔했다.

열린 문으로 들어온 것은 한 남자였다. 잔뜩 헝클어진 복색의 그는 거칠 것 없는 태도로 들어와서는 주위를 훑어보았다. 시로벨은 한눈에 그를 알아보았다. 그 끔찍한 기억 속에 깊이 박혀 있는 남자. 바로 아르반의 왕세자 체자르였다.

'침착하자.'

시로벨의 몸이 먼저 반응하며 어느새 손끝이 파르르 떨려왔지만 그녀는 입술을 깨물고서 마음을 다독였다. 저런 쓰레기 같은 자식한테 쫄 필요 없어. 기선 제압을 해야지!

그때, 이리저리 움직이던 체자르의 시선이 시로벨에게서 정확히 멎었다. 마치 주변의 시간이 멈춰 버린 듯한 느낌이었다. 다른 사람을 보는 건가 싶었지만 그건 아닌 것 같았다. 설마 들킨 건가 싶어 시로벨은 긴장했다.

"먼저 움직일까요?"

고양이가면 역시 낌새를 느끼고 입을 열었지만 시로벨은 가만히 그녀의 손을 잡았다.

'침착해야 해. 아직 상대에게 완전히 읽히진 않았어. 여기서 먼저 틈을 줄 필요는 없지.'

오히려 시로벨은 도발하듯 그를 똑바로 바라보았다.

그때 체자르가 이쪽으로 성큼성큼 다가왔다. 그는 사내에게서 시선을 돌릴 수가 없었다. 짧은 붉은 머리카락과 그 사이로 당돌하게 흐르는 물빛 눈동자. 잠들어 있던 그의 가슴을 뜨겁게 뒤흔드는 그 눈동자. 체자르는 흥분으로 떨려오는 주먹을 꽉 움켜쥐었다.

닮았다. 시로벨, 그 아이와. 그 아이와 너무나도 닮았다. 그녀의 동생인 에드워드도 저렇게까지 닮지 않았었는데 대체 정체가 뭔지 궁금해 미칠 지경이었다.

그는 뭔가에 이끌리듯 빠르게 그녀에게로 다가갔다. 순간에도 시로벨은 그의 움직임을 놓치지 않고 좇았다. 여기서 먼저 시선을 돌리게 되면 의심을 받을 것이기에 차라리 뻔뻔스러울 정도로 당당하게 밀어붙이기로 한 것이다.

마침내 서로가 두 걸음 정도를 사이에 두고 가까워졌다. 시로벨은 거짓말처럼 부드러운 미소를 지으며 고개를 아래로 숙였다.

"체자르 왕세자 저하를 뵙습니다."

부드럽게 울리는 낮은 목소리에 체사르는 순간 흠칫했다. 시로벨, 그 아이의 목소리가 아니다. 게다가 악의가 없다. 살의는 더더욱 없다.

'그럴 리가 없지. 그 아이가 나를 이렇게 바라보며 이렇게 말을 할 리가 없지.'

"이름이 무엇이냐?"

하지만 여전히 흥미가 사라지지 않았다. 오히려 점점 더 가슴이 뜨겁게 울렁였다.

시로벨은 고개를 숙인 채 입을 열었다.

"제린입니다."

"제린?"

"예, 제린입니다."

미안하다, 제르린. 이름 좀 잠깐 빌리자. 하지만 갑자기 떠오르는 이름이 이것뿐이었다.

시로벨은 혹시나 하는 마음에 조마조마해져서는 그의 대꾸를 기다렸다. 체자르는 잠시 제린이란 이름을 되뇌다 갑자기 연회장 가득 울리도록 크게 웃음을 터뜨렸다.

"제린, 제린! 좋은 이름이군. 이제부터 넌 내 옆에서 나를 호위해라. 아주 마음에 드는군!"

체자르는 그의 물빛 눈동자에서 시선을 뗄 수가 없었다. 그토록 가지고 싶었던 그녀의 것과 같은 눈동자가 여기 있었다. 물론 진짜는 아니지만, 그 진짜를 가지기 전에 잠깐 가지고 놀 정도는 될 것 같았다.

체자르가 따라오라고 손짓하자 시로벨이 그 뒤를 따르려고 했다. 고양이가면이 다급하게 그녀를 붙잡았다.

"아직은 너무 이릅니다."

"넌 그만 카산드라에게 돌아가."

"그게 무슨 말입니까? 처음부터 이럴 작정이었습니까?"

"분장술은 고마워."

체자르가 지금 그를 시로벨이라고 생각하지 못하는 것은 사실 고양이가면이 걸어준 분장술 덕분에 가능한 것이었다. 목소리와 체형의 변화까지 있으니 체자르는 절대 그가 여자라는 사실을 알지 못할 것이다.

"나도 곧 카산드라에게 갈 거야. 그러니 카산드라에게 똑똑히 전해. 이젠 아무것도 숨길 생각하지 말고 제대로 다 보여 달라고. 어차피 그럴 목적으로 날 이곳으로 불렀고, 메모리얼도 일부만 보여준 걸 테니까."

시로벨은 고양이가면의 손을 떼어낸 채 체자르의 뒤를 따랐다.

카산드라가 저를 체스판의 말처럼 이용하려고 한다는 것은 이미 눈치채고 있었다. 하지만 그것을 알면서도 그녀는 거기에 따라줄 생각이었다. 아직은 서로의 목적이 같으니 말이다.

'하지만 일이 다 끝나면 날 움직인 대가를 치러야 할 거야.'

연회장에 모인 용병들이 각자 임무를 맡고 빠져나갈 때까지 고양이가면은 그 자리에 서 있었다. 여기까지 모두 카산드라 님이 말씀하신 대로 이루어졌다. 이 뒤에 어떻게 될지는 카산드라 님 당신조차도 모른다고 하였다. 고양이가면은 그저 시로벨의 무사를 빌 수밖에 없었다.

⚜　　⚜　　⚜

제로비안 제국으로 떠나기 전, 카헤시온은 제르린을 불렀다. 이제 마티디안 황궁을 맡길 사람은 제르린밖에 없었다. 잠시 후 노크 소리와 함께 제르린이 안으로 들어섰다. 하지만 어쩐지 전과는 굉장히 분위기가 달라 보였다. 어딘가 모르게 깊어진 눈동자와 차분한 표정의 동생에게 카헤시온은 태연한 목소리로 입을 열었다.

"제르린, 난 내일 일찍 제로비안 제국으로 떠나야 해. 그러니 그동안 황궁을 부탁한다."

"제로비안 제국으로 떠난다고? 아바마마의 명이야?"

"그래."

"그럼 비전하는? 비전하에 대한 소식은 들었어? 제라드가 뭐라도 찾아내지 않았냐고."

제르린은 제법 예리한 곳을 찔렀다. 예전부터 제르린은 시로벨에 관한 일에는 예민하게 반응하곤 했다. 카헤시온은 그 이유가 아마도 제르린이 아르반에서 지냈었던 일과 관련되어 있을 거라고 생각했다.

카헤시온은 제르린의 어깨를 붙잡고서 그와 눈을 마주했다. 어쩐지 불안정하게 흔들리는 눈빛에 담긴 감정은 오직 걱정뿐이었다.

"아니, 아직 아무것도 알아내지 못했다."

카헤시온은 담담하게 거짓을 말했다.

"그런데도 제로비안으로 가겠다고?"

"이건 황명이니까. 내가 마티디안의 황자인 이상 황제 폐하의 명은 거역할 수 없는 문제다."

제르린은 피식 웃음을 흘렸다.

"형이 서 있는 그 자리는 정말 더럽게도 무거운 자리네. 원치 않는 여자도 받아들여야 하고, 사랑하는 여자를 지키기 위해서 손을 놓는 것밖에 방법이 없는."

"……."

"난 형처럼 안 살 거야."

"그래, 넌 '카헤시온'이 되지 마. '제르린'으로 살아."

제르린은 등을 돌렸다. 카헤시온은 그 모습을 오랫동안 지켜보았다. 마티디안의 황자라는 자리에 있었던 순간부터 지금까지, 행복하다고 느꼈던 순간은 별로 없었다. 어머니에게 외면 받는다 믿었던 이후로 그에게 빛은 오직 시로벨뿐이었다. 황자이기 때문에 그녀의 손을 놓을 수밖에 없었지만, 황자이기 때문에 그녀를 다시 되찾아오는 일도 가능했다.

"해서 나는 이번엔 이 자리를 마음껏 이용할 생각이야."

내 인생의 유일한 빛을 지키기 위해서.

카헤시온은 코델리아와 함께 제로비안 제국으로 떠났다. 그들이 떠나는 모습을 지켜보던 제르린은 주먹을 움켜쥐었다.

만약 카헤시온이 이 전쟁을 승리로 이끈다면 코델리아 황자비를 몰아내고 다시금 당당히 시로벨의 손을 잡을 수 있을 것이다. 그걸 머리로는 아는데, 그래도 마음이 아팠다. 게다가 분명 그가 제게 숨기는 것이 있는 게 분명했다. 그는 그것이 시로벨의 행방에 관한 일일 것이라고 확신했다.

'미안해, 형. 난 알아야겠어. 이번만큼은 손 놓고 방관할 수 없어. 그때처럼 아무 힘 없이 벨의 손을 놓을 수는 없어.'

그러니까 형은 형의 길을 가서 시로벨을 지켜. 나는 내 길을 가서 그녀를 지킬 테니까.

저녁 어스름이 짙게 내려앉았다. 시로벨은 하루 종일 체자르를 따라다녔지만 그는 처음의 관심이 거짓말이었던 것처럼 어떤 이상한 행동도 하지 않았다. 오히려 시로벨이 옆에 있다는 그 사실조차 잊어버리고 있는 것처럼 태연하기만 했다. 혹시 이번 전쟁에 대한 사소한 단서라도 찾을 수 있을까 싶어 그를 열심히 살피던 시로벨로서는 맥이 빠지는 일이 아닐 수 없었다. 체자르는 그저 군대만 보냈을 뿐, 전쟁에는 눈곱만큼도 관심이 없는 듯했다.

'이런 미친놈 때문에 내가 그 개고생을 한 거야? 카헬은 또 어떻고!'

속에서 천불이 올라왔지만 시로벨은 그것을 꾹 눌렀다.

체자르는 방에서 책을 읽고 있었다. 시로벨은 그와 어느 정도 거리를 유지한 채 그를 힐끔힐끔 살피다 옅은 한숨을 내쉬었다.

'아무래도 오늘은 좋인 것 같네.'

잠복근무로 따지면 실패라고 해야 할까? 하지만 실망하지는 않았다. 사람은 과감히 물러나 다시 때를 기다릴 줄도 알아야 하는 법이었다.

시로벨은 체자르를 다시금 힐끔 보았다. 딱히 이쪽을 신경 쓰는 것 같지도 않아 보였다. 행여나 소리가 날까 시로벨이 조심스럽게 걸음을 뒤로 옮기려는 순간.

"어디 가는 거지?"

신경 쓰지 않는 줄 알았는데 체자르는 읽고 있던 책에서 고개를 든 채 시로벨을 향해 입을 열었다. 그 눈동자에 약간의 장난기와 흥미가 감돌고 있는 듯했다.

"다리가 아파서 말입니다."

"뭐?"

"어차피 책만 읽으시는 것 같은데 괜히 방해가 될 것도 같고. 해서 이만 물러가려고 합니다."

너무나도 솔직하기 짝이 없는 대답에 체자르는 잠시 그를 바라보다 피식 웃었다. 그리고 손에 든 책을 탁자 위에 올리곤 기분 나쁘게 손가락을 까딱였다.

"이리 와."

시로벨은 울컥했다. 망할, 내가 강아지냐? 고양이야? 고양이도 이리 오라고 한다고 순순히 가지 않아! 필요하면 지가 올 것이지!

하지만 어쩌겠는가. 지금 그는 자신의 고용주나 다름없었다. 게다가 아직은 섣부른 짓을 해선 안 될 때였다.

'신다 버린 쓰레빠 같은 자식.'

시로벨은 속으로 온갖 욕을 구시렁거리며 그에게 다가갔다. 어느새 그의 시선이 그녀의 몸을 훑어 내리기 시작했다. 어느 정도 거리에 다가서자 체자르는 이젠 아예 대놓고 턱을 괴고서 그를 바라보며 입을 열었다.

"정말 사내냐?"

"참으로 당연한 질문을 하십니다."

넌 번태냐? 남자를 뭐 저런 눈빛으로 봐?

자꾸만 입매가 굳어졌지만 시로벨은 필사적으로 표정을 유지했다.

그때, 체자르가 순식간에 그의 가는 손목을 붙잡고서 제 쪽으로 끌어당겨 자신이 앉아 있던 의자에 앉혀 그녀를 가두었다.

'이 자식, 제법 몸놀림이 가볍잖아.'

생각보다 능숙한 몸놀림에 시로벨은 속으로 조금 놀랐다. 게다가 그의 손바닥에는 검을 잡는 사람에게나 있을 법한 굳은살까지 있었다.

시로벨이 체자르에 대해 살피는 사이, 그는 시로벨의 물빛 눈동자를 빤히 바라보았다.

그는 허리를 굽혀 의자의 손잡이를 잡고서 그가 움직이지 못하게 만들었다.

"무슨 짓입니까?"

속으로는 잔뜩 긴장했지만 시로벨은 침착하기 위해 애를 썼다. 여기서 조금이라도 여자인 것처럼 행동하면 모든 게 다 물거품이었다.

'내가 시로벨인 것을 들키면 정말 끝장이야.'

눈앞에 있는 자식은 남자가 아니다. 그래, 남자가 아니다. 그저 발정 난 개새끼일 뿐이다!

"이렇게 해도 전혀 떨리지 않는다고? 그대가 사내라서?"

"오히려 징그럽습니다."

"홋…… 자세히 보니 정말로 사내의 몸이군."

그제야 체자르는 시로벨을 풀어주었다.

"하지만 그 눈동자는 정말로 많이 닮았군."

"누굴 말입니까?"

대답이 예상되었지만 그래도 물었다.

"아름다운 물빛의 탐스러운 보석. 내가 무척이나 귀이 여기고 아껴주었지만, 잃어버리고 말았지. 하지만 곧 내 손에 들어오게 될 것 같아."

"……"

"그때보다 훨씬 아름답게 빛나고 있을까?"

시로벨은 천천히 자리에서 일어섰다. 그리고 망설임 없이 블루문을 그를 향해 치켜세웠다. 서늘하게 빛나는 검날의 푸른빛이 너무나도 시리게 느껴졌다.

"어쩌면 이런 색일지도 모르지요."

체자르는 저를 향해 날카로운 이를 드러낸 블루문을 바라보았다. 그러곤 태연하게 미소를 그리며 고개를 끄덕였다.

"너의 말이 정답이군, 제린."

목을 겨눈 날카로운 칼날 따위 안중에도 없는 듯, 체자르는 유리잔에 독한 술을 가득 부었다. 시로벨은 그를 바라보다가 블루문을 도로 검집에 넣었다. 어차피 여기서 그를 죽일 생각은 없었다. 다만 저 남자는 뭘 믿고 칼 앞에서도 저렇게 태연한 건지 이해가 가지 않았다.

"한잔하겠나?"

"그뿐입니까? 제가 저하게 불손한 짓을 했는데요?"

"정말 날 죽이려 했다면 이렇게 대놓고 하진 않겠지. 날 죽이고 같이 따라 죽을 게 아니라면 말이야."

"그래도……."

"내 사람 보는 눈을 한번 믿고 싶은 거지. 그리고 널 믿고 싶기도 하고. 아, 말이 너무 길어지는군. 같이 술 안 마실 거면 그만 나가봐."

시로벨은 고개를 숙여 보이곤 방을 나섰다. 술기운에 젖은 체자르의 목소리가 흐트러지듯 들려왔다.

"생각보다 아주 마음에 들어. 그러니까 너무 일찍 죽지 말고 내 옆에 있어라. 절대로 날 배신하지 말고. 그랬다간, 그 칼이 네 목을 물어뜯을 테니까."

시로벨은 밖으로 나왔다. 어둠이 서린 복도에 선 시로벨의 눈동자가 차갑게 번뜩였다. 과연 이 칼이 누구의 목을 물어뜯을지는 끝에 가봐야 알게 될 테지.

카헤시온은 제로비안 제국의 국경에 있었다. 이미 그는 크고 작은 전투를 치르며 눈빛이 많이 날카로워진 상태였다. 흑빛 머리 칼을 휘날리며 적군들을 향해 거침없이 칼을 휘두르는 그의 모습에 망설임은 없었다. 그 냉정함과 잔혹함이 마티디안과 제로비안의 군사들의 사기를 북돋우는 데는 도움이 되었지만 정작 카헤시온은 밤마다 잠을 이루지 못했다.

오늘도 전투를 끝내고 막사로 돌아온 그의 표정에 피곤함이 묻어났다. 그는 이 시간이 가장 괴로웠다. 사방이 고요해질 때면 시로벨에 대한 기억이 떠올랐고, 그리움과 추억이 그를 지배했다.

"어디선가 그대도 저 달을 보고 있겠지."

그저 위안으로 삼을 수 있는 것은 그녀가 같은 하늘 아래 저 달을 보고 있다고 믿는 것뿐. 그녀를 향해 두근거리던 심장이 이젠 그녀를 애타게 부르며 찌릿한 통증을 일으키고 있었다. 당장 그녀에게 달려갈 수 없는 현실 앞에서 카헤시온은 도저히 잠을 이룰 수가 없었다. 꿈에서 만나게 되면 다시는 눈을 뜨고 싶지 않게 될까 봐. 그렇게 되어버릴까 봐.

"그대에게 너무 미쳐 버린 것 같아."

그때, 막사의 입구를 가린 천이 펄럭이더니 코델리아가 모습을 드러냈다. 그녀는 제로비안 제국의 군사권을 쥐고서 이곳에 와 있었다. 황제는 나라를 위해 위험을 무릅쓰겠다는 딸의 마음에 감복하며 그녀를 이곳으로 보냈다. 하지만 실상은 그것이 아니라는 걸 카헤시온이 가장 잘 알고 있었다.

"이 늦은 시각에 무슨 일이지?"

코델리아는 그의 질문에 대답하지 않고 카헤시온의 한쪽 팔을 유심히 바라보았다. 아무렇게나 감긴 붕대 사이로 피가 새어 나오고 있었다. 그녀는 그에게 다가와 그 팔을 붙잡고서 붕대를 풀려고 했다.

"뭐 하는 거야."

"제대로 치료하지 않으면 나중에 덧나요."

"……."

"이 정도는 그냥 받아도 되잖아요. 아니면 내가 신경 쓰지 않게 잘 치료하면 좋고."

그녀는 결국 붕대를 풀고서 꼼꼼하게 소독을 한 뒤 약을 바르고 새로 붕대를 묶었다. 진장에도 치료사들이 있었지만 그들은 부상이 심각한 병사들을 돌보고 있었다. 카헤시온은 이런 소소한 상처에 일일이 치료사를 부를 생각은 없었다.

코델리아는 카헤시온을 똑바로 바라보았다. 그의 얼굴에는 피곤이 가득했다. 몸 구석구석엔 크고 작은 상처가 가득했다. 그가 무리하고 있다는 것이 훤히 보였다. 병사들에게 그는 영웅이나 마찬가지였다. 하지만 코델리아는 그가 왜 그렇게 이 전쟁에서 이기려고 혈안이 되어 있는지 잘 알기에, 그래서 또다시 마음이 아팠다.

"병사들이 당신의 승리를 칭송하더군요. 두려움을 모르고 오직 승리만을 향해 가는 무장이라고."

"……."

"하지만 그들은 모르는 거겠죠. 당신이 왜 이렇게 목숨을 걸면서까지 위험한 승리를 얻어내려 하는지요. 고작해야 배반국의 왕녀 따위를 다시 데려오기 위한 필사의 노력을 하고 있다는 걸요. 해서 밤마다 당신은 제대로 잠도 자지 못한 채 그 여자를 쫓고 있잖아요?"

"……."

"하지만 그거 아나요? 당신이 지금 겪고 있는 그 고통을 난 오랫동안 겪었고, 지금도 겪고 있다는 거. 당신은 노력이라도 할 수 있지만, 난 이제 어떻게 해야 당신을 가질 수 있을지 모르겠어요."

"그 생각 자체가 잘못된 거란 걸 아직도 모르나? 난 네게 가지 않아. 그러니 죽을 때까지 그 해답은 나오지 않을 테고."

숨 막힐 정도로 단호한 대답에 코델리아는 서글픈 미소를 지었다.

"슬프고 잔인한 답이네요."

전쟁 내내 코델리아는 카헤시온이 위태로워 보여 견딜 수가 없었다. 그리고 저 남자의 모든 것을 지배하는 시로벨이라는 여자의 존재를 떨쳐내지 못해 괴로웠다.

시로벨은 절대로 돌아오지 못할 것이다. 그렇게 되면 당신은 어떻게 될까? 카헤시온, 당신은 정말 어떻게 되는 거야?

설사 그것이 끝이라고 하더라도 코델리아는 멈출 수 없었다. 받아들일 수 없었다. 그걸 받아들인다는 것은.

'내 전부를 포기하는 거야. 내 세상이, 그대로 무너지는 거라고.'

제르린은 자신이 할 수 있는 모든 방법을 동원하여 시로벨의 행방을 찾으려 노력했다. 카헤시온 형님이 그녀의 흔적을 찾았다는 것은 분명 제라드가 찾아냈다는 것일 테고, 그가 한 것을 자신도 찾지 못할 이유가 없었다.

"반드시 찾을 거야, 반드시."

그는 시로벨을 놓쳤던 때의 기억을 더듬었다.

"분명 엄청난 고위급 마법사의 소행일 텐데……."

그 정도의 마법을 다루는 자라면 자신이 모를 리가 없었다. 대륙 전체에 소문이 나서 어느 나라에서든 데려가려고 안간힘을 쓸 테니까. 하지만 아무도 떠오르는 이가 없었다.

생각에 잠긴 제르린을 방문한 이가 있었으니, 바로 세네티아였다.

"무슨 일이야? 여기까지. 현자들과 요즘 바쁘지 않아?"

"신원을 알 수 없는 자의 연락이 들어왔어요. 제르린 오라버니를 찾는지라……."

"나를?"

"처음에는 무시하려고 했지만 시로벨 비전하를 입에 담아서요."

제르린은 황급히 세네티아에게서 마법구를 받아들었다. 잠시 후, 마법구가 빈찍이면서 출처를 일 수 없는 목소리가 흘러나오기 시작했다.

[아, 아! 제르린 황자를 데려왔나?]

"대체 누구야?"

처음 듣는 여인의 목소리에 제르린은 경계심이 가득한 어조로 물었다. 상대방의 얼굴은 보이지 않고 그저 뿌연 안개 같은 것에 기려 목소리만 울릴 뿐이었다.

[어머, 드디어 나왔네. 내 목소리 제대로 들리고 있죠?]

"누구냐고 물었어. 시로벨을 안다고 했다던데?"

[맞아요. 시로벨 비전하를 잘 아는 사람이죠. 제르린 황자 전하께 알려 드릴 게 있어 서 이렇게 연락을 드렸답니다. 누군가 당신 이름을 마음대로 쓰고 있다는 거 아시나요?]

"뭐?"

[그것도 아르반 왕궁에서.]

제르린은 마법구를 움켜쥐며 소리쳤다.

"그게 무슨 말이야! 누가 내 이름을 쓰고 있다고? 그것도 아르반 왕궁에서?"

[시로벨 비전하께서요.]

그 말을 끝으로 마법구의 연결이 끊어졌다. 무거운 침묵. 제르린은 믿을 수 없다는 표정으로 마법구를 바라보았다.

아르반 왕궁에서 시로벨이 자신의 이름을 쓰고 있다고? 아니, 그것보단 지금 시로벨이, 시로벨이…….

"제르린 오라버니?"

"이거였어? 카헤시온 형님이 숨기고 계시는 게……. 하지만 형님은…… 그래, 어쩌면 거기가 안전할지도 모른다고 생각하신 건지도. 하지만 절대로 아르반은 시로벨에게 안전한 곳이 아니야!"

"오라버니!"

제르린은 황급히 방을 빠져나와 마법진이 있는 곳으로 달려갔다. 지금 당장 카헤시온 형님을 찾아가서 진실을 말해야 한다. 시로벨이 아르반에 있는 게 확실하다면 숨겨두었던 과거를 밝히는 한이 있더라도 그녀를 데리고 와야 했다.

마법구의 연결을 끊은 카산드라는 묘한 표정을 짓고 있는 고양이가면을 바라보았다.

"카산드라 님."

걱정스러운 목소리에 카산드라는 괜찮다는 듯 웃어 보였다.

"걱정 마. 시로벨은 무사할 테니까. 모든 게 완벽하게 흘러가고 있어."

"비전하는 카산드라 님에게 직접 나머지 진실을 듣겠다고 하셨습니다. 화가 잔뜩 나셨어요."

"그렇겠지. 예전의 시로벨이라면 감히 상상도 하지 못할 테지만 지금의 시로벨이라면 가능하지. 내가 예언한 빛이니까."

아주 오래전에 이사벨라의 운명과 함께 내려온 예언. 이사벨라의 마지막 간절한 소원을 이뤄주기 위해 카산드라는 예언의 주인공인 왕녀를 찾아 아르반으로 왔었다. 그리고 시로벨, 그녀를 만났다. 하지만 그녀는 도대체 어떻게 시로벨이 빛이 되는지 알 수가 없었다. 그녀는 그저 평범한 왕녀였다. 그것도 너무나 불행한 운을 타고난……. 그런데 신기하게도 다른 세계의 그녀가 그 몸에 깃든 순간. 그녀는 눈이 부실 정도로 빛나게 되었다.

예언은 그렇게 이루어진 것이다.

"처음부터 그 예언의 주인공은 두 번째 북쪽, 다른 세계의 그 아이였던 거지."

하지만 아르반엔 시로벨 말고 또 다른 빛이 있었다. 그리고 카산드라는 그 빛에 휘말리고 말았다. 다른 세계의 그녀가 이곳으로 온 이유. 진짜 시로벨이 목숨까지 걸어야 했던 그 이유.

'곧 너는 선택을 하게 될 거야.'

카산드라는 자리에서 일어섰다. 그러다 문득 뭔가를 떠올리고선 고양이가면에게 물었다.

"반홀의 행방을 찾았다고?"

❀   ❀   ❀

오늘도 여전히 시로벨은 체자르의 옆에 서 있었다. 하루 종일 하는 일 없이 빈둥대기만 하는 그의 곁에서 버티는 시간이 무의미하고 너무 무료해 잠시라도 자리를 비울라 치면 체자르가 곧바로 그녀를 붙잡았다.

"어디 가는 거지?"

"바쁘신 것 같아서……."

"네가 신경 쓸 일이 아니야. 옆에 그냥 있어."

아오! 저 미친 자식. 설마 남자도 좋아하는 거야? 뭐 저런 또라이 같은 새끼가 다 있어!

시로벨은 자신의 인내심을 테스트한다 생각하며 꿋꿋하게 버텼다.

그때, 다급한 발소리와 함께 아르반 왕궁의 기사가 체자르를 찾아왔다. 기사의 눈빛은 불안함으로 일렁이고 있었다.

"체자르 저하, 비트니안 제국에서 당도한 급서입니다."

체자르는 기사가 내미는 급서를 받아 들었다. 그의 눈가가 희미하게 굳어지더니 입가엔 비릿한 미소가 떠올랐다.

시로벨은 관심 없는 척하면서도 곁눈질로 그쪽을 주시했다.

"국경에서 접전이 벌어지고 있다?"

"예, 제로비안에서 드디어 마티디안의 지원병을 받은 듯합니다."

"지휘자는?"

시로벨은 순간 심장이 빨라지는 걸 느끼며 저도 모르게 주먹을 움켜쥐었다.

"제3황자 카헤시온 체스처 마티디안입니다."

"……흡."

카헤시온이라는 말에 시로벨은 자신도 모르게 숨을 크게 들이쉬며 동요했고, 체자르는 이쪽을 빤히 바라보았다. 그러다 이내 기사를 쳐다보지도 않고서 짧게 말했다.

"나가봐."

"저하, 비트니안에서는 새로운 병력을 원하는 듯하온데……."

"그럼 보내줘. 우리 같은 약소국이 제국의 말을 거역할 수 있겠나? 또한 비트니안이 살아야 우리가 살 수 있으니 보내줘야지."

"예, 하면 이만."

이렇게 계속 기사를 보내는 것은 아르반의 백성들의 목숨만 잃는 일이있지만 제자르는 그런 것에 관심이 없있다.

"당황한 건가?"

"아닙니다."

체자르의 목소리에 시로벨은 침착함을 가장하며 고개를 가로저었다. 여기서 흔들리면 어쩌자는 거야. 침착해. 그는 무사할 거야, 카헬, 그는…….

'괜찮을 거야.'

어느새 체자르가 다가와 손을 뻗었다. 얼굴을 붙잡힌 시로벨은 부러 더 당당한 표정으로 그의 눈을 응시했다.

"카헤시온이라는 이름에 당황한 것 같던데……."

"글쎄요."

"아는 사람인가?"

"마티디안 제국의 제3황자를 모르는 것이 이상한 게 아닙니까?"

"내가 묻는 건 개인적으로 아냐는 것이다."

"설마요. 어찌 감히 용병 따위가."

그의 손길이 점차 아래로 내려와 목덜미를 방황하며 머리카락을 움켜쥐었다. 그 접촉에 소름이 돋을 것 같았지만 시로벨은 꾹 참았다.

"아무리 생각해도 넌 그녀와 너무 닮았다, 제린."

"……."

"네가 여자라면 얼마나 좋을까?"

그의 낮게 속삭이는 목소리가 마치 사슬처럼 그녀를 옭아맸다. 시로벨은 체자르의 손을 떼어내며 말했다.

"하지만 저는 남자입니다, 체자르 저하."

"그래, 남자……."

체자르는 한 걸음 뒤로 물러나더니 탁자 위의 컵을 들어 시로벨에게 건네주었다.

"마시겠는가?"

"아니요, 괜찮습니다."

"하지만 난 안 괜찮은데."

"예?"

체자르는 물을 마시면서도 시선은 그에게서 절대로 떼지 않았다. 저 미친놈이 왜 저러나 싶어 경계하던 시로벨의 뒷목을 재빨리 끌어당긴 체자르가 순식간에 그녀의 입술을 집어삼켰다. 그리고 자신이 머금고 있던 물을 시로벨의 입으로 밀어 넣었다. 갑자기 입안으로 들이닥친 물과 그의 용납할 수 없는 행동에 시로벨은 체자르의 정강이를 걷어차는 동시에 힘껏 그의 뺨에 주먹을 내리꽂았다.

픽!

둔탁한 마찰음과 체자르는 바닥으로 나가떨어졌다. 시로벨의 눈동자는 그 어느 때보다 살벌하게 빛났다.

"무슨 짓이야. 죽고 싶어?"

감히 용병이 왕세자에게 할 법한 말은 아니었으나 체자르는 뭔가 그리 즐거운지 낄낄 웃어댔다.

"혹시나 해서 계속 널 주시하며 술수를 무력화시키는 약을 지니고 있었지."

체자르는 품에서 뭔가를 꺼내 물에 집어넣었다. 그것은 순식간에 물에 녹아 사라졌다. 시로벨은 떨리는 시선으로 그를 바라보았다.

"잘 돌아왔다, 나의 누이여."

시로벨은 그제야 제 목소리가 다시 가늘게 바뀌었다는 것을 깨달았다. 그녀는 그를 노려보며 짧게 속삭였다.

"미친 새끼, 눈치 한번 더럽게 빠르네."

이로써 잠복은 실패다.

❋ ❋ ❋

이렇게 계속 시간을 보낼 수는 없었다. 비트니안 제국을 흔들 만한 결정적인 한 방이 필요하다고 생각한 카헤시온은 제로비안 제국의 지휘자 볼모르 경과 작전회의를 거듭했다. 이번 작전에서 가장 중요한 것은 지형을 제대로 살피는 것. 그 곁으로 코델리아 가 침착한 표정으로 자리를 지키고 있을 때, 누군가 다급히 막사 안으로 들어섰다.

"카헤시온 황자 전하."

"무슨 일이냐?"

"마티디안과 연결된 마법진에서 움직임이 감지됐습니다."

"마티디안? 대체 누가……."

"제르린 황자 전하이십니다."

병사가 말을 끝내기도 전에 제르린이 막사 안으로 모습을 드러 냈다. 카헤시온은 그가 여기에 나타난 것을 도저히 믿을 수가 없 었다.

"제르린, 네가 대체 왜……."

제르린은 잔뜩 굳은 표정으로 카헤시온을 제외한 다른 이들에 게 말했다.

"잠시 카헤시온 황자 전하와 단둘이 얘기를 좀 하고 싶습니다. 자리를 비켜주시겠습니까?"

코델리아와 볼모르 경은 갑작스러운 상황에 움직일 수가 없었고, 카헤시온은 제르린의 무례한 행동에 화를 냈다.

"지금 중요한 회의 중이다. 할 말이 있다면 나중에 해라."

"내겐 이게 더 중요해!"

제르린의 눈동자엔 분노가 서려 있었다. 분위기가 심상치 않음을 깨달은 코델리아가 볼모르 경에게 눈짓을 했다.

"잠시 자리를 비켜주죠."

"미안합니다. 회의는 잠깐 뒤로 미루죠."

카헤시온의 사과를 받은 후 두 사람은 막사 밖으로 나갔다. 코델리아는 순간 불길한 느낌이 들었지만 이내 고개를 가로저었다.

막사 안에 남은 두 사람 사이에는 말이 없었다. 카헤시온은 사소한 일에 이리 억지를 부린 것이라면 용서하지 않겠다는 듯한 얼굴로 제르린을 노려보았다.

"대체 네가 왜 이렇게 얼빠진 행동을 하는지 들어보자."

"……내게 왜 숨긴 거야?"

"뭘?"

"시로벨이 아르반에 있다는 사실."

"네가 그걸 어떻게……."

"그게 중요해? 대체 왜 숨긴 거야, 왜!"

"네가 이렇게 나올 줄 알았으니까. 그리고 아직 확실한 것도 아니었고……."

여전히 사태의 심각성을 모르는 카헤시온의 말에 제르린은 눈을 질끈 감으며 외쳤다.

"아르반에 있어."

"……뭐?"

"시로벨이 아르반에 있다고. 그 개자식 손에 있다고!"

카헤시온은 도대체 제르린이 왜 이렇게 화를 내며 안절부절못하는지 이해할 수가 없었다.

"도대체 무슨 일로 이러는지 설명을 해라!"

"형, 내 말 잘 들어. 시로벨은 확실하게 아르반에 있어. 모두 기억해 낸 게 분명해. 그래서 체자르에게 복수하려고 하는 거라고! 하지만 체자르는 만만치 않은 놈이야. 이대로 가다간 시로벨이 위험해져!"

"복수라고? 시로벨이 어째서 아르반의 왕세자에게 복수를 해야 한다는 거지?"

제르린은 지금이야말로 모든 걸 털어놓아야 할 때임을 깨달았다. 용기를 내야 한다. 그때처럼 또다시 시로벨의 손을 놓을 수는 없었다.

'나는 못 했지만 형이라면…….'

제르린은 모든 사실을 털어놓았다. 시로벨을 향한 체자르의 집착과 악행, 그로 인해 그녀가 얼마나 괴로운 나날을 보냈어야 했는지도 모두. 마티디안에서 다시 만난 그녀가 아르반에서 있었던 일을 기억하지 못하는 것을 보고 그녀가 기억을 잃었음을 알았다는 것까지.

제르린의 말을 듣는 카헤시온의 표정은 뭐라고 말할 수 없을 만큼 고요해졌다. 하지만 그 고요함이 상대방의 숨을 앗아갈 만큼 지독히도 무서웠다.

그녀는 그런 고통을 삼키고서 마티디안으로 온 것이다. 스스로 모든 것을 놓아버리지 않으면 살 수 없을 것 같은 그 고통을 끌어안으며 이곳으로 온 것이다.

"카헤시온 황자 전하."

막사 밖에서 기사의 목소리가 들려왔다. 카헤시온은 한곳을 매섭게 응시하며 기사를 불러들였다.

"비트니안의 군사가 증가하였습니다. 아르반에서 군대를 보낸 듯합니다."

"……볼모르 경을 불러라. 작전을 바꾼다."

"예?"

"지금 비트니안을 제대로 흔들 수 있는 방법은 하나. 아르반을 공격한다."

제르린은 떨리는 시선으로 가헤시온을 바라보았다. 하지만 그는 제르린을 쳐다보지 않은 채 막사를 빠져나갔다. 밖에서 기다리고 있던 코델리아가 그를 가로막았다.

"아르반이라니요. 당신은 지금 사사로운 감정 때문에 독단적으로 지휘권을 흔드는 것입니다. 고작 감정놀음에 흔들릴 정도로 이 전쟁이 우스워 보이던가요!"

코델리아도 모든 걸 들었다. 시로벨의 과거 그 불운했던 일들까지 모두. 그녀가 가엾지 않은 건 아니었지만 그래도 물러설 수 없었다. 이대로 카헤시온이 아르반으로 가버리면 모든 것이 끝이었다.

"현재 비트니안에게 계속해서 군대를 보내주고 있는 곳이 아르반이다. 그러니 아르반을 쳐야 비트니안의 허리가 끊긴다."

"그건 변명일 뿐이에요!"

"그래. 내가 감정에 흔들리는 거야. 설령 모든 것을 버려야 한다고 해도, 내 목숨을 걸어야 한다고 해도 상관없어. 지금 그녀에겐 내가 필요해. 그녀가 날 어둠에서 꺼내주었듯, 이번엔 내가 그녀를 어둠에서 꺼내줄 차례야."

카헤시온은 코델리아를 스쳐 지나갔다. 허망한 메아리가 그녀의 머릿속을 울리고 있었다. 코델리아는 고개를 들어 그의 뒷모습을 바라보았다. 완전히 뒤바뀐 그의 진심을 보았다. 애써 외면하고 있던 카헤시온이라는 사내의 진심을. 그녀는 서늘한 표정으로 뭔가를 결심한 듯 돌아섰다.

그렇게 그는 모든 것을 내던진 채 오직 하나의 빛. 자신의 그 빛을 향해 망설이지 않고 달려가기 시작했다.

정체를 들키고 시로벨은 그녀가 아르반에서 지내던 방에 갇히고 말았다. 하지만 더 수상한 건 체자르의 행보였다. 분명 뭔가 위험한 행동을 할 줄 알았는데 그는 고작⋯⋯.

"우리 아르반의 왕녀, 시로벨 아가렛토 아르반이 돌아왔다."

왕궁의 사람들에게 시로벨의 귀환을 알렸을 뿐 그 뒤 모습을 드러내지 않았다. 그게 마치 폭풍전야인 것 같았다.

"거슬려. 아주 거슬려. 대체 무슨 속셈이지?"

시로벨은 작은 방 안을 정신없이 왔다 갔다 하며 어떻게 여기서 빠져나갈지, 그리고 앞으로 어떻게 할지를 고민했다. 그러던 중 갑자기 문이 벌컥 열렸고 시로벨은 경계 어린 눈빛으로 그쪽을 노려보았다. 굉장히 역한 향기와 독한 술 냄새를 풍기며 한 여자가 들어왔다. 손만 대도 그대로 흘러내릴 듯한 야릇한 옷차림에 시로벨은 눈살을 찌푸렸다. 저런 옷을 제정신에 입을 수 있다니 어떤 의미로든 굉장했다.

체자르를 닮은 듯한 묘한 눈빛의 여인이 시로벨을 응시했다.

"오랜만이구나, 시로벨."

목소리를 듣는 순간, 시로벨은 그녀가 누구인지 알아차렸다.

"오랜만입니다, 메리헬 왕비마마."

메리헬은 시로벨의 인사에 웃음을 머금으며 그녀에게 다가왔다. 그리고 매우 다정한 손길로 그녀의 어깨를 움켜쥐며 서늘하게 속삭였다.

"죽어버리지 왜 돌아왔니?"

"……."

"수치스럽지도 않니? 나 같으면 그냥 확 죽어버렸을 덴데. 어떻게 여기로 다시 돌아올 수 있었을까. 안 그래?"

섬뜩한 목소리가 그녀를 옭아매기 시작했다. 본능적으로 몸이 떨리기 시작했다. 시로벨이 느꼈던 공포가 이런 식으로 그녀를 움츠러들게 만들었다. 하지만.

시로벨, 네가 정말 복수를 하고 싶다면 나에게 모든 걸 맡겨. 내가 지금 너의 몸을 이용하니까 넌 그저 믿고 지켜보란 말이야.

"넌 돌아오지 말았어야 했다. 쯧. 고작 너 때문에 체자르가 다시 흔들리고 있어. 너 같은 계집 때문에!"

시로벨은 제 어깨 위에 올라온 메리헬의 손목을 세게 붙잡았다. 그러곤 서늘한 시선으로 차갑게 속삭였다.

"여기서 나가야 할 사람은 내가 아니라 당신이야."

"뭐?"

"난 내 자리를 되찾으러 온 거고. 이 정도로 누릴 거 다 누리고 살았으면 이젠 물러나야지."

메리헬은 시로벨에게 붙잡힌 손의 통증에 미간을 찡그렸다. 하지만 그보단 이 아이의 기백에 더 놀랐다.

"감히, 네까짓 것이 마티디안에서 귀한 대접을 받았다고 내게 기어오르는 것이냐? 여긴 마티디안이 아니야. 이 나라는 내가 쥐고 있다고! 지금이라도 네년의 숨통을 조일 수 있어. 체자르가 왜 너 같은 계집을 갖고 싶어 하는지는 몰라도, 내가 마음만 먹으면 널 죽이는 건 일도 아니야!"

"그럼 죽여봐. 어디 한번."

"뭐, 뭐라고?"

"죽일 수 있으면 죽여보라고. 입만 살았지, 당신은 날 못 죽여. 내가 쉽게 당할 리도 없을 뿐더러 당신은 힘도 없잖아. 이 나라를 쥐고 있다고? 솔직히 실질적으로 힘을 가진 자는 체자르야. 그리고 그 체자르는 날 절대로 죽이지 않겠다고 하고 있고. 그런데 당신이 무슨 수로 날 죽인다는 거야?"

"네, 네까짓 게!"

"길거리에서 춤이나 추던 여자가 감히 누구한테 네까짓 거라고? 이봐. 서열을 정리하려면 똑바로 해. 난 아르반의 적통 왕녀야. 겨우 왕을 홀려 왕비 자리를 꿰찬 주제에 감히 누구를 겁박하는 것이냐!"

시로벨은 붙잡고 있던 메리헬의 손목을 거세게 뿌리쳤다. 그 바람에 메리헬은 휘청이며 뒤로 쓰러지고 말았다.

"하지만 그것도 곧 끝이야. 내가 전부 다 박살 내버릴 테니까.

체자르와 당신 둘 다."

"시로벨!"

시로벨은 힘으로 메리헬을 무릎 꿇리며 속삭였다.

"감히 내 이름을 함부로 입에 담지 마라. 잊었나? 난 마티디안 제국의 황자비, 시로벨 아가렛토 아르반이다. 즉."

"……."

"넌 내 밥이다, 이거지."

그날 밤, 체자르는 어머니의 분노를 지켜보며 즐거워했다. 시로벨은 변했다. 그 여리던 물빛 눈동자에 깃든 살기와 분노, 그것이 그를 더욱 즐겁게 했다.

"네가 내게 어떻게 복수할지 궁금하구나, 시로벨."

어둠이 짙게 깔린 밤, 셀레룬과 아테미스룬의 빛이 창문 안으로 스며들어 왔다.

창문이 천장에 붙어 있어서인지 바닥에 누우면 선명하게 달을 바라볼 수가 있었다. 다른 건 몰라도 이거 하나만큼은 마음에 들었다.

카헤시온이 좋아하는 달. 어느새 그녀도 저 달을 좋아하게 되었다. 왠지 저 달을 보고 있으면 가헤시온과 같은 걸 보고 있다는 느낌에 그리움을 조금 잊을 수 있었다.

"……무사하겠지. 나와 약속했으니까, 당연히 무사할 테지만."

그가 전쟁에 참여했다는 것을 알기에 걱정을 하지 않을 수가 없었다. 아르반에서의 일이 끝나기 전까지는 그를 만날 수 없기에 걱정은 두 배로 되었다. 자신의 일에 그를 끌어들이고 싶지 않았으니까. 안 그래도 다른 일로 힘든 사람인데. 하지만.

시로벨은 천천히 자리에서 일어섰다. 그에게 마음을 열면서 가끔 이렇게 온몸이 서슴없이 무너지고 만다. 그녀는 자신도 모르게 감추고 있던 마음을 입 밖에 내뱉었다.

"보고 싶다……."

그때, 갑자기 쿵 하는 소리가 울려서 시로벨은 소리가 들린 쪽으로 고개를 돌렸다. 그러자 창문 너머로 그녀가 너무나도 잘 알고 있는 이가 손을 흔들고 있었다.

"비전하! 어머 불쌍하게도 갇혀 계시네."

"카산드라?"

그녀는 여유롭게 창문을 통과해서는 방 안으로 들어왔다. 시로벨은 갑작스런 그녀의 등장에 잠시 넋을 잃었다가 이내 정신을 차리고서 그녀를 노려보았다.

"뭐야? 이런 꼴이 된 걸 구경이라도 하러 온 거야?"

"구경은 아니고, 비전하께서 절 만나고 싶어 한다면서요."

"맞아. 당신이 날 아르반으로 보낸 이유를 알아야겠어. 아직 내게 보여주지 않은 시로벨의 남은 기억까지 다 봐야겠다고!"

"그래서 제가 왔죠."

"이렇게 순순히?"

순순히 대답하는 모양새에 시로벨은 괜히 눈을 깜박였다. 이 여자가 이렇게 착하게 나오니 오히려 더 수상해졌다.

"이젠 알아야 할 때가 되었으니까요. 그리고 시로벨이 기억을 잃은 건 제가 잠시 기억을 덮어두고 있었기 때문이에요."

"뭐?"

"내 계약자의 부탁이었으니까. 그리고 지금도 난 그 계약자를 위해 움직이는 거고."

시로벨의 표정이 이상해졌다. 계약자는 또 누구란 말인가?

"이제부터 알게 되는 사실은 순전히 당신이 감당해야 해요. 또 당신은 선택해야 할 거예요. 난 그걸 위해서 지금껏 이곳에서 이 순간을 기다리고 있었으니까."

"……."

"시로벨이 당신을 이 세계로 목숨까지 걸면서 부른 이유를 이제 알려드리죠. 그럼 시작할까요?"

카산드라는 카드를 펼쳤다. 허공에서 돌아가는 카드. 바로 시로벨의 마지막 기어.

그렇게 빠르게 돌아가는 카드 속에서 그녀는 한순간 정신을 잃었다. 그리고 머릿속으로 빠르게 파고드는 기억들. 그것은 시로벨, 그녀가 카산드라로 인해 잃어버렸던 그 기억들이었다.

⚜   ⚜   ⚜

체자르가 시로벨을 붙잡으려는 그 순간, 노크 소리가 들렸다.

"체자르 저하."

바들바들 떨고 있는 시로벨을 내리누른 채로 체자르는 입을 열었다.

"누구냐."

"마티디안에서 제르린 황자 전하를 모시러 온 사신입니다. 저하께 마지막 인사를 드리러 왔습니다."

문이 열리고, 안으로 들어온 여자는 바로 카산드라였다. 그녀는 체자르를 향해 고개를 숙였다.

"마티디안에서 온 사신 아린입니다. 체자르 왕세자 저하를 뵙습니다."

시로벨은 체자르의 바로 뒤에서 그 사신을 바라보았다. 사신 역시 시로벨을 똑바로 바라보며 살포시 미소를 지었다. 시로벨은 이상하게 그 미소에 마음이 평온해지고 몸이 떨리는 것도 멈췄다.

카산드라는 시로벨을 구해냈다. 둘의 만남은 그렇게 시작되었다.

체자르는 그녀와 함께 밖으로 나갔다. 홀로 남겨진 시로벨은 뜯겨나간 옷자락을 움켜쥐었다. 더 이상은 못 버틴다. 어서 이 왕성을 나가야 했다. 하지만 어떻게? 아직 에드워드가 이곳에 있고, 제르린 오라버니는 마티디안으로 떠나 버리고 말 텐데. 이곳에 자신의 편은 아무도 없는데. 그 누구도 자신을 지켜줄 수 없는데.

"······죽어버릴까."

시로벨은 공허한 시선으로 멍하니 허공을 응시했다. 죽으면 모든 게 끝나게 될까? 에드워드를 이런 곳에 두고 계속 걱정을 하느니 그냥 같이 죽어버리면······ 그러면 행복하지 않을까?

죽음을 생각하던 시로벨은 눈앞이 일그러지는 듯한 느낌에 깜짝 놀랐다. 시로벨은 뭔가 잘못 본 건가 싶었지만, 일그러진 공간 너머로 누군가의 그림자가 비쳤다.

"하아!"

"어머, 놀라지 말아요."

그녀 앞에 나타난 것은 체자르와 함께 사라졌던 마티디안의 사신이라는 여자였다.

"다, 당신이 여긴 어떻게······."

그녀는 구겨진 옷자락을 정리하고는 시로벨을 향해 싱긋 웃었다. 그녀의 미소에는 여유가 있었고, 행동 역시 자신감이 넘치는 듯 보였다. 그 모습이 시로벨은 조금 부러웠다.

"당연히 몰래 들어온 거죠. 시로벨, 당신을 만나기 위해서."

"나를요?"

"마티디안의 사신으로 온 게 맞기는 하지만 내 목적은 당신이었어요, 시로벨. 내가 당신이 살 수 있는 길을 열어줄게요."

"그게 무슨 말이에요?"

아린은 대답 대신 손을 한 번 가볍게 움직이더니 이내 허공에서 편지 한 장을 꺼내어 그녀에게 건네주었다. 편지에는 화려한 문장이 찍혀 있었다. 그것이 마티디안 황실의 문장임을 알아본 시로벨의 눈이 떨렸다.

"그게 당신의 살길을 열어줄 거예요."

시로벨은 편지를 꺼내 읽었다. 시로벨의 눈이 놀라움으로 커진 것은 그리 오래 지나지 않아서였다.

"이사벨라 황후 폐하께서······."

"맞아요. 돌아가신 제3황자의 모후이신 분이죠. 그분이 직접 당신에게 보내는 것이에요. 당신을 제3황자의 비로 맞이하기 위해서."

편지에는 시로벨 아가렛토 아르반을 황자비로 원한다는 내용이 이사벨라 황비의 친필 사인과 함께 적혀 있었다. 시로벨은 이해할 수 없다는 표정으로 그녀를 바라보았다. 이사벨라 황후 폐하는 오래전에 돌아가셨다. 이미 돌아가신 그분이 어찌 저를 알고 이런 편지를 남기셨다는 것인지……. 게다가 마티디안에 비하면 소국에 불과한 아르반의 왕녀인 저를 황자비로 원한다는 말을 믿을 수 없었다.

"……어째서 저를? 이사벨라 황후 폐하께서 어떻게 저를 아시고……."

"지금 그게 중요한 게 아니지 않나요? 당신에게 기회가 생긴 거잖아요. 이 끔찍한 곳에서 달아난 기회, 그리고 명분."

그녀는 떨고 있는 시로벨의 손을 붙잡았다.

"망설이고 있을 시간이 없어요. 이건 당신에게 주어진 마지막 선물 같은 거예요. 이번 기회를 놓치게 된다면 당신은 이곳에서 절대로 벗어나지 못해. 체자르, 그자의 영원한 꼭두각시로 남게 되는 거야."

"……."

여자의 목소리가 독처럼 스며들었다. 시로벨의 눈이 반짝였다. 정말 이것만 있으면 이 지옥 같은 곳에서 벗어날 수 있을까? 이게 정말 내게 주어진 마지막 기회인가? 하지만 에드워드는…….

"하, 하지만 에드워드가……."

"체자르 왕세자가 곧 다시 이곳으로 올 거예요. 내가 마법으로 막아두고 있지만, 그 마법이 영원히 당신을 지켜주진 못하죠. 그 땐 나도 당신을 지켜줄 수 없어요."

체자르가 다시 온다는 말에 시로벨은 좀 전의 사건이 머릿속에 스치면서 온몸이 급속도로 떨려오기 시작했다. 이번엔 정말 그냥 넘어가지 않을 것이다. 그렇게 되면!

"사, 살려주세요. 당신은 날 살려줄 수 있죠? 나를 구해주세요!"

"당신을 구해줄 방법을 이미 알려주었잖아요? 에드워드 왕자는 당신이 훗날 구하면 되는 거예요. 황위 계승이 가장 유력한 제3황자의 아내가 되는 겁니다. 얼마나 막강한 권력이 당신의 손에 들어가겠어요."

시로벨은 다시 편지를 바라보았다. 그러곤 그것을 움켜쥐고서 고개를 끄덕였다. 그래, 이건 기회다. 이곳을 빠져나가 에드워드를 구할 수 있는 마지막 기회.

그녀는 그 길로 곧장 메리헬 왕비를 찾아갔다. 그녀는 시로벨이 직접 자신을 찾아왔다는 것에 놀란 눈을 했다.

"네가 내 방까지 무슨 일이지?"

"현재 재정이 바닥을 드러내고 있고, 그 때문에 국가의 존속마저 위태롭다는 것을 알고 있습니다."

"뭐?"

"이대로 가다간 아르반은 사라지고 말겠지요. 그리 되면 마마께서도 더 이상 아무것도 누릴 수가 없을 것입니다."

메리헬은 갑자기 찾아와 이상한 말을 늘어놓는 시로벨을 의심스럽게 바라보았다. 물론, 국고가 흔들리고 있기는 했다. 그녀가 사치를 누린 결과였다. 해서 방법을 찾고 있었는데, 저 아이가 대체 어찌 그걸?

"마티디안과 동맹을 맺으십시오. 말이 동맹이지, 아마 속국이 될 테지만."

메리헬은 생각지도 못한 말에 눈을 크게 떴다. 마티디안과의 동맹? 아니, 속국이 되는 거라 하였나? 그리되면 재정적으로 지원을 받을 수가 있었다. 하지만 어떻게?

"말이 쉬워 동맹이지, 마티디안에서 뭐가 아쉬워 그 같은 동맹을 맺겠느냐?"

"저를 쓰십시오."

"뭐?"

"제가 마티디안의 공녀로 가겠습니다. 저를 내어주고, 동맹을 맺으십시오."

메리헬은 뜻밖의 제안에 눈을 반짝였다. 아무리 보잘것없는 계집이긴 하지만 그래도 적통의 왕녀다. 그런 왕녀를 공녀로 내어준다면 동맹은 쉽게 해결될 터.

"정말 그리할 것이냐? 공녀로 가는 것이다. 참으로 수치스러운 일인데."

왕녀로서 그것은 씻을 수 없는 치욕이 될 터였다. 그런 것을 스스로 하겠다고 말하는 시로벨을 메리헬은 잠시 의심했다.

"아르반의 왕녀로서 이 나라가 이대로 무너지는 것을 볼 수는 없습니다."

"그래, 그래, 당연하지. 왕녀로서 그리해야 마땅한 것이지. 잘 생각했다, 시로벨. 참으로 잘 생각하였어. 하지만 이 어미는 참으로 마음이 아프구나."

그녀의 입술이 거짓을 속삭이며 소름 돋을 정도로 짙은 미소를 그리고 있었다. 나라를 통째로 바치는 일인데 왕비라는 여자는 전혀 거리낌이 없었다.

공녀가 되는 것보다, 저런 여자가 제 나라의 왕비라는 사실이
더 치욕스러웠다. 시로벨은 눈을 감았다. 아르반이라는 이름 석
자가 사라지는 것보다는 차라리 제국의 속국이라도 되는 모양새
가 나았다. 훗날 다시 일어설 수 있다는 희망이라도 있으니까.

'게다가 나도 이곳에서 벗어날 수 있어.'

그렇게 시로벨은 마티디안으로 떠나게 되었다. 체자르는 절대로
그럴 수 없다고 소리를 질렀지만, 메리헬은 체자르의 의견을 묵살
했다. 그리고 시로벨이 마티디안으로 떠나는 날, 체자르가 그녀를
찾아왔다.

"이런 식으로 나를 떠나겠다고?"

"비켜주십시오."

"하하하! 발칙한 것. 하지만 기억해라, 시로벨. 이것이 끝이 아
니야. 난 절대로 널 이대로 보내지 않아. 절대로! 반드시 널 데려
올 것이다. 넌 절대로 날 떠날 수 없어! 넌 이 체자르의 것이니
까!"

낙인처럼 그의 끔찍한 목소리가 맴돈다. 시로벨은 두려움을 참
고서 마지막으로 에드워드를 보기 위해 탑을 찾아갔다. 하지만
그곳에 에드워드는 없었다.

"에드워드? 어디 있어. 에드워드? 에드워드!"

감쪽같이 사라진 에드워드를 부르짖던 시로벨의 몸이 휘청이더
니 이내 의식을 잃은 채 쓰러져 버렸다. 그 앞에는 카산드라가 서
있었다. 카산드라는 시로벨의 이마를 손으로 짚었다. 새하얀 연기
가 그녀의 손끝을 휘어 감으며 사라졌다. 그건 진짜 시로벨의 기

억이었다.

"잊어라. 지금은 잊어야만 해, 그게 그 아이의 바람이니까."

한순간이라도 행복하게 살아라.

시로벨의 감긴 눈 아래로 또르르 눈물이 흘러내렸다. 그렇게 그녀는 기억을 잃은 채 마티디안의 공녀로 보내졌다. 그녀에게는 더이상 끔찍했던 순간의 기억은 남아 있지 않았다. 특히 에드워드에 관해서는 그가 그저 무사히 아르반에 있다고, 그렇게 기억되고 있을 뿐이었다.

기억을 잃은 시로벨은 마티디안에서 사람들과 교류하지 않은 채 지냈다. 그녀의 행복을 바라며 카산드라가 기억을 지웠지만 그녀는 가끔 멍하니 하늘을 보며 이유 없이 눈물을 흘릴 때도 있었다. 기억은 잃었지만 온몸이 기억하고 있었다. 그 때문에 남편인 카헤시온과의 관계도 좀처럼 나아지지 않았다.

그러던 어느 날, 그녀의 운명을 삽시간에 바꿔 버린 사건이 일어났다.

"비전하, 아르반에서 소식이 당도하였는데……."

"무슨 일입니까?"

시로벨은 그날도 역시 홀로 산책을 하면서 멍하니 하늘을 보고 있었다. 오늘은 어쩐지 가슴이 조금 답답하고 머리가 어지러웠다.

"에드워드 왕자께서……."

"에드워드. 나의 사랑스러운 동생. 그 아이에게 무슨 일이 있는 건가요?"

"……숨을 거두셨다고 합니다."

머릿속으로 뭔가가 우지끈 하는 소리가 울리는 것 같았다.

"뭐라고요?"

"어제 저녁에 세상을 떠나셨습니다, 비전하."

그리고 다시 우지끈 소리가 났다. 기억을 가리고 있던 무언가가 산산조각나면서 깨지는 소리였다.

"아니야. 그럴 리가……. 에드워드는 아르반에서 잘 지내고 있는데. 잘 지내고 있는데. 그런데…… 아!"

탑에 갇힌 에드워드와 저에게 집착하며 괴롭히던 체자르의 모습이 떠올랐다. 그리고 마지막으로 그 아이의 얼굴을 보지 못한 것과 동시에 사실은 무섭고 두려워서, 자신이 살기 위해서 에드워드를 버리고 이곳으로 도망쳐 온 미안함까지 모두 떠오름과 동시에 자신에 대한 혐오감이 그녀를 짓누르기 시작했다.

"아, 아, 아…… 악!"

"비전하!"

"아니야! 아니야! 아니야! 에드가 죽었을 리가 없어. 그럴 리가 없어! 나 때문이야. 나 때문에! 에드워드! 에드워드!"

시로벨은 미친 듯이 달리기 시작했다. 미친 여자처럼 달리고 또 달리며 에드워드를 찾아 헤맸다. 말도 안 된다. 그 아이가 죽었다니!

'나 때문에 죽은 거야. 내가 구해주지 못해서. 내가 옆에 있어주지 못해서. 내가, 내가 그 아이를 버려서!'

미친 듯이 달리다가 그녀는 그 자리에 털썩 주저앉았다. 숨을 제대로 쉴 수가 없었다. 혼란스러운 와중에도 그녀는 복수를 해야 함을 깨달았다. 저와 에드워드를 이렇게 만든 체자르에게 복수를 해야 했다. 하지만 아직도 여전히 그녀를 잠식하고 있는 공포가 강했다. 체자르에게 지금껏 차곡차곡 쌓였던 두려움은 그녀를 자꾸만 옥죄고 있었다. 입술을 깨물며 바닥에 댄 손을 주먹 쥐며 부르르 떠는 그녀의 앞으로 카산드라가 나타났다.

"아린……."

"아직도 그 이름으로 기억하는군."

"하지만 그 이름이 아닌 거죠? 당신은, 도대체 누구예요?"

카산드라에게서 감히 범접할 수 없는 기운이 흘러나왔다.

"시로벨, 이제 당신이 선택해야 할 때가 되었어. 체자르에게 복수하고 에드워드를 살릴 수 있는 선택."

에드워드를 살릴 수 있다는 말에 시로벨의 눈동자가 흔들렸다. 그 아이를 살릴 수 있다고?

"에드를, 에드워드를 살릴 수 있다고? 정말인가요?"

"대신 당신의 목숨을 걸어야 하지."

"……."

"당신이 죽어야 해. 그 대가로 에드워드는 살 수 있게 될 거야. 어때, 그래도 하겠어? 당신은 이대로 살아도 상관없잖아. 마티디안의 황자비로서의 삶이 나쁘지 않을 텐데? 어쩌면 곧 황후가 될 수도 있고."

그럴지도 모른다. 하지만 시로벨은 고개를 저었다. 동생을 잃고 자신이 행복할 리 없을 테고, 그런 제 곁에서 남편인 카헤시온 황자 역시 마찬가지일 것이다. 모두가 불행해질 뿐이다. 시로벨은 에드워드를 살릴 수 있다면 목숨을 내어주어도 하나도 아깝지 않았다.

"내 목숨, 내어줄게요. 에드워드를 살려줘요. 그리고 모든 걸

바로잡아 줘요!"

"후회하지 않겠어?"

"절대로 후회하지 않아요. 이게, 내 선택이에요."

카산드라는 고개를 끄덕이며 이곳과 또 다른 세계에 존재하는 또 다른 시로벨의 영혼에 관해서 말했다.

시로벨은 카산드라가 말한 때를 기다렸다. 그리고 마침내, 그녀는 자신의 목숨을 걸어 아르반을 수호한다는 드래곤을 불러내 이곳과 다른 세계에 있다는 또 다른 자신을 불러들였다. 그렇게 이곳으로 온 것이 한소휘, 그녀였다.

⚜　　　⚜　　　⚜

카산드라가 보여준 기억이 끝나고 시로벨, 아니, 소휘는 멍한 시선으로 카산드라를 바라보았다.

저승사자, 아니, 드래곤의 실수가 아니었다. 진짜 시로벨이 저를 여기로 부른 것이었다. 그것도 자신의 목숨까지 걸어가면서. 그렇다면…….

"……진짜 나는 어떻게 된 거지? 난 지금껏 진짜 내 몸에 시로벨이 있다고 생각했어. 그런데 그게 아닌 거야? 그녀는…….

"그녀는 죽었어. 널 이곳으로 데려오는 대가로."

"……그럼 진짜 나는?"

카산드라는 잠시 침묵을 삼키다 입을 열었다.

"너 역시 죽었지."

시로벨은 놀라지 않았다.

"그래, 한소휘. 내가 널 살려주겠다. 네가 새로운 삶을, 또 다른 너의 운명을 살 수 있도록."

그게 이런 의미였던 건가? 새로운 삶? 또 다른 운명? 그게 시로벨의 몸에서 시로벨로 살아야 한다는 의미였어? 다시 그를 찾아 원래의 모습으로 돌아갈 수 있다는 믿음 하나만 갖고 살았다. 그래서 카헤시온과의 인연이 깊어지는 것을 두려워했다. 진짜 시로벨의 자리를 내가 빼앗는 것 같아서 죄책감마저 들기도 했다. 그런데 진짜 시로벨은 이미 완전히 사라졌고, 한소휘 역시 죽어서 돌아갈 곳이 없다고? 그럼 도대체 나는 뭐야. 나는 여기서 이제 뭘 어떻게 해야 하는 건데!

그녀의 눈동자가 혼란으로 가득 차 흔들렸다.

"그래, 넌 이미 죽었지. 시로벨이 널 불렀기 때문에 너 역시 이곳으로 오기 위해선 죽을 수밖에 없었어. 하지만 너 역시 그곳에서의 생이 그리 길진 않았어. 시로벨로 인해 너는 이곳에서 원래의 생보다 더 살 수 있었던 거야. 서로가 서로를 지켜준 셈이 된 거지. 이 모든 게 우연은 아니야. 전부 다 운명. 하지만 네가 원한 것은 아니었지. 그래서 이젠 선택할 수 있어."

"그게 무슨 말이야? 설마 내가 돌아갈 수 있다는 거야? 다시 한국으로?"

카산드라는 그녀에게 천천히 다가왔다. 그리고 소휘와 눈을 마주하며 입을 열었다.

"시로벨이 제 목숨을 걸어서까지 반홀을 부르고 널 이 세계로 데려온 것은 오직 하나를 위해서였어. 에드워드를 살리는 것. 또한 체자르를 향한 복수. 그 아이의 선택은 그러했어."

"그래서?"

"넌 시로벨의 그 선택을 들어줘야 해. 그 선택을 들어줘야 너 역시 선택을 할 수 있게 돼."

"대체 무슨 말을 하는 거야. 알아먹을 수 있게 말하라고!"

"체자르에게 복수하고, 에드워드를 되살리면 돼."

그녀는 어이가 없어서 입만 벙긋거렸다. 좋다, 그래. 체자르에게 복수를 해주겠다고 쳐도 대체 이미 죽어버렸다는 에드워드는 어떻게 살리란 것인지 기가 막혔다.

"그 에드워드라는 녀석 죽은 거 아니야? 살아 있어?"

"아니, 죽었지."

"이봐, 근데 날더러 어떻게 죽은 녀석을 살리라는 거야. 난 형사였지 의사가 아니었어. 그리고 의사였다고 하더라도 죽은 사람을 되살린다는 게 말이 되냐고!"

그때 쿵쾅쿵쾅 발소리가 요란하게 들려왔다. 바깥쪽이다. 소휘는 불안한 시선으로 카산드라를 바라보았지만, 그녀의 몸은 점점 희미해지고 있었다.

"어디 가! 말은 다 하고 가야 할 거 아니야!"

"에드워드를 되살리는 거, 네가 먼저 체자르에게 복수를 한 다음에 가르쳐 주지. 다시 한 번 말하지만, 네가 시로벨의 선택을 이루어줘야 너 역시 선택을 할 수가 있어. 그걸 기억해, 한소휘."

"빌어먹을!"

"혼란스러워하지 마. 넌 지금껏 네가 카헤시온의 옆에 있어도 되는지 망설였지? 진짜 시로벨의 것을 빼앗는 거라 생각했지? 하지만 내가 카헤시온의 빛이라고 예언했던 존재는 이곳에 있는 시로벨의 영혼이 아니었어. 네 영혼이 그 몸에 깃들었을 때 내 예언의 빛은 무척이나 강해졌고, 비로소 시작된 것이었다."

"……."

"두 번째 북쪽에서 걸어오는 태양. 그러니까 내 예언의 빛은, 카헤시온에게 빛이 되는 존재는, 한소휘 바로 너야."

생각지도 못한 한마디. 그 한마디에 소휘는 심장이 미치도록 빠르게 두근거렸다. 항상 가슴께에 걸려서 애써 외면하고 있었던 것이 그것이었다. 내가 정말 카헤시온의 빛이었다고? 시로벨이 아닌 한소휘가?

"나를, 의미한 거라고?"

"이곳의 시로벨과 너의 영혼은 같아. 단지 살아가는 시간과 공간만 다를 뿐이지. 너희만이 아니라 모든 이들에겐 각자 다른 시간과 공간 속에서 살아가는 똑같은 영혼이 있어. 그들은 결코 서로 만나는 일이 없지. 그건 시간의 섭리를 거스르는 일이니까. 그들이 같은 공간에 존재하기 위해선 어느 한쪽이 죽어 없어져야 해."

"그래서 시로벨이……."

"그러니까 네가 그 몸에 깃들어서 살아왔던 시간, 그 순간을 절대로 거짓이라고 생각하지 마. 그건 온전히 너의 운명이었고, 너의 시간이었어. 카헤시온 황자를 변화시킨 건 순전히 너야. 카헤시온 황자의 마음을 움직인 것 역시 한소휘, 너고. 그러니 마지막 순간까지 절대로 무너지면 안 돼. 절대로 흔들리면 안 돼."

카산드라의 존재가 완전히 사라지고 기다렸단 듯 문이 벌컥 열리면서 체자르가 모습을 드러냈다. 소휘, 아니, 시로벨은 흔들리는 눈빛으로 체자르를 바라보았다. 카산드라의 말이 머릿속에 남아 계속 메아리쳤다. 네가 카헤시온의 빛이라고. 시로벨은 그것 하나만 믿고 가기로 했다. 그리고 카헤시온, 그가 너무나도 보고 싶었다. 그를 보기 위해선, 그리고 나의 선택을 하기 위해선……

"이렇게 얌전히 있어주니 고맙군."

눈앞에 있는 체자르, 저 녀석부터 해결해야만 한다.

시로벨을 떠난 카산드라는 아르반 왕궁이 보이는 언덕 위에 섰다. 그리고 어느새 제 뒤에 선 누군가에게 말을 걸었다.

"오랜만이군. 반홀. 아직은 좀 더 숨어 있지 그랬어."

카산드라의 뒤로 반홀, 그가 서 있었다. 소휘와 헤어졌던 모습 그대로. 여전히 황금빛과 흑빛이 섞인 묘한 머리카락이 바람결에 흔들렸고, 카산드라를 바라보는 눈빛은 한없이 서늘하게 가라앉아 어쩐지 섬뜩함마저 느껴지고 있었다.

"어쩐지 조금 이상하다고 생각했지. 아르반의 왕녀가 나를 깨우는 방법을 알고 있을 리가 없었으니까. 그런데 이 모든 것이 카산드라, 너의 짓이냐?"

그녀는 그제야 고개를 돌려서 오랜 벗인 반홀을 바라보았다. 자신 때문에 그는 도망자 신세를 면치 못하고 있는 것이나 마찬가지였다. 하지만 좀 더 제 눈에 닿지 않은 곳으로 도망쳐 줬으면 좋았을 텐데.

"그래, 내가 네 녀석을 깨우는 방법을 시로벨 왕녀에게 가르쳐 주었지. 그리고 다른 세계에 존재하는 또 다른 시로벨의 영혼을 데려오는 방법 역시도."

"도대체 왜 그런 짓을 한 거냐. 예언의 드래곤인 네가 운명을 거스르는 그런 짓을!"

카산드라는 서글픈 미소를 지으며 속삭였다.

"나의 계약자의 바람이었고, 또한 나의 계약자를 살리고 싶었으니까."

"카산드라 너 설마…… 인간과 계약한 거냐?"

그녀는 고개를 끄덕였다. 예언의 드래곤, 카산드라는 아르반의 버려진 왕세자, 에드워드와 계약을 했다. 결코 지워지지 않을 영원의 계약을…….

❦　　❦　　❦

아르반에 도착한 카산드라는 굶주림으로 죽어가는 아르반의 백성들을 바라보며 아르반이 역사 속으로 사라지고 있음을 느낄 수 있었다.

"여길 수호하는 녀석이 반홀일 텐데. 녀석, 아무래도 다른 곳으로 가야겠군."

블랙캣의 붉은 가면으로서 아르반에 온 것이라면 당장에 돌아갔을 것이다. 이런 곳이라면 귀족들마저 제대로 된 재물이 없을 테니까. 하지만 오늘은 그런 이유로 아르반을 찾은 것이 아니었다. 카산드라는 고개를 들어 아르반 왕궁을 바라보았다. 오늘 그녀가 이곳에 온 이유는 하나. 시로벨 아가렛토 아르반, 자신이 내린 예언의 주인공을 만나기 위해서였다. 그녀가 빛을 품고 올 것이라 말했지만 정확히 그 빛이 무엇인지, 정녕 그 빛이 존재하기는 하는지 카산드라도 정확히 알 수는 없었다. 그녀는 그저 예언을 보는 것이기에, 정확한 운명은 알 수가 없었으니까. 하지만 이사벨라의 마지막 소원을 친구로서 꼭 들어주고 싶었다. 그래서 그 주인공을 만나기 위해 이렇게 아르반으로 온 것이다.

"그럼 어디, 가볼까."

카산드라는 날렵한 움직임으로 단숨에 아르반 왕궁에 잠입했다. 전설의 도둑 길드를 이끄는 수장의 실력이 어디 가는 것이 아니었다. 게다가 시로벨 왕녀를 찾는 것도 그리 어렵지 않았다. 그녀는 어떤 방에 갇혀 있었다.

카산드라는 방에 갇힌 채 아무것도 하지 못하는 왕녀를 주시했다. 시로벨 왕녀의 모습은 예언에서 나왔던 모습 그대로였다. 붉게 타오르는 듯한 머리카락이 쏟아져 흘렀고, 그 너머 창백하게 질린 표정 위로 시리게 빛나는 물빛 눈동자가 연신 불안하게 떨리고 있었다. 현재 아르반 왕궁이 어떤 상황인지 대충 알고 있는 카산드라는 점점 죽어가는 것이나 마찬가지인 그녀를 보며 혀를 찼다.

"흠. 이거 곤란한데."

그녀에게선 전혀 빛이 느껴지지 않았다. 아니, 빛은커녕 오히려 나약하기 그지없었다. 대체 저런 왕녀가 무슨 빛을 준다는 거지? 하지만 분명 카드가 가리킨 것은 저 왕녀가 맞는데.

'네 예언이 잘못된 건가? 물론 인간의 운명이란 시시각각 변하기 마련이라고는 하지만…… 저토록 아무것도 보이지 않다니.'

예언이 바뀐 걸까? 사라진 걸까? 그렇다면 더더욱 곤란한데.

카산드라의 미간이 한껏 굳어지면서 그녀는 이내 한숨을 내쉬며 걸음을 돌렸다. 아무래도 본체로 돌아가서 제대로 알아봐야 할 것 같았다. 정녕 그 예언이 잘못된 것인지, 아니면 예언의 내용이 바뀐 것인지.

아르반 왕궁을 떠나려는 순간, 갑자기 뭔가 강렬한 것이 그녀의 발목을 붙잡았다. 카산드라는 왠지 모를 두근거림과 머릿속에서 일렁이는 묘한 느낌에 고개를 돌렸다.

'뭐지? 무언가, 나를 부르고 있어.'

하지만 대체 어느 누가 예언의 드래곤을 움직이는 거지?

카산드라는 어쩐지 불안한 기분이 들었지만, 왕궁을 떠날 수가 없었다. 자신을 끌어당기는 힘에 그녀는 그것을 쫓아 달리기 시작했다. 아르반 왕궁의 꼭대기. 가장 높은 철탑에서 느껴진다.

'대체 뭐야. 점점, 가슴이 뜨거워.'

마침내 걸음을 멈춘 그곳에, 그가 있었다. 한때 아르반의 왕세자였던 에드워드 왕자. 그가 떨리는 눈동자를 크게 뜨고서 카산드라를 똑바로 바라보고 있었다.

'저 녀석이 날 부른 건가? 하지만 어떻게? 아니 날, 알아?'

카산드라는 천천히 쇠창살 쪽으로 걸어갔다. 에드워드는 그녀를 뚫어져라 쳐다보았다. 마침내 카산드라가 쇠창살을 통과하여 에드워드의 바로 눈앞에 섰다. 보다 뜨거운 무언가가 가슴께를 맴돌기 시작했다. 바로 그가 그녀를 보기 시작한 그 순간부터.

"넌."

"수호신이세요?"

"뭐?"

뜬금없는 소리에 카산드라는 움찔했지만, 에드워드는 엷은 미소를 지으며 그녀를 붙잡았다. 그 손길이 무척이나 거칠고 투박했다. 한 나라의 왕세자였고, 지금도 왕자님임이 분명한데도 제대로 먹지 못해 앙상하기 그지없었다. 하지만 그의 눈동자와 미소만큼은 태양처럼 환하게 빛나고 있었다.

"매일 기도했어요. 어마마마가 예전에 말씀하셨거든요. 아르반을 지켜주는 수호신이 있다고. 그래서 우리들을 반드시 지켜봐주실 거라고."

'수호신이라니. 혹, 반홀을 말하는 건가? 하지만 녀석이 직접 이들을 지켜줄 순 없지. 녀석을 부르려면 목숨을 걸어야 하니까.

"부디, 제 소원을 들어주세요."

대체 가슴이 뜨거워지는 이 느낌이 뭣 때문인지는 모르지만 카산드라는 굉장히 쓸데없는 일에 말려들었다는 생각이 들었다. 그녀는 대충 둘러대고 빠져나가기로 했다. 드래곤은 결코 인간들의 삶에 개입해서는 안 된다.

"뭐지. 여길 나가고 싶다는 소원인가?"

"저 말고 저희 누나요. 누나를, 부디 행복하게 해주세요. 여기서 벗어나게 해주세요."

"너 말고 네 누나를 구해달라고?"

에드워드는 떨리는 손을 꽉 붙잡고서 카산드라에게 애원하기 시작했다.

"저 때문에 누나가 여길 벗어날 수 없는 거예요. 행복해질 수 없는 거예요. 그러니까 부탁입니다. 제발 누나가 이젠 행복하게 살 수 있도록 해주세요."

에드워드는 그 자리에 무릎을 꿇고 빌기 시작했다. 그녀가 아르반의 수호자라고 철석같이 믿는 모양새였다. 카산드라는 그 모습을 의아하게 바라보았다.

"하지만 너도 나가고 싶잖아. 너도 같이 나가고 싶다고 빌어야 하는 거 아니야?"

"너무 큰 욕심을 부리면, 아무것도 이룰 수가 없어요. 게다가 저는……."

에드워드는 환하게 웃었다. 그리고 그 미소에 카산드라의 가슴께에 맴돌던 불길이 더욱 거세게 일렁이기 시작했다. 눈앞에서 카드가 돌아간다. 그것은 지난 번, 이사벨라에게서 보았던 예언과 똑같은 카드였다. 하지만 태양의 그림이 더욱 선명하게 빛나고 있었다.

'설마.'

"누나가 행복해지는 게, 제가 행복해지는 거예요. 그러니까 괜찮아요. 언젠가 꼭, 다시 만날 수 있을 테니까. 반드시 다시 누나와 만날 거예요. 그러니까 수호신님, 저의 소원을 들어주세요."

한 치의 흔들림 없이 자신을 희생하겠다고 말하는 그를 보면서 카산드라는 숨을 들이켰다.

한 가지를 잊고 있었다. 태양이 두 번째 북쪽의 빛을 이끌 것이다. 카산드라가 보았던 그 예언의 빛을 이끄는 태양이 바로 이 아이다. 그 예언이 이뤄지기 위해 이 아이가 자신을 이곳으로 부른 것이다.

그렇게 카산드라는 에드워드의 손을 잡았다. 예언의 드래곤이

최초로 인간과 계약을 한 순간이었다.

'참으로 지독한 인간들의 운명에 내가 휘말리고 말았구나. 그로 인해 내 모든 힘이 다할지라도 나는, 외면할 수가 없구나.'

제 11 화

그 남자의 낙원

체자르는 시로벨의 앞에 앉아 가지고 온 술병을 기울여 술잔을 가득 채웠다. 그리고 잔을 건넸지만 그녀는 받지 않았다. 그러자 체자르는 어깨를 살짝 들썩이더니 이내 술을 한 모금 마시며 천천히 발걸음을 앞으로 내디뎠다.

"너도 마시지 그래."

"이 상황에 그 술이 목구멍으로 넘어가겠어요? 뭘 탔을지도 모르는데? 게다가 당신이랑은 일 분 일 초도 엮이기 싫어."

체자르는 잔뜩 날이 선 시로벨의 모습에 피식 웃으며 속삭였다.

"……많이 변했군, 시로벨. 나를 향해 그렇게 잔뜩 날을 세우고. 이젠 오라버니라고 부르지도 않는 건가?"

"바랄 걸 바라야지. 그리고 날만 선 게 아니야."

시로벨은 체자르의 움직임을 주시했다. 가까이. 더 가까이. 그리고 마침내 제 발밑에 그림자가 서리자마자 순식간에 블루문을 그의 목 밑에 정확히 겨누고서 싸늘한 어조로 속삭였다.

"이대로 널 찔러 죽일 수도 있어."

체자르는 짙은 색으로 물든 물빛 눈동자를 바라보았다. 제린이었을 때도 이런 적이 있었다. 하지만 분위기는 그때와 달랐다. 지금은 정말로 자신을 죽일 수 있단 눈빛이었다. 그리고 그는 그 눈빛이 무척이나 마음에 들었다.

"그럼 죽여."

"뭐?"

그는 블루문을 움켜쥐고 있는 시로벨의 손을 잡아 그 날을 자신의 심장 쪽으로 향하도록 했다. 서늘한 기운이 가슴 위를 맴돌았다.

"자, 여길 찔러. 단번에 찌르면 아마 곧장 죽을 거야."

"미친 새끼……."

"너무 변했어. 시로벨이 아닌 것 같아. 하지만 난 이쪽이 더 마음에 들어. 오히려 이쪽을 더 기다리기도 했고."

"닥쳐."

시로벨은 망설임 없이 블루문을 휘둘렀다. 섬뜩한 소리가 허공을 가르고, 이내 바닥으로 붉은 핏방울이 흘러내렸다. 체자르는 얼굴색 하나 변하지 않고 자신의 가슴을 손가락으로 더듬으며 붉게 배어 나오는 피를 바라보았다.

"그래도 완전히 날이 서진 못했군. 그어버리는 게 아니라 찔렀어야지. 그래야 날 죽일 게 아니야?"

칼자루를 쥔 손이 떨렸다. 사실 이렇게 직접적으로 칼을 휘둘러 사람을 다치게 한 건 처음이었다. 시로벨이 원하는 복수가 저 자의 목숨을 자신의 손으로 끊는 것은 아니라고 생각했다. 그의 악행을 세상에 낱낱이 밝히고 그가 가졌던 모든 것을 빼앗는 것, 그리고 원래의 자리를 되찾는 것이 진정한 복수이리라.

'아무리 개자식이라도 그는 아르반의 왕세자야. 죄를 밝히지도 않고 죽여 버리면 내가 위험해져. 아니, 나뿐 아니라⋯⋯.'

카헤시온도 위험해질지 몰라.

함부로 행동할 수 없는 시로벨은 그저 그가 저를 마음대로 다루지 못하도록 위협을 해야만 했다. 하지만 그는 또 금세 그것을 알아차리고 비릿한 미소를 지었다.

"카헤시온 황자 때문인가?"

뜨끔했지만 시로벨은 전처럼 쉽게 동요하지 않았다. 더 이상 이 자에게 표정을 읽히게 할 수는 없어. 심문한다고 생각하자. 상대방에게 말려들면 안 돼.

"당신을 죽이고 싶어. 하지만 내 손으로 당신을 죽여 버리면 난 끝까지 당신에게 휘말리게 돼. 그건 질색이야."

체자르는 웃음을 터뜨리다가 이내 살벌한 눈빛으로 그녀를 노려보며 말했다.

"예전부터 난 너의 그 변함없는 물빛 눈동자를 부서뜨리고 싶었다. 그때의 너의 약점은 에드워드였지. 그런데 지금은⋯⋯."

그때, 바깥에서 체자르를 부르는 다급한 목소리가 들려왔다. 그는 문 쪽을 보더니 곧 등을 돌렸다.

"난 네 주변을 하나하나 망가뜨릴 거야. 네가 오직 이 오라비만 믿을 수 있게. 내 곁에서 영원히 머물 수 있도록."

불길한 바람이 휘몰아쳤다. 시로벨은 블루문을 바닥으로 떨어뜨린 채 주먹을 움켜쥐었다. 파르르 떨려오는 심장. 그 속에서 그녀는 그의 이름을 천천히 되뇌었다.

"카헬, 난 당신을 믿어요."

우린 반드시 다시 만나게 될 거예요. 반드시.

"제로비안 제국과 마티디안 제국의 군대가 아르반국으로 향하고 있습니다. 한시라도 빨리 비트니안 제국에 도움을……."

"지금부터 모든 지휘권은 내가 가진다."

"예?"

"비트니안 제국 따위 이제 알 바 아니야. 지금부터 우리가 죽여야 하는 건 마티디안 제국의 제3황자, 카헤시온이다."

이 정도는 흔들어야 시로벨, 네가 직접 움직일 테니까.

왕세자궁으로 돌아온 체자르는 텅 빈 방 안에 우두커니 섰다. 이곳도 그의 자리가 아니다. 제 방인데도 그는 이곳에서 한시도 편해본 적이 없었다.

시로벨에게 베인 상처에서는 어느새 피조차 흐르지 않았다. 그만큼 얕은 상처였다. 어둠 속에서 체자르는 무척이나 고독해 보였다. 그 누구도 그의 곁에 남는 사람은 없었다. 단 한 사람도.

"아직도 그런 것을 갈망하나."

비천한 집시로 태어나 한 나라의 왕을 사로잡아 모든 것을 손에 넣은 어머니. 그리고 그 속에서 자신은 사람들에게 철저히 외면당해 왔다. 겉과 속이 다른 그들. 하지만 진심은 오로지 단 하나였을 것이다.

'더러운 피.'

자신조차 그렇게 생각하는데 누가 저를 감쌀 수 있을까? 누가 제 옆에 있어줄 수 있을까? 지금 그가 원하는 것은 단 하나였다. 누구라도 자신의 존재를 제대로 기억해 주는 것. 그가 원하는 것은 오직, 그뿐이었다.

'오직 그곳만이, 내 낙원이 될 테지.'

비트니안 제국의 황실에 마티디안과 제로비안 제국의 연합군이 아르반국의 국경으로 향하고 있다는 사실이 전해졌다. 아마도 아르반이 비트니안의 약점이 되리라 생각하고 행동한 작전일 거라 생각했고, 그들의 선택은 냉정했다.

"지금 이 시각 이후로 모든 전쟁의 배후는 아르반이 될 것이다."

"예? 그렇다면 아르반을 도와주지 않으실 겁니까?"

"우리가 뭐하러 그런 약소국에 관심을 둬야 하는 거지? 없어지면 또 다른 나라를 찾으면 그만이다. 이번 전쟁은 아르반이 스스로 마티디안을 배신하면서 자처한 것이다. 그렇게 마무리 지으면 그만이야. 더 이상 아르반과 우린 아무런 상관이 없는 것이다."

비트니안은 더 이상의 전쟁은 무의미하다고 여겼다. 혼란스러운 정국도 어느 정도 진정이 되었고, 황권도 자리를 잡게 되었다. 그러니 이쯤에서 발을 빼는 것이 더 이상의 피해를 막는 방법일 터. 그렇게 비트니안은 모든 책임을 아르반에게 떠넘긴 채 전쟁을 종결시키려 했다.

아르반으로 제로비안 제국과 마티디안 제국의 병력이 모였다. 마티디안 제국의 총지휘지는 카헤시온 황자와 키리에나 황녀였다. 전장에는 팽팽한 바람과 더불어 우울한 음색이 흐르는 것 같았다. 이제 곧 이 대지에 불쌍한 영혼이 잠들고 피비린내가 진동할 것이다. 세상에서 가장 잔혹한 역사, 전쟁. 역사는 오직 승자들만을 기록할 것이고, 패자들은 무참히 사라질 것이다.

키리에나 황녀는 짙은 갈색 말에 몸을 싣고서 제르린 황자의 곁으로 다가섰다.

"네가 이렇게 스스로 전쟁터에 나올 줄은 몰랐다, 제르린."

"지켜야 할 이유가 있었으니까요."

"……유에시스가 걱정하고 있다."

"아마 유에도 바라고 있을 거예요. 오랜 과거를 털어버릴 순간이 될 테니까."

제르린은 엷은 미소를 띤 채 아르반 왕궁을 바라보았다. 카헤시온 황자는 사신이 되어 아르반 왕궁으로 향했다. 되도록이면 피를 흘리지 않고서 전쟁을 끝내고 싶었다.

비트니안 제국은 이미 이 전쟁에서 발을 뺐다. 그리고 이 작은 나라, 아르반이 모든 책임을 떠안게 되어버렸다.

무능한 국왕은 애첩의 치마폭에 싸여 눈과 귀가 멀어버렸고, 허영심만 가득한 왕비와 잔혹한 성정의 왕세자로 인해 한 나라가 몰락의 길을 걸어가고 있었다.

"시로벨……."

제라드와 카헤시온은 아르반 왕궁의 접견실에 들어섰다. 허수

아비에 불과한 국왕과 아르반의 귀족들은 카헤시온의 기운에 바짝 긴장해선 그를 제대로 쳐다보지도 못했다. 하지만 체자르는 그를 정면으로 응시한 채 그의 눈을 피하지 않았다.

카헤시온 역시 체자르의 눈을 똑바로 쳐다보았다. 온몸이 차갑게 식어가는 분노. 오직 그것을 느낄 뿐이었다.

"이곳까지 무슨 일로 오셨습니까, 카헤시온 황자 전하."

왕의 옆에 앉은 메리헬의 한마디에 드디어 긴 침묵이 깨졌다.

"아르반은 마티디안 제국을 배신하고 전쟁을 일으켰다. 이는 용서 받을 수 없는 극악무도한 죄이나, 너희들이 먼저 머리를 굽히고 사죄를 한다면 더 이상 피를 보지 않은 채 여기서 전쟁을 종결하고자 한다. 이미 비트니안 제국도 이번 전쟁을 끝내려 하고 있다."

제라드의 목소리가 홀 안으로 울려 퍼졌다. 그는 마법을 이용하여 왕궁 밖의 이들까지 모두가 자신의 말을 들을 수 있게 했다. 주먹을 움켜쥔 메리헬은 분하지만 지금은 고개를 숙여야 한다고 생각했다. 비트니안 제국은 가차 없이 자신들을 버렸다. 모든 일에는 순서가 있고 때가 있는 법이다. 지금은 잠시 뒤로 물러서야 할 때. 물론 대가를 치르게 되겠지만 그래도 목숨만을 건질 수 있다.

'그래. 지쪽에서 먼저 손을 내민 것을 감사하게 생각해야 해! 게다가 우리에겐 아직 시로벨이 있어. 카헤시온 황자가 시로벨을 쉽게 버릴 리가 없지! 어찌 되었건 시로벨은 아르반의 핏줄이야!'

"훗……."

홀 안으로 체자르의 비웃음 소리가 낮게 흘러내렸다. 메리헬은 파랗게 질려서는 아들을 쳐다보았다. 모든 이의 시선이 체자르에 게로 쏠렸다. 그는 낮은 비웃음을 흘리며 카헤시온을 바라보았 다.

"카헤시온, 너도 그리되는 걸 원하는가? 전쟁이 이대로 끝나는 것을?"

메리헬의 표정이 급속도로 굳어져 갔지만 체자르는 여전히 태 연했다.

"지금 네 반려가 내 곁에 있다. 난 다시 그녀를 돌려줄 생각이 없어. 내 품 안에서 천천히 망가뜨려 주고 싶거든?"

"……."

"그녀를 다시 데려가고 싶다면 날 먼저 죽여야 할 거야. 이 전 쟁에서 아르반을 이겨야만 할 거다."

오히려 분노한 제라드가 한 발 앞으로 나서려 하였지만 카헤시 온이 그를 붙잡았다. 그의 표정은 침착했다. 아니, 소리 없는 분 노다. 그것이 더욱 싸늘하고 매섭게 그의 주변을 잠식하고 있었 다. 그리고 이내 지독히도 차가운 목소리가 섬뜩하게 내려앉았다.

"아르반은 마티디안에게 고개를 숙이지 않겠다는 건가?"

체자르는 비릿한 미소를 지은 입술로 단호하게 대답했다.

"난 절대 네게 고개를 숙이지 않는다."

체자르의 답변에 카헤시온은 짙은 냉소를 머금고서 뒤돌아섰 다.

"내가 내민 손을 거부한 건 그대다. 그렇기에 지금부터 마티디 안은 아르반과의 전쟁을 선포할 것이다. 지금부터 아르반을 대륙 간의 전쟁을 주도한 나라로 간주하여 처단할 것이다."

무자비한 죽음의 명령이 떨어졌다. 메리헬이 재빨리 그를 붙잡으려고 했지만 체자르가 그녀의 손을 붙잡았다. 마침내 카헤시온과 제라드가 접견실을 나서고 메리헬은 잔뜩 일그러진 표정으로 있으나 마나 한 국왕 앞에서 체자르를 향해 악을 질렀다. 그녀의 눈빛엔 광기가 휘몰아치고 있었다.

"체자르, 지금 이게 뭐 하는 짓이야!"

국왕은 메리헬의 목소리에 흠칫해서는 조용히 일어나 자리를 피했다. 이게 바로 지금 아르반 국왕이었다. 그는 여인의 치마폭에 휩싸이다 못해, 메리헬의 미약에 중독되어 이젠 제대로 생각이란 것조차 할 수 없었다.

체자르는 비틀거리며 사라지는 국왕을 바라보다 이내 제 어머니를 향해 덤덤한 어조로 속삭였다.

"이번 전쟁은 제가 지휘할 것입니다. 모든 병력을 왕도로 모아 여기서 끝장낼 것입니다."

짝!

그 말이 끝나자마자 날카로운 소리가 흩어졌다. 메리헬이 체자르의 뺨을 후려친 것이다. 눈치를 살피던 귀족들 역시 하나둘 그곳을 떠나갔고, 텅 비어버린 접견실에는 오직 메리헬과 체자르만이 남겨졌다. 처음부터 이 자리에 있어선 안 될 자들. 그 누구도 그들의 곁에 있지 않았다. 진심을 다해 곁에 있을 이들은 아무도 없었다.

"지금, 무슨 생각을 하는 것이냐."

메리헬은 떨리는 시선으로 그를 보았다. 그러자 역시나 덤덤한 목소리가 흘러나왔다.

"죽을 생각."

"체자르!"

체자르는 자리에서 벌떡 일어나 어머니라는 여자의 어깨를 붙잡았다. 그녀에게서 풍기는 독한 향기가 그에겐 어머니를 기억할 마지막 흔적이었다. 비싸고 화려한 옷으로 치장하고 있어도 그 속은 초라하기 그지없는 어머니의 모습이 그가 기억할 유일한 모습이었다.

"지치지 않습니까? 당신은 지치지 않냐구요! 하루에도 수십 번씩 눈에 뻔히 보이는 사람들의 비웃음 속에서 그런 그들과 손을 잡고 웃어야 하는 이 현실이 지치지도 않냔 말입니다!"

체자르의 말에 메리헬은 쓴웃음을 지었다. 그리고 더더욱 독한 눈빛으로 말했다.

"그래서 그들이 원하는 대로 해주자고? 그래, 저들은 항상 우리의 죽음을 바라고 있지. 지들은 힘도 없는 주제에 뒤에서 우리의 태생을 비웃고 욕하며 그걸로 위안 삼아 연신 죽음을 속삭이고 있지! 하지만 그럴수록 더욱 고개를 뻣뻣하게 들고 살아남아야 해! 악착같이 살아남아서, 저들의 머리 위에 군림하고, 나중엔 죽여 버리면 그만이야!"

"……."

"하찮다고, 더럽다고 비웃던 이의 손에 고통스럽게 죽어가는 그들을 볼 것이다. 그렇게 나는 다 가질 것이다. 다 가질 것이야!"

메리헬은 체자르의 손을 꼭 붙잡고서 이젠 애원하기 시작했다. 고운 눈망울에 눈물이 가득 고인다. 하지만 그 눈빛 속에 넘쳐흐르는 탐욕과 욕망만큼은 버릴 수가 없었다.

"그러니 체자르, 일단은 물러서야 해. 비트니안이 우리를 버린 이상 마티디안과 맞서 싸워선 안 돼! 아직 우리에겐 시로벨이 있어. 그 아이가 우리의 방패막이가 되어줄 거야. 그리고 훗날을 도모하면 되지 않니? 일단은 살아야 한단다. 체자르, 이 어미를 죽일 셈이냐? 이 어미를 이렇게 죽일 셈이야!"

"……어머니는 참으로 대단하십니다. 한평생을 홀로, 그게 가능한 것입니까? 언제 어디서 목을 조여올지도 모르는 이 상황에서!"

체자르는 이번 전쟁으로 모든 것을 놓고 싶었다. 아르반, 어머니, 그리고 이 지긋지긋한 삶까지. 이곳으로 돌아온 시로벨, 완전히 다른 사람이 된 것처럼 달라진 그녀라면 그것이 가능하지 않을까. 자신이 진정으로 원하는 그것을, 딜라진 지금의 그녀라면 이뤄주지 않을까?

메리헬은 손을 뻗어 체자르를 끌어당겼다.

"체자르, 난 널 반드시 저 위로 올려줄 것이다. 그래, 네가 원하는 시로벨도 네게 주마. 그러니까!"

하지만 그는 메리헬의 손을 떼어냈다. 그녀는 흔들리는 시선으로 체자르를 바라보았다.

"위로 올라가면 혼자가 아닌 것입니까?"

"뭐?"

"시로벨은 영원히 제 곁에 있어줄까요? 이미 한 번 날아가 버렸던 새인데. 두 팔을 자르고 두 다리를 자르면, 그래요. 그러면 내 곁에 있어줄지도 모르지."

"체자르."

"전 당신처럼 강하지 않습니다, 어머니."

처음에 그가 바라던 것은 시로벨을 제 곁에 영원히 두는 것이었다. 그 다정하고 환한 빛을 자신이 지켜주면서 그녀로 인해 외로움을 달래고 싶었지만, 이젠 아니다. 이젠 달라졌다.

그리고 체자르는 돌아섰다. 메리헬은 아들의 이름을 부르짖었지만 그의 걸음에는 망설임이 없었다.

카헤시온이 전쟁을 선포했다. 그 소식을 똑똑히 들은 시로벨은 어떻게든 궁을 빠져나가려 했지만 헛수고였다.

"진정하자, 시로벨. 괜찮아. 그는 절대 죽지도 않을 거고 다치지도 않을 거야. 나랑 약속했어. 거짓말하는 거 싫어하는 사람이니까, 반드시 지킬 거야."

하지만 언제까지 여기에 잡혀 있을 수는 없었다. 일이 이렇게 된 이상 아르반이 저를 이용하려고 할 것은 불 보듯 뻔했다. 이대로 카헤시온의 발목을 잡을 수는 없었다. 약해빠진 여자 주인공이 되는 건 사양이었다.

그녀의 눈동자에 생기가 감돌았다. 시로벨은 의미심장한 미소를 지으며 오랜만에 거추장스러운 치맛단을 찢어버렸다.

"제대로 몸 좀 풀어보자."

그녀는 블루문을 꽉 움켜쥐었다. 블루문은 주인의 의지를 담고서 푸른빛으로 고고하게 빛나고 있었다.

"그래, 널 선물해 준 그 사람. 그 사람 곁으로 가자."

시로벨은 문을 바라보았다. 이젠 정면돌파다. 밖에 얼마나 많은 기사가 지키고 있는지는 모르겠지만 그들은 저를 해칠 수 없을 테니 어디 마음껏 날뛰어볼 생각이었다.

비장한 각오를 다지며 한 발 한 발 앞으로 나서는 그때, 갑자기 누군가가 그녀의 앞을 가로막았다.

"여전히 상식 밖의 행동을 하시는군요, 비전하."

"고양이가면?"

마치 예전부터 있었다는 듯, 너무나도 자연스럽게 앞을 막은 고양이가면은 시로벨에게 손을 내밀었다.

"제가 밖으로 보내 드리지요."

"이것도 카산드라가 시킨 일이야?"

"예, 그분의 명을 받았습니다. 비전하의 곁에서 진짜 시로벨 비전하의 선택을 도와달라고 하시더군요."

"대체 적군인지 아군인지……."

"이제 어찌하실 작정이죠?"

"카헬에게 갈 거야. 그가 아르반과 전쟁을 한다고 하니까 그를 도와서 체자르에게 제대로 죗값을 받게 해야지."

"그럼 카헤시온 황자 전하께로 가도록 할게요."

고양이가면에게 손이 잡힌 시로벨은 뭔가를 생각하더니 이내 그녀에게 말했다.

"잠깐, 그 전에 체자르를 봐야겠어."

"네?"

"그에게 마지막으로 해야 할 말이 있어."

전쟁 준비를 마친 체자르의 눈동자엔 오히려 평온함이 감돌고 있었다. 어머니는 계속 그래선 안 된다며 말리려고 했지만, 그는 이미 마음을 굳혔다. 어머니가 지금껏 강하게 버틸 수 있었던 건 모두 자신 때문이다. 그렇다면 나는 대체 무엇으로 지금껏 버티고 있었을까?

그때, 문이 열리며 뜻밖의 인물이 걸어 들어왔다.

"거기서 어떻게 나온 거지?"

"그건 네가 알 바가 아니고."

시로벨이 여유로운 눈빛으로 그를 바라보았다.

"난 여기서 나갈 거야."

"작별 인사를 하러 온 것인가? 미쳤군. 지금 내게 들킨 이상 넌 절대로 못 나가."

"너도 미친 짓거리를 하고 있잖아? 카헬을 네가 도발했다면서? 그렇게 죽고 싶냐?"

"어쩌면……."

순간 시로벨은 움찔했다. 체자르의 눈빛이 어쩐지 서글퍼 보인 다는 생각이 든 것이다. 어째서 저렇게 외로운 눈빛을…….

"카헬. 카헬이라. 참으로 다정하게 부르는군."

"……."

"난 잠시 눈을 감겠다. 그리고 다시 눈을 떴을 때 널 다시 가둬 버릴 거야."

체자르는 고개를 돌렸다. 시로벨은 그의 뒷모습을 잠시 바라보 다 이내 걸음을 뒤로 옮겼다. 순간, 그녀의 귀로 말도 안 되는 목 소리가 스며들었다.

"다음번엔 그 칼날이 향하는 곳에 망설임을 두지 마라."

시로벨은 고개를 돌렸지만 그는 창가를 바라보고 서 있는 채였다. 그녀는 잠시 입술을 깨물었다가 그대로 방을 나섰다. 시로벨의 온기가 사라지고, 그의 눈빛에도 온기가 사라지고 있었다.

오늘따라 유난히도 쾌청한 하늘이 그 빛을 쏟아내고 있었다. 어쩐지 좋은 날씨다.

그는 자신의 칼을 뽑아 들었다.

"썩, 따뜻한 날이군."

카헤시온은 흑마 위에 올라 아르반 왕궁을 주시했다. 그의 서늘한 눈빛은 오직 한곳을 향해 있었다. 아르반 왕궁을 나오면서 저곳 어딘가에 있을 그녀의 이름을 마구 부르고 싶었다. 그녀의 목소리를 듣고, 얼굴을 보고, 가슴으로 안아 체온을 느끼며 이 끔찍한 곳에서 그녀를 데려오고 싶었다. 하지만 제 마음대로 행동하여 그녀를 위험에 빠뜨릴 순 없었다. 게다가 지금 그의 뒤에는 수만의 목숨 역시 함께하고 있으니.

'온전히 널 데리러 갈 테니까 조금만 기다려 줘, 벨.'

뿔피리 소리가 멀리 퍼졌다. 반드시 어느 한쪽이 죽게 될 싸움이 시작된 것이다. 제로비안, 마티디안 연합군의 군사들이 아르반의 군사들과 정면으로 부딪쳤다. 그들 사이에서 카헤시온과 체자르의 검도 서로 뒤엉켰다.

챙 하고 울리는 날카로운 소리와 함께 두 사람은 서로를 죽일 듯이 노려보았다.

체자르는 한 걸음 뒤로 물러나 카헤시온을 바라보았다. 카헤시온은 무척이나 강했다. 그가 저렇게까지 강해질 수 있는 이유는 오직 하나뿐이리라. 그의 눈동자에 시로벨의 모습이 가득 담겨 있었다. 그는 자신이 평생 원했던 빛을 가득 품고 있었다.

체자르의 주먹에 힘이 들어갔다.

"너에게 시로벨은 어떤 존재지?"

체자르의 물음에 카헤시온은 잠시의 망설임도 없이 바로 입을 떼었다.

"나의 아내이고."

카헤시온의 검이 단숨에 체자르의 목 밑까지 다가왔지만, 그는 그것을 재빠르게 피하고서 다시금 살벌하게 부딪쳤다. 그리고 카헤시온의 속삭임이 더욱 강렬하게 파고들었다.

"마티디안 제국의 제3황자비이며."

체자르는 힘에서 밀리지 않기 위해 안간힘을 썼다. 하지만 순간, 그의 목소리가 한층 낮아지면서 흘러드는 한마디에 저도 모르게 손가락에 힘이 풀렸다.

"내게 가장 밝은 빛."

"……."

"내가 가장 사랑하는 여인. 그녀는 내게 그런 존재다."

다정한 빛으로 어느새 제게 심장이 되어버린, 제 모든 것이 되어버린 너무나도 사랑스러운 여인.

체자르는 카헤시온을 노려보았다. 그녀를 제 빛이라 말하는 그의 저 미소를 일그러뜨리고 싶었다.

"과연 시로벨도 그렇게 생각하고 있을까? 그 아인 나를 피해서 마티디안으로 도망친 거야. 그리고 널 이용해서 내게 복수하려 하는 것이고!"

체자르의 말에도 카헤시온은 웃었다. 예전이었다면 절대로 시로벨을 용서하지 못했을 것이다. 날 이용해서 뭔가를 이루려 할지 모른다고 의심하던 그때였더라면 그녀를 그냥 버렸을 것이다. 하지만 지금은 다르다. 저자의 말을 믿지도 않을 뿐더러 설사 그렇다고 하더라도 오히려 그녀에게 도움이 될 수 있다면 기꺼이 이용당해 줄 수 있었다.

"상관없어. 날 이용할 목적으로 마티디안으로 온 것이라면 이용당해 줄 거다. 마음껏 이용당해 주고 기다려 주겠어. 그녀가 날 기다려 주었듯, 나도 그녀를 기다려 줄 거야."

그리고 온전히 내게 온 그녀를, 안아주면 돼.

시로벨은 이번에도 고양이가면의 도움을 받아 남장을 한 뒤, 겁도 없이 전쟁터에 뛰어들었다. 이대로 카헤시온에게 기야만 한다. 그를 도와줘야 해. 아니, 그의 얼굴을 봐야만 해!

고양이가면은 무섭지도 않은 건지 칼을 든 사내들 사이를 헤치고 나가는 시로벨의 뒷모습을 바라보았다. 어느새 그녀의 곁으로 카산드라가 모습을 드러냈다. 그녀는 잔인하게 쓰여 가는 역사의 한 장면을 그저 무심한 눈빛으로 지켜보고 있었다.

"카산드라 님."

"저 아이의 마지막 선택의 순간이 다가오는군."

"이렇게 될 거라 짐작하신 겁니까?"

"글쎄. 인간은 너무나도 종잡을 수 없는 생명체라서. 혼자일 때는 한없이 약하지만 다른 누군가를 위해선 또 한없이 강해지지."

그녀의 눈동자 위로 에드워드의 마지막 모습이 떠올랐다.

"누나는 한 번도 말한 적 없지만…… 저 다 알고 있었어요. 누나가 아주 많이 힘들다는 거. 혼자 견뎌내고 있다는 거. 전 이런 곳에 갇혀서 누나의 곁에서 힘이 되어주지 못했어요. 그러니까 전 괜찮아요. 그러니 누나가 아르반에서 나갈 수 있게 해주세요. 더 이상 제 걱정만 하지 않도록. 누나가 행복해질 수 있도록."

"네가 잘못될 수 있어."

"……상관없어요. 처음 카산드라 님을 만났을 때도 말씀드렸지만 동생으로서, 제가 누나를 지켜줄 수 있는 유일한 방법이에요. 그래야 제가 행복해질 수 있어요. 그러니 카산드라 님, 부디 제 소원을 꼭 들어주세요."

작디작은 소년은 그렇게 강했다. 지켜야 할 이가 있었기에 강해져야 했다. 하지만 돌이킬 수 없는 길 위에 선 저 사내는 그렇지 못했다. 그 곁에 아무도 없었기에, 억지로라도 그녀를 자신 곁에 두어 버티려고 했겠지. 하지만 나름 마지막 방법을 찾은 듯싶었다. 자신만의 낙원을 향해서. 그것이 설사 남들의 눈엔 비극으로 보여도…….

카헤시온 황자의 활약으로 분명 승리할 것이라는 보고가 제로비안 제국으로 날아들었다. 코넬리아는 군은 표정으로 자신의 방으로 돌아섰다. 캄캄한 어둠이 그녀를 짓눌렀다. 한 점의 빛조차 들어오지 않는 방에서 코넬리아는 거울 앞에 섰다. 하지만 보이는 건 오직 어둠뿐이었다.

"잘 어울리네."

코넬리아는 거울 속 보이지 않는 자신을 향해 말했다.

"카헤시온, 당신은 승리할 거고, 결국 그녀의 손을 잡고서 행복해질 테지? 그럼 나는, 내겐 대체 뭐가 남게 되는 거지?"

코넬리아는 주먹을 움켜쥐었다. 그리고 준비해 둔 로브와 마법구 하나를 꺼냈다.

"이게, 나의 마지막 사랑이야, 카헤시온."

그녀는 마법구를 깨뜨렸다. 그러자 새하얀 연기가 그녀를 감싸면서 그 모습이 점점 희미해지기 시작했다. 워프 마법이 담겨 있는 마법구였다. 그녀가 향하는 목적지는 바로 아르반이었다.

카헤시온과 체자르는 오직 자신의 검에 정신을 집중하고서 맹렬한 기세로 서로의 심장을 노리고 있었다. 어느 하나라도 흐트러지면 곧 죽을 것이다.

그 정도로 팽팽한 기운 너머로 체자르의 거친 숨소리가 들려왔다.

"지친 건가?"

"그대는 지치지도 않는 건가? 빙안의 귀공자라더니. 사람이 아닌 괴물인 건가?"

빈정거리는 체자르의 어조에 카헤시온은 피식 웃었다.

"빙안의 귀공자이라……. 한때는 그랬지."

"지금은 아니다?"

"그때는 철저히 나 자신을 감춰야 했지만 지금은 아니니까. 지금은 네 녀석이 그렇게 보여."

"뭐?"

체자르의 몸이 휘청였다. 그 틈을 놓치지 않고 카헤시온이 파고들었다. 체자르는 몸을 틀었지만 칼날을 완전히 비켜가지는 못해 가슴께에 꽤 깊은 상처를 입고 말았다.

"흐윽!"

짙은 고통이 스민 호흡과 함께 피가 묻어 나왔다. 하지만 체자르는 여전히 칼자루를 움켜쥔 채 카헤시온을 바라보며 웃었다.

"내가 뭘 감추고 있다고 생각하나?"

"너도, 그리고 나 역시 겁쟁이지. 그걸 감추기 위해 필사적으로 숨긴 것이고. 난 빙안의 귀공자라는 가면을 쓰고, 넌 사람들의 공포심을 자극하는 것으로 말이야. 사실은 자기 자신이 더 무서우면서."

"하아. 그런 소리는 처음이군."

너무 정확하게 파고드는 카헤시온의 말에 체자르는 동요하지 않으려고 해도 자꾸만 손끝이 떨려왔다.

"난 다른 돌파구를 찾았지만, 넌…… 이 전쟁터에서 죽기로 결심한 거냐?"

"하, 하하, 하하하! 그래, 네게 시로벨이 있지. 하지만 나도 그 아이가 필요해."

체자르는 이제 그저 웃음이 나왔다. 그래, 그는 이 전쟁터에서 죽을 작정이었다. 하지만 저 녀석의 손에 의해서는 아니다. 내가 죽을 자리는 따로 있다.

"그래서 네 손에 죽지는 않을 거야."

"그게 더 마음에 안 들어. 그래서 내가 죽여줄 것이다."

카헤시온은 체자르가 누구의 손에 죽길 바라는지 알아차렸다.

하지만 그건 안 된다. 절대로 그리 내버려 두지 않을 것이다.

다시금 그들의 검이 맹렬히 부딪쳤다. 하지만 체자르의 기세는 아까보다 약했다. 부상을 입은 탓이었다. 비틀거리는 체자르의 심장을 향해 카헤시온이 검을 찔러 넣었다.

"윽!"

"카헤시온 전하!"

갑자기 그들 사이로 정체를 알 수 없는 섬광이 번뜩이더니 체자르가 순식간에 사라졌다. 제라드가 달려왔지만 체자르는 이미 흔적도 찾아볼 수 없었다. 카헤시온은 주먹을 움켜쥐었다.

"전하, 괜찮으십니까?"

"누구 짓인지 알아내라."

"아무래도 아르반에서……."

"이대로 체자르를 놓쳐선 안 돼. 저쪽에서 마법을 쓰겠다면 막을 수밖에. 당장 주변으로 마법 통제 결계를 쳐라. 제르린에게도 그리 알려."

"하지만 그리되면 저희 쪽에서도 마법을 쓸 수가 없습니다."

"검으로 아르반을 무너뜨린다. 기사들에게 아르반 왕궁으로의 진격을 명해. 키리에나에겐 내가 직접 알리겠다."

카헤시온은 칼자루를 움켜쥐었다. 이대로 체자르를 놓쳐선 안 된다. 행여나 그가 시로벨, 그녀를 먼저 만나게 된다면…….

"카헬!"

그 순간, 익숙한 목소리가 울려왔다. 그리고 그 목소리에 카헤시온의 눈동자가 멎으면서 숨이 빠르게 뛰어올랐다.

그 누구도 부를 수 없는 이름. 오직 그녀만, 그녀만이 부를 수 있는 이름.

카헤시온은 천천히 고개를 돌렸다. 조그만 사내가 그를 향해 달려오고 있었다. 제라드는 경계심 가득한 표정으로 앞을 막으려고 했지만 카헤시온은 그를 밀어내며 속삭였다.

"벨이다."

"네? 하지만 사내……."

"아니, 벨이야."

모습이 바뀌었지만 바로 알 수 있었다. 분명 시로벨, 그녀다.

마침내 카헤시온에게 다가온 시로벨은 떨리는 숨을 삼키며 그보다 더 떨리는 시선으로 카헤시온을 바라보았다.

"카헬……."

그녀가 입을 뗌과 동시에 카헤시온은 시로벨을 있는 힘껏 끌어안았다. 그녀의 체온을 느끼는 순간, 그제야 심장이 맑은 숨을 토해내며 벅차게 뛰어오르기 시작했다. 그녀가 돌아왔다. 그녀가, 그에게로 돌아왔다.

시로벨은 그의 품 안에서 눈물이 날 것 같은 것을 꾹 참았다. 변장을 푸는 것도 잊은 채 그에게 달려갔다. 하지만 그는 단번에 자신을 알아봐 주었다. 그 사실에 심장이 미치도록 두근거렸다.

"어떻게 알았어요? 나 제법 잘 변장했는데."

"내가 어찌 모르겠어. 한순간도 그리워하지 않은 적이 없는데. 그대를 떠올리지 않은 적이 없는데."

두 사람은 서로의 눈을 바라보았다. 맑은 물빛 눈동자 위로 까만 눈동자가 스치면서 고요한 밤풍경을 자아냈다. 그리고 그의 손길이 그녀의 짧은 머리카락을 스치자 변장이 풀리면서 붉은 머리카락이 탐스럽게 흘러내렸고, 새하얀 얼굴 위로 미소가 만연했다.

"벨……."

"나 왔어요, 카헬. 돌아왔어요. 당신도 무사해서 다행이야."

"데리러 가고 싶었는데……."

"데리러 온 거나 마찬가지예요. 이제 나, 당신이랑 같이 싸울 거예요."

그녀의 입에서 싸운다는 말이 나오자 카헤시온은 표정을 굳힌 채로 고개를 가로저었다. 제라드는 카헤시온의 눈치를 살피면서 먼저 진영으로 돌아갔다.

"아니, 그건 안 돼. 그대는 마티디안으로 돌아가. 여긴 내가 알아서 할게."

"그게 무슨 말이에요?"

"제르린에게서 모든 걸 들었어. 이런 곳에 그대를 둘 수는 없지. 복수는 내가 하겠어. 그대의 동생 몫까지, 내가 하겠어."

시로벨은 그만 한숨을 내쉬었다. 결국 그가 다 알아버린 모양이었다. 그렇다고 해도 그를 혼자 싸우게 할 수는 없었다.

"당신 혼자 두지 않아요. 그리고 이 일은 내가 끝내고 싶어요. 그래야 마음이 편해질 것 같아요."

하지만 카헤시온은 쉽게 허락하지 않았다. 그는 그녀와 눈을 마주하며 속삭였다.

"그대가 마티디안으로 온 이유, 그건 아르반에서 벗어나기 위함이야. 그렇지? 그렇다면 좀 더 나를 이용해. 내가 당신을 대신해서 해줄 테니까. 나를 믿어, 벨."

"처음엔 그랬어요. 하지만 지금은 아니에요. 나도 당신과 함께 마티디안에 있고 싶어요. 그리고 당신을 이용하려는 생각도 안 해요. 이곳으로 왔을 때부터 생각했어요. 한쪽만 감당하고 견디려고 하는 거, 이젠 싫어요. 무엇이든 당신과 함께할 거예요, 카헬. 나는 그게 더 행복해요. 무슨 일이 있어도 당신의 곁에 있는 거."

시로벨은 카헤시온을 한 번 더 안았다. 그리고 그의 입술에 닿을 듯 말 듯한 거리에서 속삭였다.

"나랑 같이 있어요, 카헬."

그 속삭임에 카헤시온은 더는 참지 못하고 그녀의 입술을 강하게 머금었다.

"알았어. 절대로 다시는, 그대를 혼자 보내지 않을게. 나도 이젠 이 손을 놓을 자신이 없어."

아르반 왕궁으로 돌아온 체자르는 피가 흘러나오는 가슴을 움켜쥐고 제 발치 앞으로 다가온 익숙한 발소리에 입술을 깨물었다.

"어머니……."

메리헬은 딱딱하게 굳어진 시선으로 체자르를 바라보았다.

"체자르."

"분명 저를 건드리지 말라고 했습니다."

"처음부터 이길 생각 같은 건 없으면서. 그대로 그곳에서 죽을 생각이 아니더냐!"

슬픔이 섞인 분노를 토해내는 그녀를 향해 체자르는 서글픈 미소를 지었다.

"그런 제가 안타깝기는 하십니까?"

"뭐?"

"남들에겐 쉬운 일을, 전 죽어야만 이룰 수 있을 테니까요. 죽어야만 기억될 테니까요. 그렇게라도 기억되고 싶으니까요! 그것이 제가 생각하는 저의 낙원입니다. 오직 죽음만이!"

"안 돼. 체자르, 안 돼!"

"그냥 보내주십시오."

체자르는 비틀거리면서 일어났다. 하지만 메리헬이 그의 앞을 막으면서 애원했다.

"제발, 제발, 체자르! 어떻게 죽으러 간다는 아들을 그냥 보낼 수 있겠니. 내가 어떻게 그럴 수 있어! 아무리 어미 같지 않다고 해도 난 네 어미인데, 그래도 어미인데!"

"……송구합니다, 어머니."

순간, 체자르는 자신의 칼로 메리헬의 가슴을 꿰뚫었다. 푸욱하고 기분 나쁜 소리가 들림과 동시에 그의 손 위로 뜨거운 피가 흘렀다. 체자르는 쓰러지는 메리헬을 끌어안으며 결국 참았던 울음을 토해냈다.

"체, 체, 체자르! 으윽!"

"어차피 아르반이 무너지면, 어머니는 결코 무사하지 못할 것입니다. 아르반의 백성들이 어머니를 결코 가만두지 않겠죠. 온갖 수모를 겪다가 짐승보다 못한 죽음을 맞이하실 겁니다. 그럴 바엔 차라리 제가, 제가 보내 드리겠습니다."

"……체, 자르!"

"어머니가 원하시는 대로 아르반의 왕비로서 죽으실 수 있게 해드리겠습니다. 아르반의 왕비로서, 떠나십시오."

체자르의 손이 바들바들 떨렸다. 밀려드는 울음을 참으려고 입술을 꽉 깨문 바람에 피가 주르륵 흘렀다. 메리헬은 고통에 제대로 숨을 쉬지 못하면서도 저를 꽉 끌어안고 있는 체자르의 손길에 마지막 남은 힘을 쥐어짜 그의 머리카락을 더듬었다.

"체, 체자르……. 하면, 너는 그냥 살아라……. 으윽. 어미가 대신 죽을 테니…… 이 어미가, 너를 풀어줄 테니. 다 내려놓고, 도망쳐서…… 너는 그냥 살아……. 우욱! 제발, 살아……."

메리헬의 목소리는 더 이상 들리지 않았다. 체자르는 제 품에서 싸늘하게 식어가는 어머니의 온기와 더 이상 느껴지지 않는 심장 소리를 움켜쥐며 눈을 감은 어머니를 바라보았다.

"아, 아, 아아, 아아악!"

터질 듯한 슬픔이 그를 짓눌렀다. 그녀의 마지막 유언을 들어줄 수 없기에 더더욱 그랬다.

"이미, 늦었습니다. 그럴 수가 없어요, 어머니……. 곧 뒤따라갈 테니까. 조금만, 조금만 참아주세요. 어머니……."

아르반 왕궁으로 마티디안 기사들이 돌격하기 시작했다. 이미 사기를 잃은 아르반 병사들은 너무나도 쉽게 정문을 내어주었고, 맞서 싸워보지도 못한 채 그들의 칼에 목숨을 잃거나 달아나기에 바빴다. 이미 아르반 왕궁에 등을 돌린 백성들은 백기를 들고 투항하고 있었다.

카헤시온은 시로벨과 함께 왕궁으로 향했다. 더 이상의 피해를 줄이려면 역시나 지휘자인 체자르의 목숨을 거두는 방법밖에 없었다.

카헤시온은 키리에나에게 밖을 부탁하고서 왕궁 안으로 들어갔다. 바깥보다 안쪽이 더욱 고요했다. 지독한 침묵. 하지만 시로 벨의 눈동자가 미친 듯이 흔들렸고, 카헤시온 역시 입을 다문 채 그런 그녀의 손을 꽉 붙잡았다. 왕궁 중앙홀 가운데 아르반 국왕 이 목을 맨 채 죽어 있었다.

"하아……."

진짜 시로벨의 감정에 그녀는 휘청거렸다. 이것은 슬픔인가, 아 니면 두려움인가.

발소리가 들리더니 칼자루를 움켜쥔 체자르가 이쪽으로 걸어 오고 있었다. 누구의 것인지 뚝뚝 피를 흘리는 칼날은 섬뜩하기 만 했다.

"시로벨."

"……."

"이제 아르반 왕궁에서 살아남아 있는 이는 너와 나뿐이구나."

"하지만 메리헬 왕비께서……. 설마……."

시로벨은 놀란 눈동자로 체자르의 칼날을 바라보았다. 죽은 건 가? 그가, 죽인 것인가?

카헤시온은 시로벨의 앞을 가로막으며 검을 뽑았다.

"이젠 끝을 봐야겠군."

"한 번 더 경고하지. 절대 그 칼끝에 망설임을 두지 마라."

그리고 체자르와 카헤시온이 다시 부딪쳤다. 하지만 체자르의 힘이 많이 떨어진 상태라 그가 자꾸만 뒤로 밀려났다.

"비켜."

체자르가 외쳤지만 카헤시온은 더욱 맹렬히 그를 뒤로 몰아붙 였다.

"절대 그녀에게 가지 못해."

"닥치고 비켜!"

"네가 무슨 생각을 하는지 알아. 하지만 절대로 그럴 수 없어. 너는 절대 그녀의 손에 죽지 못해. 내가 널 죽일 테니까!"

시로벨은 블루문을 움켜쥐었다. 아르반 왕궁에 절규가 가득 찼다. 누구의 목소리인지 모르지만, 슬픔이 가득하다. 이곳에는 시로벨과 에드워드의 과거가 잠들어 있다. 그리고 이제는 그 과거를 끊어낼 차례.

시로벨은 체자르를 바라보았다. 그와 시선이 마주친 후 그녀는 그들을 향해 걸어갔다.

"벨, 안 돼!"

카헤시온은 그녀를 저지했지만, 그녀는 걸음을 멈추지 않았다. 결국 카헤시온은 체자르의 옆구리를 꿰뚫었다.

"으으윽!"

무릎 꿇은 그의 앞에서 카헤시온이 마지막 일격을 가하려는 순간, 시로벨이 그를 불렀다.

"카헬!"

카헤시온은 그 말을 무시하려고 했다. 하지만 시로벨이 그의 손을 붙잡아와 결국 검을 휘두르지 못했다.

"내가, 내가 마지막으로 할 말이 있어요."

"벨……."

"제발…… 그래야 내가 벗어날 수 있어요."

카헤시온은 그녀의 차분한 물빛 눈동자를 바라보았다. 그 눈빛에는 어떠한 떨림도 없었다. 그는 묵직한 한숨을 내쉬며 검을 내려놓았다.

시로벨은 바닥에 쓰러진 체자르를 바라보았다. 그 역시 숨을 헐떡이며 그녀를 바라보았다.

"기억하지?"

"……"

"칼끝에 망설임을 두지 말라고."

"다음번엔 그 칼날이 향하는 곳에 망설임을 두지 마라."

그는 처음부터 이렇게 죽을 작정이었다. 시로벨은 그만 울컥하여 소리쳤다.

"내가 왜 당신이 원하는 대로 해줘야 하는 거죠? 당신은 나를 망가뜨리려 했고, 결국엔 에드워드마저! 내가 도대체 왜……!"

시로벨은 마지막 말을 맺을 수가 없었다. 가슴께가 울컥하더니 속이 답답해졌다. 이건 분명 진짜 시로벨의 감정이었다.

'체자르 오라버니……'

아주 먼 기억에서 울리는 시로벨의 목소리.

'미안하다, 시로벨.'

그리고 아주 짧게 울리는 체자르의 목소리.

도대체 무엇이 그를 이토록 망가뜨렸을까. 도대체 무엇이…….

체자르는 손을 뻗어 시로벨이 든 블루문의 칼날을 붙잡았다. 날카로운 칼날에 베인 손바닥에서 피가 흘렀지만 그는 그것을 놓지 않았다. 그리고 엷은 미소를 지으며 속삭였다.

"마지막은……"

시로벨의 손끝이 떨렸다.

"네가, 마지막은……."

가슴속에서 뜨거움이 휘몰아친다. 시로벨은…… 진짜 그녀는 결국 체자르를…….

"끝내주었으면 좋겠다."

"……."

시로벨은 결국 블루문을 든 손에 힘을 주었다. 푸른 칼날이 체자르의 심장 위로 찬란히 부서져 내렸다. 피를 쏟으며 체자르는 그제야 모든 걸 내려놓은 듯 환하게 웃었다.

"미안하다, 시로벨……. 미안하다…… 그리고 고맙다……."

체자르의 눈동자에서 빛이 서서히 사라지고, 숨소리 역시 멎어 가고 있었다. 그는 생애 처음으로 너무나도 행복하다는 느낌을 받았다. 내가 죽을 자리. 비뚤어진 제 마음으로 인해 상처를 받은 저 아이에게 용서를 구하고 이렇게 죽는 순간이 되어서야 그는 평온해졌다. 그리고 그녀가 조금이라도 나를 기억해 주길 바랐다.

'그것이, 나의 낙원…….'

그렇게 체자르의 숨이 완전히 사라졌다. 시로벨은 그 자리에 털썩 주저앉았다. 한줄기 눈물이 흐르고, 소휘가 아닌 시로벨의 감정이 짧게 흘러나왔다.

'불쌍한 사람……. 가여운, 오라버니…….'

그녀는 어렵사리 블루문을 다시 움켜쥐었다. 겨우, 놓을 수 있게 되었다. 한순간 눈가에 맺힌 눈물은 모든 걸 용서한다는 시로벨의 마음일 것 같았다. 그렇게 그녀는 괴로웠던 과거에서 벗어나고 있었다.

'이것으로 당신의 선택은 끝난 거지? 이제 남은 건……'

내 선택과 에드워드…….

시로벨은 고개를 들었다. 어느새 다가온 카헤시온이 그녀를 안아주었다. 가장 따뜻하고 포근한 품 안에서 시로벨은 엷은 미소를 지었다. 카헤시온은 그녀의 허리를 끌어안고서 뜨거운 입술을 그녀의 어깨에 묻었다. 너무나도 소중한 이의 떨리는 숨결이 느껴졌다. 시로벨 역시 안도하는 마음으로 두 팔을 벌려 그를 꼭 안아주었다.

"이제 끝난 건가?"

"그런 것 같아요."

"이젠 그대도 행복해질 수 있겠지?"

"당신이 내 옆에 있어준다면, 아마 영원히 행복할 거예요."

카헤시온은 두 손으로 소중히 그녀의 두 볼을 감싸 안으며 따스한 미소를 지었다. 참으로 오랜만에 보는 그 미소에 시로벨은 자신도 모르게 그의 입술을 살짝 훔쳤고, 그는 잠시 당황했다가 좀 더 그녀의 허리를 끌어당겨 그녀의 입술을 깊게 머금었다. 격한 숨소리와 다정한 속삭임이 뒤엉켜 심장을 뜨겁게 뛰어오르게 했다. 시로벨은 그의 입술 끝에 달콤한 숨을 내쉬며 속삭였다.

"카헬, 카헬……."

끊어질 듯 위태롭게 속삭이는 이름에 카헤시온은 그녀의 머리카락을 한껏 움켜쥐고선 그녀의 뜨거운 입술을 빨아들였다.

잠시 후, 시로벨은 반달웃음을 지으며 카헤시온의 곁에서 두세 걸음 물러섰다.

"아직 다 끝난 거 아니잖아요? 가서 마무리를 해야죠."

"……그렇지."

카헤시온은 아쉬운 시선으로 붉게 달아오른 그녀의 얼굴을 바라보았다. 다 채우지 못한 욕망이 그의 가슴께를 묵직하게 만들었다.

"앞으로는 영원히 함께할 거예요. 오늘이 마지막이 아니니까 그렇게 서운해하지 말아요."

"알아. 이젠 정말 내 곁에 계속 있을 거니까."

시로벨, 아니, 소휘는 카헤시온의 손을 꼭 잡았다. 체자르를 제 손으로 죽이는 그 순간부터 그녀는 이미 결심했다. 카헤시온의 곁에 있겠다고. 이 삶이 끝날 때까지 그의 옆에 있겠다고. 한소휘의 인생을 놓고, 시로벨로서 새로운 삶을 살 것이다. 그게 그녀의 선택이었다.

시로벨을 제외하고서 살아남은 왕족이 없는 이상 아르반 왕궁은 무너진 것이나 마찬가지였다. 하지만 아직 일부 병사들이 저항하고 있으니, 그들을 물리치고 완전한 승리를 이뤄야만 했다. 카헤시온은 정식으로 시로벨을 마티디안으로 데려가 그녀의 무죄를 밝히고 다시금 자신의 비로서 옆에 있게 하겠다고 결심했다. 누구보다 더 빛나게 그리 설 수 있게 할 것이다.

카헤시온은 시로벨과 손을 잡고 밖으로 나가기 위해 몸을 돌렸다. 그런데 눈앞에 나타난 이를 보곤 믿을 수 없단 표정이 되었다.

"코델리아……."

코델리아가 검은색 로브를 입고서 한 손에 시퍼런 칼을 든 채 서 있었다. 시로벨 역시 놀란 표정으로 그녀를 바라보았다.

"결국, 두 사람이 만나고 말았네요."

"……."

"정말 지독한 악연이네요. 아무리 해도 안 된다면 내 손으로 끊어내는 수밖에."

"……코델리아?"

"내가 그 말도 안 되는 운명 따위 끊어버리고 말 거야!"

"코델리아, 안 돼!"

코델리아는 그래도 달려와 시로벨을 향해 검을 찔러 넣었다. 푸욱! 섬뜩한 소리와 함께 그녀의 손끝으로 뜨거운 피가 흘러내렸다.

"하아……."

비명 소리가 울리고, 코델리아는 천천히 눈을 떴다. 제 손에 쓰러진 그녀를 상상했다. 제 손으로 끝낸 파멸을 지켜보고자 했다. 하지만 그녀의 손에 쓰러진 이는 시로벨이 아니었다.

"안 돼, 안 돼, 카헬!"

"카, 헤시온……?"

코델리아의 눈이 커졌다. 어째서 당신이……?

시로벨은 저를 끌어안고서 코델리아의 칼을 맞은 카헤시온을 끌어안았다. 모든 것이 안개 속으로 흩어졌다. 머릿속에서 윙윙거리는 소리와 더불어 모든 것이 현실로 이어지지 못했다.

카헤시온이 쓰러졌다. 창백한 얼굴로 누운 그가 피를 흘리고 있다. 그건 자신이 알고 있던 빙안의 귀공자, 카헤시온의 모습이 아니었다. 이렇게 쓰러진 모습은 절대로!

"안 돼요, 정신 차려요. 절대로 눈 감으면 안 돼요, 카헬! 제발,

제발!"

코델리아는 시로벨의 비명 속에 멍한 시선으로 제 손을 바라보았다. 피가 가득 묻어 있었다. 그녀의 피라고 생각했는데, 드디어 그녀를 없앴다고 생각했는데…… 왜 당신이 거기에 쓰러져 있는 거야?

"하아, 아니야. 아니야. 아니야. 아니야. 아니야!"

코델리아의 광기 어린 절규가 이어졌다. 카헤시온은 울컥 피를 토하며 코델리아를 응시했다.

"코…… 델리아…… 이제 그만…… 네 자신을…… 괴롭히지 마라……."

"아아악!"

코델리아는 카헤시온의 모습을 더는 볼 수 없었다. 결국 그녀는 금방이라도 무너질 듯한 표정을 지으며 그대로 도망치고 말았다. 시로벨은 그런 그녀의 뒷모습을 바라보며 입술을 깨물었다.

코델리아, 결국 너의 마지막 파멸은 이것인가? 이렇게까지 되리라 생각조차 못 했었는데. 너의 사랑은 결국 이토록 지독한 것이었구나.

"벨……."

그의 낮은 목소리가 흐트러지고, 시로벨은 그를 꽉 끌어안으며 그가 눈을 감는 것을 막으려고 노력했다.

"아무 말 하지 말아요. 눈 감지 말아요, 제발. 누구라도 올 거예요. 그때까지 버텨야 해요. 절대로 나만 두고 가만 안 돼요!"

"하아, 하아, 하아!"

숨소리가 격했다. 게다가 이미 많은 피를 흘렸다. 이대로 가다간 과다출혈로 쇼크가 온다 하더라도 이상하지 않을 상황이었다. 누구든 불러야 한다. 당장 누구든!

그때, 그녀의 머릿속으로 누군가가 떠올랐다. 그래, 아직 그녀에게는 한 가지 소원이 남아 있었다.

"엘라임, 엘라임. 당장 나와, 엘라임!"

그리고 그녀의 목소리 끝으로 물기둥이 치솟으면서 엘라임이 모습을 드러냈다.

"엘라임, 아직 한 가지 소원이 남았어. 그렇지? 카헬을 살려줘. 그를 구해줘. 제발, 넌 할 수 있잖아!"

"그 소원은 들어줄 수가 없다."

"왜! 도대체 왜!"

"아무리 내가 물의 정령왕이지만, 생명을 다룰 능력은 없어."

"그럼 아무나, 아무나 불러줘. 그를 살려달라고!"

카헤시온의 손이 그녀의 손을 붙잡았다. 시로벨은 떨리는 눈동자로 그를 내려다보았다. 그리고 믿을 수 없다는 표정을 지었다. 분명 미치도록 고통스러울 텐데. 너무나도 아플 텐데, 그는 너무나도 평온한 표정으로 오히려 엷은 미소를 지은 채 그녀를 바라보고 있었다.

"벨, 무릎 좀……."

시로벨은 얼른 그에게 무릎을 빌려주었다. 조금이라도 그가 덜 아플 수 있도록. 고통이 덜할 수 있도록. 그리고 그의 손을 붙잡았다. 점점 빠르게 떨어지는 체온이 고스란히 느껴졌지만 시로벨은 그의 손을 더 세게 움켜쥐었다. 절대로 그를 놓지 않을 것이다. 절대로!

"벨……."

너무나도 다정한 그의 목소리에 눈물이 쏟아질 것 같았다.

"그래요, 카헬. 나 여기 있어요. 그러니까 나만 여기에 두고 가면 안 돼요."

"절대…… 그러지 않을 거야……."

고통을 삼킨 그의 목소리가 느껴졌다. 이 상황에서도 그는 오직 나만 생각하고 있었다. 내가 무서워할까 봐. 두려워할까 봐. 이 바보 같은 남자는 오직 나만을 그렇게 생각하며 고통도, 두려움도, 죽음에 관한 모든 것도 억누르고 삼킨 채 웃고 있었다. 그 모습에 도저히 눈물을 참을 수가 없었다.

"흐흐, 흐흑……."

"울지 마……. 내게 웃음을 가르쳐 준 사람이 그대인데……."

"카헬……."

"체자르가 내게 물었지…… 나에게 그대는 어떤 존재냐고."

"……그래서요?"

시로벨은 떨리는 손으로 카헤시온의 머리카락을 쓰다듬었다. 그는 마치 어린아이처럼 가만가만 그녀의 손길을 느끼며 느리게 눈을 깜박거렸다.

"나의 아내이자, 마티디안 제국의 황자비이며 빛이라고 했지. 하지만 가장 중요한 건 그게 아니야."

심장이 벅차올랐다.

"그대는 내가 처음으로 사랑한 사람이야. 그 어떤 것보다도 소중하고 소중한…… 내겐 유일한 사람."

그의 고백이 뜨겁게 소용돌이쳤다.

"벨…… 그대가 내 곁에 와주어서 너무나도 고마워……. 당신의 순간순간에 내가 있어서 너무나도 기뻤어. 난 그저 그것만으로도 행복하고 감사하고……."

"카헬?"

시로벨의 눈가가 파르르 떨렸다. 붙잡은 카헤시온의 손이 자꾸만 힘없이 아래로 떨어졌다. 그녀는 그를 붙잡으려고 애를 썼다. 아니다. 이렇게는 아니다. 이렇게 그를 보낼 수는 없었다. 절대로!

"카헬, 제발…… 제발. 아무 말 하지 말아요. 조금만 더, 조금만 더 버텨줘요!"

카헤시온은 힘겨운 숨을 내뱉으며 오직 그녀를 향해 그 짧은 순간을 속삭였다.

"벨……."

"카헬……."

"……사랑해."

그 목소리를 끝으로 더는 그에게서 그 어떤 말도 들을 수가 없었다. 시로벨은 그가 눈을 감았다는 것을 믿을 수가 없었다. 그저 멍하니 그를 바라보다 이내 그의 입술에 제 입술을 묻으며 숨을 불어넣었다. 하지만 그는 어떤 말도 하지 않았다. 눈물이 주르르 흘러내렸다. 하지만 멈추지 않고 그에게 제 자신을 불어넣었다. 그는 내게 그저 고맙고 고맙다고, 와줘서 고맙다고. 함께해 줘서 고맙다고 그렇게 말하지만, 고마운 건 나다. 내게도 그는 빛이다. 감히 바라볼 수 없는 그러한 빛. 내게 이런 가슴 벅찬 사랑을 주어서 너무나도 고맙고 고마운 사람.

시로벨은 조용히 울음을 터뜨리며 그를 끌어안았다.

"절대로, 이대로 당신 혼자 안 보낼 거예요."

이렇게, 이렇게 보내지 않을 거야, 절대로!

그녀의 옆으로 카산드라가 모습을 드러냈다. 시로벨은 여전히 고개를 들지 않은 채 그를 끌어안고 있었다.

"한소휘."

그녀가 이름을 부르자 소휘는 카산드라의 존재를 깨닫고서 고개를 들었다.

"하아…… 당신……. 그래, 당신이 있었어. 당신은 카헬을 살려줄 수 있지? 그렇지? 제발, 제발 살려줘. 카헤시온을 살려줘!"

카산드라는 너무나도 끔찍하게 펼쳐진 운명에 안타까운 시선으로 엘라임을 향해 짧게 속삭였다.

"엘라임, 물의 장벽을 쳐라."

그들의 주변으로 거대한 물의 장벽이 쳐졌다. 그녀는 자리에서 일어나 카산드라를 붙잡았다. 그만큼 간절했다. 제 모든 걸 줄 수 있을 만큼, 그의 숨을 다시 원래대로 되돌리고 싶었다.

"방법이 있는 거지? 그렇지? 당신은 그를 살릴 수 있는 거지? 그렇다고 당장 말해!"

카산드라는 카헤시온에게 다가갔다. 그리고 그의 가슴 위에 손을 올리곤 속삭였다.

"아직 완전히 숨을 거둔 건 아니야. 하지만 이대로 두면 모든 것이 끝이지."

"그러니까 도와달라고!"

"이런 식이 되지는 않길 바랐는데……."

카산드라는 소휘를 똑바로 바라보았다. 어쩌면 이것이 그녀의 운명일지도 모른다.

"네가 에드워드를 살리는 방법. 그게 카헤시온을 살리는 방법이 될 거야."

"그게, 무슨?"

"그 방법은 한소휘, 너의 존재 자체지. 넌 이곳에 존재해선 안되는 자. 그렇기에 널 원래대로 돌려보내면서 에드워드와 카헤시온의 시간을 역행하게 만들 수 있어."

그들의 시간을 역행한다는 것은 그들이 죽기 전의 시간으로 되돌리는 것을 의미한다. 카산드라는 에드워드가 행복했던 순간으로 되돌리고 싶었다. 그렇게 해야 의미가 있을 테니까.

"한 사람의 시간을 죽기 직전으로 돌리는 게 대체 어떻게 가능한 거지? 당신이 드래곤이라서?"

"말했잖아, 네가 있어야 가능하다고. 원래 넌 이곳에 있어선 안 되는 사람이야. 그런데 시로벨이 자신의 목숨을 대가로 널 이곳에 불렀지. 하지만 널 되돌려 보낼 수 있어. 저쪽 세계에서 널 끌어당기고 있으니까. 그렇게 네가 다시 되돌아갈 때 시간의 균열이 생겨. 그 균열을 이용해 에드워드의 시간을 되돌릴 수 있어."

"그럼 그때 카헤시온의 시간도……."

"되돌릴 수 있지. 네게도 나쁜 선택은 아니라고 생각했어. 너역시 되돌아가고 싶었잖아, 네가 살던 곳으로. 그런데 살짝 변수가 생긴 거야."

카산드라는 누워 있는 카헤시온을 바라보며 속삭였다.

"네가 진심으로 카헤시온을 사랑해 버린 것. 사실은 네가 내예언 속의 빛이었다는 것. 그래서 네 마음에 망설임이 생겼지. 그래서 네 선택에 맡기려고 한 거다. 시로벨이 널 이곳으로 억지로 데려왔으니까, 네 선택으로 에드워드를 살릴지 말지를 결정하게 하려고 했어."

우스웠다. 한 사람의 생명을 다시 되살리기 위해 시간을 거스르려 한다는 것도 어이가 없고, 그걸 한 사람의 선택에 맡긴다는 것도 기가 막혔다. 하지만 이 세계가 그렇다는데 어쩌겠는가.

"하지만 난 이미 죽었다고 했잖아?"

"그건 반홀이 알아서 할 거야."

나 역시 죽기 직전으로 되돌려지는 건가?

그녀는 카헤시온을 바라보았다. 마치 잠이 든 것처럼 그의 모습은 너무나도 고요했다. 더 이상 괴로워 보이지도 않았다. 그래서 그나마 다행이었다.

"어쨌든 내가 돌아가야 에드워드도 카헤시온도 살 수 있다는 거네."

"……그래."

"그럼, 한 가지 부탁이 있어."

그녀는 카헤시온의 손을 잡았다. 차가웠지만 그녀에겐 더없이 따뜻하게 느껴졌다.

"그게 뭐지?"

"…… 카헤시온의 기억 속에서, 나에 대한 기억을 지워줘."

결코 하고 싶지 않았던 말이 흘러나왔고, 심장이 그대로 멎어버릴 듯한 통증이 밀려들었다. 하지만 그렇게 해야만 했다.

"어차피 난 내가 살던 곳으로 돌아가야 하는데, 그가 날 기억하면 괴로울 거야. 그러니까 잊는 게 나아. 그렇게 하면 내가 그의 곁에 영원히 남겠다고 했던 말이 거짓말이 아니게 될 테니까. 그가 날 계속 찾지 않게 해줘. 그가 상처받지 않게 해줘."

"하지만 그렇게 되면……."

카산드라는 끝내 말을 잇지 못했다.

"난 괜찮아. 아마 평생 그를 기억할 테지만, 계속 그를 그리워하면서 살겠지만, 그래도 카헬, 그가 이 세상에 없다고 생각하는 것보다는 나으니까. 그가 어딘가에 존재하고, 숨을 쉬며 살고 있다고 생각하면 난 살 수 있어."

그녀는 떨리는 손으로 카헤시온의 손을 끌어당겨 살며시 입을 맞추었다.

'그러니까 카헬, 살아줘요. 반드시 살아줘요. 꼭…….'

그래야 나도 견딜 수 있으니까. 그럴 수 있으니까.

소휘는 천천히 자리에서 일어섰다. 그리고 카산드라를 향해 말했다.

"에드워드와 카헤시온, 두 사람을 다 살려줘. 그게 내 선택이야."

"……알았다."

카산드라는 눈을 감았다. 그러자 허공에서 마치 잠이 든 것 같은 에드워드의 모습이 나타났다. 에드워드가 숨을 거두자마자 카산드라는 그의 시간을 멈추고 그를 거두어 보호하고 있었다. 바로 이 순간을 위해서…….

그녀는 마지막으로 카헤시온을 바라보았다. 주르르 떨어지는 눈물이 아프기만 했다. 그의 모습이 자꾸만 희미해지는 게 싫어서, 마지막까지 그를 눈에 담고 기억하고 싶은데, 눈물이 멈추질 않았다.

"카헬, 카헬……. 내 진짜 이름은 시로벨이 아니라 한소휘예요. 날 사랑해 줘서 고마워요. 당신을 너무나도 사랑하고, 또 사랑해요. 매 순간 날 지켜줬으니까, 이번엔 내가 당신을 지켜줄게요."

그녀의 마지막 속삭임. 그리고 그 끝에 카헤시온이 아주 희미한 움직임을 보이며 그녀의 손가락을 아주 살짝 붙잡았다. 그에 그녀는 결국 참고 있던 눈물을 쏟아냈다.

눈이 부실 듯한 빛과 함께 그녀는 카헤시온의 손을 끝까지 놓지 않고서 마침내 이 세계에서 사라졌다.

물의 장벽이 사라지고, 키리에나와 제르린이 쓰러진 카헤시온에게로 달려왔다.

"형님, 형님!"

카헤시온이 꿈틀거리며 무거운 눈꺼풀을 들어 올렸다. 그와 동시에 눈에 고여 있던 눈물이 주르르 흘러내렸다.

"제르린…… 키리에나……."

"괜찮아?"

"제르린, 이곳을 부탁한다. 제라드를 불러올게."

"네."

키리에나가 자리를 떠나고, 제르린은 카헤시온을 부축하면서 주변을 둘러보았다. 갑작스럽게 생긴 물의 장벽에 얼마나 놀랐는지 몰랐다. 전쟁은 이제 끝났는데 대체 이게 무슨 일인지. 그런데 시로벨은 어디 있는 거지?

"정말 괜찮아?"

"괜찮다. 전쟁은?"

"무사히 끝났어. 부상자가 있지만 그래도 숫자는 생각보다 적어. 그런데."

카헤시온은 제르린에게 몸을 기댄 채 머리를 붙잡았다. 깨질 듯한 두통이 밀려들었다. 자신이 왜 여기에 쓰러져 있던 것인지 도통 기억이 나질 않았다. 체자르가 숨을 거둔 것까지는 기억이 나는데……. 그 뒤로 어떻게 되었지? 누가, 옆에 있었나?

"시로벨은, 비전하는 대체 어디 있는 거야?"

제르린은 연신 시로벨을 찾았지만 그 어디에도 모습이 보이지 않았다. 하지만 더 당황스러운 일이 생긴 건 그 뒤였다.

"뭐?"

"비전하 말이야. 같이 있었잖아."

"도대체 무슨 말을 하는 거야. 비전하라고? 코델리아라면 제로비안 제국에 있잖아. 이곳에 있을 리가 없지."

"뭐?"

카헤시온은 미간을 찡그리며 머리를 붙잡았다. 두통이 더 심하게 밀려들었다. 이상하게 가슴도 먹먹했다. 그것 때문인가? 눈물이 멈추질 않았다. 머리만큼 마음이…… 아픈 것 같았다.

제 12 화
운명이라고 하죠

전쟁이 끝났다. 승자는 마티디안이었다. 그들은 아르반을 완전히 점령하여 제국으로 흡수시켰다. 메리헬 왕비와 무능한 국왕 아래에서 굶주림과 횡포에 지친 백성들은 쉽게 마티디안에게 고개를 조아렸다. 큰 제국이라면 자신들의 삶이 조금은 나아지지 않을까 하는 안타까운 바람이었다.

겉으로는 모든 것이 잘된 것 같았다. 하지만 가장 치명적인 문제가 있었다. 바로…….

"……형님이 다른 건 다 기억하시는데 시로벨 비전하만 기억을 못 한다고?"

"쓰러지신 이유 역시 기억하지 못하십니다."

치료사의 대답에 제르린의 표정이 차갑게 굳어지면서 이내 그의 멱살을 움켜쥐었다.

"제, 제르린 황자 전하!"

"어떻게든 해봐야 할 것 아니냐! 기억을 못 하다니. 다른 누구도 아닌 형님이 시로벨을 기억 못 하다니!"

"제르린 오라버니!"

세네티아는 제르린을 뜯어말리려 했지만 쉽지가 않았다. 그러자 옆에 있던 제라드가 냉정하게 말했다.

"카헤시온 황자 전하께서 왜 갑자기 의식을 잃고 기억이 사라졌는지 모르는 상황에 억지로 기억을 되돌리려고 한다면 전하의 머리가 망가질 것입니다. 그리되면 목숨을 장담할 수 없습니다."

제르린은 치료사의 멱살을 놓아주고서 이번엔 제라드를 노려보며 외쳤다.

"그럼 어쩌자고! 이대로 두자고? 그럼 시로벨은. 그 아이는 지금 대체 어디서 무얼 하고 있는지조차 모르는데! 형님만 알고 있잖아. 오직 형님만! 그리고 다른 누구도 아닌 어떻게 형님이, 형님이⋯⋯."

그 아이를 잊어버릴 수가 있어.

제르린은 차마 그 뒷말을 잇지 못한 채 고개를 떨어뜨렸다.

세네티아 역시 마음이 초조했다. 시로벨에 관한 기억만 모두 잃은 오라버니가 정말로 괜찮은 것인지조차 불확실했다.

얌전히 자리를 지키고 있던 유에시스가 입을 연 것은 바로 그때였다.

"어쩐지 비전하께서 원래 계셨던 곳으로 돌아간 것 같아요."

"뭐?"

제르린은 유에시스의 뜬금없는 소리에 의아한 표정을 지었다.

"솔직히 처음부터 갑자기 나타나셨잖아요. 물론 이곳에 공녀로 오셔서 카헤시온 전하와 맺어지긴 했지만, 어느 순간 사람이 완전히 바뀐 것 같았어요. 비전하의 변화로 카헤시온 전하 역시 변하셨고……."

"시로벨은 오라버니의 빛이 되었지."

세네티아는 멍한 시선으로 시로벨의 기운을 더듬었다. 분명 다시 만난 그녀의 기운은 이전과는 너무나도 달랐다. 생동감 넘치고 강한 힘이 느껴졌던. 그 힘으로 자신도 할 수 없었던 일을 했다. 바로 오라버니를 세상 밖으로 나오게 한 것. 과거에서 벗어나 누군가를 진심으로 믿고 사랑하게 된 것.

"오라버니의 기억이 사라진 것, 어쩌면 비전하의 바람이었을지도 몰라요."

"세네티아, 너까지……."

"만약 비전하가 사라진 상황에서 오라버니가 모든 걸 기억하고 있었다면, 아마 오라버니는 비전하를 끝까지 찾아 헤매었을 거예요. 그렇게 찾고, 찾고, 또 찾으면서 오라버니는 예전보다 더 무너졌을지도 모르죠. 제르린 오라버니도 아시잖아요? 시로벨 비전하를 떠나보냈을 때 오라버니가 어떤 표정으로, 어떤 모습으로 이곳에서 버티셨는지."

"그건……."

"이제 비전하는 오라버니의 전부예요. 그건 비전하도 마찬가지니까, 분명 돌아올 거예요."

세네티아는 두 손을 모으고서 간절히 속삭였다.

"어느 날 갑자기 나타났던 그때처럼, 돌아오는 것도 어느 날 갑자기 그렇게 나타날 것 같아요. 분명 무슨 사정이 있어 지금은 돌

아오지 못하시는 걸 거예요. 그러니까 잠시만 기다려 봐요. 예전
에 오라버니가 말한 적이 있어요."

코넬리아 황녀와의 혼인 문제로 시로벨의 마음이 어지러웠던
때, 세네티아는 혹여 오라버니가 힘들어하실까 봐 잠시 그를 달
래주기 위해서 룬궁을 찾은 적이 있었다. 하지만 그는 괜찮아 보
였다. 오히려 웃으면서 속삭였다.

"그녀는 항상 나를 기다려 주었으니까. 이번엔 내가 기다려 줄
차례다. 그게 얼마가 되었든, 언제가 되었든, 끝까지 기다려 줄
생각이야."

지금은 잠시 오라버니가 기다리는 것이다. 그리고 그 기다림이
힘들지 않도록 비전하께서 오라버니의 기억을 잠시 가져가신 거
고. 시로벨은 분명 돌아올 거다. 그리고 그녀가 돌아오는 그날,
오라버니의 기억도 되돌아올 거라고 세네티아는 믿었다. 두 사람
의 운명 같은 연을. 서로가 서로에게 빛이며 숨이기에. 자신들은
그저 한 발자국 뒤에서 그들을 지켜볼 뿐이었다.

마티디안으로 돌아온 카헤시온은 머리가 조금 아픈 것 외에는
아무렇지도 않다고 말했지만, 보바톤 황제의 강력한 황명에 의해
서 전쟁에 후 뒷수습과 처리는 키리에나와 리안 황자가 대신 하고
있었다. 하지만 궁 안에서 가만히 지내는 것은 그의 성격에 맞지
않았다. 게다가 가만히 있으면 머리가 더욱 아파오는 것 같았다.
다들 자신이 누군가를 기억하지 못한다고 하는데 그게 누구인지

모르겠어서 답답하기도 했다.

"하아…… 또 이곳인가."

궁 안에 있는 게 답답해서 걸음을 옮기다 보면 자꾸만 로제궁, 이 앞에 와 있었다. 초대 황제가 끔찍이도 연모하던 황후를 위해 만들었다는 장미정원이 너무나도 아름다운 궁이었다.

그는 매번 자신이 왜 자꾸만 이곳에 오는지 알 수가 없었다. 이 곳은 자신과 관련이 없는 곳인데. 익숙한 향기가 코끝으로 풍겨 오고, 그 익숙한 향기에 그리움이 밀려들었다. 하지만 도저히 그 그리움이 대체 누굴 향한 것인지 알 수가 없었다.

"……시로벨, 그 여자인가?"

내가 찾는 사람이 그 사람인가? 하지만 기억조차 하지 못하는데? 그렇다면 자신의 비인가? 하지만 코델리아는 현재 제로비안에서 돌아오지 않고 있다. 그리고 그녀를 기다리는 건 아닌 것 같았다. 절대로…….

그는 로제궁 안으로 들어가 장미정원에 들어섰다. 짙은 장미향에 순간 머리가 어질했고, 그러다 문득 옆구리에서 묵직하게 느껴지는 칼의 무게에 칼자루를 움켜쥐었다. 자신이 쓰러지면서 함께 놓여 있었던 검. 바로 블루문이었다. 이 검은 분명 자신의 검이다. 하지만 이상하게 제 것이 아닌 것 같은 느낌이 들었다. 이것을 쥐고 있으면 한없이 마음이 아팠다. 금방이라도 심장이 멎어버릴 것처럼, 그렇게…….

카헤시온은 한참을 장미정원 안을 서성이며 실체 없는 그리움에 묶인 채 눈을 감고 있었다. 바람에 흩날리는 이 장미향이 어쩌면 이 가슴을 꽉 채운 그리움의 주인을 알려줄지도 모른다고 생각하면서……

　전쟁이 승리로 끝난 후에도 코델리아는 자신의 방에 틀어박혀서 한 발자국도 나오지 않았다. 황제와 오라버니들이 걱정을 하며 문을 두드렸지만 그녀는 아무런 반응을 보이지 않았다. 특히나 카헤시온 황자에 대한 이야기가 나오면 거의 경기를 일으킬 만큼 강한 거부 반응을 보였기에 모두들 그녀를 그냥 내버려 두기로 하였다.

　코델리아는 어둠 이 가득한 공간에서 홀로 멍하니 앉아 거울 속 자신을 바라보았다. 웃는 얼굴이 사랑스럽던 아가씨는 없었다. 제로비안 제국의 고귀한 꽃은 더 이상 거울 속에 없었다. 결국 자신의 사랑은 광기가 되어 그를 죽일 뻔하였다. 이 손에 그의 피를 묻히고 말았다.

　"아…… 아…… 아아!"

　그때의 기억은 잔인하게 그녀를 옭아매며 단 한 순간도 잊지 못하게 만들었다. 매일매일 벗어나지 못하는 악몽을 꾸는 것만 같았다. 제 눈앞에서 피를 쏟으며 무너지던 카헤시온의 모습이 잊히지가 않았다.

　"미안해요…… 그러려고 그런 게 아니었어요. 정말이에요. 당신을 죽일 생각은 아니었어요!"

　그녀는 연신 보이지 않는 누군가를 허공에서 찾으며 미친 듯이 빌고 또 빌었다. 그러다가 어느 날, 카헤시온이 무사하다는 소식을 듣게 되었다. 하지만 시로벨 황자비가 감쪽같이 사라졌다고 했다. 항상 자신이 바라던 결말이었는데, 그 결말이 이렇게 눈앞에 펼쳐졌는데, 코델리아는 전혀 기뻐할 수 없었다.

코델리아는 떨리는 손으로 뭔가를 적은 종이를 탁자 위에 내려 놓았다. 흔들리는 눈빛에선 이미 말라 버린 눈물이 반짝거렸다. 그녀는 지금의 카헤시온을 똑바로 볼 수 없을 것 같았다. 왠지 지금의 그의 모습은 모든 것이 텅 빈 사람일 것 같았다. 모두 다 자신 때문에. 내가 그를 망쳤을지도 모른다.

'날 절대로 용서할 수 없겠지만, 그래도 조금은 용서해 줘요.'

코델리아는 아무도 모르게 궁을 빠져나왔다. 그녀가 향한 곳은 아주 예전 카헤시온과 처음 만났던 그 절벽 앞이었다.

밤바람이 부산스럽게 스쳤다. 깎아내릴 듯한 절벽 위에서 코델리아는 멍한 시선으로 쉼 없이 휘몰아치는 바다를 내려다보았다. 보이는 건 오로지 끝없는 어둠뿐이었다. 그녀는 자신의 손을 내려다보았다. 붉었다. 그의 피로 물든 손이 끔찍했다.

코델리아는 천천히 발걸음을 내디뎌 절벽의 끝자락에 섰다.

"이곳에서 당신을 처음 만나 내내 품은 그 마음만은 진심이었어요. 단 한 순간도 변하지 않고 오직 당신만을 사랑했어요."

훗날, 아주 먼 훗날, 시로벨이 없는 세상에서 당신이 나를 처음 만나 내가 당신의 빛이 될 수 있다면, 그땐 나를 사랑해 주세요. 카헤시온, 미안해요. 내 사랑이 독이 된 거, 정말 미안해요.

코델리아는 자신의 손을 가슴 쪽으로 끌어안았다. 그리고 이내 절벽 아래로 발을 내디디며 속삭였다.

"사랑해요……"

차가운 물이 그녀를 덮치는 순간, 코델리아는 손을 위로 뻗었다. 그 옛날 그가 자신의 손을 잡아주었듯, 그때의 그 행복했던 순간을 떠올리면서 코델리아는 눈을 감고서 숨을 놓았다.

코델리아가 방에 남겨놓은 마지막 메시지는 짧았다. 카헤시온
에게 미안하다는 말. 국혼은 처음부터 없었던 걸로 해달라는 말.
그리고 그녀를, 꼭 찾았으면 좋겠다는 말이 아주 짧게 남겨져 있
었다.

⚜   ⚜   ⚜

"선배님, 선배님, 선배님!"

아득한 정신 속에서 누군가 그녀를 부르고 있었다. 하지만 소
휘는 눈을 뜨고 싶지 않았다. 눈을 뜨면 모든 것이 사라질 것 같
았다.

"선배님! 구급차 불러, 지금 당장!"

하지만 다급하게 들리는 목소리에 소휘는 어쩔 수 없이 눈을
떠야만 했다. 그리고 흐릿한 시야로 현실이 보였다.

"정신이 드세요? 접니다. 저 알아보시겠어요?"

"한 형사님!"

"……보여. 그러니까 흔들지 마. 머리 울려……."

"아! 다행입니다! 정말로!"

익숙한 이들의 얼굴인데 왜 이렇게 낯설게 느껴지는 건지. 그렇
게 그녀는 자신이 원래 세상으로 돌아왔다는 걸 느낄 수 있었다.

천천히 몸을 일으켜 세웠다. 정석은 아직 움직이면 안 된다고
했지만 아랑곳 않고 주위를 둘러보았다. 사이렌 소리에 더더욱 머
리가 아파왔다.

"하마터면 큰일 날 뻔했습니다. 녀석이 그렇게 갑자기 총을 쏠줄이야. 그래도 다행히 백곰은 체포했습니다. 선배님도 얼른 구급차에……."

"……돌아왔네, 진짜."

"선배님?"

돌아오고 싶었다. 이곳으로. 하지만 지금은 이곳이 더 낯설게 느껴졌다. 왜냐하면 여기는, 여기에는…….

"흐흐, 흐흑……."

"서, 선배님?"

"없어, 그가. 그가 정말로 없어. 그가 없다고……. 흐흐흡!"

카헬, 그가 없다. 이곳 어디에도 그의 모습은 보이지 않는다. 아마 평생 그를 볼 수 없겠지.

갑자기 아이처럼 펑펑 우는 소휘의 모습에 정석은 당황했다.

"선배님? 선배님? 괜찮으세요? 어디 다치셨어요? 예?"

소휘는 정석을 붙잡고서 서러운 울음을 토해냈다. 오늘 정도는 이렇게 울어도 되겠지? 오늘만큼은, 이렇게 울면서 당신 그리워해도 되는 거지? 그렇지?

"흐흐흐흡! 흐으으윽!"

그렇게 그녀는 한국으로 돌아왔다. 그가 없는 세상으로, 그렇게 돌아왔다.

백곰을 검거한 소휘는 잠깐의 휴가를 받았다. 그녀 스스로 요청하여 받은 휴가였다. 형사 생활을 하면서 직접 휴가를 쓰고 싶다고 말한 적은 처음이었다. 그녀에겐 잠시 머리를 정리할 시간이 필요했다. 휴가라고 해봤자 갈 곳이 없는 그녀는 집에서 오랜만에 청소를 했다.

"하아. 어떻게 된 게 시로벨이었을 때 더 갈 곳이 많았냐. 옆에 있어주는 사람도 많았고."

거기서 맺은 인연이 어떻게 더 소중할 수 있는 건지.

소휘는 부지런히 청소를 하면서 자꾸만 희미해지려고 하는 그 세계에서의 시간을 더듬었다. 가끔씩 잠이 들고 깨어났을 때는 모든 것이 꿈이 아니었을까 싶기도 했다. 하지만 절대로 꿈이 아니라고 확실할 수 있는 이유는 자신의 텅 빈 마음. 문득문득 카헤시온으로 가득 넘치던 제 마음을 떠올리면서 가슴께에 찌릿하게 밀려드는 상실감 이 절대로 꿈이 아니었다고 속삭였다.

문득, 그녀의 손이 멎었다. 손끝에 와 닿은 물건 하나. 그녀의 눈동자가 파르르 떨려왔다.

"이, 이게 어떻게……."

그건 바로 카헤시온이 그녀에게 건네주었던 어머니의 유품 반지였다.

어떻게 여기 있는 거지?

소휘는 그것을 손안에 움켜쥐었다. 마치 카헤시온을 다시 만난 것처럼, 너무나도 반가운 표정이었다.

"무사하죠? 잘 살아 있는 거죠? 나도 잘 있어요."

천천히 더듬더듬 흘러나오는 목소리.

"……잘 살고 있는데, 가끔, 정말 가끔 미치도록 보고 싶어요. 너무너무 보고 싶어요……. 이렇게 생각만 하는 게 아니라, 당신을 직접 보고 싶고, 만지고 싶고, 안고 싶어요, 카헬……."

나, 잘 견디고 있는 거겠죠? 그런 거겠죠?

소휘는 반지를 끌어안고서 고개를 푹 숙였다. 조금만 더 지나면 무뎌지지 않을까? 조금만 더 지나면 지금보다는 나아지지 않을까? 그녀는 그렇게 믿고 싶었다. 그렇지 않으면 정말로 하루하루 버티지 못할 것 같았다. 그나마 다행인 것은 이러한 괴로움을 그는 겪지 않을 거란 거. 그게 그녀에게 가장 큰 위안이 되었다.

❧　　❧　　❧

카헤시온은 다시 일에 복귀했다. 다들 좀 더 쉬는 게 좋겠다고 했지만 아무 일도 안 하고 가만히 있으면 자꾸만 원인 모를 그리움에 괴로워졌다.

"황자 전하, 메모리 비전하께서 오셨습니다."

한참 일에 열중하던 카헤시온은 고개를 들었다. 그러자 메모리가 살포시 문을 열고 들어와서는 엷은 미소를 지었다.

〈제가 방해를 한 건 아니죠?〉

"아닙니다. 그런데 무슨 일로?"

그녀는 갓 구운 쿠키가 가득 담긴 바구니를 그의 앞에 보였다.

〈세네티아 황녀 전하께서 많이 걱정하고 계세요. 요즘 통 잠도 안 주무시고 일만 하고 계신다고.〉

"아……."

카헤시온은 자리에서 일어나 쿠키 바구니를 받아 들었다. 그 순간, 머릿속에 낯선 목소리가 스쳐 지나갔다.

"카헬, 다음엔 진짜 맛있는 쿠키를 만들어줄게요. 기대해요. 나 알죠? 지는 거 진짜 싫어하는 거. 다음번엔 진짜 잘 만들 거예요."

카헤시온은 그 자리에 멈춰 서서 이마에 손을 짚었다. 이 목소리는 대체 누구지? 그리고 카헬이라니……. 그 이름은 어머니밖에 모르는 이름인데.

"……혹시 누군가 제게 쿠키를 주기로 한 적이 있습니까?"

고개를 갸웃하는 메모리에게 카헤시온이 물었다. 메모리는 이내 웃으면서 고개를 끄덕였다.

〈네. 사실 제 것보다는 그분이 만드신 걸 더 기다리고 계시죠.〉

그녀가 떠난 후 카헤시온은 멍하니 쿠키 바구니만 바라보았다.

그래, 내가 기다린 것은 이게 아니다. 이것 말고 다른 것을 기다리고 있었다. 머릿속에 잠깐 울렸던 그 목소리의 주인공. 얼굴은 기억나지 않지만 분명 기다리고 있었다. 아주 간절하게…….

혹시 몰라 초상화를 찾아보려고 해도 단 한 점도 있지 않다고 했다. 그저 이름과 다른 이의 기억 속에서만 존재하는 그녀.

그러다 그는 뭔가를 문득 깨닫고서 자리에서 일어나 책상 가장 아래 서랍을 열어보았다. 그리고 그곳에 놓인 물건을 보고서 저도 모르게 눈가가 파르르 떨려왔다.

"하……."

그곳에 놓인 것은 장미 문양이 새겨진 브로치와 그의 글씨가 새겨진 맹세의 서약서.

"맹세의 서약서다."

"카헬······."

"반드시 널 데리러 갈 거야. 나의 옆은, 나의 황자비는 오로지 너여야만 해. 오로지 벨, 너뿐이다. 나에게 빛이 되는 유일한 존재는 너다."

시로벨, 시로벨, 벨······.

점점 뚜렷하게 울리는 목소리. 처음엔 낯설던 그 목소리가 차츰차츰 그리움으로 번지기 시작했다.

"카헬, 카헬······."

"카헬이라고 부를 수 있는 사람은 그대밖에 없어."

"사랑해요."

"사랑해."

결국 그의 눈가로 뜨거운 눈물이 주르르 흘러내렸다. 카헤시온은 떨리는 손으로 브로치를 움켜쥐었다. 아직 모든 기억이 확실하진 않지만 머리가 아닌 심장이 뜨겁게 외치고 있었다.

'나는 그녀를 기다리고 있다. 그녀는 반드시 돌아올 것이다······. 왜냐하면 내가 그녀를, 그녀를······.'

"아주 많이 사랑하고 있어."

"다녀올게요. 절대로 나 걱정하지 말아요. 절대로 안 질 테니까."

그러니까 돌아와, 반드시. 내 곁으로……. 반드시 당신을 한눈에 알아보고 말 테니까…….

⚜   ⚜   ⚜

5년 뒤.

아르반을 흡수한 마티디안은 보바톤 황제의 자애로운 통치 아래 새로운 전성기를 맞이했다. 아르반의 백성들은 보바톤을 새로운 주군으로 섬기며 전보다 훨씬 나은 풍요로운 삶에 만족하고 있었다. 제국이 넓어진 만큼 할 일도 많아졌기에 리안은 눈 코 뜰 새 없이 바쁜 와중에도 틈틈이 메모리와 함께 시간을 보냈다. 그녀는 자신과 쏙 빼닮은 아이 세실과 시간을 보내며 어설프게나마 조금씩 입을 열기 시작했다. 선천적으로 말을 할 수 없었던 그녀는 어떠한 노력으로도 치유될 수가 없었다. 하지만 세실이 태어나고 아이에게 엄마의 목소리를 들려주고 싶다는 메모리의 강인한 의지와 모성으로 기적 같은 결실을 맺고 있었다. 리안은 순간순간이 너무나도 행복하고 놀라웠다.

"메모리."

세실과 산책을 하던 중이었던 메모리는 리안의 목소리에 환한 미소를 지으며 다가갔다. 그러곤 조심스러운 목소리로.

"리…… 안."

아직은 어설프지만 그녀의 목소리로 자신의 이름을 들을 수 있다는 사실에 행복해하며 리안은 세실과 메모리를 꼭 안아주었다.

누가 봐도 부러울 정도로 사랑스러운 부부가 아닐 수 없었다.

"이제 그만 저 지긋지긋한 서류들 좀 싹 다 치워."

"하지만 제르린 전하께서 다 보지 않으셨습니다."

공식적으로 황실 마법사가 된 제르린은 매일같이 쏟아지는 일로 인하여 말라가고 있었다. 쉴 틈 없이 날아오는 서류에 정신을 차릴 수가 없었다. 처음엔 제라드가 잘 도와줄 거라고 하더니만 현재 그는 또 이상한 연구에 빠져 진리의 탑에 박혀 있어서 어디에도 도움을 청할 곳이 없었다.

"망할 제라드! 나 황실 마법사 안 해!"

새로운 교역로를 뚫기 위해 카헤시온은 잠도 자지 않고 일을 했다. 시간이 흘렀어도 그는 여전했다. 예전보다야 조금 다정해지고, 가끔 미소도 보이게 된 덕에 뭇 여인들만 가슴앓이를 하게 되었다. 하지만 여인들에게 관심이 없는 그는 매일 룬궁에서 일만 하다가도 일정한 시간이 되면 꼭 들르는 곳이 있었다.

그는 펜을 내려놓고서 자리에서 일어섰다. 그와 동시에 품에 서류를 안은 세네티아가 안으로 들어왔다.

"오라버니."

"세네티아, 무슨 일이지?"

"잠시 두고 갈 서류가 있어서요. 그런데 오라버니는 그곳에 가시나요?"

"……그래."

세네티아는 부드러워진 그의 기운에 살포시 미소를 지었다.

"나중에 보자꾸나."

"네, 오라버니."

그녀는 문이 닫히는 소리를 듣고서 멀어지는 그의 기운을 느끼며 허공을 응시했다. 오라버니의 기억은 아직 완전치 않았다. 겨우 시로벨을 떠올리기는 했지만 모든 기억이 살아난 건 아니었다. 하지만 그는 그녀를 기다리고 있었다. 지금껏 하루도 빠지지 않고 로제궁, 그곳에서……

"그러니 비전하, 어서 돌아와 주세요……"

카헤시온은 로제궁의 장미정원에 들어섰다. 하루도 빠지지 않고 그곳에서 시간을 보내며 그녀를 기다렸다. 드문드문 떠오르는 기억에, 그녀를 떠올릴 때마다 그의 심장이 그녀를 찾으며 그리워했다. 시간이 그리 흘렀어도 그리움은 더욱 선명해지고만 있었다. 그는 눈을 감고서 바람결에 흩어지는 장미향을 느꼈다.

기약 없는 기다림이었으나 그는 그것이 전혀 지루하다고 생각하지 않았다. 그저 떨리고 설레는 마음으로 기다릴 뿐이었다. 그에겐 이 순간이 가장 평온하고 행복했다.

⚜　　⚜　　⚜

"이 자식들, 5일 뒤에 이태원에서 2차 물건을 교환한다는 정보가 들어왔어. 이번엔 확실한 정보니까 절대로 놓치지 않게 제대로 작전 짜보자고. 오케이?"

"네, 알겠습니다!"

소휘는 이태원 마약 밀거래 브리핑을 마치고서 피곤한 눈가를 문질렀다.

"한 형사님, 점심 드세요. 아침도 안 드셨죠?"

같은 대학 후배 여형사가 그녀에게 샌드위치와 커피를 건네주었다. 괜찮다고 하려던 소휘는 고소하게 파고드는 냄새에 결국 굴복하고 말았다.

"땡큐, 잘 먹을게."

소휘는 오랜만에 조금 여유를 가지고서 여형사들 옆에 앉아 샌드위치를 입에 물었다. 강력반에는 여자가 적었기에 이렇게 모여 밥을 먹는 경우가 많았다. 그리고 많은 여자들이 그렇듯, 형사라고 해도 모여서 하는 얘기는 거기서 거기였다.

"지번에 민 형사 선봤다며? 어떻게 됐어? 괜찮은 남자야?"

"뭐, 그날 보고 안 봤어요. 제 이상형이 아니라서. 저 이래봬도 눈 높아요."

"아이고, 그러셔? 그러다간 노처녀로 늙어 죽어. 그래도 아직 잘나갈 때 얼른 남자 잡아놔야지."

"결혼도 다 좋은 건 아니야. 날 봐. 야근을 얼마나 사랑하니?"

"한 형사님은 요즘 연애하세요?"

샌드위치를 맛나게 잘 먹고 있던 소휘는 뜬금없는 소리에 먹던 샌드위치를 뱉어낼 뻔했다.

"흡흡! 그게 무슨 소리야? 연애라니?"

"나도 그 생각 좀 했는데, 한 형사 요즘 되게 예뻐졌어. 안 그래?"

"맞아. 연애를 안 하는 게 아니라면 여자가 그렇게 예뻐질 리가 없지."

참으로 시답지 않은 소리였다. 예뻐졌다니? 그대로인걸. 게다가 요즘 야근이란 야근을 싹 다 하는 바람에 피부가 엉망인 데다 사적으로 보낼 시간조차 없었다. 그런데 연애라니…….

"나 결혼했어."

그러고는 남은 샌드위치를 꿀꺽 삼켰다. 여형사들은 깔깔거리고 웃으면서 말했다.

"에이, 농담도 참!"

"그래, 그래, 그냥 예뻐진 거야. 그러니까 연애도 좀 하고 얼른 결혼도 하고."

"맞아요, 한 형사님!"

다들 농담으로 넘기는 분위기였다. 소휘는 굳이 그들의 생각을 정정해 주진 않았다. 하긴 자신도 처음엔 믿어지지가 않았는데. 갑자기 남편이 생겼다는 현실이. 하지만 곧 그 남자가 제게 첫사랑이 되었다. 그 사람이 첫사랑이라 너무나도 다행이었다. 누구라도 반할 만큼 너무나도 과분하고 과분한 사람이. 그런 사람이 자신을 너무나도 아껴주고 사랑해 주어서. 그를 기억하는 한, 소휘는 이 세계에서 누구와 결혼할 수도, 아니 만나는 것조차 하기 힘들 것 같았다. 5년이나 지났지만 그에 대한 그리움은 더 커지면 커졌지 줄어들지는 않았다.

'가끔 꿈속에라도 나오면 좀 좋아? 그것도 욕심이야?'

시간이 약이니 뭐니 하는 건 거짓말이었다. 시간이 지나면 지날수록 그리움은 쌓이고 쌓여서, 그녀는 아직도 그를 몹시 그리워하고 있었다.

며칠 뒤, 소휘는 이태원 마약 밀거래 사건의 용의자, 백사를 쫓고 있었다.

"놈이 이쪽으로 도망간다. 도주로 전부 차단해!"

[이쪽으로 쭉 오십시오, 한 형사님!]

"오케이."

소휘는 총을 들고서 골목 구석구석을 달렸다. 이 미꾸라지 같은 놈. 이번에 반드시 잡아서 죗값을 받게 하리라!

막다른 골목에 들어선 백사의 뒤를 쫓으며 소휘는 거친 숨을 몰아쉬었다. 백사는 칼을 빼 들고서 소휘를 노려보았다.

"거머리 같은 것들!"

"그건 내가 할 말이지, 이 쥐새끼 같은 놈아."

[한 형사님!]

"녀석이 궁지에 몰렸다. A구역으로 전부 집합!"

[1분 뒤에 도착합니다!]

소휘는 여유로운 눈빛으로 독 안에 든 쥐를 바라보았다.

"자, 그럼 얌전히 쇠고랑 좀 차볼래?"

"악!"

하지만 백사는 순순히 잡히지 않고 마지막 발악으로 그녀를 향해 칼을 휘둘렀다. 소휘는 가볍게 칼을 피하고서 녀석이 손목을 내려쳤다. 그리고 무릎을 걷어차 녀석을 바닥으로 눌렀다.

"아윽!"

"그러게 왜 사서 고생이야? 그냥 얌전히 쇠고랑 차면 좋지."

"선배님!"

어느새 도착한 정석이 소휘를 불렀다. 소휘는 녀석의 손목에 수갑을 채우고서 자리에서 일어섰다.

"1분은 너무 늦어. 앞으로 몇 초는 더 단축해, 자식아. 이 연약한 누님이 이 시커먼 놈을 상대해야겠냐?"

"하하, 농담도."

멀리서 다른 일행들도 달려왔다. 그들은 소휘에게 도주로를 차단했고 다른 일당들을 찾고 있다는 보고를 했다.

"그럼 일단……."

"윽!"

순간, 뒤에서 들려오는 끔찍한 비명에 소휘는 고개를 돌렸다. 백사가 그새 수갑을 풀어낸 후 떨어뜨렸던 칼을 주워 다른 형사를 찌르고 있었다.

"어떻게……."

"쇠고랑 관릴 좀 잘 하셔야겠는데? 이렇게 헐거워서야."

백사는 수갑을 완전히 풀어버린 채 한 손에 들고 대롱대롱 흔들어 보였다. 소휘는 믿을 수 없단 눈으로 그를 보았다. 저 수갑은 분명 출동하기 전에 몇 번이고 확인을 했던 것이었다.

"종철아!"

칼에 찔린 형사는 바닥에서 일어나질 못했다. 소휘는 차갑게 일그러진 시선으로 정석에게 말했다.

"내가 틈을 만들면 종철이 구해."

"하지만!"

"시간 없어. 빨리!"

소휘는 백사에게 달려들었다. 녀석은 여전히 칼을 휘둘렀고,

소휘는 녀석을 막으면서 총을 떠올렸다. 한 손으로는 녀석을 막고 다른 한 손으로 총을 꺼내려던 소휘는 순간 그대로 움직임을 멈추었다.

푸욱!

"선배님!"

백사의 칼이 정확히 그녀의 가슴에 박혀들었다. 날카로운 칼날이 피부를 뚫고 박히는 소름 끼치는 소리와 가슴에서부터 시작된 불타는 듯한 통증에 머릿속이 새하얗게 변했다. 멀리서 총 소리가 울렸다. 여러 명의 발소리. 하지만 그녀는 무슨 생각을 할 틈도 없이 바닥으로 쓰러졌다.

"선배님! 정신 차리세요, 선배님! 구급차, 구급차!"

정석의 목소리가 흐트러진다. 소휘는 달려나온 형사들에게 붙잡혀 다시 체포된 백사를 보면서 허탈한 웃음을 지었다. 왠지 되게 익숙한 장면이었다. 백곰에 이어 백사라……. 전생에 동물들한테 무슨 죄라도 지은 걸까?

피 흘리는 소휘를 실은 구급차가 달렸다. 소휘는 정신을 차리지 못했다. 여러 목소리가 뒤엉켜 귓가를 어지럽혔다.

'잠깐만 눈을 감을까? 너무 시끄럽고, 눈이…… 무거워…….'

그녀는 아주 잠깐 눈을 감았다가 떴다. 그리고 구급차 침상 위에 누워 있는 자신을 보았다. 이젠 놀랍지도 않았다. 오히려 너무나도 익숙한 광경.

대체 이게 뭐야. 설마. 설마…….

"오랜만이군."

소휘는 흠칫 놀라면서 고개를 돌렸다. 그러자 그곳에 반홀이 있었다. 그때와 하나도 변하지 않은 모습에 소휘는 허탈한 듯 웃었다.

"도대체 뭐야. 당신이 또 왜……."

"이번엔 정말로 이곳에서의 너의 생이 끝났기 때문이지."

"하. 내 생이 그리 길지 않다고 하더니, 정말이네."

소휘는 제 몸을 내려다보았다. 결국 이렇게 범인 잡다가 죽을 운명이었나 보다. 하지만 뭐라고 해야 할까. 별다른 느낌이 없었다. 예전처럼 그에게 살려달라고 하지도 않았다.

"그런데 왜 당신이 나타난 거야? 당신, 저승사자도 아니라면서. 드래곤이 이런 일도 하는 거야?"

반홀은 소휘에게 다가왔다. 그러고는 그녀와 눈을 마주하며 속삭였다.

"예전처럼 내게 살려달라고 말하지 않는 건가?"

"글쎄. 그러고 보니 그러네."

이상하게 열심히 살아야겠다는 마음이 생기지 않았다. 그 정도로 나는 한국에서 힘들었던 걸 까. 마음이…….

"……되돌아가고 싶지 않나?"

"어디로? 한국으로?"

"아니, 네가 그리워하는 그자의 곁으로, 돌아가고 싶지 않나?"

뭐라 대구하려던 소휘의 머릿속을 스쳐 지나가는 장면이 있었다. 그곳은 고대 던전. 그리고 그곳에 카헤시온과 시로벨, 아니 시로벨의 몸을 뒤집어쓴 저의 모습이었다.

"난 너를 믿을 것이다. 끝까지 믿을 것이다. 그러니, 절대로 나를 떠나지 마라. 절대로, 떠나지 마."

잠깐, 이 기억은…….

그리고 이어지는 그의 숨 막힐 듯 진한 키스.

그래, 생각났어. 이때 그가 자신에게 키스를 했었다. 그래서 자꾸 익숙한 느낌이 들었던 거야. 잊고 있었던 기억이 이제야 떠오른다. 그와 키스를 한 뒤 던전의 수호자를 만났어. 그리고 이 기억을 잃어버리기 직전에…….

무척이나 아름다운 여자의 실루엣. 또한 무척이나 익숙한 모습. 그리고 짧은 목소리.

"우린 곧 만나게 될 거예요. 그렇게 되면……."

그때는 몰랐는데 지금은 알겠다. 시로벨. 진짜 시로벨의 모습, 그녀의 목소리야. 그런데 도대체 왜 갑자기 이런 기억을…….

"어때, 되돌아가고 싶지 않나?"

반홀의 목소리에 소휘는 고개를 번쩍 쳐들었다. 애써 잊으려 하였던 그의 모습이 봇물처럼 터지면서 의식 속에 가득 그가 보였다. 저를 향해 웃는 얼굴, 화내는 얼굴, 언제나 저를 보면 다정해지던 그 눈빛까지도.

보고 싶었던 만큼, 간절하게 그리워한 만큼, 그녀의 눈에서 눈물이 뚝뚝 떨어졌다.

"떠날 수 있다고…… 잊을 수 있다고, 그럴 거라고……. 몸이 멀어지면 마음도 멀어진다고 그렇게 믿었는데. 시간이 지나면 그리움도 바래질 거라고 생각했었는데……."

"……."

"아니, 못 떠나겠어. 난 이곳에서 살아도 사는 게 아니었어. 필사적이었어. 그가 없는 이곳에서 어렵사리 숨을 쉬면서 그렇게 필사적으로 그를 잊으려고 했다고! 하지만 나도 모르게 그를 찾고 있었어. 계속 찾고 또 찾으면서…… 그렇게 그리워하면서 미쳐 가고 있었어……."

하염없이 쏟아지는 눈물 속에 가슴께에 밀려드는 통증은 배가 되고 있었다.

"못 잊겠어. 아니, 절대로 못 잊어. 차라리 그곳에서 죽게 해줘. 그 사람, 카헬의 곁에서……."

"되돌아가도 그는 널 기억하지 못해."

"……알아."

"그래도 괜찮나? 어쩌면 위험해질 수도 있어. 그냥 이곳에서 평온하게 눈을 감는 게 나을 수도 있지. 그러면 억겁의 시간이 흘러 넌 다시 태어날 수 있으니까. 하지만 네가 있어야 할 곳이 아닌 그곳에서 죽는다면 정말로 넌 끝이다. 아무것도 남겨지지 않고, 저승 문턱도 밟아보지 못한 채 말 그대로 소멸이야."

어차피 사람은 죽으면 끝이라고 생각한다. 다시 태어나는 게 뭐가 중요해? 그건 이미 내가 아닌데. 난 지금 이 순간이 소중해. 지금 그를 만나고 싶어. 다시 태어나는 것 따위 필요 없어. 다시 태어나면, 거기엔 카헤시온이 없잖아.

"그가 있는 이 시간이 내겐 더 중요해. 그러니까 지금 이게 마지막 기회라면 절대로 놓치고 싶지 않아. 그를 만나고 싶어. 카헬을, 만나러 가고 싶어."

반홀은 소휘의 대답에 피식 웃었다. 어쩜 이렇게 그 여자의 생각대로 되는 걸까. 예언의 드래곤이라서? 아니면 인간이란 원래 이런 건가?

"네가 다시 돌아가려면 카헤시온, 그 역시 선택을 해야 해."

그의 손길이 소휘에게 와 닿았다. 그녀는 그대로 정신을 놓았다. 하지만 느낄 수 있었다. 나는 그토록 바라던 그곳으로 다시 간다.

'카헬, 나 당신을 만나러 가요. 조금만, 조금만 더 기다려 줘요, 카헬……'

⚜   ⚜   ⚜

오늘도 역시 장미정원에서 휴식을 취하던 카헤시온은 저도 모르게 눈을 번쩍 떴다. 뭔가 익숙한 기운이 느껴졌다.

그는 자리에서 일어나 로제궁 안으로 달려 들어갔다. 그리고 뭔가에 홀리기라도 한 듯 걸음을 옮겼다. 그곳은 바로 로제궁의 지하실이었다.

"도대체 여긴……"

그 안에서 뭔가가 그를 부르고 있었다.

결국 그는 안으로 들어갔다. 빛 한 줌 없는 캄캄한 계단을 내려간 그는 이내 커다란 공간을 마주했다. 지하실엔 아무도 없었다. 그저 매캐한 공기와 축축하고 기분 나쁜 느낌. 그런데 왜지?

"내가 여기에 와본 적이 있었던가……."

분명 처음 오는 곳인데도 묘하게 익숙한 느낌에 그는 인상을 찌푸렸다.

그 순간, 갑자기 빛이 번쩍하더니 그 사이에서 누군가 모습을 드러냈다.

카헤시온은 너무나도 밝은 빛에 눈앞을 가린 채 미간을 찡그렸다. 그때, 낮게 울리는 목소리.

"카헤시온."

그의 앞으로 한 여인이 나타났다. 붉은 머리카락 사이로 빨려 들어갈 듯한 물빛 눈동자가 기억 속 그녀와 일치했다.

그녀의 붉은 입술이 한 번 더 그의 이름을 불렀다.

"카헤시온……."

"당신이, 시로벨?"

"맞아요. 나예요, 카헤시온……."

하지만 뭔가 이상했다. 카헤시온은 선뜻 그녀에게 다가갈 수가 없었다. 머리는 기억하지 못해도 심장이 기억했는데. 만나게 되면 바로 알아차릴 수 있을 거라고 그렇게 생각했었는데. 막상 만난 그녀는 너무나도 낯설었다.

'정말 그녀인 건가? 아니면 내가 기억하지 못해서 이러는 거야?'

그렇지만 정말로, 모르겠다. 게다가 심장 역시 뛰지 않았다. 매번 그녀를 그리며 뜨겁게 반응하던 심장인데.

"왜 그래요? 날 잊었나요? 기억하지 못해요?"

시로벨은 흔들리는 시선으로 그에게 한 발자국 다가섰다. 하지만 카헤시온은 저도 모르게 뒤로 물러났다.

"아……."

"카헤시온……."

"나도 모르겠어. 기억을 잃었지만…… 당신에 대한 모든 게 떠오르지 않지만. 그래도 만나게 되면 알아차릴 수 있을 거라 생각했어. 그리워했으니까. 간절하게 기다렸으니까. 그런데……."

"그게 나예요. 나라고요, 카헤시온. 떠올려 봐요."

간절한 그녀의 목소리에도 그는 뭔가 와 닿지 않았다. 그래, 아닌 것 같다. 저 여자는 아니야. 자신이 사랑하는 여인은, 지금껏 간절하게 기다리고 또 기다린 여인은……,

"……아닌 것 같아."

"네?"

"내가 기다린 사람은 당신이 아닌 것 같아."

문득 떠오르는 목소리. 무의식 속에서 그래, 그녀를 잃기 직전에 내게 했던 말이 있었다.

"카헬, 카헬……. 내 진짜 이름은 시로벨이 아니라 한소휘예요. 날 사랑해 줘서 너무 고마워요. 당신을 너무나도 사랑하고, 또 사랑해요. 매 순간 날 지켜줬으니까, 이번엔 내가 당신을 지켜줄 게요."

소휘…… 소휘……. 그래, 한소휘.

"한소휘."

그리고 그가 그 이름을 내뱉은 순간, 카헤시온의 머릿속으로 그토록 간절히 바라던 기억들이 소용돌이치기 시작했다.

이곳에서 처음 만난 그녀. 저를 기다리겠다고 말했던 그녀. 카헬이란 이름을 속삭이던 그녀. 자신의 빛이 되어주었던, 언제까지나 제 곁에 있을 거라고 말해주었던 그녀. 마지막까지 저를 위해서…….

"이번엔, 내가 당신을 지켜줄게요."

아니, 틀려. 날 지켜주었던 건 항상 그대였어. 기다려 주었던 것도 그대였고. 그러니까 이번엔 내가 찾아야만 해.

시로벨과의 기억이 아닌 소휘와 함께했던 모든 기억이 떠올랐다. 그는 시로벨이 아닌 소휘를 기다리고 있었다. 왜냐하면 그의 진짜 빛은…… 그가 진짜 사랑한 여자는…….

시로벨이 엷은 미소를 지으며 속삭였다.

"당신의 진짜 빛을 찾았군요, 카헤시온."

지금 그의 앞에 나타난 시로벨의 몸 안에 있는 사람은 소휘가 아닌 진짜 시로벨이었다. 마지막 순간, 그녀는 그가 올바른 선택을 할 수 있도록, 기억을 되찾을 수 있도록 도와주고 싶었다. 그리고 그는 스스로 기억과 더불어 진짜를 찾게 되었다.

처음 소휘를 이곳으로 부르기 전에 이런 생각을 했었다.

'어쩌면…… 그녀는 당신을 변하게 할지도 모르겠네요, 카헤시온.'

시로벨은 그들의 행복을 바라며 눈을 감았다.

"당신의 그녀를, 빛을 돌려줄게요."

정신을 차린 소휘는 눈앞에 카헤시온이 보이자 눈을 깜빡이며 그를 보았다. 믿을 수가 없었다. 정말로…….

"카헬? 당신이에요?"

그리고 그 이름을 내뱉자마자 카헤시온이 그녀를 끌어당겨 제 품에 안았다.

"그래, 내가 지금껏 기다렸던 사람은 그대야."

소휘는 따스하게 번지는 온기에 그제야 심장이 제대로 숨을 내쉬며 떨리는 손끝을 붙잡았다. 나를 기억하는 건가? 어떻게…….

"나를, 기억해요?"

카헤시온은 그녀를 바라보며 엷은 미소를 지었다.

"절대로 잊을 수 없지. 그대가 내게 말했잖아. 소휘, 한소휘라고."

"……들었어요? 하지만…….."

"하지만이란 말은 필요 없어. 지금 그대가 내 옆에 있는 게 중요해. 이제 절대로 떨어지지 않을 거다. 절대로 이 손을 놓지 않을 거야."

"카헬…….."

"죽는 순간까지, 그대와 함께할 거다."

간절하고 뜨거운 속삭임에 소휘는 눈물을 흘리며 그를 꽉 붙잡았다. 그가 시로벨이 아닌 한소휘를 기억했다. 그가 사랑했던 사람이 나라고 말해주었다.

이제야 제대로 돌아온 느낌이 들었다.

"다녀왔어요."

"잘 왔어."

그의 입술이 그녀의 입술을 살포시 머금었다. 뜨겁게 휘몰아치는 그의 숨결. 서로가 서로를 간절히 기다려 왔던 그 시간만큼, 두 사람은 이제야 서로 만나게 된 심장의 뜨거운 울림을 느끼며 더더욱 간절하게 서로를 끌어당겼다.

"사랑해요."

앞으로 계속, 당신을 사랑해 줄게요. 그리워한 만큼, 보고 싶어 한 만큼 언제까지나…….

한소휘로서의 삶은 한국에서 끝이 났다. 그녀는 앞으로 이곳에서 시로벨로서 살아가기로 마음먹었다. 자신에게 다음 생이 없다고 하여도, 지금 이 순간이 그 다음 생이나 마찬가지였다. 카헤시온이 있는 이곳에서 그의 아내로서, 마지막 숨이 다하는 그날까지 그렇게 살아갈 것이다.

두 사람의 모습을 멀리서 카산드라와 반홀이 지켜보고 있었다. 반홀은 흐뭇하게 웃는 카산드라의 얼굴에 기가 막힌다는 듯한 어조로 말했다.

"이제 만족하는 건가?"

"아주 대만족이야. 고마워."

"이 일 때문에 넌 페이트의 지위를 잃었어. 장로회에서 더 이상 네가 설 위치가 없어진 거라고."

소휘를 다시 이곳으로 데려오기 위해서 카산드라는 자신의 모든 힘을 걸었고, 더 이상 예언의 힘을 쓸 수 없게 되었다. 자신의 모든 힘을 내버린 것과 마찬가지였다. 하지만 그럼에도 불구하고 마음이 가벼웠다.

"그렇지? 바보 같은 짓을 했는데 이상하게 마음은 지금이 더 편해. 후련하기도 하고. 어차피 이 세계에서의 시로벨의 생도 끝났고, 저쪽에서의 한소휘의 생도 끝났어. 이곳에서 살아가는 시로벨의 인생은 한소휘로 인해 새로운 시간으로 채워질 거야. 나름 인간을 수호하는 드래곤으로서 마지막 임무를 다한 거라고."

반홀은 카산드라의 표정이 정말로 좋아 보여서 어쩔 수 없단 미소를 지었다.

"그나저나 그 에드워드 꼬맹이는?"

"새로운 어딘가에서, 시로벨을 만날 준비를 하고 있겠지."

되살아난 에드워드는 새롭게 태어날 시로벨을 곧 만나게 될 것이다. 물론 예전의 시로벨은 아니겠지만, 그래도 언젠가 에드워드가 말했던 것처럼 꼭 다시 만나고 싶다고 했으니까. 반드시 만나고 싶다고 했으니까. 서로가 서로에게 상처 주지 않았던, 정말로 행복한 모습으로 만날 수 있을 것이다. 이로써 카산드라는 그들의 모든 소원을 이뤄준 셈이다.

"에드워드는 누나를 행복하게 해주고 싶었고, 시로벨은 에드워드가 행복해지길 바랐어. 그 간절함이 한소휘를 이곳으로 부르게 했고, 그녀는 카헤시온과 사랑에 빠지면서 서로에게 빛이 되었지. 에드워드와 시로벨 역시 다른 어딘가에서 서로 만나 행복해질 테니, 모든 예언이 이루어진 셈이야."

그 모든 것이 그들의 간절함 덕분이었고, 그 간절함 속에 그보다 강하고 따뜻한 사랑이 있었다.

그렇게 반홀과 카산드라는 돌아섰다. 반홀은 또 다른 곳의 수호 드래곤으로 사라지고, 카산드라도 조금 긴 잠을 청하기로 했다. 솔직히 조금 힘들긴 했으니까. 하지만 길고 긴 시간, 그 따뜻함 속에서 너희들을 만나 조금은…….

"조금은 즐거웠어."

우연한 첫 만남은 조금은 힘들고 황당했고, 꿈같아서 얼른 벗어나고 싶었지만, 그 우연이 진심이 되어 어느새 인연이 되었다. 살아가는 동안 그 인연을 시기하여 여러 가지 잔바람이 많이 스치겠지만, 그럴수록 그 인연은 더욱 견고하게 서로의 손을 잡을 것이다. 그것이 바로 운명이니까.

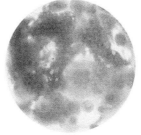

에필로그

하얗게 빛나는 맹세의 세레나데

소휘가 이 세계로 완전히 돌아오고, 시로벨로서 새로운 삶을 시작한 지 어느덧 1년이 되었다.

마티디안 제국은 평화로웠다. 아르반과의 전쟁 이후, 황제의 뒤를 이을 후계자가 정해졌다. 바로 그 전쟁을 승리로 이끈 제3황자, 카헤시온이었다. 귀족들과 다른 황족 역시 그가 황태자에 오르는 것에 동의하였다. 현재 마티디안 제국을 제2의 전성기로 이끌고 있는 보바톤 황제의 후계자가 정해졌으니, 앞으로 더한 번영이 마티디안을 찾을 것이라며 백성들은 모두 기뻐하고 있었다.

황태자가 정해진 뒤, 키리에나 황녀는 현재 황궁을 비운 채 유에시스 황녀와 함께 외가에 머물고 있는 상태였고, 세네티아 황녀는 은의 현자로서 다른 현자들을 만나는 여행을 하고 있었다. 가끔씩 보내오는 소식을 보면 무척이나 즐거워 보이는 듯했다. 리안 황자와 메모리 역시 세실의 생일 축하 여행 중이었다.

따라서 현재 황궁을 지키고 있는 이는 카헤시온, 그리고 제르린 황자였다.

어느덧 이 세계에 완벽히 적응한 그녀는 셀레룬과 아테미스룬 아래서 블루문을 쥐고 휘두르고 있었고, 그 검 끝에 카헤시온이 서 있었다.

그의 윤기가 흐르는 검은 머리칼은 귀를 살짝 넘겨 찰랑였고, 시리도록 차갑기만 했던 눈동자에선 그녀를 품은 따스함이 느껴졌다.

"이번엔 절대로 봐주지 마요, 카헬."

칼자루를 쥔 채 기합을 단단히 넣은 시로벨의 모습에 카헤시온은 자꾸만 새어 나오는 웃음을 꾹 누르고서 다가오는 그녀의 검을 가볍게 맞받아쳤다.

달밤에 체조도 아니고 달밤의 수련. 그것도 알콩달콩해야 할 부부가 할 일은 아닌 듯싶지만, 그들에겐 이것이 나름 애정의 표현이었고, 데이트였다.

시로벨은 그새 일취월장한 실력으로 검을 휘두르며 제법 카헤시온을 따라가는 듯했지만, 사실 그가 아주 많이 봐주고 있는 터였다. 봐주지 말라고 하지만 어떻게 그럴 수 있을까.

검과 검이 부딪치고, 서로의 시선이 뒤엉켰다. 살짝 흐트러지는 그녀의 호흡에 카헤시온은 순식간에 그녀에게 다가와서는 허리를 감싸고서 거의 입술이 닿을 듯한 거리까지 그녀를 품에 안았다.

"카, 카헬!"

"오늘은 여기까지. 많이 지쳤어."

그는 그녀의 이마에 맺힌 땀방울을 손수 닦아주었다. 그의 손길이 스칠 때마다 달뜬 열기가 피어났다. 시로벨은 시선을 슬쩍 옆으로 돌리고선 퉁명스럽게 입을 열었다.

"항상 이런 식이야. 봐주지 말라고 해도 꼭……."

벌써 그와 함께한 지 1년이 되었지만, 첫사랑을 하는 소녀처럼 그를 보는 매 순간순간이 들뜨고 설레기만 했다.

'요놈의 심장이 주책이야, 주책이라고!'

그래도 어쩌겠는가. 그 정도로 좋은데. 이 남자, 내 남편을 이렇게 사랑하는데.

부끄러움을 감추기 위해 일부러 툴툴거린다는 걸, 이젠 그녀에 대해 너무 잘 알아버린 카헤시온이 시로벨의 어깨를 부드럽게 감싸 쥐었다.

"그래, 알았어. 다음엔 절대로 안 봐줄게. 그러니까 화 풀어."

그는 그녀의 입술에 입을 맞추었다.

시로벨은 갑작스런 입맞춤에 순간 움찔했지만, 이내 자연스럽게 두 눈을 감고 그의 어깨를 붙잡아 좀 더 바짝 끌어당겼다.

"하읏."

카헤시온은 그녀의 떨리는 숨결을 한껏 베어 물고선 천천히 고개를 들었다. 시로벨은 가슴께에 가득 차오른 열기를 억누르며 속삭였다.

"점점 약았어."

그는 그녀의 말에 낮게 웃으며 말했다.

"많이 힘든 것 같은데…… 걷기도 힘들지 않을까?"

"그게 무슨……."

그는 대답을 듣기도 전에 그녀를 번쩍 안아 올렸고, 시로벨은 눈을 커다랗게 뜨고서 외쳤다.

"이게 뭐야. 내려줘요!"

"방까지 데려다줄게."

"로제궁까지 이러고 간다고요? 미쳤어. 내가 걸어갈 수 있다고
요!"

하지만 그는 들은 척도 하지 않고 그녀를 더더욱 꽉 안은 채로
걸음을 옮겼다. 그 옛날 '빙안의 귀공자'로 불리던 남자가 맞는 건
지. 시로벨은 헛웃음을 짓고서는 결국 그에게 안겨 로제궁까지
갈 수밖에 없었다.

로제궁으로 들어서자 시녀들은 이젠 익숙하다는 듯 자연스럽
게 고개를 돌리며 자리를 비켜주었고, 메이와 조세핀 역시 가볍
게 고개를 숙이고서 엷은 미소를 띤 채 걸음을 뒤로 돌렸다.

아주 금슬이 좋다 못해 닭살 돋을 지경이었다. 리안 황자 전하
와 메모리 비전하를 이기셨다, 이기셨어.

시로벨은 이런 모습을 보이는 게 아무리 시간이 지나도 익숙해
지지가 않았다. 온몸이 간질간질하면서도 심장이 움찔움찔하는
것이 부끄러워 미칠 것만 같았다.

"카헬, 제발 그냥 내 발로 가면 안 돼요?"

하지만 어느새 그는 침실까지 올라왔고, 그녀를 침대에 조심스
럽게 내려놓았다.

창문 너머로 달빛이 스미고, 그의 얼굴이 선명하게 와 닿았다.
카헤시온은 천천히 무릎을 굽히고서 그녀의 아래에서 물빛 눈동
자를 가만히 올려다보았다. 시로벨 역시 그의 까만 눈동자를 응
시하다 뭔가에 홀린 듯 손을 뻗어 그의 머리카락을 쓸어내렸다.

"벨……."

"……."

"소휘."

그의 입에서 예전 이름이 흘러나왔다. 이곳에서, 그의 곁에서 살아가겠다고 결심한 뒤 그녀는 한소휘라는 이름을 내려놓고서 시로벨이 되었다. 예전에는 그 이름을 잠시 빌린 것이었지만 이젠 아니다. 그녀는 시로벨이 되었고 이 세계가, 그의 곁이 자신이 있어야 할 곳, 앞으로의 시간이 되었다.

하지만 가끔씩 그가 특별한 애칭처럼 소휘라고 속삭여 줄 때가 있었다. 그럴 때면 다른 때보다 더 기분이 묘해지곤 했다.

"오늘은 안 바빠요? 교역 문제로 요 며칠 잠도 못 잤다고 했잖아요."

그는 제 입술에 닿은 그녀의 손을 가볍게 잡고서 손바닥에 깊숙이 입을 맞추었다.

"오늘 꼭, 해주고 싶은 말이 있으니까."

"해주고 싶은 말?"

카헤시온은 그녀의 손바닥, 손목을 타고 느릿하게 아래로 내려와 그녀의 발목을 움켜쥐었다. 시로벨은 움찔하며 몸을 비틀었지만 그가 좀 더 단단하게 그녀를 붙잡고서 발끝에 입을 맞추었다.

"그대에게 예속되어……."

"……."

"영원히, 숭배하리라……."

발끝에서부터 미묘한 감각이 피어올라 이내 머릿속이 무차별적으로 헝클어지기 시작했다. 뭔가, 평소의 그와 다르다. 시로벨은 목 끝까지 차오른 열기를 내뱉으며 흐트러진 음색으로 속삭였다.

"카, 카헬?"

그의 손길이 점점 더 은밀하게 그녀의 발목을 매만졌다.

"이 말을 꼭 하고 싶었어."

"무슨······."

"사랑해, 벨."

"······."

"나와 혼인해 주겠어?"

순간, 생각지도 못한 한마디에 시로벨은 저도 모르게 침대 시트를 꽉 붙잡았다.

"이미, 했잖아요."

"정략이었잖아. 게다가 좋지 않은 일도 많았고. 물론 결혼식을 다시 할 순 없겠지만, 책봉식 때 그대도 황태자비로서 나와 함께 걸어갈 거잖아? 그때가 진정 우리의 결혼식이야. 모두의 축복을 받으면서, 소휘. 그대와 마음으로 맺어지는 우리 둘만의 결혼식."

카헤시온은 천천히 일어나더니 어디서 가져온 건지 새하얀 모닝글로리안을 그녀에게 내밀었다.

순수한 결합, 혼인을 뜻하는 꽃, 모닝글로리안.

시로벨은 떨리는 시선으로 부끄럽게 내민 그의 청혼에 마음이 뜨겁게 두근거렸다. 그가 이런 것까지 신경 쓰고 있을 줄 몰랐다. '소휘'인 저에게 하는 청혼에 금방이라도 눈물이 날 것처럼 기분이 벅차올랐다.

시로벨은 모닝글로리안을 안아 들었다. 그러곤 자리에서 일어나 그의 눈동자를 바라보며 속삭였다.

"고마워요, 카헬. 아주 많이, 많이 사랑해요."

그녀는 그를 와락 끌어안으며 입을 맞추었다. 서로의 품 안에 모닝글로리안의 짙은 향기가 스며들었다. 카헤시온은 두 손 가득 그녀의 얼굴을 붙잡았다. 숨도 제대로 쉬지 못할 정도로 몰아붙이는 그에 시로벨은 점차 힘겨워졌지만, 달콤한 통증이 기분 나쁘지는 않았다. 그는 자신을 안을 때는 항상 어린아이처럼 변했다. 한 순간도 자신을 놓아두질 못하고 매달리며 보채곤 했다. 그런 그의 본능적인 모습이 그녀는 좋았다.

"하아, 카헬!"

마치 귀여운 종달새처럼 애간장을 녹이며 속삭이는 목소리에 카헤시온은 붉게 쏟아지는 그녀의 머리카락에 가볍게 입을 맞췄다.

"오늘은 보다 다정하게 안아줄까?"

장난기가 짙게 배인 목소리에 시로벨은 밉지 않게 그를 흘겨보았다. 차츰차츰 온 신경이 그에게 취해간다. 제 몸을 어떻게 할 수 없을 정도로 강렬한 그의 향기에. 하지만 그녀는 애써 입술을 깨물고서 한 손으로 그의 뺨을 쓸어내리며 그의 귓불을 살며시 핥았다.

"그렇게, 느긋할 수 있어요?"

"……."

그녀의 물빛 눈동자가 한껏 요염함을 품고서 그의 입술 끝에 뜨거운 불길을 심었다.

"난 싫은데."

시로벨의 도발에 카헤시온은 낮은 신음을 삼키며 그녀에게 달려들었다. 침대 위에 풀썩 쓰러지며 시로벨은 저도 모르게 큭큭 웃었다.

그녀는 무서울 정도로 이글거리는 그를 바라보았다. 어느새 그는 제3황자 카헤시온이 아닌 한 명의 사내로서 그녀의 머리부터 발끝까지 전부 집어 삼킬 기세로 타오르고 있었다. 이 남자를 이토록 도발할 수 있는 사람은 오직 자신뿐이다. 그 사실이 묘한 쾌감이 되었다. 카헤시온은 그녀의 새하얀 목덜미에 입을 맞추며 속삭였다.

"사랑해."

항상 그가 제게로 다가올 때마다 하는 말이었다. 그리고 그 한마디에 그녀는 끝도 없이 그에게로 무너지고 만다.

카헤시온은 여전히 가라앉지 않은 불꽃을 꽃피우며 그녀의 입술을 찾아들었고, 시로벨은 그런 그를 안아주며 다시금 타오르는 불길에 몸을 맡겼다.

끝없이 펼쳐진 밤하늘에는 셀레룬과 아테미스룬의 달빛이 두 사람의 모습을 살며시 감추어주었다.

황궁에선 벌써부터 황태자 책봉식 준비가 한창이었다. 물론 책봉식까지 아직 상당한 시간이 남아 있었지만, 황실의 무척이나 중요한 의식이었기에 아무리 시간이 많이 남아 있어도 준비를 게을리 할 수 없었다. 그녀 역시 그날 황태자비로서 그와 함께해야만 했다. 남들 눈엔 그냥 책봉식일지도 몰랐지만, 두 사람에겐 둘만의 결혼식이기도 했다. 그렇기에 시로벨은 준비하는 시간이 전혀 힘들지 않았다.

자신의 결혼식이니까. 인생의 처음이자 마지막. 그것도 무진장 사랑하는 사람과 함께하는.

"그래, 이 순간을 즐겨보는 거지, 언제 또 즐겨보겠어."

시로벨은 하루 종일 재봉사들 손에 이끌려 책봉식 때 입을 드레스를 맞추고, 조세핀과 메이가 보여주는 화관과 더불어 장신구 등도 고르며 책봉식을 준비하고 있었다. 청혼을 받은 이후 카헤시온을 만날 수는 없었다. 그는 요즘 교역을 키우기 위해 눈코 뜰 새가 없었다. 하지만 그 정도는 이해해야지. 사실 자신도 아무리 즐겁게 준비하고 있다고 하지만…….

"솔직히 지치긴 지친다, 지쳐."

오늘도 몇 번의 드레스를 입어봤는지 모른다. 내 눈엔 그 드레스가 드레스 같은데. 대체 뭐가 다르다는 거지? 물론 이런 말을 하면 열심히 만든 재봉사에 대한 모욕이겠지.

시로벨은 잠시 숨을 돌리며 요 며칠 블루문을 휘두르지 못해 허전한 빈손을 몇 번 쥐었다 폈다.

"오랜만에 기사 훈련장이나 가볼까. 거기서 가볍게 몸 좀 풀면 피로가 풀릴 것 같은데……."

그녀는 창가로 눈을 돌렸다. 하지만 시간이 언제 이렇게 된 건지 벌써 어둠이 내려앉아 있었다.

시로벨은 창문 너머로 보이는 룬궁을 눈에 담았다.

그녀의 손이 저도 모르게 가슴으로 향했다. 두근두근. 뜨겁게 뛰어오르는 심장에서 조금 싸한 통증이 전해졌다. 애써 이해하고 있어도, 어쩔 수가 없었다.

"보고 싶다……."

"벨."

시로벨은 재빨리 시선을 내렸다. 그녀의 방 아래에서 카헤시온이 그녀를 바라보며 서 있었다.

"여, 여긴 어떻게?"

그는 엷은 미소를 지으며 한 손으로 가볍게 손짓을 하였다. 시로벨은 그에게서 시선을 떼지 못했다. 살포시 내려앉는 셀레룬과 아테미스룬 사이로 그의 얼굴이 점점 더 선명하게 와 닿았다.

"카헬……."

그녀의 입술에서 가볍게 부서지는 이름. 그리고 그녀의 부름에 카헤시온은 나직하면서도 강인한 목소리로 속삭였다.

"이리 와."

순간, 잔잔한 물보라가 퍼지듯이 그를 품은 물빛 눈동자가 흐트러졌다. 또다시 미친 달의 저주에 빠지는 기분이었다. 시로벨은 시간이 그 얼마나 흐른다고 해도, 아마 이 저주에서 절대로 빠져나오지 못할 거라고 생각했다.

뭔가에 홀리기라도 한 것처럼 시로벨은 방을 뛰쳐나갔다. 복도에서 만난 시녀들이 놀라는 것도 뒤로한 채 빠르게 달려 그를 만나러 갔다. 흐트러진 숨을 고르며, 바람결에 헝클어진 머리카락을 정리하지도 못한 채 저를 오롯이 응시하고 있는 그를 마주했다.

"뛰어오지 않아도 되는데……."

카헤시온은 손을 뻗어 땀에 젖은 그녀의 머리칼을 부드럽게 쓸어내렸다. 머리카락에 감각이 있을 리 만무한데, 그의 손길이 스치자 시로벨은 자신도 모르게 온몸을 파르르 떨었다.

몇 번이고 보는 얼굴인데도, 매번 이렇게 설렐 수가 있을까. 매번 이렇게 그립고 보고 싶을 수가 있을까. 어떻게 이렇게까지, 이 사람을 사랑할 수 있을까.

시로벨은 애써 정신을 차리고서 입을 열었다.

"여긴 무슨 일이에요? 바쁘지 않아요? 나 보러 온 거예요?"

"요즘 책봉식 준비 때문에 정신없다고 들었어. 그래도 그 성격에 제법 잘 참고 있잖아."

"우리 둘만의 결혼식이기도 하니까……. 나도 많이 기대하고 있구요."

부끄러운 마음에 자꾸만 말이 안으로 기어들어 갔다.

카헤시온은 자꾸만 저도 모르게 붉게 달아오르는 감정을 꾹 누르며 어렵사리 입을 열었다.

"보여주고 싶은 게 있어."

"응?"

카헤시온은 그녀의 허리를 감아 안았다.

"조금만 참아."

"카헬?"

그가 뭔가를 바닥에 떨어뜨리자 갑자기 주변의 공기가 뒤바뀌는 듯한 느낌이 들었다. 시로벨이 움찔하자 카헤시온이 그녀를 더 꽉 안아주었다.

시로벨은 눈을 질끈 감고서 그를 꽉 붙잡았다. 그리고 잠시 후, 그의 웃음기 섞인 말에 다시 눈을 떴다.

"눈 떠도 돼."

보이는 건 낯선 숲 속이었다. 카헤시온은 그제야 그녀의 허리를 놓아주었다.

"뭐예요? 여긴 어디고?"

"제라드에게 잠깐 빌린 워프 마법구야. 장거리는 이동 불가능하지만 단거리는 가능하지."

카헤시온은 그녀의 손을 덥석 잡아 끌었다.

"어디 가는 거예요, 대체!"

"마을."

"갑자기 마을이라니……. 카헬?"

하지만 그 뒤로 그는 입을 꾹 다물어 버렸다. 또 다시 설명 안 해주는 예전 버릇이 튀어나오자 시로벨은 입을 쭉 내밀었다.

얼마나 걸었을까. 우거진 나무숲이 끝나고 이내 마을의 모습이 보였다. 그 낯익은 풍경에 시로벨은 엷은 미소를 지었다.

"참 오랜만이네요."

"기억하는 건가?"

"당연하죠."

눈앞에 펼쳐진 마을은 이전과는 전혀 다른 빛깔의 옷을 입고 있었다. 여기저기에선 태양을 바라보며 피어난다는 황금빛의 꽃 헤리아스가 그 존재감을 뽐내었다. 거리의 상점과 노점은 황금빛 천을 휘둘러 장식을 했고 노랫소리와 악기 소리가 울려 퍼졌다.

지난날, 황제 폐하의 탄신연회 때 그와 함께 바라보았던 마을처럼, 하늘의 별이 지상으로 쏟아진 듯한 아름다운 풍경. 물론 그때보다 마을은 더 화려하고 다채로운 옷을 입고 있었다.

"그때 내가 멋지게 소매치기도 잡았잖아요."

"아주 천방지축이었지."

"뭐라고요!"

카헤시온은 그녀의 손을 꼭 붙잡았다. 그러고 보니 그때 처음 그를 카헬이라고 불렀었다. 그 역시 벨이라고 불러줬고. 어떻게 보면 그때가 바로 첫 데이트였었다.

"오늘은 마을에 무슨 일이 있는 거예요? 황제 폐하의 탄신도 아닌데."

"빛과 태양의 여신, 헬리아를 위한 축제야. 내일이면 본격적으로 신관들의 세례가 시작되지. 전야제인 오늘은 거리 곳곳에 헬리아 여신을 상징하는 헤리아스를 날리고, 황금빛으로 마을을 꾸며. 마티디안에서 꽤 규모가 있는 축제지."

마을의 대광장으로 내려온 시로벨은 곳곳에서 헤리아스의 향기를 느꼈다.

때를 맞추기라도 한 것처럼 거대한 여섯 대의 마차가 서로 화려함을 뽐내며 지나가고 있었다. 마차 위에는 햇빛을 담아 자아낸 듯한 황금색의 옷을 입은 여사제들이 거리에 헤리아스를 뿌리며 축복을 내리고 있었다.

"계속 황궁 안에서 답답했잖아. 지금 이 순간만큼은 우린 황자도 아니고 황자비도 아니야."

"설마 데이트 신청?"

"데이트?"

"아니에요! 얼른 가요!"

시로벨은 카헤시온의 손을 잡고서 걸음을 내디뎠다.

"그때처럼 도둑을 잡겠다고 무리하면 다시는 이런 곳에 데려오지 않을 거야."

"하하하. 눈앞에서 벌어지면 장담할 수 없을 것 같은데……."

"내가 그대에게서 눈을 떼지 않는 수밖에."

서로를 향해 싱긋 웃은 채 둘은 사람들 사이로 파고들었다. 여자들은 머리에 헤리아스꽃을 장식했고 남자들은 모자나 옷깃에 같은 꽃을 달고서 흥겨운 노래를 부르며 둥글게 춤을 추고 있었다.

"헬리아님의 찬란한 빛이 함께하기를!"

여사제들의 축복을 받은 사람들은 감사하다는 의미로 고개를 숙이며 헤리아스를 하늘 위로 던지곤 하였다.

카헤시온은 마차에서 떨어진 헤리아스를 받아 그녀의 붉은 머리카락에 달아주었다.

"안 이상해요?"

"전혀."

"진짜?"

"예뻐……."

아주 나지막한 목소리라서 주변에서 울리는 음악 소리에 부서졌지만, 귓가로 아주 또렷하게 들렸다. 순간, 맞잡은 손끝이 한없이 뜨겁게 달아오르면서 시로벨은 애써 헛기침을 하며 고개를 돌리려는 찰나.

"저기요!"

그때 누군가 그녀의 어깨를 붙잡으며 다급하게 외쳤다. 카헤시온은 본능적으로 그 손을 떼어내며 시로벨을 제 뒤로 숨겼다.

"누구냐."

그의 살벌한 목소리에 시로벨의 어깨를 잡았던 이가 흠칫하며 놀라서 뒤로 물러났다. 차림새를 보아하니 사제인 듯, 헤리아스 꽃바구니를 한 손에 가득 들고 있었다.

"저, 저기…… 설마 카헤시온 황자 전하?"

"……."

"어머, 그럼 비전하도 함께……. 소, 송구합니다!"

사제는 당황한 표정으로 어쩔 줄 몰라 했고, 카헤시온과 그녀는 난감한 표정을 지었다. 마을에 내려오자마자 정체를 들킬 줄은 몰랐다.

카헤시온은 고개를 숙인 사제에게 말했다.

"잠행 중이다. 소란 피우지 말았으면 한다."

"예? 아. 예……."

"그런데 저한테 무슨 볼일이 있어서?"

시로벨이 불쑥 나와 묻자, 사제는 여전히 고개를 들지 못한 채 입을 열었다.

"전야제를 밝힐 여신을 찾고 있었는데, 비전하의 모습이 눈에 들어와서……."

"전야제를 밝힐 여신?"

여신 헬리아를 위한 축제에는 여사제가 마을을 돌면서 마을 여자를 한 명 선택해 올해의 여신으로서 헬리아 여신의 모습으로 꾸민 뒤, 제일 높은 마차에서 헤리아스 모양의 풍등을 날리며 전야제를 밝히는 풍습이 있었다.

여신으로 선택된 여자에겐 그 한 해 헬리아 여신이 행운을 가져다준다는 말이 있어 마을 처녀라면 누구나 한 번쯤 선택되기를 바라는 역할이었다.

"비전하의 빛에 끌려서 오게 되었답니다. 혹시 실례가 되지 않는다면 여신님이 되어주실 순 없으신가요?"

"하하하. 죄송하지만 좀 바빠서……."

상상만 해도 닭살이 돋아 시로벨은 난감한 듯 하하 웃기만 했다. 연신 웃으면서 풍등을 날려야 한다는 말인데. 그렇게 쑥스러운 짓을 어떻게 해! 게다가 헬리아 여신도 오늘 처음 알았다고! 신앙심도 없는데, 괜히 여신님이 노하실 일이야. 암!

"어서 가요, 카헬."

사제는 적극적으로 시로벨에게 여신이 되어달라고 간청할 수가 없었다. 그도 그럴 것이 비전하시니까. 하지만 굉장히 안타까워하는 시선. 카헤시온은 얼른 가자고 보채는 시로벨과 사제의 얼굴을 번갈아 바라보았다.

"카헬? 뭐 해요?"

움직일 생각은 않고 저를 뚫어져라 바라보는 시선에 시로벨은 괜히 불안해졌다.

"여신, 해주지 그래?"

"그게 무슨! 난 헬리아……."

시로벨은 잠시 말을 끊고서 카헤시온의 귓가에 속닥거렸다.

"난 그 여신의 이름도 오늘 처음 알았어요! 게다가 저 마차에 타고 어후. 싫어요. 쑥스럽단 말예요!"

하지만 이 남자. 날 꼼짝도 못 하게 만든다. 자신을 빤히 쳐다보면서 아주 부드러운 목소리로.

"전혀 이상하지 않아. 아주 잘 어울릴 거야."

"그, 그, 무슨!"

"아마 오늘 밤 최고로 아름다울 거야."

시로벨은 순간 맥이 탁 풀렸다. 대체 저런 건 어디서 배워온 건지, 저렇게 쳐다보면서 저런 말을 하는데 거절할 수 있을 리가 없잖아!

결국, 시로벨은 사제의 손에 이끌려 가서는 옷을 갈아입어야만 했다.

여사제들은 그녀를 단장시키고는 눈부시게 빛나는 황금빛 드레스를 입혀주었다.

"정말 너무 아름다우세요, 비전하."

"물빛의 레이디라 칭송받을 만하세요."

"너무 아름다운 눈빛을 가지셨어요."

어사제들의 칭찬 세례를 받으며 그녀는 마차로 향했다. 그리고 아주 조심스럽게 마차 꼭대기로 올라가자, 어마어마한 함성과 함께 환호하는 사람들이 보였다. 모두들 이번 축제가 무사히 여신님에게 닿기를 간절히 바라고 있었다.

시로벨은 엷은 미소를 지으며 준비된 풍등을 하늘 위로 날렸다. 그러면서 눈으로 연신 누군가를 찾았지만, 그리 오래 걸리지 않았다. 멀리 떨어지지 않은 곳에서 카헤시온이 자신을 바라보고 있었다.

그의 서늘한 듯 다정한 까만 눈동자는 항상 자신을 바라보고 있다. 매 순간순간 자신을 지켜주는 그의 눈길. 그 눈길에 담겨 있는 감정은 한없이 모든 걸 내어주는 믿음. 아낌없이 자신의 전부를 주겠다는, 너무나도 벅찬 감정.

그녀가 날려 보내는 풍등은 마치 태양처럼 환하게 빛나며 밤하늘을 황금빛으로 물들였다. 시로벨과 카헤시온은 그 아름다운 모습을 한동안 말없이 바라보았다.

잠시 후 시로벨은 마차에서 내려왔다. 밤은 점점 깊어갔지만, 전야제의 음악 소리는 점점 더 커져 가고 있었다.

대광장 한가운데 피운 불길을 뒤로한 채 그가 한 걸음, 한 걸음 앞으로 다가왔다.

그와 그녀의 몸이 가깝게 와 닿았다. 내쉬는 숨소리가 귓가에 쟁쟁거릴 정도로. 그리고 그 호흡에 취해 버릴 만큼.

"함께 춰주시겠습니까?"

카헤시온이 정중하게 손을 내밀며 청했다. 평소 같았으면 낯간지럽다고 생각했을 텐데, 이 밤과 달뜬 분위기에 사로잡혀 시로벨은 살며시 그의 손을 잡았다.

그의 손가락이 그녀의 잘록한 허리선을 부드럽게 휘감았다. 어느새 주변은 보이지도 않았고, 오직 그의 존재만이 가득해서 시로벨은 저도 모르게 살며시 입술을 깨물었다.

시로벨은 여전히 춤엔 서툴렀다. 그저 그의 손가락을 엮고서 발을 맞추며, 떨리는 호흡과 서로를 품은 눈동자를 응시한 채 미치도록 두근거리는 심장 소리를 느낄 뿐. 모든 것이, 그래, 모든 것이 너무나도 달콤하고 감미롭게만 느껴졌다.

"예뻤어, 아주."

그의 입에서 예뻤다는 말이 나오자 시로벨은 그저 생긋 웃기만 했다. 처음엔 그 말이 너무나도 어색하고 민망했는데 그 말을 들을 때마다 사랑받는 것 같아서 시로벨은 가슴 한구석이 따뜻해졌다.

"그래서 그렇게 여신을 시키고 싶었던 거예요?"

그는 그저 웃기만 했다.

마침내 발걸음이 멎었다. 하지만 시선은 여전히 서로를 향해 있었다.

카헤시온은 천천히 손을 뻗어 그녀의 얼굴을 감쌌다. 묘하게 뒤섞이는 숨소리가 점점 가까워지면서 이내 시로벨은 천천히 눈을 감았다. 입술 끝에서 뜨겁게 울리는 속삭임.

"영원히, 내 곁에 있어, 벨……."

"걱정 마요. 예전에도 약속했지만, 난 이제 당신 안 떠나. 곁에 있을 거예요. 누가 뭐라고 해도 내 남편은 오직 카헬, 당신이니까."

그녀를 끌어안은 손길이 더더욱 단단해지면서, 점점 더 진하게 그녀를 삼켜들었다.

때마침 하늘 위로 형형색색의 불꽃들이 터지기 시작했고, 화려한 색채들이 쏟아지며 두 사람을 숨겨주었다.

시로벨과 카헤시온은 못다 한 시장 구경을 했다. 카헤시온은 사람들로 북적거리는 거리를 썩 좋아하지 않았지만 시로벨은 달랐다. 그녀는 아직 이 세계가 낯설었기에 모든 것이 신기하고 재미있을 뿐이었다.

"어머, 이 보석은 뭔데 이렇게 반짝거려요? 세상에! 이건 조개로 만든 거예요? 완전 장인 정신 그 자체네. 대박! 저 보기만 해도 군침 흐르는 건 또 뭐야!"

마치 물 만난 물고기처럼 뛰어다니는 통에 카헤시온은 그녀를 잃어버릴까 졸졸 쫓아다녀야만 했다. 만약 아는 사람들이 이 모습을 봤다면 눈으로 보고도 믿을 수 없는 광경이라 했을 터였다.

천하의 카헤시온이 황자비의 뒤꽁무니를 따라다니는 꼴이라니.

하지만 정작 카헤시온의 표정엔 미소뿐이었다.

"카헬! 카헬!"

그는 그 어느 때보다 환하게 웃는 그녀에게서 눈을 뗄 수가 없었다.

그때, 그의 귓가로 수군거림과 더불어 낯선 시선들이 느껴지기 시작했다.

"저 여자야, 저 여자."

"맞네, 맞아! 의문의 여신님!"

"진짜 예쁘게 생겼네……. 여신님을 할 만해."

"캬아, 죽여주잖아? 한번 말이라도 걸어봐?"

"어느 귀족 영애 아니야?"

어느새 시로벨의 주변으로 낯선 남자들의 시선과 목소리가 따라다니고 있었다. 아무래도 여신을 했던 탓에 서서히 그녀를 주목하는 듯했다.

'낭패군…….'

이런 상황까지는 생각하지 못했던 카헤시온의 얼굴이 점점 차갑게 일그러지기 시작했다.

급기야.

"기다려 봐. 내가 확실하게 이름 물어보고 올 테니까."

"이름만 물어보면 안 되지!"

"흠흠흠."

귀족 자제로 보이는 청년이 잔뜩 긴장한 표정으로 시로벨에게

다가가고 있었다. 하지만 주변이 자신 때문에 그렇게 소란스럽다는 걸 전혀 눈치 못 챈 시로벨은 호신용으로 만들어진 단검을 보며 눈을 반짝이고 있었다.

"이건 얼마 정도 하려나…… 카헬, 이거……."

그녀가 말을 채 마치기도 전에 카헤시온이 그녀의 어깨를 감싸며 그대로 와락 안아버렸다. 시로벨은 놀라서 움찔했지만, 그의 단단한 손이 그녀의 허리를 바짝 당기며 낮게 속삭였다.

"이런 곳에 와서도 검을 보고 있는 건가?"

"그, 그렇기는 한데. 지금 이 자세는 좀……."

그의 단단한 품 안에 갇혀 버린 시로벨은 부끄러움에 말이 자꾸만 붉은 열기를 품고서 넘실거렸다. 대체 이 남자가 왜 이러는 거지? 숨을 못 쉬겠네!

카헤시온은 그녀를 제 품에 완전히 가둔 채, 시로벨에게 다가오려고 했던 귀족 남자를 차갑게 노려보았다. 귀족 남자는 그 눈빛에 흠칫하고서 슬그머니 걸음을 뒤로 돌렸다. 그제야 시로벨에게로 향하던 시선들도 조금 줄어드는 듯했지만, 카헤시온은 여전히 뭔가가 마음에 들지 않았다.

"카헬, 나 숨 막혀요!"

그는 그제야 시로벨을 놓아주었다. 그녀는 헝클어진 머리카락을 쓸어내리며 영문을 모르겠다는 듯한 표정으로 그를 올라다보았다.

"대체 무슨 일이에요? 누가 우리를 노려요? 자객?"

너무나도 천진난만하게 물어보는 통에 카헤시온은 저도 모르게 한숨을 내쉬었다. 누가 노리냐고? 노리긴 노리고 있지.

그는 새삼 그녀의 모습이 눈에 선명하게 들어왔다. 붉은 머리카락 사이로 보이는 새하얀 얼굴과 신비롭게 빛나는 물빛 눈동자. 붉은 입술이 살며시 벌어지며 미소를 지을 때는 가슴이 떨렸다. 여전히 천방지축인 모습이 남아 있어 치맛자락을 움켜쥐고 통통통 뛰어다닐 때는 더없이 사랑스러웠다.

그저 평범한 옷을 입었을 뿐인데도, 그녀가 입었기에 그 옷은 더 이상 평범한 옷이 아니었다. 그 누구라도 한 번쯤 시선을 돌릴 정도로 아름다운 그녀의 모습. 한때 '물빛의 레이디'라 불렸으니까. 하지만 그런 점에 둔감했던 카헤시온은 전혀 신경 쓰지 않았는데…….

"카헬?"

"하아……. 괜한 걸 시켰군."

"응?"

여신 같은 걸 시키다니……. 괜히 제 무덤을 판 꼴이 되었다. 그녀는 오로지 자신의 눈에만 아름다우면 된 것이다. 머리부터 발끝까지 내쉬는 숨결과 떨리는 심장 소리, 따스하게 번지는 체온까지 전부, 제 눈길에만 닿으면 되는 것이다.

다른 남자의 시선에 그녀가 들어올 필요는 없다.

다른 남자들이 그녀를 보며 아름답다고 말할 필요 따위 역시 없다.

시로벨. 나의 벨. 그대는 온전히, 오롯이, 나만의 여인이니까.

차갑게 피어오른 분노가 어느새 뜨거운 열망이 되어 바람을 일으켰다. 태양의 축제는 끝났다. 이젠, 밤을 끌어안을 시간이다.

시로벨은 어쩐지 화가 난 것 같은 그의 굳은 표정에 머리를 긁

적였다.

분명 아까 같이 춤을 출 때까지만 해도 분위기가 좋았는데 왜 갑자기 기분이 상했는지 알 수가 없었다. 여기까지 와서 단검을 쳐다본 게 잘못인가?

'아오, 나도 모르겠다!'

"이제 그만 돌아갈까요? 너무 늦은 것 같은데……. 다들 걱정할 거예요."

"그건 걱정 마. 제라드가 알아서 할 테니까."

"하지만 그래도 돌아갈 시간 아니에요?"

카헤시온은 시로벨을 잠시 바라보다 나지막이 속삭였다.

"오늘 밤 우린."

"……"

"황궁으로 돌아가지 않을 거야."

그가 일으킨 바람이 서서히 그녀에게로 불었다.

"말했잖아. 우린, 오늘 황자도 황자비도 아니라고."

그는 그녀의 손을 마주 잡고서 사람들 사이를 헤치고 나갔다. 시로벨은 대체 그가 또 어딜 가려고 하는지 알 수가 없었지만 별다른 대꾸 없이 그대로 그를 따랐다.

황자도, 황자비도 아니라고 말한 그 순간의 이끌림을 가슴에 품은 채로.

그가 잠시 모자 가게 앞에 멈춰 섰다. 카헤시온은 모자들을 훑어보다 그중 가장 큰 모자를 사서는 시로벨에게 푹 씌웠다. 어찌나 큰지 앞이 제대로 보이지도 않을 정도였다.

"이게 뭐예요! 안 보이잖아요!"

시로벨이 모자를 벗으려고 했지만, 카헤시온은 그런 그녀의 두 손을 꽉 붙잡았다.

"내 손만 잡고 걸어와. 절대로 벗으면 안 돼."

"아니, 도대체 왜요!"

"얼굴이 보이니까."

"그러니까 그게 왜!"

하지만 카헤시온은 입을 꾹 다물었다. 시로벨은 속이 터질 것 같았으나 대체 왜 이러는지 끝까지 가보기나 하잔 생각에 묵묵히 그를 따랐다.

평소보다 짧고 느린 보폭으로 손안 가득 그의 체온을 느끼며 그렇게 얼마쯤 갔을까. 마침내 그의 걸음이 멎었고, 시로벨은 긴장한 표정으로 천천히 고개를 들었다. 그러자 카헤시온이 그녀의 시야를 가리던 모자를 벗겨주고서 함께 손을 마주 잡으며 속삭였다.

"앞을 봐."

시로벨은 그의 목소리에 이끌려 눈앞에 쏟아진 광경에 탄성을 내질렀다.

"하아……."

이곳은 조금 전 마을과는 또 다른 공간이었다. 그곳에 태양의 숨결이 쏟아졌다면, 이곳은 밤의 장막이 일렁이는 것 같은 장관이었다. 빼곡하게 깃든 별들이 안개꽃처럼 피어나 밤하늘을 가득 수놓은 채 영롱하게 반짝였고, 밤하늘을 그대로 품은 호수 옆으로 이름 모를 새하얀 꽃들이 가득 피어 바람결에 스쳤다. 그 주위를 노란 반딧불이 날아다니며 운치를 더했다.

그림에서만 봤던 풍경에 시로벨은 한순간도 눈을 떼지 못한 채 여전히 제 손을 잡고 있는 카헤시온을 꼭 붙잡으며 속삭였다.

"여긴, 대체……."

"별장이야. 나도 몰랐었는데, 어머니 것이라고 하더군."

"이사벨라 황후 폐하의 별장이요?"

그는 고개를 끄덕이고서 천천히 그 그림 같은 풍경 속으로 이끌었다. 시로벨은 별을 가득 담은 호수 주변을 그의 손에 의지한 채 걷기 시작했다. 꽃향기를 품은 바람이 휘파람 소리처럼 귓가에 내려앉았다.

어느새 두 사람은 조그만 저택 앞에 멈춰 섰다. 황후의 별장치고는 굉장히 아담했다. 하지만 이 풍경과는 너무나 잘 어울리는 집이었다.

카헤시온은 그녀를 집 안으로 인도했다. 시로벨의 눈을 사로잡은 곳은 바로 천장이었다. 뻥 뚫린 천장을 통해 집 안에서도 별을 볼 수 있었다. 별다른 장식은 없었으나 별빛과 달빛이 그대로 녹아내리는 것만으로도 최고로 아름다운 집이었다.

"뚫려 있는 건가요?"

그는 그녀의 뒤쪽으로 다가와서는 허리를 끌어안고 나직이 속삭였다.

"아니, 마법으로 만든 결계야. 바람과 햇빛만 통과할 수 있어."

시로벨은 그가 내쉬는 호흡에 떨리는 심장을 진정시키며 천천히 고개를 돌렸다. 언제나처럼 그의 시선이 보인다. 달콤하게 쏟아지는 밤하늘 아래 선 그에게서 눈을 뗄 수가 없었다.

"오늘은, 여기서 보낼 거야."

그리고 그 손을 살포시 붙잡고서 그의 품에서 애틋하게 들려오는 심장 소리를 느끼며 서서히 파고드는 열망의 속삭임에 떨리는 눈을 감았다.

"앞으로 당분간은 무척이나 바쁠 거야. 책봉식과 더불어 여러 가지 일들이 있어."

"알아요……."

그의 손길이 그녀의 붉은 머리카락 위로 차분히 떨어져 내렸다. 마치 사랑스런 꽃을 매만지듯, 조심스럽고 다정한 손길이었다. 하지만 그녀에게 맹세하듯 속삭이는 목소리는 단호하면서도 단단했다.

"난 지금보다 강해져서 그대를 지킬 거야. 그때처럼 그대 손을 놓지 않을 거니까. 그렇게 난, 황제가 될 생각이야."

처음으로 그의 입으로 직접 황제가 되겠다는 말을 들었다. 황태자로 정해지고, 책봉식을 준비하는 동안에도 그는 단 한 번도 스스로 황제라는 말을 입에 담은 적이 없었다. 시로벨은 그에게 황제란 자리가 어떤 의미인지 잘 알고 있었다. 그렇기에 쉽사리 먼저 물을 수가 없었었다.

"카헬……."

어린 소년이 어머니에게 사랑받고 싶어서 간절히 바랐던 자리. 하지만 그만큼 괴롭고 무서웠던 그러한 자리. 하지만 이젠 그가 스스로 황제의 길을 가려고 한다. 강해지기 위해서. 소중한 이를 지키기 위해서. 바로 눈앞에 너무나도 사랑스런 자신의 빛을.

그는 그녀의 얼굴을 소중히 감싸며 한껏 휘늘어진 시선으로 간절히 속삭였다.

"그러니까 내게 힘을 줘, 벨."

어쩌면 오늘 밤이 카헤시온과 시로벨로서 있을 수 있는 마지막 밤일지도 모른다. 그는 이제 황제가 될 것이다. 그렇기에 그녀는 그의 옆에서 그를 끝까지 믿고 지켜줄 수 있는 자리, 그 자리에 대한 각오를 해야만 했다.

시로벨은 그를 강하게 끌어당기며 입술이 닿을 듯한 거리에서 말했다.

"걱정 마요. 당신은, 당신이 선택한 길로 가기만 하면 돼요."

"벨……."

"나 역시 당신을 지켜줄 거예요. 더 이상 당신이 아파하지 않도록, 슬퍼하지 않도록. 지금의 미소를 내가, 내가 지켜줄 거예요."

시로벨은 낮은 숨을 내쉬며 그대로 그의 입술을 머금었다.

그에게서 그녀에게로 향한 바람이 어느새 두 사람을 에워싸며 뜨겁게 내려앉았다. 귓가에 쟁쟁거리던 휘파람은 어느덧 거대한 소용돌이가 되어 서로를 끌어당겼다.

태양의 여신을 끌어안은 밤의 제왕처럼.

서로를 품은 시선이 타오른 열망에 잔뜩 부서져 내리고, 격하게 퍼지는 진득한 호흡은 끝없이 밤 아래로 떨어져 내렸다. 서로의 손길에 와 닿는 거추장스러운 옷자락을 끌어 내리며 카헤시온은 숨 쉴 수 없는 지독한 갈증을 내뱉으며 그녀에게로 천천히 녹아 내려갔다.

그의 손길 아래 엉망으로 헝클어진 붉은 머리카락 사이로 수줍게 피어오른 그녀의 모습이 너무나도 사랑스러웠다. 시로벨은 그의 흔적이 남은 입술을 살며시 벌리며 그의 이성을 남김없이 훔쳐 내었다.

"카헬, 사랑해요……."

"……."

"어서 날, 안아줘요……."

쏟아질 듯 피어나던 새하얀 별들이 사라지고, 더없이 깊고 탐스런 밤이 퍼져 나간다.

카헤시온은 삽시간에 그녀의 뒷목을 끌어당기며 입술을 삼켰다.

시로벨은 그의 단단한 어깨를 붙잡고서 억누를 수 없는 새하얀 숨결 앞에 무너져 내렸다.

"벨, 나의 벨……. 나를 봐. 눈을 감지 말고 오직 나를 봐."

아무 생각 할 수 없을 만큼 거칠게 밀려오는 그의 성난 아우성에 시로벨은 억지로 눈을 뜨고서 서늘한 달그림자 아래 저를 집어삼키고 있는 뜨거운 짐승을 끌어안았다.

조각처럼 단단한 몸이 연신 꿈틀거리며 낮은 신음을 내뱉었다. 일렁이는 그의 눈동자는 그녀의 물빛 눈동자를 한가득 취하며 함께 녹아 내려갔다.

"하아!"

찰나의 빈틈도 그는 허락지 않았다. 공기 중에 흩어지는 그녀의 숨결 또한 제 것이라 주장하며 강하게 입술을 삼키고서 그의 모든 것을 그녀에게 철저히 새겨 넣었다.

카헤시온은 그녀의 머리카락에 입술을 묻고, 목덜미를 물었다. 그리고 그녀의 물빛 눈동자를 바라보며 나지막이 속삭였다.

"사랑해, 벨. 언제까지나…… 언제까지나……."

시로벨 역시 몽롱하게 가라앉은 시선으로 그를 올려다보았다. 탁하게 일렁이는 까만 눈동자, 열기에 취해 떨리는 숨을 내쉬는 붉은 입술, 제 온몸을 지배하며 강하게 꿈틀거리고 있는 그의 매혹적인 나신까지. 너무나도 완벽한 나의 남자. 나의 남편.

두 사람의 호흡은 점점 더 날카로운 열망에 취해 젖어가며, 그 밤을 뒤흔들었다. 짧고도 긴 그 밤을 쉴 틈 없이 달려가면서, 불어오는 바람은 연신 두 사람의 뜨거운 절정에 휘말려 쉬이 물러가고 있었다.

❦　　❦　　❦

책봉식 준비에는 무려 4개월이란 시간이 걸렸다.

모든 대륙의 제국, 왕국, 심지어 소국에까지 초대장을 보내고, 손님들을 맞이해야 했기에 마티디안 제국은 그에 걸맞은 준비를 해야만 했고, 4개월이란 기간이 결코 길지만은 않았다.

"하아…… 드디어 고지가 눈앞에 보이는구나."

책봉식을 일주일 앞둔 날, 시로벨은 실로 오랜만에 장미정원으로 나왔다. 중요한 행사인 만큼 신경 써서 준비해야 한다는 것도 알지만, 그래도 힘든 건 힘든 거다.

일주일이 남았나고 생각하니 어쩐지 살짝 들뜨고 설레기까지 했다. 이미 부부였지만 일주일 후에는 마음가짐부터 달라질 것이었다.

"정신 수양이 필요해."

오랜 준비로 스트레스를 받아서인지 요 며칠 머리가 좀 아프고 몸도 무거웠다. 뭘 먹어도 소화가 잘 안 돼서 메스껍기도 했다. 하지만 바쁜 사람들에게 괜한 걱정을 끼치고 싶지 않아서 별말은 하지 않았다.

"체력 저하가 문제야. 요즘 얼마나 운동을 안 하고 게으르게 있었으면 고작 스트레스 좀 받았다고 몸이 이렇게 힘들어지냐고!"

시로벨은 몸을 단련하기 위해 블루문을 고쳐 잡고서 허리를 곧추 세웠다. 그리고 검을 휘두르려는데 갑자기 머리가 지끈지끈 아프다 못해 누가 망치로 두드리는 것처럼 쾅쾅 울려대자 시로벨은 저도 모르게 몸을 휘청거렸다.

'뭐지?'

눈앞이 어지럽고 하늘도 핑그르르 돌기 시작했다. 시로벨은 어떻게든 정신을 차리려고 했지만 자꾸만 다리에 힘이 풀려 제대로 서 있을 수조차 없었다.

시로벨은 다리에 힘을 주고 어떻게든 버티려고 했지만 결국, 그 자리에 풀썩 쓰러지고 말았다.

카헤시온은 제라드가 가져온 교역 건에 관련된 문서를 읽고 있었다.

"이 문서만 보시고 오늘은 그만 쉬시지요."

"안 그래도 그럴 참이야."

"비전하께서 기뻐하시겠네요."

카헤시온의 속내를 꿰뚫은 제라드는 엷은 미소를 지었고, 카헤시온은 별다른 변명 없이 헛숨만 내쉬었다. 원래 맡고 있는 일은 그 일대로 하고 책봉식 준비로 손님들까지 맞아야 해서 지금 카헤시온은 몸이 열 개라도 모자랄 지경이었다.

하지만 오늘 밤은 로제궁을 찾아갈 생각이었다. 벌써 며칠이나 그녀를 보지 못했는지 모른다.

카헤시온이 막 마지막 서류에 사인을 하고 내려놓은 그때, 누군가의 다급한 발걸음 소리와 함께 문이 벌컥 열렸다. 로제궁의 시녀, 메이였다. 제라드는 뭔가 심상치 않아 보이는 메이의 모습에 의아한 시선을 띠었다.

"메이?"

"카, 카헤시온 황자 전하……."

"대체 무슨 일인가?"

"시로벨 비전하께서, 비전하께서……."

메이의 입에서 시로벨의 이름이 나오자 카헤시온은 자리에서 벌떡 일어났다.

"비전하께서 쓰러지셨습니다!"

장미정원에서 쓰러진 시로벨은 기사에게 발견되어 서둘러 로제궁으로 옮겨졌다. 하지만 어쩐지 주변의 분위기는 상기된 듯싶었다.

얼굴이 하얗게 질린 카헤시온이 로제궁으로 들어섰다. 조세핀을 비롯한 모든 시녀들이 서둘러 고개를 숙였다.

"대체 어떻게 된 일이지? 벨은 괜찮은 것인가?"

조세핀이 앞으로 성큼 다가와서는 웃음기 어린 표정을 애써 숨기며 입을 열었다.

"어서 들어가 보십시오, 황자 전하. 비전하께서 기다리고 계십니다."

"깨어난 것인가?"

"예."

카헤시온은 다급하게 복도를 걸었다. 그녀가 쓰러졌다는 말에 심장이 그대로 내려앉는 듯싶었다. 대부분의 귀족들이 자신이 황태자에 오르는 것에 동의했지만 몇몇 제게 적대적인 반대파 귀족들이 그녀에게 무슨 짓을 한 건 아닌가 덜컥 겁이 났다. 저 때문에 그녀가 위험해진 건 아닌가 하는 생각에 화가 났다.

'조심했어야 했는데……. 그녀의 주변으로 기사들을 더 배치했어야 했는데!'

카헤시온이 방문을 벌컥 열자 시로벨은 침대 위에 약간 파리해진 안색으로 앉아 있었다. 카헤시온은 그녀를 보자마자 안도감을 느끼며 그녀를 와락 안으려고 했다. 하지만 그 앞을 치료사가 막아섰다.

"화, 황자 전하! 이러시면 아니 되십니다!"

"뭐? 그대가 뭔데 지금 감히!"

시로벨은 창백한 얼굴에 미소를 띠운 채 카헤시온의 기세에 그만 벌벌 떨고 있는 치료사를 대신해 입을 열었다.

"앞으로 조금 조심해야 한다고 해요."

"대체 어디가 어떻게 아프기에? 말을 하라!"

카헤시온이 다시 치료사를 다그치자 시로벨이 그의 손을 끌어당겼다. 그러곤 그 손을 자신의 배에 살포시 갖다 대고선 살짝 긴장된 목소리로 말했다.

"카헬, 여기에 아이가 있대요."

"……뭐?"

"당신과 나의 아이가, 여기에 있대요."

그는 그녀의 말에 홀린 듯 손에 닿은 배를 바라보았다.

아이, 아이……. 나와 그녀의, 아이……?

"황자 전하, 경하드립니다!"

"경하드립니다, 황자 전하! 비전하!"

그를 따라 들어온 조세핀과 로제궁의 시녀들이 고개를 숙이며 축하 인사를 전했다. 하지만 카헤시온에게는 그 어떤 목소리도 들리지 않았다. 그는 제 손이 닿은 그녀의 배만 내도록 쳐다보았다.

치료사가 조심스럽게 다가와 넋을 잃은 카헤시온을 향해 말했다.

"비전하께서 회임 사실을 모르신 채 무리를 하시는 바람에 잠시 정신을 잃으셨던 것입니다."

정신을 잃었었다는 말에 그는 그제야 정신을 차리고서 떨리는 어조로 물었다.

"그래서 지금은? 비는 괜찮은가? 아이는 무사한가?"

입가에 아이라는 말이 파르르 떨리며 부서졌다. 그러자 치료사는 엷은 미소를 지으며 고개를 끄덕였다.

"지금은 괜찮으십니다. 그래도 당분간 무리하지 마시고, 안정을 취하셔야 합니다."

당부의 말을 남긴 채 치료사가 떠나고 조세핀과 시녀들도 카헤시온과 시로벨을 남겨둔 채 방을 나섰다. 시로벨은 우는 것 같기도 하고 웃는 것 같기도 한 카헤시온의 표정에 어색하게 입을 열었다.

"많이 놀랐죠? 미안해요. 그런데 나도 진짜 몰랐어요. 내가 참 둔했지. 그냥 요즘 좀 피곤해서 그런 줄 알았는데……."

사실, 그녀는 지금도 믿어지지가 않았다. 이 뱃속에 그의 아이가 있다니.

내가 엄마가 되고 그가 아빠가 되다니……. 한 번쯤 꿈꿔보긴 했지만, 너무나도 먼 미래라고만 생각했는데. 그는 어떨까? 기쁠까? 아니면…….

"안아도, 돼?"

"네?"

"안아도 되냐고……."

카헤시온은 굉장히 조심스런 눈빛과 어조로 그녀를 바라보았다. 그가 이렇게 어쩔 줄 몰라 하는 모습은 처음이라 시로벨은 그만 웃음이 터져 나오려 했다.

"당연히 안아도 되죠."

"혹시나 부서질까 봐."

"뭐가 말이에요?"

"꼭 안아버리면, 아이가……."

설렘과 두려움이 잔뜩 섞인 그의 목소리에 시로벨은 저도 모르게 눈물이 날 것만 같았다. 그는 기뻐하고 있는 거다. 자신들에게 내려온 이 소중한 존재를 어쩔 줄 몰라 할 만큼, 너무나도 귀히 여기며 기뻐하고 있었다.

시로벨은 손을 뻗어 그를 꼭 안아주었다. 카헤시온은 잠시 멈칫했지만 이내 그녀를 안으며 입을 열었다.

"고마워, 벨. 역시 그대는 내게 빛이야……. 내게 너무나도 과분하고 과분한 빛……."

"나한테도 당신은 과분할 정도로 멋진 사람이에요."

"고마워, 고마워……."

시로벨과 카헤시온은 눈을 감으며 아직 태어나지 않았지만, 곧 이곳으로 와줄 아이를 함께 안아주며 간절히 빌었다.

무사히 와주기를.

어여쁘게 와주기를.

이 품에 얼른, 와주기를…….

절대 안정이란 의원의 말과 함께 카헤시온의 살벌하고도 엄중한 보살핌까지 더해져 시로벨은 책봉식 당일까지 외부의 그 누구도 만날 수가 없었다. 제르린이나 다른 황족들의 방문도 막으려 했다가 그것만은 겨우 철회할 정도로 엄청난 과보호였다.

그리고 결국 오늘이 왔다. 시로벨은 몇 개월 동안 재봉사가 혼신의 힘을 다해 만든 새하얀 드레스를 입었다. 그녀는 오늘 그 누구보다도 아름다운 황태자비, 그리고 신부의 모습이었다.

우아하게 틀어 올린 붉은 머리카락 위로 새하얀 꽃망울을 별처럼 수놓았으며, 부드럽게 쏟아지는 새하얀 실크 드레스 위로 요정의 날개처럼 하늘거리는 베일이 떨어져 내렸다.

"너무 아름다우세요, 비전하."

"어쩜, 이리도 고우실까……."

"고마워, 조세핀, 메이. 그리고 다들."

시로벨은 붉은 입술 위로 진한 곡선을 그리며 눈빛을 강하게 반짝였다. 이제, 앞으로 나아갈 시간이다.

'아가, 우리 같이 아빠한테 가자.'

거대한 나팔 소리가 태양궁 가득 울렸다. 눈이 부실 정도로 화려한 불빛 아래 수많은 사람들의 시선을 한 몸에 받으며 카헤시온과 시로벨은 서로의 손을 단단하게 잡고서 함께 길고 긴 길을 걷기 시작했다.

이미 한 번 죽었던 나는 이 생에서 목숨이 다하면 더 이상의 삶은 존재하지 않는다고 반홀이 그랬다. 환생은 없다고. 완전한 소멸뿐이라고. 하지만 난 그와 함께하는 순간만이 중요하다고 말하며 지금 이 길에 섰다.

그래, 상관없다. 어차피 다음 생은 생각해 본 적이 없었으니까. 매일이 내겐 마침표가 없는 나날이 될 것이다. 그와 함께. 그리고 곧 만나게 될 이 아이와 함께.

이번 생을 나는 그와 더없이 사랑하고 사랑하며 살 것이다.

카헤시온과 시로벨은 보바톤 황제 앞에 무릎을 꿇고서 황태자와 황태자비를 상징하는 왕관과 황실의 인이 찍힌 태양의 임명장을 하사 받고서 마지막 축복의 세례를 내려 받았다. 어느새 홀 안 가득 그들을 축복하는 목소리가 울려 퍼졌다.

카헤시온은 시로벨을 바라보았다. 그녀 역시 그를 바라보았다. 서로를 끌어안는 시선 속에서 그는 영원의 입맞춤을 새겼다.

이 모습을 지켜보던 제르린은 피식 웃었고, 그 옆에 선 세네티아는 그 누구보다 환한 빛을 느끼며 눈물이 맺힌 눈동자로 속삭였다.

"오라버니의 기운이, 이토록 따스했군요……."

'어마마마의 소원대로 더한 빛을 얻었기 때문이겠죠?'

한때 빙안의 귀공자로 불렸던 황자는 가장 다정하고 따스한 빛을 끌어안았다.

더없이 소중하고 소중한 그러한 빛을······.

⚜   ⚜   ⚜

마티디안 제국력 567년. 보바톤 황제는 모두가 지켜보는 가운데 평온하게 숨을 내려놓았다. 마티디안을 제2의 전성기로 이끈 더할 나위 없는 통치였고, 제국의 백성들이 목 놓아 눈물을 흘렸을 만큼, 존경받았던 제왕이었다.

그의 마지막은 유언대로 이사벨라 황후가 잠든 별궁에 함께 안치되었다. 부디 이제야 내려놓은 기나긴 휴식 속에, 한 번 놓칠 수밖에 없었던 그 손을 다시 잡을 수 있길 바라면서······.

그리고 그 해, 새로운 황제가 등극했다. 아르반과 비트니안 제국과의 전쟁을 승리로 이끌고, 타 대륙과의 교역을 성공시켜 제국의 새로운 번영의 길을 연 카헤시온 체스처 마티디안 황태자였다.

그는 마티디안 제국을 더욱 부강하게 만들었다. 키리에나 여공작과 리안 공작, 인형술사 유에시스가 국경을 지켰고, 대마법사 제르린 보드와 대현자 세네티아로 인해 마법과 학문의 수준도 끌어올렸다.

카헤시온 황제의 슬하에는 두 명의 자식이 있었다. 황태자 카벨 체스 마티디안, 황녀 소휘안 아가렌 마티디안이었다. 황제는 평생 단 한 명의 여인만을 사랑했다. 황제가 마지막 숨을 놓는 그 순간까지 사랑하고 사랑했던 여인. 황제는 황후를 제 유일무이한 꽃이자 빛이라고 일컬었으며, 살아생전 서로가 서로를 지켜주고 보듬어주던 모습이 너무나도 아름답고 애틋하여 차마 시기 질투조차 할 수 없었다고 전해진다.

— 마티디안 제국 역사서 발췌

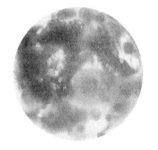

외전

새로운 빛이 이어지고

"우웩!"

화창한 햇살 아래에서 새하얗게 질린 얼굴의 카벨은 연신 메스꺼운 속을 달래야만 했다. 갑작스럽게 북쪽 개간 평야를 살피겠다고 결심하여 거의 일주일 넘게 마차 안에서 지낸 그는 극심한 멀미로 인하여 핼쑥해진 상태였다.

"괜찮으십니까, 폐하."

"우욱! 미치겠다. 등 좀 두들겨봐."

그를 따라온 네이는 엷은 한숨을 쉬며 카벨의 등을 두들겨 주었다.

"망할, 이건 분명 귀족들의 음모야. 날 죽이려는 음모."

"귀족들은 폐하의 등을 떠민 적이 없습니다. 폐하께서 갑자기 평야를 살펴보겠다고 하셔서 저만 죽어나가고 있지요."

"그럼 어떡해! 거기 계속 있었다가는 금방이라도 모닝글로리안을 휘날리며 맘에도 없는 결혼을 하게 생겼는데! 귀족들을 말려 줄 줄 알았던 소휘안은 세네티아 고모님 따라서 학문의 진리를 깨우치겠다며 휙 가버리고 말이야. 하여튼 어마마마를 닮아서 아주 고집도, 고집도."

"폐하의 고집도 뭐……."

"북쪽 영지를 관리하던 백작이 죽었으니, 상태를 확인하기 위해서라도 한 번은 와봐야 했을 거잖아!"

"그렇지만 폐하께서 직접 움직이실 필요는 없으셨죠. 그리고 어차피 언젠가는 하실 결혼이 아니십니까? 지금 미룬다고 얼마나 미뤄지겠습니까."

카벨은 꼬박꼬박 대꾸하는 네이를 째려보다가 다시금 올라오는 속을 가다듬어야 했다.

부황의 뒤를 이어 카벨이 황제의 자리에 오른 지도 꽤 되었다. 그는 선황제인 아버지와 닮은 듯 다른 정치를 펼치며 젊은 나이에도 불구하고 귀족들과 적절한 기 싸움을 해가며 마티디안 제국을 다스리고 있었다. 하지만 그가 딱 한 가지 귀족들을 휘어잡지 못하는 문제가 있었으니, 바로 그의 혼인 문제였다. 아직 결혼을 하지 않은 바람에 그 문제만 나오면 카벨은 한 없이 작아지고 말았다.

물론 황제가 되었으니 후사를 위해서라도 반드시 황후를 맞이하는 게 맞았다. 그 역시 결혼을 하고 싶지 않은 건 아니었으나 귀족들에 의해 억지로 떠밀려 서두르고 싶진 않았다.

황제가 이런 말을 하면 우습겠지만 카벨은 진정 자신이 사랑하는 여인과 평생을 함께하고 싶었다. 그건 어마마마와 아바마마의 영향이 컸다. 그는 어릴 적부터 아바마마께서 어마마마를 얼마나 끔찍하게 사랑하시는지 보고 자랐다. 특히나 매번 어마마마가 제게 빛이라고 말씀하시던 아바마마의 모습은 자신은 전혀 알지 못하는 남자의 모습이었다. 그래서 그 역시 그런 여인을 만나고 싶었다.

'진정한 사랑. 한 평생 나에게 그리고 그녀에게 빛이 될 수 있는 그런 운명 같은 사랑!'

그러니 절대로 번갯불에 콩 구워먹듯이 맘에도 없는 여자와 결혼할 수는 없다고!

"근데 돌아갈 때도 마차 타고 가야 하나? 승차감이 최악인데? 네 마법으로 슝 갈 순 없어?"

카벨은 제라드와 메이의 아들이자 제르린 로드의 뒤를 이을 최연소 수석 황실 마법사 네이를 향해 간절한 눈빛으로 물었지만, 네이는 딱 잘라 말했다.

"폐하, 그러다 저 죽습니다."

"젠장할. 그래. 이왕 이렇게 된 거 할 수 있는 한 느리게 가자고. 일찍 가봤자 또 결혼 때문에 한소리 들을 거잖아?"

언제 아팠냐는 듯 다시금 생기가 돌기 시작한 카벨의 얼굴은 그야말로 아름답다는 수식어로는 부족했다. 햇살에 반짝이는 검은색 머리카락을 비단끈으로 우아하게 내려묶고 황금 장미가 수놓아진 검은색 프록코트를 입은 그는 일을 하러 왔다기 보단 그냥 단순히 유희를 하는 듯 보였다.

따지고 보면 정말로 귀족들을 피해 유희를 온 것이나 다름없으니, 네이는 그저 눈을 감았다.

'그래. 황위에 오르신 이후 단 한 번을 제대로 쉬질 못 하셨으니. 이번엔 그냥 봐드리자.'

카벨의 오랜 벗인 네이는 그가 왜 결혼을 미루고 있는지 그 이유를 알고 있었다. 그 역시 벗으로서 카벨에게 진정 좋은 여인이 나타나길 바라는 마음도 컸기에 그가 이렇게 막무가내로 나오는 것에도 그저 눈감아주는 것이었다.

카벨에게 황위를 물려준 뒤, 카헤시온과 시로벨은 마티디안을 넘어 타국으로 여행을 다니고 있었다. 그저 평범한 부부처럼. 그것은 그들의 오랜 꿈이기도 했다. 시간이 많이 흘렀지만, 그들은 마치 처음 만난 순간처럼 서로를 사랑했다. 그렇다고 전혀 싸우지 않는 것은 아니었다.

"저긴 위험해서 안 돼."

"그럼 나 혼자라도 갈게요."

"그게 말이 된다고 생각해?"

"이런 식으로 할 거면 여행은 왜 나왔는데요! 이건 황궁에 있을 때랑 다를 게 없잖아!"

시로벨이 가리킨 곳은 발카 대륙에서 가장 유명한 로일드 산맥이었다. 길이 험하긴 하지만 발카 대륙 전체를 내려다볼 수 있는 무척이나 아름다운 산맥으로 유명했다.

"너무 과보호예요."

"자꾸 이러면 여행은 이만 끝이야."

걱정하는 마음에 더욱 단호하게 나오는 카헤시온의 마음을 모르는 것이 아니기에 시로벨은 피식 웃으며 그에게 다가섰다.

"진짜로?"

"……."

"진짜, 진짜?"

그의 품으로 다가온 시로벨은 그의 뺨을 살며시 붙잡으며 입술 끝에 가볍게 속삭였다.

"가도 되죠? 응?"

카헤시온은 그 모습에 어이가 없다는 듯 웃다가 이내 그녀의 어깨를 잡아당겨서는 진하게 입을 맞췄다. 부드럽게 파고든 움직임이 점차 격렬해지고 서로가 서로를 붙잡고서 뜨거운 숨을 토해 내었다. 그녀의 작은 손이 그의 팔뚝 위에서 움직였고, 카헤시온 역시 시로벨의 붉은 머리카락을 한아름 움켜쥐었던 커다란 손을 점점 아래로 내려 그녀의 허리를 자극하였다. 순간, 그의 거친 목소리가 시로벨의 귓가로 살며시 떨어졌다.

"……조심해야 해."

"훗, 나를 평범한 여자로 보는 거예요? 실망인데."

"평범하다니. 너무 매력적이라 탈이지."

시로벨은 그의 말에 까르르 웃음을 터뜨리며 그의 손을 붙잡았고, 카헤시온 역시 그녀의 손을 다정하게 잡고서 걸음을 옮겼다.

"그나저나 카벨의 결혼 문제는 정말 이대로 지켜만 볼 거예요?"

시로벨이 걱정스럽게 물었지만 카헤시온은 전혀 아무렇지 않다는 듯 답했다.

"그건 녀석이 알아서 할 거야. 난 걱정 안 해. 녀석도 녀석만의 빛을, 스스로 찾게 될 테니까."

이른 아침, 쥰은 떠날 준비를 마친 채 아래로 내려섰다. 그녀의 인기척에 잠에서 일어난 여주인이 방에서 나왔다.

"일찍 일어나셨습니다. 많이 곤하실 텐데, 아침도 드시지 않고 떠나시려고요?"

"신세를 너무 많이 졌어. 미안하고, 고마워."

이 순간 가장 무서울 사람은 본인이면서. 오히려 미안하고 고맙다는 말로 다독이는 그녀의 모습에 여주인은 눈물을 숨기지 못한 채 무릎을 꿇었다.

"아가씨. 부디 몸 조심하셔요. 절대로 위험한 일 하시지 마시고요. 아시겠죠?"

"일어나. 나한테 더 이상 이렇게 예의 갖출 필요 없어. 난 이제 너의 아가씨가 아니니까."

한순간에 집안이 몰락하여 오갈 데 없는 신세가 된 그녀의 눈동자는 오직 살아남아야겠다는 생존본능으로 똘똘 뭉쳐 있었다.

"아닙니다. 아가씨가 제게 얼마나 잘해주셨는데요. 가면서 요기라도 하셔요. 이것밖에 도움을 드리지 못해 죄송합니다."

"아니야. 정말로 괜찮다니까."

"어서 서두르세요. 항구로 곧장 가시면 리갈 대륙으로 향하는 배가 있을 겁니다."

쥰은 그녀가 건네준 보자기를 받고서 마지막으로 인사를 나눈 뒤, 그곳을 빠져나갔다. 여주인은 쥰의 뒷모습을 바라보며 다시금 깊숙이 고개를 숙였다.

"언젠가 다시 만날 수 있기를⋯⋯."

준은 여주인의 집에서 나와선 뭔가 단단히 결심을 한 눈을 한 채 걸음을 옮겼다. 작은 호숫가에 멈춰 선 그녀의 얼굴이 잔상처럼 호수에 살며시 비춰지고 있었다. 화려하게 내려온 금발 너머 살며시 흔들리는 은빛 눈동자. 그녀는 떨리는 손으로 자신의 머리카락을 움켜쥐고서 단호하게 단검을 그었다.

샤악 하는 소리와 함께 끊어진 금발이 바람결에 처연하게 휘날렸다.

"⋯⋯그래도 꽤나 공들여서 기른 머리였는데."

준은 볼품없어진 머리카락 끝을 아쉬운 듯 매만졌다.

이 긴 머리칼을 아버지는 참으로 좋아하셨다. 햇살을 담았다며 손으로 빗어주던 아버지의 손길이 너무 좋아서 준은 일부러 머리카락 관리에 더 공을 들이곤 했었다. 하지만 그것도 이젠 끝이다. 아버지의 손길을 더는 느낄 수가 없으니 이젠 그런 나약한 생각들은 모조리 지워 버려야 했다.

아버지는 북쪽 영지를 관리했었다. 하지만 워낙 황무지에 가까운 땅이라 백작가라고 하지만 넉넉한 살림은 아니었다. 그래도 행복했었다. 하지만 그것도 잠시였다. 아버지가 돌아가시고, 백작가가 무너지면서 빚더미를 끌어안기 전까지는 말이다. 준은 얼마 없는 가산을 모두 팔아 빚을 갚아야 했다. 하지만 여전히 남겨진 빚이 많았다. 준은 그 빚을 갚기 위해 여인들에게도 제대로 된 일자리와 기술을 가르쳐 준다는 여인들의 나라, 동카스틴타로 가기로 결심했다.

"그래, 나는 더 이상 백작가의 영애가 아니야."

그녀는 갈색 로브를 뒤집어쓰고서 자리에서 일어섰다. 그리고 자신이 앉아 있던 자리 주위로 남겨진 머리카락을 잠시 바라보다 이내 걸음을 옮겼다.

걸음을 재촉한 쥰은 항구로 가는 지름길인 숲에 들어섰다. 이 숲만 지나면 곧 항구가 나올 것이고, 동카스틴타가 있는 리갈 대륙으로 향하는 배를 탈 수 있을 것이다.

해가 지기 전에 숲을 지나려고 쥰은 서둘러 발을 옮기다가 문득 그 자리에서 멈춰 섰다. 뭔가 불길한 공기가 주변으로 흐르고 있었다. 바람 중에 비릿한 냄새가 뒤섞인 것이 불쾌한 기운이 감도는 것도 같았다.

백작가의 영애였지만 변방을 지키는 아버지를 따라 검술을 배워왔던 쥰은 뭔가 이상한 낌새에 주위를 둘러보았다.

"이 숲은 그렇게 위험한 곳이 아니라고 했는데."

그녀는 주변을 경계하며 천천히 단검을 꺼내들었다. 순식간에 주위가 고요해졌다. 뺨을 스치는 날카로운 바람에 쥰은 재빠르게 단검을 허공에 휘둘렀다.

뭔가를 베었다는 느낌이 손끝으로 전해지자마자 쥰은 뒤로 한 걸음 물러났다. 그리고 이내 검날 위로 기분 나쁘게 뚝뚝 떨어지는 피와 더불어 쥰을 매섭게 노려보는 서늘한 눈동자.

"웨어울프?"

쥰은 황당하다는 어조로 중얼거렸다. 저를 바라보는 살기등등한 노란 눈동자는 웨어울프가 분명했다. 이런 숲에서 나올 리가 절대 없는 마물의 등장에 쥰은 어이가 없어 말도 안 나올 지경이었다.

"이젠 아주 별게 다 앞길을 방해하고 난리네."

웨어울프는 끈적거리는 침을 뚝뚝 흘리며 금방이라도 쥰을 향해 달려들 듯 몸을 웅크렸다. 그리고 순식간에 위로 도약하는 녀석을 향해 쥰은 재빠르게 칼을 휘둘렀다.

"여기서 죽을 순 없어!"

"훗, 네이. 네 녀석이 이젠 거짓말도 하는구나."

"그렇게 여유롭게 말씀하지 마십시오, 폐하."

"그냥 평범한 숲이라며. 이곳의 평범한 사람들은 숲을 다닐 때마다 마물 한둘쯤은 그냥 처치하나 보구나."

숲길로 들어서자마자 카벨 일행도 웨어울프와 맞닥뜨렸다.

카벨을 지키는 호위 기사들은 벌써 절반이 목숨을 잃어 겨우 둘만이 남았고, 네이는 카벨의 주변으로 실드를 치며 여차하면 공격할 준비를 하고 있었다.

"이상한 일입니다. 웨어울프는 이런 곳에 나타날 마물이 아니에요."

"그래. 황궁으로 돌아가면 조사해 보자고. 하지만 그러자면 일단 저 녀석을 죽여야겠지? 살아서 돌아가야 조사를 하든 말든 할 거니까."

농담을 할 정도로 여유로운 상황이 아니었다. 아니, 오히려 무척이나 심각한 상황이었다. 굶주림에 무척이나 날카로워진 웨어울프들은 발톱으로 남아 있는 기사들의 검을 무자비하게 부서뜨리며 단번에 목덜미를 물어뜯었다. 네이는 다급한 목소리로 카벨에게 외쳤다.

"폐하! 이러다간 모두 이곳에서 죽을지도 모릅니다!"

"그래서?"

"저희들은 이곳에서 죽어도 상관없으나 폐하의 목숨은 그리 쉽게⋯⋯."

"네 목숨도 소중해."

카벨은 네이의 말을 단번에 잘라 먹으며 실드에서 빠져나왔다. 네이는 갑작스런 그의 행동에 놀라며 이미 만들어두었던 파이어볼을 날려 보냈다. '쾅!' 하는 폭발음과 더불어 연기가 자욱해졌다.

"이 틈에 어서!"

"네이, 너도 알지? 나 검술 정말정말 싫어하는 거. 그리고 정말정말 못하는 거."

"황제 폐하!"

네이는 다급하게 그를 말렸지만 카벨의 눈동자에서 어느새 서늘한 무언가가 흐르기 시작한다. 마치 예전의 '빙안의 귀공자'라 불리던 카헤시온 황제를 보는 것처럼. 그리고 그 어떤 순간에도 물러섬 없이 당당한 시로벨 황후를 보는 것처럼.

"그래도 내 오랜 친구를 여기서 죽게 할 순 없지. 제라드나 메이를 볼 명목도 없어지고. 하여튼 황궁으로 돌아가면 기사들부터 싹 물갈이를 해야지. 연약한 내가 검을 들게 만들다니 이게 말이 되냐고."

카벨은 바닥에 떨어진 검을 들어 올렸다. 입꼬리가 올라가며 비릿한 미소를 그렸다. 그 모습이 너무나도 고혹적이면서도 위험한 느낌이 들 정도로 아름다웠다. 파이어볼을 맞아 흥분한 웨어울프들이 거칠게 포효하기 시작하는 순간, 허공으로 피가 튀었다. 카벨이 한 번의 망설임도 없이 단숨에 웨어울프의 목에 검을 쑤셔 박아 넣은 것이었다. 너무나도 잔인하면서도 무서운 실력. 하지만 카벨은 그저 피식 웃음을 내지으며 입을 열었다.

"아아, 젠장. 너무 힘들잖아. 역시 검 따위 딱 질색이야."

오로지 네이만이 알고 있는 마티디안 제국의 황제, 카벨 체스 마티디안의 진짜 모습이 바로 이것이었다.

"더럽게 힘드네".

웨어울프 사체를 밟고서 뻐근하다며 어깨를 돌리는 카벨은 어느새 평소의 모습으로 돌아와 있었다. 그는 피가 묻어 끈적이는 검을 바닥에 떨어뜨리고서 다가오는 네이를 향해 피식 웃었다.

"끝내줬지?"

"제발 몸조심 하십시오. 예전처럼 마음대로 검을 잡으시면 아니 되십니다. 이젠 한 제국의 황제 폐하가 아니십니까."

"내가 안 잡았으면 다 죽었어. 그냥 고맙다고 해."

분명 처음엔 그저 평범한 숲길이었는데. 웨어울프까지 등장하고 나니 이젠 마음 편히 갈 수 있는 곳이 아니게 되었다. 네이는 속으로 마법주문을 떠올리며 자신이 앞장서서 다시금 길을 걸어 갔다.

숨이 턱 끝까지 차오르고 단검을 든 손도 점점 아래로 쳐졌지만 준의 눈빛만은 살아서 웨어울프를 노려보았다. 여기서 조금만 방심한다면 단번에 목이 뜯기게 될 것이다.

준은 웨어울프와 싸워 이기겠다는 생각은 애저녁에 버렸다. 열심히 주위를 살피며 도망칠 수 없는지도 생각해 보았지만 마물의 스피드를 이기는 것 역시 무리였다.

'어떻게든 여기서 벗어나야 할 것 같기는 한데.'

준의 신경이 잠시 분산된 사이 웨어울프가 단숨에 뛰어올라 앞발을 위협적으로 휘둘렀다. 준은 재빨리 뒤로 걸음을 옮겼지만 완전히 피하지는 못해 한 팔을 내어주어야만 했다.

"으윽!"

제법 깊게 할퀴어진 팔에서 피가 둑둑 흐르기 시작했다. 뒤로 물러나는 게 조금만 늦었어도 팔 하나를 그대로 잃어야 했을 것이다. 하지만 그렇다고 다행이라 할 수는 없었다. 하필이면 오른팔을 다쳐 준은 그나마 저를 지켜주던 단검조차 놓친 채로 부들부들 떨었다. 웨어울프도 준의 상태를 알아차렸는지 그대로 달려오기 시작했다.

"젠장."

이대로 죽는 것인가? 겨우, 이렇게? 이런 식으로?

"싫어. 이렇게 죽기 싫어!"

"엎드려!"

낯선 남자의 고함소리에 준은 반사적으로 고개를 숙였다. 그와 동시에 웨어울프가 날카로운 비명을 지르며 바닥으로 뚝 떨어졌다.

"안녕, 레이디?"

정신을 차린 준이 고개를 번쩍 들었다. 무척이나 아름다운 남자가 눈앞에 있었다. 흐트러진 머리칼 사이로 부드러운 물빛 눈동자가 빛났고, 새하얀 피부 위로 마치 칼로 베어놓은 듯한 얼굴선이 매력적이었다. 게다가 햇살을 그대로 담은 듯한 눈웃음까지. 하지만 준은 잽싸게 자리에서 일어나 그새 다시 주워든 단검을 그에게 휘둘렀다.

"당신 뭐야."

"참, 구해줬더니 생사람을 잡으려고 하네."

"누구냐니까!"

"내가 누군지 알게 되면 그렇게 검 휘두른 거 굉장히 후회할 텐데?"

"뭐?"

"그나저나 이놈의 숲은 어떻게 된 게 마물이 이렇게나 바글거려. 돌아가면 조사부터 해야지. 내 결혼 문제보단 이런 거에 더 신경들 쓰란 말이야."

준은 어느새 자신의 존재 따위는 까맣게 잊어버린 듯 행동하는 남자가 점점 짜증스러워졌다.

"누구냐니까!"

"그게 그렇게 중요한가? 내가 널 구해줬다는 게 더 중요한 거 아니야? 아무리 못 배웠다지만 은혜를 입었으면 당연히 인사를 해야지!"

남자가 웨어울프의 사체를 발로 툭툭 치면서 거칠게 쏘아붙이자 준은 잠시 고민을 하다 이내 짧게 한 마디를 내뱉었다.

"고마워."

"끝까지 말이 짧네."

"당장 누군지부터 밝혀."

"참나. 내 귀한 이름을 이렇게 쉽게 들으려 하다니. 넌 아주 횡재한 줄 알아. 이 몸이 구해주다 못해 이름까지 가르쳐 주니까."

"얼른 말해!"

"카벨이야."

자신을 지켜야 한다며 한 시도 가만히 있지를 못하고 부산을 떠는 네이를 좀 골려줄까 싶어 카벨은 순식간에 그를 지나쳐 달리기 시작했다. 뒤에서 네이의 목소리가 들려왔지만 그딴 거 무시하고 달리다 보니 어디선가 비릿한 피 냄새가 나기 시작했다. 게다가 새소리조차도 들리지 않는 수상한 고요함. 카벨은 설마 또 웨어울프가 나타났나 싶어 발소리를 죽인 채 다시 돌아가려 했다. 그러다 부딪치는 검의 칼날 소리가 들려왔다. 굉장한 소리. 그 울림이 참으로 묘하면서도 아름답다. 카벨은 본능적으로 소리가 난 방향으로 향했고 한 여자가 단검을 쥐고서 숨을 헐떡이고 있는 것을 보았다.

"여자 혼자서 웨어울프를 상대하고 있는 거야?"

엉망으로 잘린 황금빛 머리칼에 여기저기 뒤엉킨 먼지와 핏자국으로 인해 더럽긴 했지만 얇고 가는 몸. 그리고 고운 얼굴선은 분명 여자다. 그때, 웨어울프가 그녀를 향해 달려드는 것을 본 카벨은 재빨리 달려가며 검을 던졌다. 그리고 겁 없이 제게 검을 겨누며 마주친 은빛의 눈동자. 두려운 상황인데도 그 빛을 잃지 않는 눈동자에 카벨은 저도 모르게 숨을 삼켰다. 어쩐지 가까운 누군가와 닮은 듯한 모습. 어딘지 모를 곳에서 묘한 바람이 불어오고 있었다.

그렇게 구해준 여자를 앞에 두고서 카벨은 제 이름을 밝혔다.

"카벨?"

"왜? 역시 놀라워? 그러니까 이제 그 검 좀 치우지? 자꾸 그 위험한 거 휘두르면 반역 혐의로 끌려 갈 거야."

"뭔 소리야."

준은 갑자기 나타나 이상한 소리를 해대는 남자가 마음에 들지 않았다.

'카벨? 단 한 번도 들어보지 못한 이름인데. 왜 저렇게 당당한 거지?'

"뭐야 너 날 몰라? 도대체 어떤 촌구석에 틀어 박혀 있었기에 날 모르지? 풀네임을 알려줘야 하나?"

"내가 댁을 알 이유는 없고. 아무튼 고마웠습니다. 여기서 그만 헤어지죠."

준은 더 이상 시간을 끌 이유가 없었다. 얼른 항구로 가서 리갈 대륙으로 가는 배를 타야만 했다. 그런데 그가 그녀의 손목을 잡아챘다.

"이거 놓으시죠."

"다친 거 아니야? 꽤나 아파 보이는데."

카벨은 찢어진 옷 사이로 보이는 큰 상처에 인상을 찡그렸다.

"괜찮습니다. 도와주신 건 감사하지만 더 이상의 참견은 오지랖이라고 생각하는데요."

"이 숲에 또 웨어울프가 있을지도 몰라. 나도 여기 오기 전에 몇 마리 해치웠거든."

도대체 어떻게 생겨먹은 숲이길래 웨어울프가 떼거지로 몰려다니고 있다는 거야?

쥰은 입술을 깨물었다. 웨어울프를 또 만나면 그땐 정말 끝장나고 말거다. 지금 살아 있는 것도 천운이 따른 것이었다.

카벨이 자신의 옷을 찢어 쥰의 팔에 꽉 묶어주며 말했다.

"일단 이것부터 치료하자고. 곧 있으면 내 마법사가 올 테니까. 응급치료 정도는 될 거야."

"더 이상 신세를 질 수는 없습니다."

"신세가 아니야. 난 여자가 이렇게 다친 채로 혼자 돌아다니는 꼴은 못 보거든? 레이디에 대한 예의가 아니야."

"하?"

"게다가 처음 보는 사람을 너무 이상할 정도로 경계하던데. 혹시."

쥰은 움찔했다. 역시 여기서 헤어져야 한다. 괜히 엮여서 피곤해질 필요는 없다.

"정말로 감사하지만 전 여기서 헤어지고 싶습니다."

"역시 뭔가 있는 모양이네. 왜 그렇게 날 경계해?"

굉장한 관찰력이 가지고 있는 남자. 역시 위험하다. 쥰은 입술을 깨물며 그에게서 벗어나기 위해 뒷걸음질을 쳤지만 카벨이 그녀를 가만히 두지 않았다. 그는 순식간에 다가와선 그녀의 양어깨를 움켜쥐며 얼굴을 바짝 갖다 댔다. 짙은 물빛 눈동자가 자신을 응시하자 쥰은 숨조차 멈춘 채로 그것을 뚫어져라 바라보았다.

"너무 겁먹지 마."

"……"

"난 왠지 네가 마음에 들 거든. 볼수록 누굴 닮은 것 같기도 하고. 혹시 갈 곳이 없는 건가?"

"갈 곳 있습니다. 배를 타고 리갈 대륙으로 갈 거예요."

"그래? 근데 그런 것치고는 여길 별로 떠나고 싶어 하지 않는 눈빛인데."

쥰은 입만 벙긋거리다가 결국 그대로 입을 꾹 다물었다. 사실, 떠나고 싶지 않았다. 나고 자란 곳을 떠나기 보단 이곳에 있고 싶었다. 하지만 돈을 벌어야만 했다. 그저 단순히 빚을 갚기 위해서라면 이곳에서도 충분했지만, 더 큰 돈을 벌어 아버지가 그토록 지키고 싶어 했던 저 영지를, 빚 때문에 어쩔 수 없이 넘겨버린 저 영지를 다시 되찾아 오고 싶었다.

"이거 놔요. 당신이 상관할 일이 아니잖아!"

쥰은 어떻게든 이 남자와 반드시 떨어져야 한다고 생각했다. 그는 분명 자신에게 위험이 될 남자라는 판단이 들었다.

"갈 곳이 없다면 나한테 와."

"뭐라고요?"

"나와 함께 황궁으로 가자. 검술 실력도 괜찮은 것 같으니까, 내 호위 기사가 되는 게 어때? 물론 공짜는 아니야. 돈은 꽤 두둑하게 챙겨줄게."

쥰과 카벨의 눈이 마주쳤다. 그의 물빛 눈동자가 마치 악마처럼 그녀를 사로잡고 있었다.

카벨은 왜 이런 제안을 이 여자에게 한 건지 그 당시엔 전혀 알지 못했다. 그저 처음 본 순간 강렬하게 빛나는 모습에 사로잡혔고, 사로잡히자 놓치고 싶지 않다는 생각이 들었을 뿐이었다.

가슴 속으로 묘한 바람이 불었다. 카벨은 그렇게 그토록 기다리던 빛을, 찾았을지도 모른다.

〈The End〉

작가 후기

안녕하세요, 서이나입니다.

이 작품으로 독자님들께 이렇게 인사드리게 될 줄은 정말 꿈에도 상상하지 못 했습니다.

붉은 물빛의 레이디는 자유연재를 시작으로 제가 처음으로 완결을 냈던 첫 작품이고, 독자님들이 처음 저를 기억해 주시고 오랜 시간 애정해주신 작품이었습니다.

그 뒤로 이런저런 많은 일들이 있었고, 다른 작품으로 이북과 종이책 출간을 하게 되면서 이 작품을 잊고 있었는데, 혹시나 이 작품을 아직까지도 기억하고 애정해 주시는 독자님들이 있다면 좋은 선물이 될 수도 있겠다는 기분이 들어 리라이팅을 하게 되었습니다. 그리고 정말로 기억해 주시고 찾아와주신 독자님들을 보면서 굉장히 기쁘고 설레었습니다.

사실 이렇게 종이책 작업을 할 수 있을 거라 생각하지 못했는데, 무척이나 감개무량하네요.

　이번 작품은 출간 준비를 하면서 무척이나 행복했고 부족했던 제 자신을 많이 되돌아보게 해주었습니다. 그리고 로맨스 판타지 장르가 얼마나 어려운지도 깨닫게 해주었고요. 그만큼 초심을 기억하게 해준 것 같아서 제 스스로도 고맙고 값진 시간이었습니다.

　이 작품은 처음 연재를 시작으로 완결을 내고, 리라이팅과 유료 연재의 완결까지. 무척이나 오랜 시간을 함께했습니다. 그 시간 동안 제게 많은 변화가 생겼고, 저를 기억하고 응원해 주시는 분들도 많이 생겼습니다. 정말로 고맙고, 감사하다는 말씀 드립니다.

　작품이 종이책으로 나올 수 있도록 너무나도 꼼꼼하고 세심하게 편집, 교정해 주시고 가르쳐 주신 청어람 편집부에 감사드립니다.

　출간을 준비했던 그 초심의 순간들을 절대로 잊지 않고 더 재미있고 설레는 작품 들고 찾아오겠습니다. 항상 애정하고, 또 애정합니다.

　　　　　　　　　2016년 더위가 시작된 초여름 밤에 서이나